Lisa Samson

Das Gelübde der Mary Margaret

Roman

Über die Autorin

Lisa Samson ist eine vielseitige Autorin. Mit ihrem Mann und ihren drei Kindern lebt sie in Kentucky und ist als Lobpreisleiterin in ihrer Gemeinde aktiv. „Das Gelübde der Mary Margaret“ wurde 2010 mit dem renommierten „Christy Award“ ausgezeichnet.

Lisa Samson

Das Gelübde der Mary Margaret

Roman

Aus dem Englischen übersetzt von Eva Weyandt

GerthMedien

MIX
Papier aus verantwortungsvollen Quellen
FSC® C014496

Verlagsgruppe Random House FSC-DEU-0100
Das für dieses Buch verwendete FSC®-zertifizierte Papier *Super Snowbright*
liefert Hellefoss AS, Hokksund, Norwegen.

Originally published in English under the title
„The Passion of Mary Margret".
Published by Thomas Nelson Inc., 501 Nelson Place, P.O. Box 141000,
Nashville, TN 37214-1000, USA.

1. Auflage 2011
Bestell-Nr. 816 643
ISBN 978-3-86591-643-3

Umschlaggestaltung: Michael Wenserit
Satz: Marcellini Media GmbH, Wetzlar
Druck und Verarbeitung: GGP Media GmbH, Pößneck
Printed in Germany

Für Deborah Leigh

Meine Gebete begleiten dich, wenn du jetzt in eine aufregende neue Phase deines Lebens eintrittst. Du bist zu einer wunderschönen jungen Frau herangewachsen. Ich freue mich über dich.
Ich liebe dich.

Tante Bee

Anmerkung der Autorin

1. Diese Erzählung ist keine Anspielung auf das Buch Hosea und war nie als solche gedacht.

2. In dem vorliegenden Roman wird häufig der Ausdruck *Ordensbruder* und *Ordensschwester* verwendet. Ein „Ordensbruder" ist ein Priester, der durch ein Gelübde an einen Orden gebunden ist oder der das Sakrament der Priesterweihe empfangen hat.

3. Eine *Ordensschwester* ist genau genommen keine Nonne. Eine Nonne lebt innerhalb der Mauern eines Konvents oder Klosters.

Von Schwester Bernadette Fanell gefunden hinter dem Fenstersitz im April 2025

Oktober 2000

Liebe Angie,

all diese Jahre, und jetzt ist es doch so gekommen: Du hast mich überlebt. Ich wusste, dass es so sein würde, und ich wusste, dass du dies in meiner Wäscheschublade finden würdest. Warum Mary Francis auf die Idee gekommen ist, wir sollten für die, die nach uns kommen, unsere Lebensgeschichten aufschreiben, ist verständlich, aber deshalb nicht weniger ärgerlich. Ich vertrete die Auffassung, dass Anonymität ganz wichtig ist, wenn man ein gottgefälliges Leben führen will, darum sorge ich dafür, dass dies erst nach meinem Tod gefunden wird.

Trotzdem bin ich der Meinung, dass Mary Francis' Idee eigentlich gut war. Wir haben hier eine Geschichte, und sie lässt sich von der Geschichte der neuen Schwestern nicht trennen. Wir gehören zwar zueinander, aber solange ich noch am Leben bin, brauchen die Schwestern nicht alles über mich zu erfahren. Schließlich hat man ja ein Recht auf seine Geheimnisse. Aber ich verspreche, meine Geschichte mit so viel Liebe und Barmherzigkeit zu erzählen, wie ich aufbringen kann, trotz allem! Du kannst also aufatmen, meine Freundin.

Ich schreibe für die Ordensschwestern, die nach uns kommen, damit sie erfahren, dass Gott uns manchmal Aufträge gibt, deren Sinn wir nicht verstehen und vielleicht nie verstehen werden. Anderes begreifen wir sofort. Normalerweise erleben wir von beidem ein wenig, wenn wir lange genug leben und die Fähigkeit entwickeln, die Fingerabdrücke Gottes zu erkennen. Solche heiligen Spuren hinterlässt er in Fülle!

Es war schön, mit dir zusammen Gott zu dienen. Ich bin bei guter Gesundheit, und da Schwester Pascal in einigen Monaten eintreffen wird, so jung und so voller Eifer – ein wenig von ihrer Energie könnten wir alle im Augenblick gebrauchen –, dachte ich, vielleicht sollte ich Mary Francis' Vorschlag aufgreifen. Vielleicht sollten wir tatsächlich unsere Erfahrungen weitergeben.

Ich habe mich nie für besonders klug gehalten, aber ich war bereit, Gottes Willen zu tun. Und trotzdem hat mein Verstand manchmal protestiert wie eine argumentierfreudige höhere Tochter im zweiten Semester, wenn ich mich darauf eingelassen habe. Jesus saß immer am Steuer, aber als umsichtigen Fahrer kann man ihn nicht gerade beschreiben. Offen gestanden, manchmal nimmt er Haarnadelkurven mit hundert Sachen. So, jetzt weißt du es. Aber da er Gott ist, habe ich mich immer an die Hoffnung geklammert, dass er besser fahren kann als ich.

Ja, ich weiß, was du jetzt sagen wirst. Und nein, ich bin keine Langweilerin, ich bin einfach nur vorsichtig. Und *mir* wurde nicht mit 20 der Führerschein weggenommen, falls ich dich daran erinnern darf … Ach, Angie, wir haben viel Spaß gehabt, nicht?

Du bist so lange meine Freundin, meine Gefährtin und meine Schwester im Glauben gewesen. Weißt du noch, wie wir uns literweise Eiscreme haben schmecken lassen, großes Chaos in der Küche angerichtet und uns während der Monologe in der *Tonight Show* dumm und dusselig gelacht haben?

Irgendwie hoffe ich, dass du mich vermisst, auch wenn das schrecklich selbstsüchtig ist. Aber so viel jünger als ich bist du ja auch nicht; bestimmt werde ich dich bald wiedersehen.

Für immer deine Mary Margaret Fischer, SSSM

PS: Du denkst doch nicht, dass jemand Anstoß an meiner Geschichte nehmen wird, oder? Dir wird auffallen, dass ich die Zeit, die Jude und ich gemeinsam mit dir in Aruba verbracht haben, ausgelassen habe. Davon braucht niemand jemals zu erfahren …

Diese kleine Sammlung meiner Aufzeichnungen ist den Schulschwestern von St. Mary gewidmet, die meinen Platz ausfüllen werden. Gott sei mit euch! Ich bete für euch, bis wir uns eines Tages von Angesicht zu Angesicht sehen werden.

Mary Margaret Fischer, SSSM, Abbeyville, Locust Island, Maryland, Oktober 2000

I

Meine lieben Schwestern, wenn ich diese Geschichte vom Ende her aufrollen würde, würdet ihr wissen, dass mein Herz voller Liebe ist, auch wenn sich alle meine Pläne zerschlagen haben. Ich würde euch sagen, dass Gottes Wege nicht immer unsere sind, aber vermutlich wisst ihr das bereits. Und ich könnte euch sagen, dass seine Gnade manchmal Formen annimmt, die unser Verständnis übersteigen. Doch eigentlich könnt ihr gar nicht ermessen, welche Gnade ich empfangen habe, weil ihr nicht erlebt habt, was ich erlebt habe. Gott schenkt jedem von uns eine sehr persönliche Gnadengeschichte, und auch wenn sie manchmal mit der, die andere erleben, überlappt wie die sanften Wellen des Meeres an dem Strand, an dem ich gerade sitze, ist ihre Summe, die Zusammenstellung der verschiedenen Gnadengeschenke, im Großen und Ganzen genauso einzigartig, wie wir Menschen es sind.

Darum erzähle ich meine Geschichte von Anfang an. Ich beginne mit der Nacht, in der meine Mutter mich in einem Augenblick der Finsternis empfangen hat, einem Augenblick, der ganz und gar nicht dem Willen Gottes entsprach, obwohl einige Leute da geteilter Meinung sind. Mir fehlt mittlerweile der dogmatische Eifer, um solche Diskussionen zu führen. Sei's drum. Eure oder meine Meinung zu dieser Angelegenheit entscheidet nicht darüber, ob sie der Wahrheit entspricht oder nicht. Gott ist, wie er ist, und unsere Gedanken verändern ihn weder in die eine noch in die andere Richtung.

Meine Mutter, „Mary Margaret die Erste", wie meine Großmutter sie nannte, empfing mich, als ein junger Student am Priesterseminar sie gegen die Mauer von Fort McHenry drückte und mit Gewalt nahm. Abends, wenn ihr Unterricht in der zweiten Klasse einer Schule im Süden Baltimores vorbei war, spazierte meine Mutter gern zu dem fünfeckigen, sternförmigen Fort hinaus, von dem aus im Jahre 1814 die Schlacht von Baltimore ausgetragen wurde.

Der Seminarist kannte die Angewohnheit meiner Mutter, ihre „abendliche körperliche Ertüchtigung", wie meine Tante Elfi es nannte, und manchmal schloss er sich ihr in den von Gaslaternen spärlich erleuchteten Straßen an, die Hände hinter dem Rücken ineinander gelegt – zumindest stelle ich ihn mir so vor –, ein wenig vorgebeugt. Er hörte ihr aufmerksam zu, wie sie von ihren Schülern erzählte, oder vielleicht von den anderen Ordensschwestern, denn sie hatte gerade ihr letztes Gelübde als Schulschwester Unserer Lieben Frau abgelegt. Vielleicht hat sie von den Eltern ihrer Schüler berichtet oder davon, wie sehr sie die Radiosendungen liebte, die sie abends in dem kleinen Zimmer anhörte, das sie mit ihrer Freundin, Mitschwester und Lehrerkollegin Loreto teilte. Vielleicht erzählte sie von ihren Überlegungen, wie sie als Schwestern den Kindern wenigstens eine gute Mahlzeit am Tag anbieten könnten, denn viele der Eltern waren nach dem Börsenkrach an der Wall Street arbeitslos geworden.

Ich weiß natürlich nicht, was mein Vater darauf geantwortet hat, aber diese Frage hat mich nie wirklich losgelassen. Sie muss von dem Übergriff überrascht worden sein, denn meine Großmutter erzählte, meine Mutter sei scharfsinnig gewesen und hätte eine gute Menschenkenntnis besessen. Irgendwie scheint er sie getäuscht zu haben. Vielleicht hatte er ihr sogar die Beichte abgenommen. Nicht, dass sie Schockierendes zu beichten gehabt hätte. Großmutter sagte, meine Mutter wäre immer ein sehr liebes Mädchen gewesen.

Vielleicht schien, als sie durch die Straßen spazierten, die Sonne auf die Fassaden der Häuser und färbte die Steine und Ziegel golden und rot; vielleicht schimmerte der Himmel purpurrot und violett, als flatterten hinter den Wolken durchscheinende Tücher im Wind. Vielleicht saugte sich in den kalten Monaten die kobaltblaue Nacht in ihre Kleidung und vertiefte das Schwarz ihrer Mäntel, zog die Farben aus ihren Schals und die Wesensmerkmale aus ihren Gesichtszügen, bis sie zufällig an einer Laterne vorbeikamen.

Eines Abends jedenfalls drang etwas Böses in ihn ein, und er drang in sie ein, und ich war das Ergebnis. Hat Großmutter mir das erzählt? Wenn das so war, hat sie es ganz sicher anders formuliert. Mein junges Alter machte eine etwas weniger drastische

Ausdrucksweise erforderlich. Vielleicht beschrieb sie es so, dass etwas, das nur Liebende in gegenseitigem Einverständnis miteinander tun sollten, meiner Mutter gegen ihren Willen aufgezwungen wurde.

Ich weiß nicht mehr genau, wann ich es herausfand, aber es war, als hätte ich es schon immer gewusst und irgendwie unverständlicherweise auch begriffen. Vielleicht hatte ich auch irgendwann einmal ein Gespräch mit angehört. Ich weiß es nicht. Dass meine Mutter als Ordensschwester ungewollt schwanger wurde, warf den Lauf des Schicksals vollständig aus der Bahn. Mit 13 dachte ich, ich könnte alles irgendwie wieder in Ordnung bringen, meine Existenz vielleicht rechtfertigen, indem ich die Fackel aufnahm, die durch meine Geburt ausgelöscht worden war.

Es ist schon schlimm genug, durch die Sünde zweier Menschen gezeugt zu werden, die diese Sünde einvernehmlich begehen. Aber ich wurde in Angst und Schrecken gezeugt. Ein Mensch tat einem anderen Gewalt an, in der Überzeugung, seine Bedürfnisse seien wichtiger als die des anderen.

Für Situationen wie diese gilt wohl das, was in der Bibel zu Josefs Geschichte zu lesen ist: „Der Mensch gedachte es böse zu machen, aber Gott gedachte es gut zu machen." Gott jedoch verantwortlich zu machen für die Lügen der Frau eines ägyptischen Adeligen, auf deren ziemlich offensive sexuelle Forderungen Josef nicht eingegangen war, und für die Vergesslichkeit dieses egoistischen Mundschenks, ist etwas anderes, als ihm die Schuld an einer Vergewaltigung zuzuschieben. Irgendwo muss man die Grenze ziehen, sonst kommt es bald dazu, dass man Jack the Rippers Massenmorde entschuldigt, weil er ja wirklich nicht anders konnte, und dass dieser Terrorist, über den heutzutage so viel gesprochen wird, Osama Bin Irgendwas, tatsächlich in einer heiligen Mission unterwegs sei. Und wer weiß, wo das endet? Nanu, vielleicht schlummert ja doch mehr dogmatischer Eifer in mir, als mir noch vor zehn Minuten bewusst war! Nachdem ich nun in mein achtes Jahrzehnt eingetreten bin, scheint sich der Altersstarrsinn bei mir doch noch zu zeigen. Also, liebe Schwestern, vergebt einer alten Frau, dass sie manchmal ein wenig abschweift. Nicht, dass 70 *so* alt wäre, wohlgemerkt. Wirklich nicht.

Meine Mutter kehrte nach Locust Island zurück, um ihr Baby auszutragen. Ihre Zeit verbrachte sie damit, am Strand spazieren zu gehen und in der St. Mary's-Kapelle zu beten. Bei den Schwestern fühlte sie sich heimisch, und das Haus meiner Großmutter lag ganz in der Nähe der Schule. Stundenlang kniete sie auf einem Betschemel und verbrachte mehr Zeit dort als zu Hause. Tante Elfi leistete ihr vermutlich häufig Gesellschaft, denn Tante Elfi wusste, dass man einem anderen oft am besten helfen kann, indem man einfach an seiner Seite ist.

Großmutter erzählte, dass meine Mutter jeden Abend am Bethlehem Point saß und auf die Chesapeake Bay starrte, den Blick auf den spinnenbeinigen Leuchtturm gerichtet, der auf einer Untiefe im Wasser stand. Und sie weinte.

Großmutter forderte keine Erklärung von ihr. Ob das ein Zeichen von Einfühlsamkeit oder eher das Gegenteil war, sei dahingestellt.

Ich nehme an, dass das kreisende Licht des Leuchtturms draußen im Meer meiner Mutter Hoffnung gab, so wie ich es immer erlebte. Es ist gut zu wissen, dass dich jemand vor Gefahr warnen will und dass dieser Jemand, wenn du es nötig hast, in ein Rettungsboot steigt und dich tatsächlich rettet. Es fällt schwer, den Blick von diesem weißen Strahl loszureißen, wenn man in einer dunklen Nacht hier draußen sitzt. Jeder von uns möchte doch gerettet werden, und nach diesem Retter suchen wir an den verrücktesten Orten, nicht wahr? Wir alle wollen gefunden werden.

Mary Margaret die Erste saß also unter demselben Baum, unter dem ich jetzt sitze. Das ist mit ein Grund dafür, dass ich irgendwie doch immer wieder hierherkomme. Mein Liegestuhl schmiegt sich genau zwischen die aus dem Boden hervorstehenden Wurzeln, und an den heißen Nachmittagen im späten Juli oder August schützt mich sein Blätterdach vor der grellen Sonne. Doch als meine Mutter hier saß, war der Baum noch jung, ein Baum mit mehr Hoffnung als Weisheit.

Empfangen in Sünde, geboren unter Tränen, kam ich in einem Strom von Blut auf die Welt, der nicht aufhören wollte zu fließen, nachdem ich in den Armen meiner Großmutter lag. Nach ungefähr fünfzehn Minuten war Großmutter klar, dass die Blutung nicht von selbst zum Stillstand kommen würde; meine Mutter würde sterben. Tante Elfi holte Doktor Spaner, der stotternd erklärte, dass meine Mutter nicht so lange am Leben bleiben würde, bis man sie ins K-K-Krankenhaus gebracht hätte, denn man musste ja erst mit dem Schiff zum Festland übersetzen und dann zwei Stunden nach Salisbury fahren. Bis dahin wäre meine Mutter bereits t-t-tot. Der arme Doktor starb ein Jahr später auf dem Weg zu genau diesem Krankenhaus, das auch meine Mutter nicht mehr lebend erreichte.

Die Bewohner von Locust Island waren damals ein zähes Völkchen, denn jeder wusste, dass es schlecht um medizinische Hilfe bestellt war. Und wenn der Tod tatsächlich die letzte Möglichkeit war, nun, dann möge der Himmel es schnell gehen lassen: ein Sturz von dem Dach, ein tödlicher Herzinfarkt oder Schlaganfall. Oder eine Gebärmutterblutung nach der Niederkunft.

Tante Elfi lief durch den Regen zu Pater Thomas, unserem Priester. Mit Tränen in den Augen – denn er war der Beichtvater meiner Mutter – salbte er ihre Stirn, die Augen, Ohren, Nase, Lippen, Hände und Füße und sprach die Gebete der Letzten Ölung. Es waren die ersten Gebete, die meine kleinen Ohren vernahmen. Tante Elfi erzählte, er hätte mich dann auf den Arm genommen und gesagt: „Das letzte Puzzleteilchen in Mary Margarets Erlösung."

Ich weiß immer noch nicht, was das bedeutet. Ich kann nicht behaupten, dass mein Leben durch und durch erklärbar ist, dass ich nicht viele Fragen mehr hätte. So Gott will, werden die Antworten offenbar, bevor ich sterbe.

Meine Großmutter gab mir den Namen Mary Margaret in dem Augenblick, als meine Mutter ihr Leben aushauchte. Wenn meine Mutter am Leben geblieben wäre, würde ich jetzt vermutlich nicht in dieses Notizbuch schreiben. Sie hatte vorgehabt, mich zur Adoption freizugeben, denn sie wollte es mir ermöglichen, mit Mutter und Vater aufzuwachsen. Sie selbst hätte ihre Vergangenheit hinter sich gelassen und wäre in ihren Orden zurückgekehrt. Und ich hätte ihr das bestimmt nicht übel genommen.

Natürlich betonte Großmutter immer, sie hätte ohnehin nie zugelassen, dass ich in eine andere Familie komme, wo sie doch gut in der Lage gewesen sei, ein Kind großzuziehen. Von Anfang an hätte sie vorgehabt, dass ich in ihrer kleinen Wohnung mit viel zu vielen hochlehnigen Stühlen aufwachse. Und ich muss ihr das wohl glauben, denn sie hat mich ja tatsächlich nie in andere Hände gegeben.

Fast alle Hauptdarsteller in dieser Geschichte sind mittlerweile verstorben: Jude, meine Mutter, meine Großmutter und Tante Elfi, Brister, Petra, Mr Keller und sogar LaBella. Nur John, Gerald und Hattie (und natürlich ich) sind noch am Leben. Aber wenn ihr dies lest, bin ich ebenfalls dahingegangen. Der Student am Priesterseminar, der meine Mutter vergewaltigt hat, wird wohl auch schon tot sein. Ich habe nie erfahren, was aus ihm wurde. Mir fehlte immer der Antrieb, um mich auf eine solche Suche zu begeben. Ich kenne nicht einmal seinen Namen, weiß nicht, ob jemand sein Verbrechen aufgedeckt hat oder ob er in den Armen der Kirche entschlafen ist.

Hat er um Vergebung gebeten? Hat er sich vielleicht weiterentwickelt?

Seht ihr? Viele Fragen. Auf die ich wohl nie eine Antwort bekommen werde. Vermutlich habe ich einfach zu lange gewartet. Mittlerweile wird er lange im Grab liegen. *Ich* bin ja schon alt!

Meine Tante Elfi sagte, die Seele meiner Mutter sei fühlbar wie ein Blitz auf mich übergegangen und hätte die Luft im Zimmer zum Vibrieren gebracht. Großmutter meinte, das sei Unsinn, wir seien Katholiken und glaubten nicht an solche Dinge; eine Seele hätte jedes Baby bereits, bevor es auf die Welt kam, und ob sie bitte den Mund halten und ihr helfen könne, den Leichnam ihrer einzigen Tochter zu waschen und das Blut aufzuwischen?

Das Blut, das sie für mich vergossen hat … ja, ich bin mir der Symbolkraft dieses Bildes schmerzlich bewusst.

Tante Elfi hat sich dann sicher die Ärmel hochgekrempelt, eine Schürze umgebunden und ihre langen, weißen Haare zurückgesteckt. Bestimmt hat sie liebevoll jeden Spritzer Blut weggetupft und einen dunkelroten Kometenschweif auf den Oberschenkeln meiner Mutter zurückgelassen. Tante Elfis Bewegungen waren immer sanft und zärtlich, ihre Stimme nie lauter als ein Flüstern.

Meine Mutter war übrigens das Ergebnis einer Indiskretion zwischen meiner 28 Jahre alten, unverheirateten Großmutter und einem Insel-Touristen aus Belgien. Ein solcher Ausrutscher passte so gar nicht zu meiner Großmutter, aber noch unbegreiflicher war, dass der Mann ihre etwas groben Gesichtszüge attraktiv gefunden haben muss. Sex an sich schien bei meinen weiblichen Angehörigen also eine reichlich komplizierte Angelegenheit gewesen zu sein, wurde aber irgendwie angenommen, dem Allmächtigen gebracht und im Nachhinein gerechtfertigt.

Nun, Tante Elfi jedenfalls hat sich nie so danebenbenommen wie ihre Schwester, aber auf den ersten Blick erkannte man, dass sie nicht so ganz hundertprozentig bei Verstand war, dass in ihrem Gehirn etwas durcheinander war.

An jenem Septembertag 1930 klarte der Himmel am Spätnachmittag auf, und die Sonne brachte die Regentropfen zum Glitzern. Männer und Frauen machten sich vom Hafen, von ihren Fischerbooten oder der Konservenfabrik am Weststrand unserer Insel auf den Heimweg. Unzählige Dosen mit Austern wurden Tag für Tag von Locust Island aus in die Welt verschifft: „Abtei-Austern". Die Firma hatte einen Mönch als Logo gewählt, obwohl viele der Inselbewohner Methodisten waren.

Wie ihr euch vorstellen könnt, war der Freitag der beste Tag für den Verkauf, eine Tatsache, die nicht einmal den methodistischsten Methodisten entgangen war. Manchmal spazierte ich an dem Fabrikgebäude vorbei, spähte durch das verschmutzte Fenster und beobachtete, wie sich die Hände der Arbeiter flink wie kleine Fische bewegten und das weiche, kostbare Fleisch aus den rauen, prähistorischen Schalen lösten. Der Schalenberg hinter der Fabrik wurde von Tag zu Tag höher, bis er dann schließlich abtransportiert und zu Muschelkalk vermahlen wurde.

Diese Männer und Frauen schleppten sich müde an unserem Haus vorbei und wussten nichts von der Tragödie, die sich gerade darin ereignet hatte. Sie wussten nicht, dass die Glocke der St. Mary's-Klosterschule, die die Mädchen zum Abendessen rief, dieses Mal als Totenglocke für Schwester Mary Margaret Fischer läutete und gleichzeitig ein neues Leben ankündigte. Für diese Heimkehrer ging ein ganz normaler Tag zu Ende, wie der vorhergehende und der davor, bis zurück zu dem Tag, an dem eines ihrer Elternteile oder Geschwister oder Kinder verstarben oder jemand in diese Welt geboren wurde. Wir erinnern uns immer an Tage, an denen etwas beginnt oder endet.

Während die beiden Frauen die blutverschmierten Beine und die blassen Arme meiner Mutter säuberten – auf den alten Fotos hat sie wellige, dunkle Haare und dunkle Augen –, lag ich auf dem Bett und starrte zur Decke. Das hat Tante Elfi mir erzählt. Ich weinte erst, als Pater Thomas zurückkehrte, um uns in unserer Trauer beizustehen, und mich in seine hageren Arme nahm und mit mir weinte. Bis zu seinem Tod war er ein sehr mitfühlender Mensch.

Ich war zwei Tage alt, als Pater Thomas, die älteren Mitglieder unseres Pfarrbezirks und unsere gesamte Familie, die aus meiner Großmutter, meiner Tante und mir bestand, meine Mutter auf dem Friedhof der Erde übergaben. Danach kehrten sie in die Kirche zurück, stellten sich um das einfache Taufbecken aus Stein, und ich wurde getauft im Namen des Vaters, des Sohnes und des Heiligen Geistes. Schwester Thaddeus, zu jener Zeit noch ein Schulmädchen – ich werde euch später noch mehr von ihr erzählen –, berichtete, sie hätte hinten im Dunkeln gestanden und zugeschaut. Der Heilige Geist habe ihr aufgetragen, jeden Tag für mich zu beten. Und das hat sie auch getan.

Danach ging Tante Elfi mit mir zum Bethlehem Point, zu diesem Fleckchen Erde, auf dem ich jetzt sitze, zu demselben Baum, und hielt mich im Arm, während die Sonne zum letzten Mal über meiner Mutter unterging. Danach kehrte sie mit mir nach Hause zurück, fütterte mich mit einer Flasche und legte mich in meinen Korbkinderwagen, in dem ich die Nacht durchschlief. Beide Frauen waren erschöpft und hatten diese kleine Gunst verdient. Ich habe ihnen auch später nie Ärger gemacht.

2

So, meine Schwestern, ich denke, ich werde euch erzählen, was sich in der Zeit, in der ich diese kleine Geschichte niederschreibe, so alles erlebe. Auf diese Weise ist alles festgehalten, falls mir etwas zustoßen sollte, und ich brauche mir mein Gehirn nicht zu zermartern. Was vor 40 Jahren geschah, kann ich euch problemlos erzählen, doch die vergangene Woche liegt irgendwo im Dunkeln, zwischen der Gleichung für die Bestimmung der Schenkel eines gleichschenkligen Dreiecks und dem Namen der Hauptdarstellerin in *Frühstück bei Tiffany* verborgen.

Heute Vormittag hat Schwester Angie (Vorname Angelica) einen blau-grün bespannten Klappstuhl neben meinem aufgestellt. Wir haben lange Zeit nebeneinandergesessen. Die dichten Blätter des Zuckerahorns hatten sich orange-rot gefärbt. Zuckerahornbäume neigen dazu, im Herbst ein wenig zu prahlen.

„Was liegt da auf deinem Schoß?" Sie deutete auf dieses Notizbuch, das auf der Seite aufgeschlagen war, die ihr gerade gelesen habt. Mein Stift lag in der Mitte.

„Ich schreibe nur ein paar Erinnerungen auf."

Sie setzte sich auf ihren Stuhl, streckte die Beine aus und faltete die Hände über ihrem Bauch. „Mary Francis sitzt auch mir im Nacken. Vielleicht sollte ich ebenfalls damit anfangen."

Ich stimmte ihr zu. Während Angies Zeit als Schulschwester unterrichtete sie in einer entlegenen Schule in Alaska und wurde dort einmal von einem Rudel wilder Hunde angegriffen. In Südamerika wurde sie von Revolutionären gejagt, und in Frankreich veranstaltete sie Picknicks mit den Töchtern reicher Eltern. Einmal wurde Angie sogar verhaftet, aber das hatte nichts mit unserem Orden zu tun. Sie ist ein wahrer Born von Geschichten. In acht unterschiedlichen Schulen hat sie unterrichtet, und am Ende sind wir gemeinsam wieder hier in St. Mary's gelandet. Doch ihr Leben ist so verlaufen, wie ich es mir für meines erhofft hatte. (Ja, ich sehe förmlich vor mir, wie du die Augen verdrehst, Angie.)

Sie schob die Armlehnen etwas nach hinten, um eine bessere Sitzposition zu finden. „Ich war gerade bei Gerald und Hattie", bemerkte sie.

„Wie geht es Gerald?" Ich klappte das Notizbuch zu und steckte es in meine Tragetasche.

„Nicht so gut. Hattie war so besorgt über seinen Zustand, dass sie ein leichtes Beruhigungsmittel bekommen hat. Aber sie hat mir erzählt, dass Gerald dir etwas mitzuteilen hätte, und ich solle dich holen." Angie beugte sich vor und fuhr flüsternd fort, obwohl niemand in der Nähe war. „Sie sagte, es würde dir bestimmt nicht gefallen. Es hätte mit deiner Mutter zu tun."

Mit meiner Mutter?

Ich starrte zum alten Leuchtturm hinüber, in der Bucht am südlichsten Punkt der Insel. Hattie und Gerald hatten viele Jahre dort gelebt. Sie waren die letzten Leuchtturmwärter in der Chesapeake Bay. Wenn ihr meine Geschichte lest, werdet ihr dieses Gewässer, wie ich hoffe, genauso lieben wie ich, oder es noch lieben lernen. Es ist für mich wie eine Mutter, wie das Heim, in das ich von Zeit zu Zeit immer wieder zurückgekehrt bin. Jude wäre verrückt geworden, wenn er wie sein älterer Bruder Gerald so viele Jahre draußen auf dem Wasser hätte leben müssen; diese Insel war schon schlimm genug für ihn.

Ach, übrigens, dies ist auch Judes Geschichte, denn meine Geschichte ist untrennbar mit seiner verbunden.

Das Licht kreiste im Inneren des Leuchtturms. Die großen Fresnellinsen, ein kunstvoller, anmutiger Bienenkorb aus geschliffenem Glas, sind vor Jahren durch einen Baseballschläger in Judes Händen zu Bruch gegangen. In Judes Seele brodelte und schäumte es, aufgestachelt durch einen Zorn, der wohl schon lange vor dem Tag in ihm gärte, an dem seine Mutter den Leuchtturm verließ und ihn mitnahm. Aber ich will nicht vorgreifen. Allerdings hatten Jude und ich einige Mutterthemen gemeinsam. Vermutlich war das ein Grund, warum wir uns zueinander hingezogen fühlten.

„Der arme Gerald. Der letzte der Keller-Männer."

„Ja. Alle tot, außer Gerald.“ Angie nickte und richtete ihre Frisur. Ihre Knöchel waren geschwollen und arthritisch, aber ihre Fingernägel hielt sie immer tipptopp in Ordnung. Sie war sehr eigen. Hart im Nehmen, aber eigen. Nur selten habe ich sie ohne Make-up gesehen, und ihre Schuhe waren zwar bequem, aber immer elegant. „Das ist das Ende einer Ära, Mary.“

Die Schwestern nennen mich Mary. „Mary Margaret“ ist zu umständlich.

Auch sie wandte den Blick zum Leuchtturm hinüber, ein Gebäude, das irgendwie viel zu winzig wirkte für die umfangreiche Technik, die sich darin befand. Tante Elfi pflegte zu sagen, dass die Menschen vielen Gebäuden erst ihre Würde verliehen, sie belebten. Welchen Zweck hätten sie denn ohne uns? Wenn ihr denkt, ich würde mich irren, dann überlegt doch einmal, wie es wäre, wenn niemand jemals wieder den Eiffelturm besteigen würde. Und warum wird beim Anblick von Ruinen die Sehnsucht in uns wach, dort gelebt zu haben?

Ich deutete zum Leuchtturm hinüber. „Mr Keller hat viele Menschenleben gerettet. Es ist schwer, sich dieses Gebäude unbewohnt vorzustellen.“

Sie schnalzte mit der Zunge. „Der Geist von Mr Keller ist bestimmt irgendwie noch da. Ich glaube, dieser Leuchtturm war das Einzige, was er je wirklich geliebt hat.“

Angie und ich sind unterschiedlicher Meinung darüber, was Mr Keller hätte tun sollen, als seine Frau, Judes Mutter, einen Koller bekam. Ich behaupte, er hatte keine Ahnung von dem, was in ihr vorging. Sie behauptet, jeder Mann, der seines Lohnes wert sei, hätte erkennen müssen, dass etwas nicht stimmte, tief in seinem tiefsten Inneren hätte er spüren müssen, dass es seiner Frau gar nicht gut ging.

„Ich werde mich um Hattie kümmern.“ Ich erhob mich, streifte mir den Träger meiner Baumwolltasche über die Schulter und versuchte, die düsteren Gedanken beiseitezuschieben.

„Das ist bestimmt eine gute Idee. Sie braucht dich.“

Und so nahm ich meinen Stuhl und marschierte durch das hohe braune Oktobergras zum Heim für betreutes Wohnen. Nach Großmutters Herztod war ich dort aufgenommen worden. Damals war ich acht. Zu jener Zeit war es noch eine Klosterschule gewesen. Tante Elfi ging in ein Kloster nach Tibet, in der Hoffnung, dass sie dort auf größeres Verständnis für ihre seltsamen religiösen Ansichten stoßen würde.

Ich kam am Eingang des alten Gemischtwarenladens vorbei – jetzt ein Internetcafé –, vor dem ich mich immer mit Jude getroffen hatte, und ich blickte zurück zum Leuchtturm, und da ich es für passend hielt, sprach ich ein Gebet für die Menschen, die einst in seinen Mauern gelebt hatten.

Jetzt ist es spät geworden und Zeit zum Schlafen.

3

Es ist früher Morgen und ich bin hellwach. Vielleicht scheute ich mich, meine Geschichte aufzuschreiben, weil ich weiß, wie viel Raum ein solches Unternehmen in meinen Gedanken einnehmen wird.

Also, liebe Schwestern, ich möchte euch zuerst erklären, wo ihr gelandet seid, falls ihr es noch nicht wisst. Locust Island wurde um 1608 von Kapitän John Smith entdeckt, als er die Chesapeake Bay erkundete. Die Umrisse der Insel erinnern eher an ein Huhn und nicht an eine Heuschrecke, wie der Name vermuten lässt, doch als er auf dieses Eiland stieß, war die Insel von einer großen Insektenpopulation bevölkert. Heute ist das nicht mehr so, und eigentlich ist das ein Segen – oder vielleicht auch nicht, wenn man bedenkt, wie viele Staranwälte aus Washington die Ufergrundstücke aufkaufen und riesige Ferienanlagen bauen. Eine davon ist sogar grelltürkis gestrichen! Mit gelben Fensterläden. „Wir sind hier doch nicht in der Karibik!", würde ich diesen Leuten am liebsten zurufen.

Wir befinden uns nördlich von Tangier, der Insel, auf der die Einwohner immer noch mit elisabethanischem Akzent sprechen. Vermutlich hat sich das bei den jungen Leuten mittlerweile geändert, nachdem es Fernsehen und Videos gibt.

Die Stadt Abbeyville in Maryland wurde Mitte des 17. Jahrhunderts von einem Verwandten von George Calvert gegründet, dem Charles der Erste eine königliche Charta für Maryland ausgestellt hatte. Dieser Verwandte war ein Benediktinermönch mit Namen Pater Jerome Calvert. Nach seiner Ankunft aus Irland gründete er ein Kloster. Andere Siedler folgten schnell, und die Stadt wurde aus Gründen, die ich nicht kenne, Carringtown genannt. Doch der Spitzname Abbeyville setzte sich Anfang des 18. Jahrhunderts durch. Nach 125 Jahren wurde das Kloster aufgelöst, und zurück blieben nur zwei Mönche, die sich, wie man sich erzählt, nicht ausstehen konnten. Der Legende zufolge grub der eine, Bruder Paulus, sich ein Erdloch und führte ein Leben als Einsiedler.

Schließlich übernahmen die Karmeliterschwestern das Kloster für etwas mehr als 100 Jahre. Auch diese Gemeinschaft löste sich wieder auf, allerdings gruben sie sich nicht in Gruben ein und verhielten sich auch sonst nicht übermäßig verschroben.

1887 schließlich übernahmen die Schulschwestern von St. Mary das Kloster und gründeten die *St. Mary's-Klosterschule für Mädchen*. Während der Austernkriege waren viele Menschen in die Stadt gekommen, und die Schwestern widmeten sich der Aufgabe, die Kinder der Seeleute, der Arbeiter in den Konservenfabriken und natürlich auch der Bauern zu unterrichten, deren Familien schon seit mehreren Jahrhunderten hier ansässig waren.

Während der neun Jahre, die ich hier lebte, war zufällig auch Angie hierhergeschickt worden, meine beste Freundin. Ihre Eltern zogen mit einer Varietéshow durchs Land und schickten ihr immer wunderschöne Karten und Briefe von unterwegs.

Angie droht jetzt damit, ihre Erinnerungen aufzuschreiben, aber das glaube ich erst, wenn ich es sehe. Sie erteilte Unterricht in den wissenschaftlichen Fächern, und übrigens, ich gab Kunst- und Englischunterricht. Englisch als Lehrfach hatte ich nur gewählt, damit ich Kunst unterrichten konnte. Das ist vermutlich so, als würde ein Footballtrainer Geschichte unterrichten.

Um 1900 wurde ein Fährdienst zum Festland eingerichtet, und 1925 kam das erste Auto auf die Insel. Noch immer fahren die Bewohner hier selten mit dem Auto; die Insel ist nur ein paar Hektar groß. Aber es gibt natürlich Autobesitzer hier. Sie fahren mit ihrem Wagen nach Salisbury, um Dinge einzukaufen, die sie hier nicht bekommen. Wir Schwestern nennen einen kleinen weißen Honda Civic unser Eigen.

Als ich nach dem Tod meiner Großmutter nach St. Mary zog, konnte ich durch das Fenster unseres Schlafsaals den Leuchtturm sehen, der 1862 auf Pfählen errichtet worden war. Die heutigen Eisenstreben waren im schlammigen Grund der Bucht mit knapp drei Meter langen Schrauben verankert und trugen das weiße, achteckige Haus mit den vier Gaubenfenstern im ersten Stock. Es ragte wie ein Wächter, der es ja auch war, aus dem Wasser, und um das Bild zu vervollständigen, hätten nur noch zwei riesige Arme gefehlt, in der Mitte verschränkt.

Die Läden waren in meiner Kindheit noch karmesinrot, aber Hattie hat sie dunkelblau gestrichen, als sie nach ihrer Heirat mit Gerald dort einzog. Die großen Felsbrocken wurden zu beiden Seiten im Wasser deponiert, um zu verhindern, dass Eisschollen die Eisenstreben beschädigten. Sogar ein Flaschenzug existierte, mit dessen Hilfe schwerere Gegenstände ins Haus hochgezogen wurden.

Im Jahr 1965 kaufte Hattie einen neuen Kühlschrank. Es war ein ziemlich schwieriges Unterfangen, ihn in ihre Küche zu bekommen. Aber es hat geklappt. Niemand wagte es, sich Hattie Kellers Zorn zuzuziehen, das kann ich euch sagen. Wie Schwester Mary Francis immer sagte: „Was für ein Frauenzimmer!" Und sie hatte ganz recht. (Schwester Mary Francis lebt nun schon seit zehn Jahren mit Angie und mir zusammen.)

Früher hatte ich mir immer vorgestellt, wie es wohl wäre, dort draußen im Leuchtturm zu leben, umgeben von dem grauen Wasser der Chesapeake Bay; wie es wohl wäre, auf der Veranda zu stehen, die sich um das Haus herum zog. Blickte Jude wohl manchmal hinüber zum Bethlehem Point unmittelbar links von unserer Schule und sah mich dort am Strand stehen, ein kleiner Punkt, der über das Wasser schaute? Ein kleines Mädchen unter einem Baum.

Zum ersten Mal bemerkte ich Jude, als er draußen in der Bucht ruderte. Die Ruder durchschnitten das Wasser mit gleichmäßiger Präzision. Er ruderte fast jeden Tag.

Jude Keller und seine Eltern kamen zweimal im Monat in unsere Stadt. Bei einer solchen Gelegenheit, an einem Sonntagmorgen im Mai, sah ich ihn zum ersten Mal aus der Nähe. Die Messe in St. Francis war gerade zu Ende gegangen. In unseren hellblauen Sonntagskleidern verließen wir die Kirche, immer schön zu zweit nebeneinander. Die Älteren führten uns an; die Kindergartenkinder sprangen am Ende der Reihe herum wie Grashüpfer. Damals besuchte ich die vierte Klasse.

Jude saß auf der Treppe des Gemischtwarenladens. Über seinem Kopf hing an der Tür ein Kalender mit dem heiligen Herz Jesu, dieses überbordende, kräftige Herz, gekrönt mit herrlichen Flammen der Liebe für die Menschen und umwunden mit Dornen, die uns zeigen sollen, dass er auch heute noch unsere Schmerzen fühlt, und das tut er, Schwestern, das tut er wirklich!

Aber Jude hatte für Religion nicht viel übrig. Ganz und gar nicht. Ein Bild wie dieses war viel zu kitschig für Jude, für viele andere übrigens auch, die die dahinterstehende Geschichte nicht kennen. Wie oft hat er mir erklärt, er hätte uns für einen Haufen abergläubischer Weiber gehalten, die sich von irgendwelchem frommen Hokuspokus verblenden ließen. Er glaubte an sein eigenes Vergnügen, ganz einfach, und seiner Meinung nach wollte Gott den Menschen jede Art von Vergnügen verbieten.

„Dann glaubst du also an Gott?", fragte ich ihn.

„Natürlich. Wenn man in einem Haus mitten im Wasser lebt, umtost von Stürmen und Urgewalten, wenn man die Vögel und alle anderen Lebewesen sieht, weiß man, da gibt es eine Macht, die niemand wirklich erklären kann, egal, wie sehr er es auch versucht. Ich denke nur, dass Gott ein bisschen zu viel Spaß hat an seiner Macht."

Dieses Gespräch fand statt, als er 15 war. Damals konnte ich nicht kontern. Wie sollte ein unschuldiges Mädchen einem erfahrenen Jungen klarmachen, dass sie Jesus Christus, den Sohn des Gottes, gegen den Jude so wütete, von ganzem Herzen liebte?

Selbst jetzt noch klingt das etwas seltsam, aber genau so ist es. Hoffentlich empfindet ihr, die ihr dies lest und die ihr euer ganzes Leben seinem Dienst geweiht habt, genauso wie ich. Das macht es auf Dauer etwas einfacher, denn Herausforderungen gibt es auch so genug.

Und natürlich war ich in diesem Alter noch nicht in der Lage, ihm zu erklären, dass Gott seine Macht immer in Liebe und Güte ausübt und zu unserem Wohlergehen, weil es mir leider nie leichtgefallen ist, für meine Überzeugungen einzutreten. Zehn Minuten nach dem Gespräch, oh ja, da fallen mir dann immer die richtigen Antworten ein. So verhindert Gott, dass ich hochmütig werde, schätze ich.

Nachdem Jude mich als abergläubisch bezeichnet hatte, erinnerte er mich an die Kreuzzüge, die Spanische Inquisition, an die Sache mit Bloody Mary und, weil er klüger war, als er zu sein vorgab, und sich in die Bibliothek schlich, wenn er sich unbeobachtet fühlte, auch an jeden einzelnen Papst, der sexuelle Beziehungen unterschiedlichster Art unterhalten, Kinder gezeugt oder sich auf andere Weise als Schuft gezeigt hatte. Vom übermäßigen Alkoholkonsum mal ganz zu schweigen.

Oh ja. Wenn du in der Kirche bist, begegnest du Menschen der *schlimmsten* Sorte. Aber zum Glück ruft Gott die Sünder, nicht die Gerechten, und davon gibt es in unserer Tradition jede Menge, wie jeder Gemeindepriester euch bestätigen kann.

Von seinem Platz auf der Treppe aus, wo Jude saß, das eine Bein lang ausgestreckt, das andere angewinkelt und den schlanken, aber muskulösen Arm darauf abgestützt, pfiff er uns nach – ein anstößiger, lüsterner Pfiff, der unsere Röcke hob wie ein unwillkommener Windstoß aus der Bucht und forderte, einen Blick darunter werfen zu dürfen. Er hätte nur unsere Standardunterwäsche gesehen, eine weiße Unterhose, die genauso gestärkt war wie unsere Kleider, aber das war nicht der Punkt. Selbst schon als Viertklässlerin fühlte ich mich durch diesen Pfiff besudelt und gleichzeitig ein wenig erregt.

An diesem Abend fragte ich Schwester Thaddeus danach, als ich ihr die Becher anreichte, die sie in das Regal räumte: „Funktioniert das tatsächlich so?"

Schwester Thaddeus hatte bestimmt eine ganze Menge solcher Pfiffe gehört, dachte ich. „Ja. Genau so. Bei denjenigen von uns sterblichen Menschen, die solche Gefühle empfinden." Sie strich sich eine braune Locke aus der Stirn. Schwester Thaddeus versuchte wirklich, nicht verführerisch zu sein, der Herr weiß, dass sie es versucht hat, aber nicht einmal ihre Tracht konnte ihre Schönheit und ihre Kurven verbergen. Wir alle empfanden tiefes Mitgefühl für sie.

„Warum ist das so?"

„Wir Frauen sind dazu bestimmt, Babys zu bekommen. Jungen wie Jude erkennen dies ein wenig früher, als sie sollten." Sie hob den Rock ihrer hellgrauen Tracht und entblößte einen wohlgeformten Knöchel, dessen Schönheit nicht einmal ihr grober schwarzer Stiefel zu mindern vermochte, und stieg vom Hocker herunter. „Nicht, dass dies in seinem Fall eine große Überraschung wäre", murmelte sie. Schwester Thaddeus murmelte immer ihre Ansichten vor sich hin und überließ es einem selbst, sie nach einer näheren Erklärung zu fragen. Und ich fragte immer nach.

„Was heißt das?"

Sie reichte mir einen Mopp, dessen langer Stiel glatt in meiner Hand lag. Ich liebte es, damit den Boden des Speisesaals zu wischen und mit den langen Schlingen Krümel und Flusen aufzunehmen. Ihn über dem Rasen auszuschütteln war noch besser, allerdings nicht, wenn der Wind in meine Richtung wehte. „Wenn er im Leuchtturm bei seinem Vater geblieben wäre, sähe sein Leben anders aus. Aber ...", sie winkte ab, „er wollte ja bei seiner Mutter und diesem *Austernmann* leben."

Als ob damit alles gesagt wäre. Und ich hatte keine Ahnung, was das heißen sollte. Neunjährige wussten so etwas nicht, nicht wie die Kinder von heute, es sei denn, man hieß Jude Keller. Aber ich spürte, dass es etwas mit Frauen zu tun hatte und mit guten Gefühlen und damit, dass diese beiden Wörter niemals in der Behausung des „Austernmannes" zusammenkamen, einem kleinen gelben Haus am Stadtrand in der Nähe der Konservenfabrik.

Ich rechnete damit, eines Tages mehr Einzelheiten zu erfahren. Nicht, dass ich damals nicht auch bereits einen gewissen Reifegrad erreicht hätte. Dieser bezog sich aber eher auf andere Bereiche. Ich wusste bereits einiges über Vergewaltigungen und darüber, wie es war, ein uneheliches Kind zu sein, seine Mutter zu verlieren und alle Angehörigen, die man gekannt und geliebt hatte. Aber, liebe Schwestern, ich hatte auch mit Jesus Christus von Angesicht zu Angesicht gesprochen. Aber das weiß natürlich keiner.

Offen gestanden, dies ist das erste Mal, dass ich darüber schreibe, und ich habe es noch *keiner* Menschenseele erzählt. Nicht einmal meiner lieben Freundin Angie. Bitte vergib mir, meine Freundin, wenn du dies liest. Manche Dinge erzählt man nicht einmal seiner besten Freundin.

An diesem Punkt müsst ihr eure Zweifel entweder beiseiteschieben oder euch eingehend mit christlichen Mystikern beschäftigen, die eine ungewöhnliche Beziehung zu Jesus Christus hatten, und selbst wenn ihr das tut – die Berichte, die ich gelesen habe, reichen an meine eigenen Erfahrungen bei Weitem nicht heran. Die Mystiker bekommen starken Gegenwind von einigen meiner protestantischen Brüder und Schwestern, die behaupten, ihre Einblicke in den Himmel seien unbiblisch. Sagen wir einfach, ich kann dem nicht zustimmen, und dabei wollen wir es belassen. Obwohl sich die einzelnen Geschichten der Mystiker voneinander unterscheiden, eins haben sie alle gemeinsam: Diese Menschen gaben alles auf für den Herrn.

Die meisten von ihnen taten dies freiwillig, und darum sind sie Heilige. Einige … nun, wage ich es auszusprechen? Oh, ich tue es einfach; vermutlich bin ich sowieso schon tot, wenn ihr dies lest: Einige schienen geistig ein wenig verwirrt zu sein. Aber Gott holt seine Kinder auch dort ab, nicht? Reicht seine Liebe nicht bis zum Ende des Universums und zurück?

Ich bin ganz klar *keine* Heilige. In meiner Geschichte geht es nicht um weinende Madonnen oder unsichtbare Eheringe und Stigmata. Und glücklicherweise kamen die Selbstverstümmelungen bereits vor vielen, vielen Jahren aus der Mode. Zum Glück brauchen wir die Heiligen nicht zu verstehen, um Dankbarkeit für sie zu empfinden. Sie haben den Glauben erhalten, den wir jetzt kennen. Sie haben den Ball sozusagen in der Luft gehalten. Ich hoffe sehr, dass die uns nachfolgenden Generationen zumindest ebenfalls anerkennen, dass wir weitergemacht haben, auch wenn sie mit der Art, wie wir die Dinge gehandhabt haben, nicht mehr übereinstimmen.

Ich wurde im Alter von sieben Jahren in dieses geheimnisvolle Reich des Heiligen eingeladen, und so wie ich das sehe, konnte ich es entweder dankbar annehmen oder es mit Füßen treten, so wie Judes Stiefvater nach dem Hund trat. Ich wünschte, es wäre nicht ernst gemeint, doch der Mann trat tatsächlich und häufig nach Spark, einer Promenadenmischung aus Cockerspaniel und Golden Retriever, der immer an Judes Seite war.

Schon in diesem jungen Alter wusste ich, dass ich mehr im Leben brauchte. Mehr, als nach der Schule in eine leere Wohnung nach Hause zu kommen. Mehr als meine Großmutter und meine Tante, die nach einem langen Tag in der Konservenfabrik, wo sie Austern und Krabben gepuhlt hatten, abends erschöpft nach Hause kamen. Mehr als Schuhe, die meine Füße einengten.

Es schien mir weniger aufwändig, Gott in die bedauerlichen Umstände meines Lebens einzulassen, als von ihm einen alles umfassenden neuen Versuch zu fordern. Ich gestehe, manchmal denke ich immer noch, dass einige Dinge selbst für Gott zu schwer sind. Ich meine, tief in meinem Inneren denke ich das. Aber zum Glück gibt es ein noch tieferes Inneres. Doch *dorthin* vorzudringen, schmerzt leider wie der Teufel, denn dort wissen wir, dass Gott immer etwas tun *kann* und es manchmal trotzdem nicht tut, und diese Erkenntnis lässt nicht viele Möglichkeiten offen – und keine davon ist wirklich angenehm.

Doch ich wollte erzählen, wie es ist, von Angesicht zu Angesicht mit Jesus Christus zu reden.

Am Aschermittwoch 1937 ging ich zur 19-Uhr-Messe in die St. Francis-Kirche. Eigentlich hätte ich nicht hingehen müssen, denn wir hatten die Messe bereits mit der Schule besucht und es war kein heiliger Tag der Verpflichtung. Doch bereits in diesem Alter hatte ich erkannt, dass Fasten und Beten mir lag. Mein Leben war vom Augenblick meiner Empfängnis an besonders gewesen; warum sollte ich mir nicht 40 Tage Zeit nehmen, um diese Tatsache zu würdigen? Wenn ich auch in diesem Alter noch keine richtige Buße tun musste, vielleicht konnte ich für meinen Vater büßen, der an diesem Abend in der Nähe von Fort Henry sein Leben sicherlich ruiniert hatte.

Damals waren das keine klaren Gedanken in meinem Kopf, sondern ich habe sie im Laufe der Jahre zusammengesetzt in dem Bemühen zu begreifen, warum Jesus an jenem Abend inmitten der Asche zu mir kam. Ich war nicht übermäßig traurig oder einsam, als ich in der Kirche saß und die Worte des Priesters hörte, dass ich aus Staub gemacht sei und zum Staub zurückkehren würde. Ich stellte mir vor, wie sich das rote Blut in meinem Körper in Staub verwandelte und in den dunklen Tunnels meiner Venen zum Stillstand käme.

Ich wollte so gern etwas aufgeben, als Fastengabe, aber ich hatte einfach keine Idee, was das sein könnte. Während ich dort auf der

Holzbank saß und die Beine baumeln ließ, überlegte ich, was mir besonders wichtig war. Süßigkeiten, Eiscreme, Spielzeug – also die Dinge, die die meisten Siebenjährigen lieben – gehörten nicht regelmäßig zu meinem Leben dazu, da meine Großmutter kein Geld dafür hatte. Also konnte ich mich ihrer auch nicht enthalten. Sie aufzugeben wäre töricht gewesen, beinahe so, als würde ich Gott anbieten, unter Tränen auf eine Tiara oder eine Fahrt auf einem Paradewagen zu verzichten. Damals besaß noch niemand ein Fernsehgerät und niemand ging jemals auswärts essen. Ich trank keinen Kaffee und kein Bier und rauchte keine Zigaretten. Es gab also nichts, auf was ich in der Fastenzeit verzichten konnte.

Aber ich liebte Jesus.

Wenn euch in Bezug auf mich eins klar sein sollte, Schwestern, dann dies: Ich liebte Jesus. Ich scheue mich nicht, dies zuzugeben. Wenn das kitschig klingt, ist es mir egal. Er ist meine Mutter, mein Vater, mein Ehemann, mein Tröster, mein guter und ehrlicher Freund.

„Aber wie könnte ich dich aufgeben?“, flüsterte ich in meinem Herzen und fühlte mich allein bei dem Gedanken furchtbar traurig.

Pater Thomas, ein junger Mann mit dem Gesicht eines Engels und einem vorzeitig ergrauten Haarschopf, malte das schwarze Aschekreuz auf meine Stirn und sagte: „Vom Staub bist du genommen, und zu Staub sollst du zurückkehren.“ Dann streckte er den Arm aus und legte seine schlanke, weiße Hand auf meinen Kopf, beugte sich zu mir und flüsterte mir ins Ohr: „Möge der allmächtige Gott dich beschenken mit allen Gaben des Heiligen Geistes, Mary Margaret.“

Ich blickte in seine Augen und sah Liebe. Nicht nur die Liebe von Pater Thomas, sondern die Liebe Jesu, unseres Herrn. Pater Thomas verschwamm vor meinen Augen, die Menschen verschwammen, die Holzbänke, die Steinmauern und der Mittelgang, die brennenden Kerzen und sogar der geschnitzte Altar, und ich sah nur noch diese Augen vor mir, erst blau, jetzt in Jerusalem-Braun, und eine Stimme sagte: „Mich sollst du niemals aufgeben, Mary Margaret. Du bist meine Tochter, und ich werde immer für dich sorgen. Du bist meine Braut, und ich werde dich immer lieben und dich nah an meinem Herzen halten. Du bist meine Freundin, und ich werde immer an deiner Seite sein. Ich bin dein."

Ich blinzelte, und Pater Thomas lächelte mich an, nahm seine Hand von meinem Kopf und wandte sich dem nächsten Gläubigen zu.

Dieser Augenblick leuchtete von da an vor mir wie der Nordstern. Meine Mutter konnte ihrer Berufung nicht folgen, aber Jesus hatte mich zu seiner Braut erklärt. Es konnte nur einen Ruf für mich geben.

Wenn eine Frau ihr heiliges Gelübde ablegt, bekommt sie einen Ehering, der zeigt, dass sie nun mit Jesus Christus verheiratet ist. Auf diesen Augenblick, in dem mir das kühle Gold an den Finger gesteckt werden würde, freute ich mich von da an jeden Tag. Wie viele kleine Mädchen sich darauf freuen, eines Tages Braut, Ehefrau und Mutter zu werden, träumte ich davon, eine Braut Christi zu werden. An jenem Aschermittwoch, als ich zu Hause in meinem Bett lag, beschloss ich, dass nur ein solches Leben für mich infrage kam.

Wenn ich euch sagte, ich hätte dunkle Nächte der Seele erlebt, wäre das eine Lüge. Vor manchen Menschen verbirgt sich Gott manchmal wie ein Liebhaber, der verschmäht wurde und seine Geliebte daran erinnern muss, was sie an ihm hat. Aber zwischen mir und ihm gab es so etwas nicht. Er hielt sein Wort, sorgte immer für dieses dürre, rothaarige Waisenkind, hielt mich immer nahe an seinem Herzen. Ich fühlte seinen Herzschlag in jedem wachen Augenblick.

Nicht, dass er mir nichts abverlangt hätte. Oh nein. Ab diesem Zeitpunkt wurde mein Leben mit Jesus zu einer wahren Achterbahnfahrt ...

4

Gestern nach dem Abendessen saßen Schwester Angie und ich an Hatties und Geralds Bett. Im St. Mary's-Heim für betreutes Wohnen wird alles angeboten, von kleinen Wohneinheiten für Selbstversorger bis hin zur vollen Hospizpflege. Wie ich höre, ist das heutzutage ein großes Geschäft, wo die geburtenstarken Jahrgänge ins Rentenalter kommen.

Der Komplex war wie gesagt früher die Klosterschule, aber nachdem die Anmeldungen stetig zurückgingen, vermietete der Orden das Haus an eine Firma, die solche Einrichtungen betreibt. Wir sind hier, um den Menschen, die hier leben, geistlichen Beistand zu leisten, ihnen zu helfen und für ihre Unterhaltung und Beschäftigung zu sorgen. Ich gebe Mal- und Werkkurse. Angie engagiert sich zusammen mit Schwester Mary Francis, die eigentlich examinierte Sozialarbeiterin ist, für die Gesundheitspflege der Patienten, und Schwester Blanca ist die Direktorin der Einrichtung und generell eine Frau des Gebets. Natürlich mit offizieller Befugnis. Wir alle tun in unserem Wirkungskreis, was wir können. Manchmal vermischen sich unsere Aufgabenfelder.

Hatties und Geralds Zimmer war früher die obere Hälfte des wissenschaftlichen Labors, was erklärt, warum Angie sich so häufig hier aufhält. Es ist ihr früherer Klassenraum.

Ich hielt Geralds Hand; sie hielt Hatties. Die Mutter Oberin in der Schule hatte uns einmal erklärt, als Ordensschwester altere man nicht so schnell wie eine verheiratete Frau. Dabei hatte sie eine ihrer geschwungenen Augenbrauen vielsagend in die Höhe gezogen.

Damals hatten wir darüber gelacht, aber als mein Blick auf Hatties Hand fiel, die in Angies lag, konnte ich einen Altersunterschied von mindestens 15 Jahren erkennen, statt der fünf, die es nach dem Kalender waren.

Ähnlich war es bei Gerald und mir. Gerald war der letzte Leuchtturmwärter und Judes ältester Bruder – zwölf Jahre älter als Jude. Ich drückte seine Hände und schob dabei einige seiner braunen Altersflecken zu einer verschnörkelten Linie zusammen, die über die obere Seite seiner von gelblicher Haut überzogenen Hand wanderte.

Gerald war früher ein Frauenheld gewesen wie sein Bruder. Aber seit dem Tag, an dem er nach dem Kriegseinsatz in Japan auf die Insel zurückkehrte und einen Blick auf Hattie geworfen hatte, gab es für ihn keine andere Frau mehr. Alle anderen Frauen hätten entweder heiraten oder sterben können, es hätte ihn nicht interessiert.

„Gerald", flüsterte ich. „Gerald?"

Er öffnete die Augen, in denen ich erkennen konnte, wie krank er war. Solche Augen, genau dieselben, hatte ich vor Jahrzehnten bei meiner Großmutter gesehen. „Mary Margaret."

„Wie fühlst du dich?"

Sein Lächeln entblößte seine falschen Zähne, die etwas heruntergerutscht waren. Beim Sprechen klapperte sein Gebiss. „Wie Müll."

„Du brauchst die Zähne jetzt nicht zu tragen."

„Zum Teufel, ich will es aber."

Na ja, vielleicht war ihm doch ein bisschen von der Keller'schen Eitelkeit erhalten geblieben. Nach ihrem Aussehen zu urteilen hätten beide Jungs auf die Leinwand gehört. Dieser gebrechliche Mann vor mir mit den dünnen Haaren, die wie Seidenfasern seinen Kopf bedeckten, war einst mit drei Frauen gleichzeitig ausgegangen: Miss Freitagabend, Miss Samstagabend und Miss Sonntagabend. Und jetzt lag er da. Krank. Sein Rückgrat krümmte sich wie ein Geigenkopf.

„Meine Hattie schläft?"

„Ja."

„Die Medikamente könnten auch dir dazu verhelfen."

Ich lachte.

Jesus saß plötzlich auf dem Bett neben uns. „Hattie wird zuerst gehen", flüsterte er. „Aber erzähl es nicht weiter."

Wie du meinst. Damit hätte ich nicht gerechnet.

„Was wirst du tun, wenn du wieder auf die Beine kommst, Gerald? Auf Safari gehen? Zum Nordpol reisen?"

„Oh nein! Keine Wildnis oder Kälte. Aber ich würde gern noch einmal zum Leuchtturm hinausrudern."

„Ich bringe dich hin."

Lässt du ihn noch einmal zum Leuchtturm rudern?, fragte ich Jesus. *Ich würde auch gern noch mal hin.*

„Oh!" Hattie schrie in ihrem von Medikamenten herbeigeführten Schlaf auf.

Ich blickte Jesus an, als er sagte: „Du wirst vor Gerald gehen, Mary Margaret."

Was? Bald?

„Sagen wir, zum richtigen Zeitpunkt. Dir wird sehr gefallen, was ich aus dem Ort gemacht habe."

Und ich kann es kaum erwarten, dorthin zu gehen.

Mein Herz floss über vor Liebe für ihn, und als er verschwand, blieb ein Lilienduft zurück.

Gerald schlief ein, sein Gebiss rutschte herunter und blieb auf seinen unteren Zähnen liegen. Ein leichtes Schnarchen ließ seine Lippen erzittern.

Ich tätschelte Angies Bein. „In einer Stunde beginnt mein Töpferkurs."

„Geh nur, Mary Margaret. Ich bleibe hier bei ihnen sitzen. Ach übrigens, heute Morgen war ein Brief von John in der Post."

Hattie, die früher eine „heldenhafte Frau" gewesen war, wie Tante Elfi es nannte, lag flach auf dem Bett, und ihr Körper wurde von Tag zu Tag weniger. Bald würde sie mit dem Bett verschmelzen, und nur ihr kleines, glänzendes rotes Gesicht würde sich noch von den Laken abheben. Ihre Haare, noch immer in dem schockierenden Rot, das Angie erst vor drei Tagen aufgetragen hatte, breiteten sich wie ein Blutfleck auf ihrem Kissen aus. Ich beugte mich herab und küsste ihre Wange, auf die großzügig Rouge aufgetragen worden war. *Oh Hattie. Gut für dich.*

Nachdem ich noch in mehrere Zimmer geschaut und Hallo gesagt oder ein leises Schnarchen gehört hatte, ging ich hinüber zu unserem Häuschen auf dem Gelände und stieg die Stufen zu meinem Schlafzimmer hoch. Und auch wenn es stimmt, dass ich überall mit Jesus reden kann, dass ich ihn in den Augen eines jeden Menschen sehen kann, den er mir geschickt hat, damit ich ihn unterrichte und liebe, trete ich gern hier in meinem Zimmer in seine und des Vaters Gegenwart. Ich zündete einige Kerzen an, kniete auf dem Betschemel nieder, den ich aus Treibholz selbst gezimmert habe, nahm meinen Rosenkranz und richtete den Blick auf das Kruzifix. Ich dachte an Hattie und Gerald und all die anderen und auch an die Mädchen in unserer Schule, die an Wunden leiden, die kein Mensch sehen kann, und fing an, Gott um sein Erbarmen zu bitten.

Um deines Leidens willen, erbarme dich über uns und die ganze Welt.

An meinem privaten Altar begegnete Jesus mir nie so wie sonst. Dort stand ich auf einer Stufe mit allen anderen Betern. Und auch wenn er, aus welchen Gründen auch immer, beschloss, mich zum Pflegeheim zu begleiten, zu den Orten, wo die Kranken wohnen – die Einsamen, die Sterbenden –, vor meinem Altar war es anders. Und hier an dieser Stelle werde ich sterben. Ich weiß es, weil ich ihn gefragt habe, ob er mich genau an dieser Stelle heimholen könnte. Und er sagte, das ginge in Ordnung.

Ich möchte auf den Knien liegen, wenn ich sterbe, bat ich später, als ich im Dunkeln in Hatties und Geralds Zimmer saß.

„Dann wird es so sein."

Herr, erbarme dich.

Christus, erbarme dich.

Herr, erbarme dich.

5

An dem Tag, an dem ich Jude das allererste Mal begegnete, war ich 9; er war 11. Natürlich hatte ich ihn damals bereits des Öfteren beim Rudern in der Bucht beobachtet oder auf seine Drachen gestarrt, die er von der Veranda des Leuchtturms aus steigen ließ. Er beherrschte die Kunst des Drachen-steigen-Lassens perfekt und konnte den Drachen die schönsten Loopings und Sturzspiralen fliegen lassen! Damals lebte er schon nicht mehr im Leuchtturm, sondern bei seiner Mutter Petra und seinem Stiefvater Brister Purnell, dem berüchtigten „Austernmann", den Schwester Thaddeus eindeutig missbilligte.

Jude war, abgesehen von Schwester Thaddeus, das schönste menschliche Wesen, das ich je gesehen hatte. Da mein Leben in Hässlichkeit begann, spricht Schönheit mich an, und darum fühlte ich mich von Jude, wie er dort in der Nähe unseres Schulhofs stand, mit gespreizten Beinen und über der Brust verschränkten Armen, wie magisch angezogen. Seine Haut war von den vielen Stunden in der Sonne in jenem Sommer gebräunt, seinem letzten Sommer im Leuchtturm, in dem er auf der umlaufenden Veranda gestanden und mit seinen aquamarinblauen Augen den Horizont abgesucht hatte. Die Sonne hatte seine hellbraunen Locken großzügig mit hellen Strähnen versehen. Die Muskeln, die sich durch das Rudern und Schwimmen draußen in der Bucht gebildet hatten, glänzten vor Schweiß und verliehen ihm einen Harnisch aus Licht.

Er zog mich an, nicht wie ein Liebhaber, sondern so, wie eine herrliche Rose den Maler anlockt. Vorsicht vor den Dornen, muss ich hinzufügen. Denn auch wenn Jude äußerlich im Laufe der Jahre immer schöner wurde, so bohrten sich innerlich Dornen in das Fleisch seiner Seele, zerrissen es, verstümmelten es und ließen grausame Narben zurück. An so etwas hat Satan seinen Spaß, und er lässt nur gerade so viel gesundes Gewebe zurück, dass du denkst, alles wäre noch beim Alten, obwohl eigentlich nichts mehr so ist wie zuvor. Na ja, fast nichts. Den Stempel Gottes kann er nicht von einem Menschen fortnehmen. Ich weiß nicht, ob Gott selbst dies kann oder warum er das tun sollte, selbst wenn er es könnte.

An diesem Morgen war Judes Verhalten sehr provozierend, als ich, nachdem ich meine Küchenpflichten erledigt hatte, auf dem Weg zu meinem Zimmer war, um meine Schulbücher zu holen.

Ich ging zu ihm hinüber und warf meinen roten Zopf auf den Rücken. Mein Herz schien in meiner Brust herumzurollen, sich gegen meinen Brustkasten zu werfen.

„Aus der Nähe sind sie genauso schön", sagte er.

„Was?" Diese Bemerkung verblüffte mich. Ich hatte nicht damit gerechnet.

„Deine Haare. Ich habe sie von der Plattform des Leuchtturms draußen gesehen. Du bist das Mädchen, das manchmal am Strand spazieren geht, richtig?"

Ich nickte.

„Sie sind wirklich schön. Du solltest diese dummen Hüte weglassen, die ihr zur Kirche aufsetzen müsst, dann könnte ich deine Haare besser sehen."

„Danke. Mir gefallen die Drachen, die du steigen lässt."

„Ich baue sie selbst."

„Ich habe noch nie einen Drachen steigen lassen."

„Das ist ganz leicht. Wie heißt du?"

„Mary Margaret."

„Zwei Namen in einem."

„Genau."

„Ich heiße Jude."

„Ich weiß."

Er blickte mich verblüfft an. „Woher weißt du das?"

„Von Schwester Thaddeus. Sie sagt, du wohnst nicht mehr im Leuchtturm und dass dein älterer Bruder in den Krieg gezogen ist."

Er legte seine Hände auf den Zaun. „Ich bin der Jüngste."

„Ich bin Einzelkind."

„Dann … bist du auch die Jüngste."

Ich nickte. „Warst du gestern bei der Parade zum Labor Day?"

„Nee. Brister sagt, wer braucht schon so etwas. Wir haben am Strand gesessen und Bier getrunken."

Oh. In dem Alter?

„Du ruderst viel. Wieso?“

Er zuckte die Achseln. „Kann ich auf den Hof kommen?“

„Nee. Jungen sind nicht erlaubt. Das glaube ich zumindest.“

„Ich muss sowieso zur Schule. Tschüss.“ Er stieß sich vom Zaun ab und nahm seine Bücher, die durch ein Gummiband zusammengehalten wurden.

Ich blickte über seine Schulter zum Gemischtwarenladen hinüber und fragte mich, wie es wohl wäre, dort zu sitzen und mit einer so schönen Rose eine Cola zu trinken.

„Wollen wir uns nach der Schule dort treffen?“ Er kratzte sich an der Seite, der Stoff seines Hemdes zog sich hoch und entblößte seine gebräunte Haut über seinem Gürtel.

„Ich habe Pflichten zu erledigen.“

„Und danach?“

Ich konnte mir nicht vorstellen, warum jemand, der so gut aussah, mit mir zusammen sein wollte. Ich war ein Mädchen, das von der Wohltätigkeit einer Klosterschule lebte. Ich strahlte Sittsamkeit und Abhängigkeit aus; er Sinnlichkeit und Freiheit. Bereits in diesem Alter. Schwester Thaddeus sagte, einige Jungen seien eben so.

„Nur für eine Minute. Ich brauche Seife.“

„Gut.“

Er besuchte die Grundschule von Locust Island. Unsere Schulglocke läutete, und ich rannte in die Klasse. Schwester Thaddeus legte mir die Hand auf die Schulter, bevor ich mich an meinem Tisch niederlassen konnte. „Kommst du bitte mit mir in den Flur hinaus?“

Ich folgte ihr. „War das der kleine Keller-Junge, mit dem du da gesprochen hast?“

Ich nickte.

„Was wollte er?“

„Er möchte sich nach der Schule am Gemischtwarenladen mit mir treffen.“

„Willst du hingehen?“

„Ja, Schwester.“ Schwester Thaddeus könnte ich nie anlügen; sie war so nett.

„Na ja, ich brauche eine neue Zahnbürste. Vielleicht möchtest du mich ja dorthin begleiten."

„Ja, Schwester. Vielen Dank."

Jude lümmelte auf den Treppenstufen, auf die Ellbogen gestützt, und genoss die Sonne, die auf ihn herabschien wie ein Scheinwerfer; es sah aus, als würde er sie durch die Membranen seiner Zellen ganz tief in sich aufsaugen. Schwester Thaddeus, die ihm über seine hellbraunen Locken strich und gleich darauf im Laden verschwand, blickte er finster nach.

„Verflixte Nonnen", schimpfte er.

„Sie ist keine Nonne. Sie ist eine Ordensschwester. Nonnen leben im Kloster."

„Aber du besuchst doch eine Klosterschule, nicht?"

„Na ja, schon. Einige von ihnen leben auch im Kloster, aber nicht Schwester Thaddeus."

„Sie sieht toll aus. Sogar in dieser Pinguintracht."

Ich verdrehte die Augen, und er lachte und entblößte dabei seine perfekten Zähne.

Ich lachte auch. „Sie will eine Zahnbürste kaufen", flüsterte ich ihm zu.

Er flüsterte zurück: „Ist das ... ein Geheimnis? Dass Nonnen ihre Zähne putzen?"

„Nein, ich ... ich weiß nicht, warum ich geflüstert habe."

„In meiner Nähe brauchst du nicht zu flüstern, Mary Margaret. Mich schockiert man nicht so leicht."

„Wie alt bist du?"

„Elf."

„Ich bin neun."

„Ich weiß. Aber innerlich bist du älter. Genau wie ich."

„Woher weißt du das?"

Er zuckte die Achseln. „Keine Ahnung. Ich weiß es einfach."

Er griff in seine Tasche und holte ein Pfefferminzbonbon heraus. „Willst du? Ich habe es drinnen gekauft. Ich hatte es irgendwie im Gefühl, dass der Pinguin auftauchen würde."

„Danke."

„Ich muss los. Brister will heute Nachmittag mit dem Boot rausfahren, und wenn ich nicht rechtzeitig da bin, gibt es großen Ärger."

„Schlägt er dich?" Ich erinnere mich, wie der Schock sich in meinem ganzen Körper ausbreitete.

„Ja, wie verrückt. Aber das macht mir nichts aus." Er ruckte den Kopf zur Seite. „Nichts von dem, was er tut, ist so schlimm, dass ich es nicht ertragen könnte."

Jesus setzte sich neben mich. „Du darfst nicht glauben, was Jude sagt, meine Liebe. Brister verletzt nicht nur sein Hinterteil, sondern auch sein Herz. Es steckt mehr dahinter, als du dir im Augenblick vorstellen kannst."

Liebst du Jude auch?

„Oh ja."

„Okay, es ist spät geworden." Jude sprang von der Treppe herunter und stürmte voller Anmut und ungezähmter Wildheit davon.

6

Angie, Blanca, Mary Francis und ich haben uns gestern zum Abendessen an den Tisch gesetzt. Wir wohnen nicht mehr in der Schule, nachdem sie nun in ein Seniorenwohnheim umgewandelt wurde. Wir leben jetzt nebenan. Viele Jahre lang gehörte dieses Haus Mr Johnson Bray und seiner Frau Regina und ihren acht Kindern, die, als ich die Highschool abschloss, bereits erwachsen und fortgegangen waren.

Mr Bray hat mir beigebracht, wie man die menschliche Gestalt in den richtigen Proportionen zeichnet und mir die natürliche Farbentheorie erklärt. Als einziges Mädchen wohnte ich das ganze Jahr über im Kloster. Ich vermisse ihn mehr, als ich sagen kann. Eigentlich war er Schneider, aber sonntags hat er immer ganz ausgefallene Gerichte gekocht. Im Sommer erlaubten mir die Schwestern, bei ihm zu essen.

Im Haus der Brays wird jetzt einfach gekocht, meistens Bohnen mit Reis. Mary Francis kocht montags einen großen Topf, von dem wir die ganze Woche essen. Früher war sie als Missionarin in Mexiko, und sie erinnert sich noch gern an die Zeit und die Menschen dort, darum bekommen wir dasselbe Essen vorgesetzt wie sie. Sonntags macht Blanca einen Braten, und am Samstag backe ich Brot, fünf Laibe für uns, die wir uns teilen. Angie kauft ein. Wir haben sie aus der Küche verbannt, als sie ins Cottage zog, nachdem sie nach ihrem abwechslungsreichen Leben wieder auf die Insel kam, alt geworden, aber immer noch kräftig. Es ist schwierig, hier zu leben, wenn die Knochen brüchig werden und das innere Feuer erloschen ist. Aber wir halten alle zusammen und werden es tun, bis Angie, die bestimmt als Letzte gehen wird, in unser Mutterhaus in Baltimore zurückkehrt. Dort gibt es ein nettes Wohnheim für die pensionierten Schwestern.

Nach einem aufregenden Leben ist das Mutterhaus kein schlechter Ort. Jeder, der denkt, das Leben einer Ordensschwester sei langweilig, hat keine Ahnung. Wir vier zusammen haben jeden Kontinent der Welt bereist, sogar die Antarktis. Blanca besuchte ihren Bruder, der dort stationiert war. Viele Jahre ihres Lebens hat sie in der Ukraine, in China und Ungarn verbracht. Ich bin zwar meistens hiergeblieben, allerdings bin ich vor ein paar Jahren mal für ein Jahr nach Afrika gegangen, um meinen Sohn John zu besuchen und ihm zur Seite zu stehen. Mary Francis diente in Zentralamerika, Mexiko und Südamerika.

Falls Jesus auch zu meinen Mitschwestern kommt wie zu mir, dann reden sie genauso wenig darüber wie ich. Denn ich weiß, sobald ich anfangen würde, davon zu erzählen, würde er seine Besuche einstellen. Das braucht er mir nicht zu sagen; ich weiß es einfach.

Angie häufte schwarze Bohnen auf meinen Reis. Wir nahmen unsere Servietten und legten sie damenhaft auf unseren Schoß. Schließlich war uns in St. Mary's beigebracht worden, uns wie Damen zu benehmen. Die schmalen Ringe an den Fingern unserer linken Hand schimmerten golden im Licht der Lampe, die über dem Tisch hing. Blanca, die es irgendwie geschafft hat, immer noch wie 15 auszusehen, obwohl ihre Haare weiß und ihre Haut durch die Zeit, die sie im prallen Sonnenschein unterrichtete, sehr faltig ist, nennt uns „Gottes Harem". Und verdreht dabei die Augen. Jedes Mal.

Wir bekreuzigten uns und sprachen das Tischgebet, und mein Herz war voller Liebe für meine Schwestern. Damals, im Jahr 1958, als Jude plötzlich wieder auftauchte, habe ich allen einen großen Schrecken eingejagt. Angie befürchtete, mich für immer verloren zu haben. Und manchmal dachte ich, dass sie vielleicht recht hatte. Aber an manchen Tagen schien das auch ganz ohne Bedeutung zu sein. An anderen empfand ich eine so tiefe Sehnsucht nach dem Leben in St. Mary, dass ich mich fragte, ob ich tatsächlich wankelmütig war. Entschuldige, Angie, ich weiß, dass du bei diesem Ausdruck zusammenzuckst. Aber er passt einfach.

„Amen."

Jesus brauchte nicht persönlich anwesend zu sein, denn er lächelte mich durch die Augen der Frauen an, die mit mir am Tisch saßen. Meine Freundinnen. Meine Partnerinnen. Wahrhaft meine Schwestern.

Ich knipste die Lampe neben meinem Bett in dem Zimmer an, das ich mit Angie teile. Sie schlief bereits, aber das Licht und das Kratzen meines Stifts auf dem Papier, wenn ich in dieses Notizbuch schreibe, stört sie nicht. Meine Güte, heute habe ich so viel geschrieben.

Morgen ist Samstag, und wir werden nach der hektischen Woche im Haus Ordnung schaffen. Blanca und Mary Francis werden gründlich den Putzlappen schwingen. Angie wird einkaufen gehen. Ich werde Brot backen, zum letzten Mal in dieser Saison den Rasen mähen und die Blumenbeete für den Winter vom Unkraut befreien und mit Mulch eindecken. Und ich muss auch endlich die Blumenzwiebeln in die Erde setzen, die schon seit Jahren im Geräteschuppen liegen.

Jude hatte sie damals im Jahr 1964 für mich gekauft.

Ich frage mich, ob sie noch blühen werden. Das bezweifle ich, aber in letzter Zeit habe ich viel über Jude nachgedacht. Manche sagen, unsere Sünden seien bereits hier auf der Erde getilgt; andere meinen, es gebe eine andere Ebene. Für Jude hoffe und bete ich, dass Ersteres zutrifft. Er hat das verdient, wenn man bedenkt, wie er gestorben ist.

Mein Sohn John hatte aus Afrika geschrieben:

Liebe Schwester Mama,

ich frage mich jeden Tag, wie es dir und den anderen auf der Insel geht. Hat Schwester Blanca ihre Bronchitis überstanden? Wie geht es Mary Francis' Vater? Was ist mit Onkel Gerald und Tante Hattie? Es hat leider eine Weile gedauert, bis dein Brief mich erreichte, darum die späte Antwort. Ich hoffe, du hast dir keine Sorgen gemacht.

Hier läuft alles gut. Eine Gemeinde in den USA hat vor Kurzem ein Haus gebaut, in dem Waisenkinder täglich eine warme Mahlzeit bekommen. Wir haben angeboten, diese Kinder, die keine Schulgebühren aufbringen können, zwei Tage in der Woche zu unterrichten, und sie haben unser Angebot angenommen. Ich werde nach wie vor in der Klinik arbeiten, während die Brüder Luke und Amos den

Kindern die Grundlagen beibringen werden: Rechnen, Englisch, Lesen in siSwati und Englisch, Biologie und natürlich Religion.

Die medizinischen Bedürfnisse hier in Swaziland sind, wie du dir sicher vorstellen kannst, unendlich groß. Neulich habe ich zufällig einen Missionar aus der Pfingstgemeinde kennengelernt. Er erzählte mir, dass er, als er vor fünfzehn Jahren hierherkam, eine Beerdigung pro Woche halten musste. Jetzt sind es mehrere am Tag wegen HIV/AIDS. Doch nach Aussage der Angehörigen ist niemand an AIDS erkrankt.

Wir brauchen mehr Medikamente, aber das Geld ist knapp. Wir tun, was wir können, mit den Mitteln, die uns zur Verfügung stehen. Selbst für das Wenige, das wir tun, sind die Swazi-Leute so dankbar. Aber andererseits bin ich sicher, dass dich das nicht überrascht.

Ich muss zur Fortbildung in die Staaten zurückkehren. Die werde ich im Johns Hopkins absolvieren, und ich hoffe, dass ich eine Weile bei dir sein kann. Nach dieser ganzen Zeit in der ausgedörrten Ebene brauche ich deinen heilsamen Regen.

In Liebe,
Bruder Sohn

Neulich fiel mir eine Ausgabe von *The Knowledge of the Holy* des protestantischen Mystikers A. W. Tozer in die Hände. Er streifte sich einen Overall über seinen eleganten Anzug und warf sich mit dem Gesicht nach unten vor seinem Herrn auf die Erde. Den größten Teil seines irdischen Besitzes gab er fort, um anderen Menschen zu helfen. Wenn ich darüber zu entscheiden hätte, wer heilig gesprochen würde und wer nicht, ich würde mich für diesen Mann entscheiden. Ich lernte Tozer durch den bereits erwähnten Johnson Bray kennen, einen Menschen, den ich bis zu meinem Tod mit schmerzlicher Traurigkeit vermissen werde.

Mr Bray nähte Anzüge von der Stange, bevor Anzüge von der Stange in Mode kamen. Er war seiner Zeit voraus. In seiner Schneiderwerkstatt saß er tagaus, tagein über seine Nähmaschine gebeugt, dieser riesige schwarze Mann mit den großen Händen. Immer wieder staunte ich darüber, dass diese Pranken so feine Arbeit leisten konnten. Seine Werkstatt erinnerte an einen vollgestopften Kurzwarenladen: Knöpfe, Bordüren, Stoffe, Garnspulen türmten sich ohne erkennbare Ordnung auf jeder freien Fläche. Seiner Frau, seinem Gegenüber, erlaubte er nicht, auch nur einen Fuß über die Schwelle zu setzen. Dafür war sie sehr dankbar.

Wenn er Säume nähte oder Nahtband befestigte, was er in der Regel spät abends erledigte, saß ich manchmal bei ihm.

„Komm nur herein, MM!"

Und da thronte er dann in seinem alten Gobelinsessel, die geschwollenen Füße, deren Fleisch über die Ränder seiner Pantoffeln quoll, auf eine Ottomane gelegt. Er hielt die winzige Nadel in seinen großen, schwitzenden Fingern, denn wenn ich abends Mr Bray besuchte, hatte ich Sommerferien, und die Nonnen wussten nicht immer, wie sie mich beschäftigen sollten.

Also schwitzten wir gemeinsam, er mehr als ich, und während er nähte, zeichnete ich. In der Regel Bilder von ihm oder Jude. Oder von Jesus. Aber die hat nie jemand zu sehen bekommen. Ich bewahre sie in einer gesonderten Mappe auf.

„Wie geht es dir heute Abend, Schwester Mary Margaret?", fragte er immer. Er hat mich als Erster so genannt.

„Prima, Mr Bray. Aber mir ist heiß."

„Wem sagst du das."

„Für wen ist der Anzug?" Das war 1940 und ich war zehn Jahre alt.

„Für Mr Clark Gable."

„Nein!"

„Oh doch. Ja, ja."

„Wie haben Sie ihn als Kunden gewonnen?"

„Nun, das ist eine interessante Geschichte." Mr Bray sprach mit einer besonderen Betonung: in-ter-RES-sant.

Mrs Regina Bray, seine hübsche Frau mit der Anmut einer Taube, bot mir immer eine Limonade an, und ich nahm sie gerne, weil sie nicht knauserig war mit dem Zucker. Im Gegensatz zu ihrem gewichtigen und etwas grobknochigen Mann war sie schlank und geschmeidig. Mindestens 75 Prozent der Zeit trug sie Gelb, und sie sprach immer so gewichtig, als stünde sie vor einer Gemeinde.

„Ach, Johnson und seine Geschichten!“ Sie lachte.

Er nickte. „Aber es ist schon spät. Du solltest eigentlich im Bett liegen, nicht?“

„Nein. Alle schlafen bereits. Ich kann bis zum Komplet tun und lassen, was ich möchte.“

Er lachte dröhnend. Und dann schob er mich in seine Werkstatt. An diesem Abend erzählte er mir eine tolle Geschichte, wie Mr Clark Gable höchstpersönlich auf Mr Bray hier in Abbeyville gestoßen war. Du meine Güte, dieser Mann konnte Geschichten erzählen! Mit Meerjungfrauen und Wundern und einfach frei erfunden. Er hätte auch gut ein Engel sein können. Mrs Bray ebenfalls.

„Sie können besser Geschichten erzählen als Tante Elfi“, bemerkte ich.

Er legte einen Finger an seine Nase. „Sie war bestimmt eine Mystikerin.“

„Das hat sie allen erzählt.“

„Oh nein. Ich glaube, das war sie tatsächlich. Ihre Überzeugung allerdings, die Reinkarnation der Katharina von Siena zu sein, nun, das erschien ein wenig weit hergeholt, wenn man bedenkt, dass Katharina eine Heilige ist. Was sagt die Theologie darüber, MM?“

„Heilige sind Menschen, die, davon ist die Kirche überzeugt, selig machende Visionen hatten.“

„Sahen sie den Himmel?“

„Ja, Sir. Und deshalb ist es einfach dumm zu glauben, ein Heiliger könnte wiedergeboren werden.“

„Trotzdem, ich habe den Eindruck, dass sie Gott gefunden hat, auf eine Art, wie es nur wenige erleben. Gott begegnet Menschen an den seltsamsten Orten.“

Erst einige Jahre später erfuhr ich, dass Tante Elfi als Baby auf den Kopf gefallen war. Aber zurück zu Clark Gable. „Dann sieht er also tatsächlich so gut aus wie im Kino?“, fragte ich.

„Wer?“

„Clark Gable.“

„Noch besser.“

„Ich wusste es!“ Ich schnippte mit den Fingern. Ich war verrückt nach Clark Gable.

Schwestern, hier schreibe ich meine Lieblingssätze aus dem Buch auf, das Mr Bray mir gegeben hat, *The Knowledge of the Holy*:

> *Die, die dich nicht kennen, werden dich anrufen als einen anderen als der, der du bist, und folglich rufen sie nicht dich an, sondern ein Produkt ihrer eigenen Fantasie; darum erleuchte unseren Geist, dass wir dich erkennen mögen als den, der du bist, damit wir dich vollkommen lieben und angemessen preisen können.*

Ein „Amen“ klingt in meinem Herzen an, und ich denke an Mr Bray, der schon lange tot ist und der mich gelehrt hat, Gott nicht vorschreiben zu wollen, wen er retten soll und wen nicht und warum er so und nicht anders handeln sollte.

„Liebe bestimmt den Tag“, hatte Mr Bray mir geantwortet, als ich ihn Jahre später fragte, warum Jesus von mir erwartete, dass ich mich um Jude kümmerte. „Wenn Jesus das von dir erwartet, dann darum, weil er euch beide so sehr liebt.“

Heute Abend vermisse ich Jude. Wenn ich ehrlich bin, war Jude, trotz des Prickelns in den Lenden (was ich für eine Versuchung des Bösen hielt), für mich anfänglich nur ein … Auftrag. Er bot mir die Gelegenheit zu lernen, was opferbereite Liebe ist. Aber ab und zu, wenn wir als Teenager zusammen zum Aussichtspunkt gelaufen waren und das Licht vom Leuchtturm um sich selbst kreiste, liebte ich ihn auch ein wenig. Doch vielleicht war es damals auch nur körperliche Anziehung. Wie auch immer. Außerdem liebte ich Jesus mehr als irgendeinen Jungen.

Als Jesus das dritte Mal zu mir kam, war ich 10 Jahre alt und saß in Fort McHenry, wo ich gezeugt worden war. Wir hatten einen Schulausflug nach Baltimore gemacht, und die Schwestern besichtigten mit uns die USS *Constellation*, das Washington-Denkmal, die Union Station, die *Basilica of the Assumption* und den Zirkus im

Zeughaus. Ich hatte mich von der Gruppe entfernt und saß auf einem der Sternpunkte des alten Forts, ließ die Beine baumeln und beobachtete die Schiffe, die über den Patapsco River auf den Hafen von Baltimore zusteuerten.

Natürlich dachte ich an meine Mutter.

Die Umstände meiner Zeugung und Geburt machten mich traurig, nicht so sehr wegen dem, was meine Mutter hatte durchmachen müssen, obwohl das natürlich wirklich schlimm war und ich manchmal auch deswegen weinte. Was mich so traurig machte, war die Tatsache, dass mein Vater ein so schlechter Mann gewesen war. Immer wieder fragte ich mich, ob seine Neigung zu Gier und Todsünde auch in meine Zellmembranen eingraviert war. Fehlte auch mir die Fähigkeit, Selbstbeherrschung zu üben, und hatten meine eigenen Wünsche und Sehnsüchte für mich einen so hohen Stellenwert, dass ich anderen meinen Willen aufzwingen würde?

Die Nachmittagssonne sank langsam am Horizont immer tiefer, während ich über diese Frage nachdachte, nur nicht so präzise formuliert, wie ich es gerade geschrieben habe. Hatten die Übertretungen meines Vaters irgendein Mal auf mir hinterlassen? Eine Kennzeichnung wie das Kainsmal, nur dass die Sünde nicht von mir begangen worden war?

Denn eins war klar, die Kinder in St. Mary gingen mir, anders als Angie, aus dem Weg. Steckte mehr dahinter als die Tatsache, dass ich als „seltsam" verschrien war, weil ich Waisenkind und auf Almosen angewiesen war? Hatte sich um mich herum eine Blase gebildet, etwas Toxisches, sodass allein die Berührung eines Menschen … was denn? Mich verdammte?

„Nein. Ganz und gar nicht verdammt, T–."

Ich drehte den Kopf nach links, und da stand er und das Gras, das nach dem Winter vor dem ersten Schnitt lang gewachsen war, strich um seine nackten Knöchel.

Seine Augen waren genau so, wie ich sie in Erinnerung gehabt hatte. Oh. Er war wieder da!

„Ja, ich bin es wieder. Für dein Alter denkst du viel zu viel nach. Und du musst wissen, dass ein anderer Mensch durch nichts, was *du* tust, verdammt werden kann. Und andersherum auch nicht."

„Ich finde es so furchtbar, auf welche Weise ich gezeugt wurde. Aber wenn dieser Seminarist sich richtig verhalten hätte, dann gäbe es mich nicht."

„Das stimmt."

Er kam näher und legte seine Hand auf meinen Kopf. Licht und Liebe strömten in mich hinein.

„Aber du liebst mich trotzdem."

„Du bist mir unendlich wertvoll, T–."

Dies war der Zeitpunkt, an dem ich herausfand, wie mein wirklicher Name lautet.

„Trotz der Art, wie ich gezeugt wurde?"

„Ja." Er setzte sich. „Ich möchte dir eine Geschichte erzählen."

Er bat mich, nicht über unsere Begegnungen zu sprechen. Jesus kommt zu vielen Menschen, davon bin ich überzeugt, aber auf vielerlei Weise, und er bittet sie immer, nicht damit zu prahlen.

Dies war der Tag, an dem ich mich in ihn verliebte.

An diesem Tag nahm Jesus meine Hand und führte mich zum Ufer. „Ich mag dieses Fort nicht", sagte er. „Hier ist zu viel Blut geflossen. Es gab zu viele Verschwörungen und zu viel Leid. Wir setzen uns lieber hierher."

Wir ließen uns im hohen Gras nieder, und er hielt meine Hand.

„Zeige mir irgendwie, dass dies wirklich passiert", bat ich, nachdem die Sonne untergegangen war und der Himmel sich lavendelfarben färbte und goldene Wolkenstreifen über seine unendliche Weite wanderten.

Die Gruppe war ohne mich aufgebrochen. Es war beinahe so, als wäre ich verschwunden, und niemand hätte es gemerkt.

Er drückte seinen Finger in die weiche Hautfalte zwischen meinem Zeigefinger und Daumen. Die rote Stelle, die er hinterließ, sieht man jetzt nicht mehr, aber wenn ich sie berühre, tut sie immer noch weh, und der Schmerz erinnert mich an den Tag, an dem ich neu geboren wurde – als ich ein kleines Mädchen wurde, das sich zweifelsfrei von Gott geliebt wusste. Diese Erkenntnis veränderte alles von Grund auf.

An jenem Tag erzählte er mir eine Geschichte darüber, wie die Sünde Gottes Erbarmen nach sich zieht. Mein ganzes Sein wurde überfließend mit Gottes Erbarmen erfüllt. „... also hat dich dieser Seminarist, ohne es zu wissen, mir geschenkt, damit ich dich lieben kann, T–. Irgendwie können wir zumindest dafür dankbar sein, auch wenn es keinen Sinn zu ergeben scheint."

7

Einer der anstrengendsten Tage meines Lebens liegt hinter mir! Als ich heute Morgen beim Aufwachen betete, saß Jesus auf einmal neben mir auf dem Bett. „Ich habe noch mehrere Aufträge für dich, T–, bevor ich dich nach Hause bringe."

„T–" ist mein wahrer Name, und es widerstrebt mir, ihn zu Papier zu bringen, daher schreibe ich nur den Anfangsbuchstaben auf. Ich fühle mich nicht wohl dabei. Er ist nur für mich. Das ist der Name, den *er* mir gegeben hat. Jeder von uns hat einen solchen Namen, allerdings kennen ihn die meisten von uns noch nicht. Denkt ihr wirklich, ihr wärt bei Gott unter dem Namen bekannt, den euch eure Eltern gegeben haben? Nein, er kennt euch mit dem Namen, den er euch gegeben hat vor der Grundlegung der Welt. Habt ihr euch nie gefragt, welcher Name das wohl sein mag?

Gut, Jesus, ich tue, worum du mich bittest.

„Ich möchte, dass du Gerald so schnell wie möglich hinaus zum Leuchtturm bringst. Wenn es sein muss, schaff ihn heimlich aus dem Pflegeheim. Und dazu wird es wohl kommen." Er nahm meine Hand und drückte sie, und sie war von Licht und Wärme und Liebe erfüllt. „Rühre Gerald für mich heute an, mit dieser Hand."

Das werde ich tun.

Ich ging sofort hinüber zu Geralds Zimmer. Die Flurlichter waren gedimmt, der Boden roch frisch gebohnert, und die Schuhsohlen der Pfleger schienen dicker und leiser zu sein, als gebe es besondere Anforderungen an das medizinische Schuhwerk der Nachtschicht. Die Anschlagtafeln, im Sonnenlicht so fröhlich, wirkten düster und bedrückend. Gerald schlief noch. Ich legte meine Hand auf seinen Arm, dann schlich ich leise zurück ins Mercy House.

Später am Morgen, nach dem Frühstück, kehrte ich zurück … und erlebte etwas, das ich nie für möglich gehalten hätte!

Hattie lag im Sterben! Ich konnte es nicht glauben. Bevor Jesus mir sagte, was er tun würde, hielten wir alle Hattie für die Stärkere, während Gerald an der Schwelle des Todes stand.

Angie kam ins Zimmer gestürzt, wo ich an Hatties Bett saß und ihre Hand hielt. „Was ist los?“ Sie zog ihre Jacke aus, setzte sich und ergriff Hatties andere Hand.

„Ihre lebenswichtigen Organe arbeiten nicht mehr richtig. Dafür gibt es keinen erkennbaren Grund. Ihr Herz ist kräftig, ihre Arterien in guter Verfassung. Sie hat keinen Herzanfall und keinen Schlaganfall. Medizinisch ist das nicht zu erklären.“

Bevor wir fortfahren, möchte ich euch von Hattie erzählen. Jahrzehntelang lebte Hattie mit Gerald draußen im Leuchtturm. Wenn Gerald an Land kam, zum Beispiel, wenn er nach Baltimore fahren musste, um größere Einkäufe zu erledigen oder um mit seinem Vorgesetzten von der Küstenwache zu reden, übernahm sie seine Aufgaben im Leuchtturm.

Während des Hurrikans *Agnes* rettete sie drei Männern das Leben, deren Boot gegen die Felsen geschleudert worden war. Sie sprang ins Boot, warf den Motor an und holte sie aus dem Wasser. Ich sehe förmlich vor mir, wie ihr Hauskleid an ihrem Körper klebte, wie ihr feuerrotes Haar wie ein nasser Tintenfisch auf ihrem Kopf hockte, wie sich die Muskeln in ihren Armen anspannten, als sie die Hand ausstreckte und die Männer in Sicherheit zog. Niemand durfte es wagen zu ertrinken, wenn Hattie Dienst im Leuchtturm tat!

Gemeinsam schipperten sie durch den Sturm zurück zum Leuchtturm. Die Pfähle, auf denen er erbaut war, ächzten und stöhnten, die Wellen reichten beinahe bis an die Fenster, als der Sturm noch an Stärke zunahm.

Gerald beobachtete das Schauspiel vom Festland aus. „Heiliger Petrus! Als ich zum Leuchtturm kam, spielte Hattie mit den Männern Gin Rommé, im Leuchtturm war es warm und gemütlich, und sie blickte mich an und fragte: ‚Gere, hast du an den Zucker gedacht?‘ Und natürlich hatte ich den Zucker vergessen, also habe ich die Männer an Land gebracht, einen Sack Zucker gekauft und für Hattie und mich eine Tüte Kekse besorgt.“

Hattie war 55 Jahre alt, als sie diese Männer rettete.

Der Leuchtturm überlebte den Sturm. Alle überlebten. Am

Bethlehem Point waren nur geringfügige Reparaturen notwendig. Andere Leuchttürme hatten nicht so viel Glück gehabt, aber wir alle waren der Meinung, dass dieser Leuchtturm nur durch Hatties reine Willenskraft zusammengehalten wurde. Wie er die Jahre überstanden hatte, bevor sie dort einzog, ist mir ein Rätsel.

Wenn sie sterben möchte, dann wird sie jetzt auch sterben. Sehr wahrscheinlich weiß sie etwas, wovon wir keine Ahnung haben. Oder vielleicht ist ihre Zeit auch einfach gekommen. Wer weiß das schon außer Gott? Und vielleicht Hattie Keller.

Eine Stunde später war offensichtlich, dass sie tatsächlich im Sterben lag. Ihr Herzschlag reduzierte sich auf 20, und der Blutdruck war kaum noch wahrnehmbar.

„Warum passiert das, MM?" Gerald, der einen Wollpyjama trug und so gut aussah wie schon lange nicht mehr, saß in einem Liegestuhl an ihrem Bett. Zwischen den unzähligen Bildern an jeder Wand (kein einziger Leuchtturm war dabei) und den über jedes Möbelstück drapierten bunten Wolldecken wirkte er ein wenig verloren. Kleine Nippsachen – einige Häkeldeckchen und Seidenblumen, die aus einer Schublade herabhingen, ein paar Holzbretter mit eingebrannten Sprüchen – waren gleichmäßig im Zimmer verteilt. Ich liebe Hattie, aber ihren Einrichtungsstil hasse ich, denn ich bin nun mal Minimalistin. Doch diese tapfere, seetüchtige Seele kann ihr Zimmer von mir aus dekorieren, wie sie möchte. Zumindest waren es keine Fotos von Kätzchen oder Gänsen. Oder idyllische englische Dörfer.

„Hat Hattie je über den Tod gesprochen?", fragte ich.

„Nicht viel. Sie mochte das Thema nicht. Du weißt doch, dass manche Menschen – depressive Menschen – ständig davon reden, dass sie gern sterben würden. Nun, dann sagte Hattie immer: ‚Ich werde sterben, wenn ich will, und damit basta.'"

Ich holte mein Strickzeug aus meiner Baumwolltasche. Wenn ein Patient schläft, dann sitze ich manchmal an seinem Bett und stricke. Die bloße Anwesenheit eines anderen Menschen wirkt sehr beruhigend. Das Garn war senfgelb. Ich wollte eigentlich etwas für John und die anderen Brüder stricken, aber in Swaziland fängt gerade der Sommer an. Also beschloss ich, einfach einen Schal anzufangen und zu sehen, was am Ende daraus würde.

„Hat Hattie irgendwelche Anweisungen gegeben, Gerald?“ Ich finde es gut, sachlich über den Tod zu reden. Die Leute wissen das meist zu schätzen. Es reißt sie zurück von diesem irrealen Ort, wo die Endgültigkeit in einem vibrierenden Summen lauert, das man beinahe sehen und hören kann. Aber nicht wirklich.

Er fuhr mit der Hand über seine verbliebenen Haarsträhnen. „Vor Jahren hat sie was im Leuchtturm versteckt. Und vor zwei Tagen sprach sie beinahe sehnsüchtig darüber. Sie sagte, sie hätte einen Beutel unter dem Bodenbrett in der Nähe des Kühlschranks versteckt. Wohl irgendwelche wichtigen Papiere, meinte sie. Du würdest dich ganz besonders darüber freuen. Hat auch was mit Jude zu tun. Es geht wohl um einen Brief von ihm an dich oder so etwas, den sie dir nach seinem Tod geben sollte.“

„Du meine Güte!“

„Sie sagte, er hätte ihn vor Jahren geschrieben, als er noch hatte sterben wollen. Aber dann … nun, es ist ja durchaus verständlich, dass sie ihn im Laufe der Jahre vergessen hat.“

„Allerdings.“

„Aber sie erwähnte auch das alte Rezeptbuch ihrer Mutter. Ich weiß nicht, MM. Sie war ein wenig durcheinander. Ich kann nicht garantieren, dass überhaupt etwas dort ist.“

Ich legte mein Strickzeug aus der Hand. „Ich denke, es würde ihr viel bedeuten, wenn wir das Buch für sie holen würden, meinst du nicht?“ Doch tief in meinem Inneren war der Gedanke, noch einmal von Jude zu hören, über Zeit und Raum hinweg, die weitaus größere Triebkraft. Und doch, es konnte durchaus sein, dass er sich den Brief bereits vor Jahren wieder zurückgeholt hatte. Ich würde mich hüten, mir allzu große Hoffnungen zu machen. Diese Lektion hatte *ich* bereits vor Jahren gelernt.

„Unsere Mühe könnte vergeblich sein.“ Gerald zog die Augenbrauen in die Höhe. „Nur die Küstenwache sieht ab und zu einmal im Leuchtturm nach dem Rechten. Meiner Meinung nach braucht er einmal einen neuen Anstrich. Denen liegt dieses alte Mädchen aber leider nicht so sehr am Herzen wie uns.“

„An einem Samstag sind sie bestimmt nicht dort. Wir müssen uns nur an Janice vorbeischleichen, was meinst du?“

„Sie ist eine gefährliche Schwester."

Es wäre gut, unser Vorhaben sofort in die Tat umzusetzen. „Okay. Uns bleibt nicht viel Zeit." Weil Hattie im Sterben lag. „Kannst du dich anziehen?"

„Komisch, aber heute fühle ich mich ziemlich gut. Besser als in den vergangenen fünf Jahren oder so."

Oh Jesus. Ich hätte wissen müssen, dass Gerald sich zusammenreißen würde.

Versteht meine Beziehung zu Jesus bitte nicht falsch. Auch wenn ich sehr vertraut mit ihm bin, wie eine Ehefrau mit ihrem Mann, so empfinde ich doch den größten Respekt vor ihm. Mir ist bewusst, dass er alles geschaffen hat und die zweite Person der Dreieinigkeit ist, obwohl ich nicht dieselbe Nähe zur ersten Person empfinde.

Der Heilige Geist und ich lernen uns erst seit einiger Zeit besser kennen, aber diese geheimnisvolle dritte Person schaut für mein Empfinden von ferne zu, der Kundschafter am Felsabhang, der Kapitän auf der Brücke. Ich weiß, dass der Vater ein Auge auf mich hat und dass die Zeit kommen wird, wo er vortritt und Rechenschaft von mir fordern wird, und ich bin sicher, dass meine Zeit kommen wird, wenn ich auf den Knien liege und mein letztes Gebet spreche. Dann wird er mich einholen wie einen Fisch im Netz.

Gott, der Vater, kennt meine Vaterprobleme. Und es ist ihm bestimmt nicht gleichgültig. Vielleicht ist es aber auch zu spät, um diese Probleme hier auf der Erde zu lösen. Wer weiß?

Trotzdem sprach ich ein kleines Gebet zu ihm, während ich meine Gummistiefel über meine Gartenjeans zog. Heute war ein typischer Oktobertag an der Ostküste – warm, mit einem kühlen Wind vom Meer her. Ich streifte ein dunkelblaues Flanellhemd über, weil ich es für angebracht hielt, meine Kleidung an die Farbe des Wassers anzupassen. Dann tätigte ich einen Anruf.

„Cinquefoil hier."

„Shrubby?"

„Ja. Bist du das, Mary?"

„Ja. Ich möchte mir dein Boot ausborgen."

„Willst du zum Fischen rausfahren?" Das war ein alter Witz zwischen uns.

„Ja."
„Hast du Würmer?"
„Ja, aber ich fahre trotzdem!"
Wir lachten.
„Ich brauche nur das Kleine mit dem Außenbordmotor."
„Oh, okay. Was willst du damit?"
Shrubby ist noch einer der letzten altmodischen Fischer. Rau, aber herzlich. Er trinkt zu viel, raucht zu viel, sieht aus wie ein alter Ledermantel, aber mit mehr Ausdruck und rotkehlcheneierblauen Augen, wo die Knöpfe sitzen sollten. Er braucht eigentlich eine Frau, aber es müsste schon eine ganz besondere Sorte Frau sein, die den alten Shrubby heiraten würde.
„Ich möchte mit Gerald zum Leuchtturm hinausfahren."
„Du könntest deswegen Ärger bekommen, und weil du eine Nonne bist. Also, ich würde es nicht empfehlen."
„Ich bin eine Ordensschwester, und wir bekommen ständig Ärger. Es weiß im Übrigen niemand etwas davon."
Er überlegte kurz. Shrubby ist nicht gerade ein Meister der schnellen Entschlüsse. „Ich bringe es vorbei", meinte er schließlich. „Soll ich zu eurem Anlegesteg kommen?"
„Das wäre sehr nett."
„Denn dann bist du schon fast am Leuchtturm, bevor die Leute dich entdecken."
„Ausgezeichneter Gedanke!"
„Ich bin nicht so dumm, wie ich aussehe, Schwester."
Erstaunlich, wie das Leben einem Menschen zusetzen kann, nicht?

8

Während ich auf Shrubby wartete, starrte ich unwillkürlich hinaus zum Leuchtturm, und wann immer ich das tue, wandern meine Gedanken zu Jude.

Einmal, mit 14, stand ich draußen am Bethlehem Point, der Landspitze, die in das kalte, graue Wasser der Chesapeake Bay hinausragt und wo ich immer noch gern meinen Gartenstuhl aufstelle, und beobachtete wie üblich das kreisende Licht in der Laterne des Leuchtturms.

Jude trat lautlos hinter mich und bohrte mir seinen Zeigefinger in die Seite. Ich fuhr zusammen. „Warum machst du das immer?"

Er grinste und warf sich auf den Boden. Ich setzte mich neben ihn auf ein Handtuch, damit meine Schuluniform nicht schmutzig wurde.

„Hast du dich wieder weggeschlichen?", fragte er und zog zwei Bonbons für einen Penny aus seiner Jackentasche.

„Das weißt du doch. Es ist so heiß in meinem Zimmer."

Er hielt mir ein Pfefferminzbonbon hin, und als ich die Hand ausstreckte, um es zu nehmen, zog er es zurück. „Ich möchte es auf deine Zunge legen."

Schon wieder war da diese schmutzige Erregung. Aber ich wollte das Bonbon so sehr. Also streckte ich meine Zunge heraus. Er ließ es einfach fallen, sodass seine Fingerspitzen nicht mit meiner Zunge in Berührung kamen.

„Danke", sagte ich.

„Ich wollte mir nur deine Zunge ansehen."

„Jude!"

Er lachte. „Eines Tages, Mary Margaret, wirst du mich richtig kennenlernen. Dann wirst du in mir nicht mehr nur den jüngsten Keller-Jungen sehen."

„Ich kenne dich doch schon." Junge, ich wusste mehr über ihn, als mir lieb war! Er hatte es bereits mit drei Mädchen gemacht. Vermutlich mit mehr.

„Und warum hast du dann zugelassen, dass ich ein Bonbon auf deine Zunge lege?"

Ich verweigerte die Antwort.

Er stützte sich mit den Händen auf, verschränkte die Beine und wackelte mit den Füßen. „Eines Tages ...", er deutete zum Leuchtturm hinüber, „werde ich mit dir dort hinrudern und dich auf dem Boden des früheren Wohnzimmers meiner Eltern leidenschaftlich lieben."

„Ich werde Jesus heiraten."

„Jesus hat vielleicht andere Pläne."

„Jesus hat auf keinen Fall andere Pläne." Zumindest nicht für mich. Ich würde dafür sorgen, dass das, was meiner Mutter zugestoßen war, wiedergutgemacht wurde. Jesus hatte gesagt, ich sei seine Braut. Das erschien mir durchaus logisch.

„Denk an meine Worte. Eines Tages. Ich weiß Bescheid." Er tippte sich an die Schläfe, beugte sich vor – und küsste mich voll auf die Lippen.

„Du redest wie meine Tante Elfi. Sie wusste auch *Bescheid*."

„Ja, aber sie war verrückt."

Ich wischte mir mit dem Handrücken über die Lippen. *Weiche von mir, Satan.* Ich würde nicht zulassen, dass der große Betrüger mich von meiner Berufung ablenkte. Allerdings fragte ich mich gleichzeitig, wie ein Baby von mir und Jude Keller aussehen würde. Aber das fragte sich wohl auch jedes andere Mädchen in der Schule.

Seine Augen funkelten. „Ja."

Ihr müsst wissen, dass ich Jude alles aus meinem Leben erzählte, und er erzählte mir alles von sich. Jede Kleinigkeit. Zumindest dachte ich das damals. Einiges deutete er nur an, und diese Dinge fragte ich immer bei Schwester Thaddeus nach. Sie schien über alles Bescheid zu wissen.

Doch offensichtlich wusste Jude mehr.

„Ich werde mich mit Jesus verheiraten", wiederholte ich. Aber meine Lippen brannten, als wäre ich von einem Engel geküsst worden, und ich wischte sie erneut ab.

„Das kannst du so oft machen, wie du willst, Mary Margaret, aber dieses Gefühl wird bleiben."

„Empfinden alle Mädchen so etwas, wenn du sie küsst?"

„Nein."

„Warum?"

„Weil *die anderen* mir vollkommen egal sind."

Ich ergriff seine Hand. „Jude, es ist hoffnungslos."

Sein Blick wanderte über den Herbsthimmel, und er wusste, dass ich recht hatte. Wir beide wussten es. „Wir werden ja sehen", flüsterte er.

Mein Herz brach für ihn.

Ja, wir liebten uns. Auf ganz unterschiedliche Weise. Und ich würde ihm das Herz brechen. Wieder und wieder. Bis er Locust Island endlich verließ. Aber in der Zwischenzeit kam er immer wieder zurück zu mir, und ich ließ es zu. Er kam, weil er mich liebte. Ich tat, was ich tat, weil ich Gott liebte. Und das ist eine Kombination, die nur in der Katastrophe enden kann.

Die Wahrheit war, mir gefiel es, wenn sich Judes Lippen auf meine pressten. Und ich ließ mich häufiger von ihm küssen, als ich es hätte zulassen dürfen. Ich freute mich darüber, dass er mit mir nie prahlte wie mit seinen sonstigen Eroberungen, dass ich sein heiliges Geheimnis und er meine geheime Sinnlichkeit war. Es war wie ein Tanz, den keiner von uns richtig verstand, und keiner von uns konnte damit aufhören. Wenn ich jetzt zurückblicke, weiß ich, dass wir beide einfach auf der Suche waren nach einem Menschen, der uns liebte. Wie unsere Eltern, die es nicht konnten, weil sie tatsächlich oder im Herzen tot waren. Ich erwarte nicht, dass ihr mich versteht, Schwestern. (Siehst du, was für eine Dose mit Würmern du geöffnet hast, Mary Francis?)

Am Abend, als ich mithalf, Konservendosen zu sortieren, die zum Secondhandladen in Salisbury gebracht werden sollten, kam Jesus zu mir.

„Überlass Jude mir, T–."

Wird alles gut werden mit ihm?

„Am Ende schon. Er wird einige schlechte Entscheidungen treffen – du nicht."

Aber warum wird er das durchmachen müssen?

„Bei einigen Menschen ist das so."

Ich verstehe das nicht. Warum sind einige geschützt und andere nicht?

„Du und ich, wir lieben uns. Aber zwischen mir und Jude steht jemand, und es wird viele Jahre und ein ganzes Meer von Liebe brauchen, um dieses Hindernis aus dem Weg zu räumen. Erinnerst du dich an die Geschichte, als diese hübsche Frau ein Fläschchen mit Öl über meine Füße gegossen hat?"

Diese Geschichte mag ich sehr.

„Ihre Liebe zu mir war groß, deshalb wurde ihr viel vergeben."

Dann lieben Menschen wie ich also nicht so sehr wie diejenigen, die ein härteres Leben haben?

„Natürlich nicht. Du hast nur etwas früher gelernt, mich zu lieben."

Oder wir haben Angst davor, dich nicht zu lieben.

Er lächelte. „Es gibt solche Menschen. Ich ziehe es vor, dass man mir aus Liebe nachfolgt, nicht aus Furcht, T–. Aber ich werde die Hand eines jeden Menschen ergreifen, egal aus welchem Grund er sie nach mir ausstreckt. Wenn wir uns näher kennenlernen, wächst die Liebe zwischen uns. Das ist immer mein Wunsch."

Und wenn nicht? Wenn nur die Furcht bleibt?

„Meine Hand hält dennoch fest. Aber ich bin traurig. Ich sehne mich danach, Menschen zu meinem Vater zu bringen, damit sie seine Liebe kennenlernen. Ich freue mich ganz besonders, wenn dies hier auf der Erde geschieht. Aber das ist nicht bei jedem so."

Ich habe keine Angst vor dem Vater, ich verstehe ihn nur nicht.

„Ich bin bei dir, solange du mich brauchst, T–. Aber eins kann ich dir sagen. Du kannst ihm vertrauen."

Und Jude?

„Ich habe Jude im Blick. Ich möchte, dass du ihn liebst. Und hör auch in Bezug auf ihn immer auf meine Stimme."

Soll ich mit ihm ausgehen, Jesus?

Er lachte. „Nein, meine Liebe. Tu nur das, was ich dir sage. Obwohl eine Zeit kommen wird, wo viel von dir erwartet werden wird."

Da solltest du sehr recht behalten, Jesus, dachte ich, als ich losging, um mit Gerald zum Leuchtturm zu fahren. Er war bereits angekleidet, als ich seine und Hatties Suite betrat.

Ich legte ihm Schwester Angies Windjacke um die Schultern und zog ihm die Kapuze über den Kopf wie eine Mönchskutte.

„Ich sehe unmöglich aus in diesem Ding." Sein Blick glitt über das Blumenmuster. *Seine* Kleidung passte sich ganz und gar nicht an das Wasser der Bucht an, ganz im Gegenteil. Er fiel sehr stark auf.

„Wir sind doch auf einer geheimen Mission. Im Augenblick bist du Angie."

„Ich bin viel zu alt und klapprig. Ich kann gar nicht Angie sein."

Angie joggt jeden Tag drei Meilen. In ihrem Alter! Und sie ist auch kein dürres Klappergestell.

„Hattie würde sich köstlich darüber amüsieren."

„Da hast du allerdings recht."

Ich steckte den Kopf zur Tür hinaus und suchte den Flur ab. Keine Menschenseele in Sicht. „Die Luft ist rein. Lass uns gehen."

Gerald, der früher mit großen, männlichen Schritten über die Plattform des Leuchtturms geschritten war, der inmitten heftiger Stürme unbeirrt die Nebelglocke läutete, wenn die Wellen ihn umtosten, der einmal zwei unvorsichtige Sportangler gerettet hatte, deren Boot gekentert war und die in ihren Schwimmwesten in 30 Meter tiefem Wasser trieben, *dieser* Gerald schlurfte nun mühsam neben mir her.

„Könntest du vielleicht die Füße etwas höher heben?", fragte ich. „Wir wollen doch keine Aufmerksamkeit erregen."

„Ich bin nicht sicher, dass Hattie dies für eine gute Idee halten würde." Er hielt inne, dann stieß er ein wieherndes Lachen aus. „Vergiss es. Ich wette, sie wird noch ein wenig länger am Leben bleiben, nur um zu sehen, ob wir es schaffen."

„Genau."

Ganz genau.

Seht ihr, ich vergleiche mein Leben gern mit einem Puzzle und habe mich damit abgefunden, so zu leben. Die Teilchen passen hier und dort hinein, immer eins nach dem anderen. Einige Flächen sind fertig, und ich schaue zurück und sage: „Ja, das ist die

Kindheit. Das ist die Zeit mit Jude. Dort ist die Zeit mit John. Und jetzt endlich bin ich dort angekommen, wo ich früher zu sein glaubte." Aber einige Bereiche sind kleiner, bestehen nur aus einem Tag, einer Woche oder vielleicht einem Monat. Und heute war es eine größere Fläche, ein Teil, den ich lange nicht vergessen werde, auch wenn ich nicht so genau weiß, wohin mich das führen wird.

Ich hatte doch von den Vaterthemen gesprochen, erinnert ihr euch? Nun, lest weiter, Schwestern. Der heutige Tag war ganz gewiss ein wenig verrückt in dieser Hinsicht.

Wir schlichen durch die Küche und hinaus auf die Veranda, auf der die Bewohner während der lauen Tage im Frühling und im Herbst ihr Essen einnehmen, eilten über den gepflasterten Weg zum Wasser, und dort schlüpften wir hinter die Schneeballbüsche und hinunter zu Brays Cottage – unserem kleinen Zuhause. Wir nennen es seit Neuestem *Mercy House*, weil Blanca mindestens einmal im Monat eine streunende Katze mit nach Hause bringt, die wir aufpäppeln und dann wieder freilassen. Oh, ihr könnt euch nicht vorstellen, wie laut einige dieser Wesen nachts miauen können!

Auf der Hälfte des Weges zum Anlegesteg legte Gerald seine Hand auf meinen Arm. „Lass uns kurz ausruhen, Mary Margaret. Ich bin ein wenig außer Atem."

Wir standen vor einem Büschel Seegras, das sanft mit den Wellenbewegungen des Wassers schwankte.

„Entschuldige."

Er legte seine Hand auf seinen Kopf und kratzte sich. „Früher konnte ich dich mitziehen."

„Du möchtest es immer noch. Das ist es doch, was zählt."

Weiter draußen segelte das letzte Fischerboot von unserer Insel für den Tagesfang in tieferes Gewässer hinaus. Ich seufzte. Ich weiß nicht, warum Elmore das immer wieder versucht. Er ist alt, und die Krebse sind selten geworden. Sogar das örtliche Fischrestaurant importiert das Krebsfleisch manchmal von den Philippinen. Und ich glaube nicht, dass Mr Phillips, als er vor Jahren das Restaurant eröffnete, damit gerechnet hatte, dass es einmal eine so offensichtliche Verbindung zu seinem Namen geben würde. Aber die Bucht ist einfach nicht mehr das, was sie früher mal war.

„Alles verändert sich, nicht wahr, Gerald?“

Er machte den Reißverschluss seiner Jacke auf und verzog das Gesicht, entweder wegen der Hitze oder wegen des Blumenmusters. „Jedes letzte verflixte Ding. Erinnerst du dich noch, wie groß diese blauen Krabben früher waren? Krabben, die heute als groß gelten, hätten wir früher sofort wieder ins Wasser geworfen.“

Er setzte sich wieder in Bewegung, und wir gingen zum Anlegesteg hinter dem Haus. Wie versprochen lag das Boot dort vertäut und wartete auf uns. Shrubby war vermutlich in seine Sortierhütte zurückgekehrt, wo harte Krabben auf großen Tabletts aus der Schale gepuhlt wurden. Shrubby bringt uns immer weiche Krabben. Er ist nicht katholisch, aber er ist der Meinung, es könnte nicht schaden, Nonnen mit Essen zu versorgen. So drückt er es aus. „Ihr Mädels scheint mir recht nett zu sein“, sagt er immer.

Blanca, die im Hof einen Gymnastikkurs leitete, winkte, als würde ich jeden Tag Patienten in einem Boot entführen. Ich winkte zurück und half Gerald ins Boot.

Das Boot schwankte und trieb immer wieder vom Anlegesteg weg. In meiner Verzweiflung rief ich: „Will uns denn niemand helfen?“, und blickte hinauf zum Himmel.

Auf einmal stand das Boot still, und ich weiß nicht, wer beschlossen hatte, uns zu helfen, vielleicht ein Schutzengel? Ich glaube nämlich an ihre Existenz. Oder Jesus selbst? Egal.

„Wie lange, denkst du, wird es dauern, bis sie den Zettel finden?“ Ich stellte mir den Ausdruck auf Angies Gesicht vor, wenn die Schwester sie fragte, ob sie etwas wüsste. Sie beherrschte die Kunst, Verblüffung vorzutäuschen, bis zur Perfektion. Auf jeden Fall würde sie schweigen und keine direkte oder indirekte Unwahrheit von sich geben. Diese Begabung geht mir leider völlig ab, und immer wieder musste ich deshalb meine Lügen beichten. Es waren nie große, durchtriebene Lügen. Nur kleine Notlügen, um Schwierigkeiten aus dem Weg zu gehen.

Nachdem wir uns auf die Holzbänke gesetzt hatten, ich am Motor, ergriff ich das Seil des Anlassers und riss daran.

Wie konnte ich nur denken, der Motor würde beim ersten Versuch anspringen?

Ich versuchte es erneut. Und wieder nichts.

Gerald blickte mit einem verschlagenen Grinsen über die Schulter zurück, und in diesem kurzen Augenblick sah ich an seiner Stelle Jude so deutlich vor mir, dass mir beinahe das Herz stehen blieb.

„Möchtest du es probieren?“, fragte ich.

„Du machst das sehr gut, MM.“

Wir waren beide zu alt dafür.

Ich zog erneut, bereit, Hilfe vom Himmel zu erflehen, falls der Motor wieder nicht ansprang, aber die Schraube begann sich in dem schlammigen Wasser zu drehen, und ich löste das Tau vom Pfahl. Wir tuckerten los in Richtung Leuchtturm.

„Wir brauchen uns jetzt nicht mehr übermäßig zu beeilen, Gerald. Jetzt können sie uns nicht mehr zurückholen.“

„Nein. Nein, das stimmt.“ Er hob das Kinn und atmete tief durch. Dann drehte er sich um und blinzelte mir zu. Seine Augen funkelten vor Freude. In diesem Augenblick erinnerte er mich an Judes Hund Spark. „Und los geht es, MM: ein Abenteuer! Ich hätte nie gedacht, dass ich noch einmal ein Abenteuer erleben würde.“

Wie wahr.

Vor meinem inneren Auge sah ich Jude und Spark auf dem Wasser. Rudernd, rudernd, immer rudernd.

Wir brauchten 15 Minuten. Ehrfürchtiges Schweigen erfasste uns, denn nicht im Traum hätten wir gedacht, dass wir diesen Leuchtturm jemals wieder betreten würden. Ich steuerte den Landungssteg unterhalb des Leuchtturms an und band das Boot fest.

Als ich die Leiter zur Plattform hochstieg, drang mir der grüne Geruch des Wassers und der blaue Duft des Windes, der über Ozeane und Gras und Bäume strich, in die Nase. So hatte Jude gerochen, der viel Zeit auf dem Wasser verbracht hatte. Es war der Geruch, der zu mir hereindrang, wenn Jude mitten in der Nacht unter meinem Fenster stand und nach mir rief, und ja, ich habe mich dann aus dem Schlafsaal geschlichen, mit nackten weißen Füßen, die sich deutlich von dem Steinfußboden des Korridors abhoben, und mein Atem störte die heilige Stille. Es war der Geruch der Einsamkeit und des Eingesperrtseins. Es war der Geruch der Suche nach dem Weg.

Manchmal jedoch, wenn Jude spontan handelte, war es der Geruch der Zufriedenheit. Aber das war selten. Und es geschah nur, wenn wir allein waren und ich vergaß, wer ich war und wer er war, und wenn wir mit verschränkten Beinen einander gegenübersaßen und ich seine Hand hielt, während ich ihm erzählte, was ich am Tag erlebt hatte.

Es gab schöne Erlebnisse. Wenn der Bischof zu Besuch kam, wenn die oberen Klassen ihren Schulabschluss feierten. Wenn ich in meinen künstlerischen Bemühungen einen Durchbruch erlebte. Jude hörte mir immer sehr aufmerksam zu. Manchmal legte er eine Hand auf mein Knie, und ich ließ ihn gewähren. Er hatte schöne, starke Hände, bereits mit 17 die Hände eines Mannes. Sie auf meinem Bein liegen zu sehen, setzte etwas in mir in Bewegung.

Und irgendwie sah ich einen Drachen von dem Geländer des Leuchtturms losfliegen; in leuchtenden Farben schlängelte er sich hinauf in den Himmel.

Gerald wartete im Boot. „Denkst du, der Leuchtturm ist abgeschlossen?“, fragte er.

„Nein.“

Natürlich mussten wir damit rechnen, dass er verschlossen war, aber in dem Fall hätte Jesus auch dafür eine Lösung parat gehabt. Jesus sorgte immer dafür, dass ich für die Aufgaben, die er mir übertrug, alles hatte, was ich brauchte. Auch wenn es nicht auf den ersten Blick zu erkennen war. Jesus kann manchmal ziemlich heimlichtuerisch sein. Er serviert uns die Lösungen nicht immer auf einem Silbertablett wie den Teekuchen für die Königin. Schließlich hat er uns ja auch unseren Verstand gegeben.

Meine Hand schloss sich um den Türknauf. „Ja, die Tür ist abgeschlossen!“

„Sieh in der Laterne neben der Tür nach. Ich habe dort immer einen Ersatzschlüssel aufbewahrt.“

Ich öffnete die Glastür der Messinglaterne und tastete hinein. Unter meinen Fingerspitzen bewegte sich Metall. „Ich glaube, ich habe ihn gefunden.“ Ich schob den Gegenstand zur Öffnung, kippte ihn nach oben und packte ihn vorsichtig zwischen Daumen und Zeigefinger. „Ja, es ist tatsächlich ein Schlüssel.“

Er lachte und schüttelte den Kopf. „Hattie bat mich, ihn da liegen zu lassen."

„Ich sage dir, Gerald, sie bekommt viel mehr mit, als man denkt."
Oh Mann, das stimmte allerdings.

Ich steckte den Schlüssel ins Loch und schob die rote Tür auf. *Ach, du meine Güte. Ach, du meine Güte.*

Eine schnelle Erinnerung, bevor ich fortfahre: Ich darf auf keinen Fall vergessen, morgen diese Blumenzwiebeln zu setzen! Es wäre ein Wunder, wenn sie aufgehen würden, aber ich vermisse Jude, und es wäre schön, Gott die Gelegenheit zu geben, etwas Großes und Spektakuläres und vielleicht sogar ein kleines Wunder zu tun.

Das Wohnzimmer des Leuchtturms, jetzt leer, weckte unendlich viele Erinnerungen in mir. Als ich das erste Mal in den Leuchtturm kam, war ich 15; die Wände waren mit einer blauen Blumentapete tapeziert, und Mr Keller saß in dem bequemen Sessel neben der Küchentür und las in einem Buch. Jude platzte herein, äußerlich zwar fröhlich, doch mit spürbarer Verachtung für seine Umgebung. Ich erinnere mich, dass ich gedacht habe: *Natürlich, hier draußen gibt es keine Mädchen.*

Er hatte mich selbst hergerudert, und ich hatte die ganze Zeit seine Arme, sein Lächeln, die Sonne auf seinem Haar bewundert. Er plauderte munter mit mir. Die meisten Leute hielten Jude für einen mürrischen jungen Mann. Ich nicht. Und außerdem war Sommer.

„Papa", sagte er, „ich möchte dir Mary Margaret vorstellen."

Mr Keller nahm seine Nickelbrille ab, erhob sich lächelnd und reichte mir die Hand. Damals war es nicht üblich, dass Männer jungen Frauen die Hand gaben. Ich fühlte mich erwachsen. Ich ergriff sie, und wir schüttelten uns die Hände, und auf einmal wurde mir klar, warum Jude fortgegangen war. Dies war ein heiliger Mann des Meeres, ein Mann, der Stille und Besinnlichkeit liebte, ein Mann, der so ganz anders war als sein Sohn. Seine blaue Uniform war perfekt gebügelt, sein Bart penibel getrimmt. In gewisser Weise sah ich mich bestätigt; in anderer Hinsicht hatte ich mich vollkommen geirrt. Aber wer hätte wissen können, was Jude tatsächlich durchmachte?

„Ich freue mich, dich kennenzulernen."

Er bot mir eine Tasse Tee an, und wir plauderten über seine Bücher. Ich erzählte ihm, dass ich Lehrerin werden wollte, eine Schulschwester von St. Mary, und er hielt das für eine gute Idee.

„Ich nehme an, du bist keine von J. G.s Liebschaften."

Jude George Keller.

„Nein, Sir. Aus irgendeinem Grund unterhält sich Jude einfach gern mit mir." Zum Glück hatte Jude ihm nichts von unseren Küssen erzählt. Und ich hatte nicht den Eindruck, dass ich log. Nicht, wenn er unter „Liebschaft" das verstand, was ich darunter verstand.

Er seufzte. „Wie schön, dass er überhaupt mit jemandem redet."

Und die Traurigkeit einer Vater-Sohn-Beziehung, die sich nie recht entwickeln konnte, hüllte uns ein wie eine Decke.

„Warum bleiben Sie hier, Mr Keller?", fragte ich.

„Ich habe nichts anderes gelernt." Er legte sein Buch zur Seite. „Und mir gefällt die Stille."

Schon sein Vater hatte auf dem Leuchtturm gelebt, und er wollte eigentlich wieder zum Fischen zurückkehren, wie er es als Teenager getan hatte, doch als sich ihm die Gelegenheit bot, die Nachfolge seines Vaters anzutreten, griff er mit beiden Händen zu. Er kannte die Arbeit bereits; er brauchte nicht von der Küstenwache in seine Aufgabe eingeführt zu werden. „Es war für beide Seiten von Vorteil. Nur Petra fand das auf Dauer nicht so gut, schätze ich."

„Judes Mutter?"

„Ja." Und die Erinnerung an die hässliche Scheidung, in Gang gesetzt, als Petra an Bord der Barke ihres Liebhabers für immer davontuckerte, legte sich schwer auf Mr Kellers Schultern, und sein Kopf sank auf die Brust.

Sein Blick war auf den Fußboden gerichtet. Den Holzboden, über den er schon als Leuchtturmkind gelaufen war, inmitten einer Wüste aus Wasser, abgeschieden, aber glücklich.

„Sie konnte die Einsamkeit nicht ertragen. Immerzu bat sie mich, sie in die Stadt zu bringen. Aber ich konnte den Leuchtturm ja nicht verlassen. Schließlich kaufte ich ihr ein eigenes kleines Boot mit einem Außenbordmotor. Damit brauste sie dann jeden Tag mit wehenden Haaren an Land."

Ich sah Petra in einem ihrer bunten Blumenkleider vor mir, mit weiten Engelsflügelärmeln aus Chiffon, die um ihre schlanken Arme flatterten, während sie den kleinen Motor bediente, der vermutlich das Einzige in ihrem Leben war, über das sie eine gewisse Kontrolle hatte. Ihr denkt vermutlich, sie sei blond gewesen, aber das stimmt nicht. Sie hatte dieselben Haare wie Jude, eine schwere Lockenpracht, die sie schulterlang trug. Und ihre vollen Lippen malte sie immer pink an. Für mich war sie ein Freigeist, aber durchaus sympathisch. Nicht grob oder ungehobelt. Ungezähmt, ja, wie eine wild gewordene Strandschnecke. Ich hatte sie nur selten mit Jude zusammen gesehen, als wir noch jung waren, aber ich hatte immer den Eindruck, dass sie ihm sehr zugetan war.

Mit zitternder Hand goss Judes Vater mir Tee nach. „Natürlich haben die Leute versucht, mich zu warnen. Sie hatte sich häufig in der Bar neben dem Schuhgeschäft aufgehalten."

„Im Broomhall?"

„Ja. Und dann, eines Tages, begegnete sie diesem Mann. Aber vermutlich hatte ich sie bereits an dem Tag verloren, an dem ich ihr das Boot kaufte."

Jude kam von der Plattform herein, die goldbraunen Haare vom Wind zerzaust, die Wangen gerötet, und in seinen blauen Augen spiegelte sich noch die Sonne.

„Kann ich mir einen Kaffee kochen?", fragte er.

„Selbstverständlich, J. G."

Und schon mit 15 erkannte ich in ihrer Beziehung diesen unübersehbaren Keil. Vater bietet Tee an, Sohn möchte Kaffee.

Tee ist gut. Kaffee ist gut.

Leider brachen Jude und ich 30 Minuten später wieder auf. Wir ruderten über das Wasser zurück zum Strand, der an diesem Tag sehr ruhig war. Er sprach wenig, aber es war kein unbehagliches Schweigen.

In der Schule zog ich mich sofort in die Gebetskapelle zurück, wo ich einige Gebete für meinen Freund sprach. Schwester Thaddeus gesellte sich schweigend zu mir. Jude kehrte nach Hause zurück und wurde von seinem Stiefvater so heftig verprügelt wie selten zuvor in seinem Leben. Er wäre besser bei seinem Vater im Leuchtturm geblieben, aber niemand kannte die Verhältnisse so genau, dass er hätte eingreifen können.

Gerald rief von unten herauf und holte mich ins Hier und Jetzt zurück. „MM? Alles in Ordnung?"

Ich ging zurück nach draußen und blickte hinunter zu meinem alten Freund, der auf dem Anlegesteg unterhalb des Leuchtturms stand. Irgendwie hatte er es geschafft, allein aus dem Boot auszusteigen. Seine Kraft schien zurückzukehren, neue Willenskraft strömte in seine Muskelfasern, pumpte Blut an die Stellen, die schwach geworden waren.

In früheren Jahren war es üblich gewesen, dass die Leuchtturmwärter dort unten auf einer Plattform unmittelbar oberhalb des Bootsanlegers ein oder zwei Stück Vieh hielten. Leider war es keine Seltenheit, dass Ziegen und Hühner von einer Windbö ins Meer gerissen wurden oder dass die Wellen über die Einzäunung der armen Tiere schwappten und sie ins Wasser spülten. Aber damals in den Vierzigern, als ich mit Jude zum Leuchtturm gefahren war, war eine Tierhaltung zum Zweck der Eigenversorgung nicht mehr nötig. Man hatte einen Generator installiert, der elektrisches Licht ermöglichte, und Herd und Kühlschrank wurden durch Propangas gespeist.

„Alles in Ordnung, Gerald. Nur ein wenig unheimlich. Ich höre die Stimmen vergangener Zeiten. Denkst du, du schaffst es die Stufen hoch?"

Er klammerte sich am Geländer fest. „Wenn nicht, lasse ich bei dem Versuch mein Leben."

„Ich muss zugeben, für dich wäre das die perfekte Art, aus dem Leben zu scheiden!"

Gerald schüttelte den Kopf. „Ich begreife nicht, wie du einerseits so liebevoll und auf der anderen Seite so unsentimental sein kannst."

Ich eilte die Stufen hinunter und legte einen Arm um seine Taille, während er hinaufstieg zu dem einzig wahren Heim, das er je gekannt hatte.

„Wie kommt es eigentlich, dass du und Jude euch so unterschiedlich entwickelt habt? Für mich ist das in höchstem Maße unverständlich. Hättet ihr noch unterschiedlicher sein können?"

„Nein.“ Er ächzte, als er seinen alten Körper auf die nächste Stufe hievte. „Aber Jude und ich hatten unterschiedliche Mütter.“

„Was?“

Wir hielten inne. Er nickte. Das Licht, das durch die Pfähle floss, spiegelte sich in seinen klaren blauen Augen. „Er hatte davon keine Ahnung. Nur Hattie weiß Bescheid. Ich spreche sehr ungern darüber. Mein Vater war zuerst mit einer sehr netten Frau verheiratet. Sie hatte nicht diese ... Bedürfnisse wie Petra. Ich schätze, unsere Unterschiedlichkeit liegt also einfach in unseren Genen begründet.“

„Oh, ich hoffe nicht, mein Freund. Zumindest nicht vollständig. Und ich hoffe, es vererbt sich nicht weiter.“

„Nun, hier kommen Menschen wie du ins Spiel, schätze ich. Das konnte hoffentlich etwas bewirken.“

Oh Herr, ja. Zumindest hoffen wir das, nicht?

Wir setzten unseren Aufstieg fort. Eine Möwe flog unter dem Haus zwischen den Eisenpfählen hindurch; in der Ferne glitten einige Vergnügungsboote über die Bucht, die Segel vom Wind gebläht. Die Menschen auf dem Wasser wissen einfach zu leben, nicht?

„Denkst du, dass wir Schwierigkeiten bekommen?“, fragte er. Nach seinem schiefen Lächeln zu urteilen, kannte er die Antwort bereits.

„Falls das so wäre, wäre es das nicht wert?“

„Oh ja, allerdings.“

Wir brauchten ganze zehn Minuten, um die Plattform zu erreichen. Gerald schnaufte wie ein Sprinter nach einem Tausendmeterlauf, aber verflixt noch mal, wir schafften es. Und angesichts der Tatsache, dass er gestern noch an der Schwelle des Todes gestanden hatte, könnte man sagen, dass wir praktisch einen Marathon hinter uns gebracht hatten.

Gerald stand am Geländer und blickte über sein Wasser hinweg, und ich meine es wörtlich, wenn ich sage, dass die Konturen seines Gesichts verschwammen wie die Vergangenheit, in die er sich zurückzog.

„Erzähl mal, wie ist deine Mutter gestorben?“, fragte ich.

„Sie stand draußen auf der Plattform und putzte die Scheiben der Laterne. Eine Windbö riss sie um, und sie stürzte hinunter auf die Felsen. Brach sich beide Beine und trug eine schwere Kopfverletzung davon. Drei Tage später starb sie in Salisbury."

Wieso wusste ich nichts davon? Warum bewahrte eine ganze Stadt Mr Kellers Geheimnis? Schwestern, die Antwort auf diese Frage kenne ich bis heute nicht. Da draußen in diesem Leuchtturm gab es zu viele Geheimnisse. Und Judes war das gefährlichste.

Wir alle bedauerten Jude wegen dem, was er ertragen musste, nicht nur als Folge von Petras Entscheidungen, sondern durch die Frau selbst. Ich kann mir das nur so erklären: Weder Petra noch Jude glaubten wirklich daran, dass Gott sie liebte.

Es fällt schwer, Gottes Liebe zu erkennen und für sich persönlich anzunehmen. Ich weiß. Trotz meiner Berufung dauerte es Jahre, bis ich selbst zu dieser Erkenntnis kam. Eigentlich hat erst Jude mir Gottes unerschütterliche Liebe deutlich gemacht, und das sagte ich ihm auch. Er lachte, aber als ich es ihm erklärte, wurde ihm klar, dass ich recht hatte. Oh, aber zu diesem Teil der Geschichte kommen wir zu gegebener Zeit.

Die stille, hingebungsvolle Liebe von Judes Vater konnte die Leere in Petra nicht füllen, die durch ihre besitzergreifende, erdrückende Mutter entstanden war, einer Frau, die zwar behauptete, ihre Tochter unendlich zu lieben, doch in Wahrheit benutzte sie Petra nur, um ihre eigenen Bedürfnisse zu befriedigen. Petra war ein Mittel zum Zweck. Sie sollte die riesige Leere füllen, die im Inneren ihrer Mutter klaffte, weil ihre Eltern sie früh verlassen hatten, um ihre Großmutter zu pflegen. Petra hatte andere Probleme zu bewältigen, einen Missbrauch, vielleicht durch einen Onkel oder einen Mann aus der Nachbarschaft. Aber das war eine Vermutung von uns; wir wussten nicht sicher, ob überhaupt ein Missbrauch geschah und wenn ja, welcher Art. Aber Jude und ich fanden keine andere Erklärung dafür, wie sich Petra zu dem Menschen entwickeln konnte, der sie war.

Alle diese ungleichen Glieder in einer schweren Kette, die Jahre des Schmerzes, den sie nicht verarbeiten konnte – kein Wunder, dass das alles Petra zu viel wurde.

Leider riss sie Jude bei ihrem Sturz mit in die Tiefe. Irgendwie hatte er jene eigenbrötlerischen Gene mitbekommen, vielleicht hörte er auch nur zu häufig ihre Klagen, wenn Mr Keller draußen den Leuchtturm anstrich oder oben war und das Messing der Laterne polierte und die Fresnellinsen reinigte. Wann immer er nach draußen kletterte, brachte er sein Leben in Gefahr. Aber Petra sah es nicht so, und sie missbrauchte Jude, um die Defizite ihres Mannes auszugleichen.

Also kanalisierte sie ihre Unzufriedenheit, indem sie täglich das Haus von oben bis unten schrubbte, und ihre Ungeduld baute sich mit jedem Schlag des Teppichklopfers gegen den angegrauten Teppich weiter auf, bis sie, wie Jude erzählte, eines Tages damit drohte, vom Leuchtturm auf die Felsen zu springen.

Am folgenden Tag kaufte Mr Keller ihr das Boot.

Ich habe nie erfahren, warum diese Drohung der Anlass war. Jetzt weiß ich es.

Jude hatte also einen guten Grund für seine Rastlosigkeit. Ich mache mir immer noch Vorwürfe, dass ich nicht erkannt habe, was tatsächlich mit Petra Keller los war. Aber wer hätte so etwas vermutet? Wir begegnen ständig Menschen, die Tag für Tag die Hölle erleben, und wir ahnen nichts davon.

An jenem Abend begleitete mich Jude nach dem Besuch bei seinem Vater zur Schule zurück. Unterwegs machte er eine anzügliche Bemerkung, die durch den Ausdruck, der bei solchen Gelegenheiten in seine Augen trat, abgemildert wurde, was mir wiederum sagte: Ja, er akzeptierte die Grenzen unserer Beziehung. Aber dass er sie akzeptierte, bedeutete nicht, dass er sich damit abgefunden hatte.

Brister Purnell, sein Stiefvater, kam abends in „Höllen-Laune“ von seinem Boot nach Hause. Es stellte sich heraus, dass einige Fischer aus Virginia, richtige Gauner, seine Krabbenfallen geplündert und Brister und seine Mannschaft währenddessen mit Gewehren bedroht hatten. Es war ein armseliger Fang an jenem Tag, um es vorsichtig auszudrücken.

„Wir müssen uns überlegen, wie wir so etwas in Zukunft verhindern können“, sagte Brister, als Petra Krabbenkuchen, hausgemachten Krautsalat und selbst gebackene Pommes frites auftrug. Über diese Frau kann man sagen, was man will, aber kochen konnte sie.

Jude schlüpfte herein, als seine Mutter gerade seinen Teller auf den Tisch stellte, neben Bristers Pistole, und ihr Gespräch verlief ungefähr folgendermaßen: „Lass mich das doch erledigen, Brister. Erlaube mir, morgen nicht in die Schule zu gehen, und nimm mich mit aufs Boot."

Brister, braun gebrannt von den Jahren auf dem Wasser, legte seine Gabel aus der Hand. „Mutige Worte von einem Weiberhelden."

Eins müsst ihr über Jude Keller wissen: Von Brister Purnell lernte er mehr als von seinem Vater. Brister lehrte ihn, dass ein Mann seinen Wert daran maß, wie viele Frauen er gehabt hatte, wie viel Alkohol er vertragen konnte und aus wie vielen Faustkämpfen er als Sieger hervorging.

„Und wem schadet es?", verteidigte sich Jude dann. „Ich nehme niemandem etwas weg, was er nicht freiwillig geben will. Bei Brister funktioniert es doch auch."

„Tatsächlich?", fragte ich, kurz bevor er von der Insel fortging. „Er scheint mir nicht besonders glücklich zu sein. Unser Körper ist nicht nur die Hülle für unsere Persönlichkeit. Er ist Teil des Ganzen."

Jude blickte mich nur finster an und erwiderte, ich solle meine theologischen Spitzfindigkeiten für mich behalten. Er schlief mit jedem Mädchen, das sich ihm hingab, und ich vermute, er wollte nicht daran erinnert werden, dass ihn diese Erfahrungen auch nicht glücklich machten. Allerdings förderten sie sein Image als Mann mit sexueller Leistungsfähigkeit, der Macht ausübte.

An jenem Abend war Brister nicht in Stimmung für die üblichen männlichen Prahlereien an ihrem Tisch, doch leider hatte Jude kein Gespür dafür.

„Ich kann mehr als lieben."

„Ach, du kannst also auch kämpfen?" Brister zog die Augenbrauen in die Höhe. „Nun denn, Mr Großmaul, lass uns gehen!"

Und trotz Petras Schreien zerrte er Jude am Kragen vor das Haus.

„Ich wusste nicht, was ich tun sollte", erklärte Jude mir am folgenden Tag, während er die Blutergüsse um seine Augen und auf den Wangen befühlte. „Sollte ich den Mann meiner Mutter verprügeln?

Meinen Stiefvater? Ich meine, im Großen und Ganzen ist Brister in Ordnung. Was hätte ich tun sollen? Der Kerl kann richtig zuschlagen."

Ich verkniff es mir, ihn darauf hinzuweisen, dass er gerade dem Prinzip gefolgt war, die andere Wange hinzuhalten. Es wäre Jude unangenehm gewesen, eine Verbindung zwischen Jesus und ihm herzustellen.

Petra schloss sich in ihrem Schlafzimmer ein, während Jude sich zu Dr. Taylor schleppte, um seine Wunden nähen zu lassen. Als er nach Hause kam, verlangte sie von Jude, in dieser Nacht auf sie aufzupassen.

Am folgenden Tag verprügelte Brister ihn noch einmal.

Jude reagierte seinen Zorn an etwas ab, das er mehr als alles andere hasste. Er betrank sich mit Gin, schnappte sich einen Baseballschläger, sprang ins Motorboot und fuhr zum Leuchtturm. Mr Keller hütete sich, ihm in die Quere zu kommen. Er ließ seinen Sohn wüten und schreien und ihn verfluchen. Während Jude die Fresnellinse zertrümmerte, blieb er ruhig in seinem Sessel sitzen und beobachtete, wie Jude draußen vor dem kohlrabenschwarzen Wasser der Chesapeake Bay den Baseballschläger schwang.

Als Erklärung für die Verwüstungen behauptete er später, jemand hätte im Leuchtturm randaliert, während er an Land gewesen sei und Einkäufe erledigt hätte.

Petra warnte Brister, sie würde ihn verlassen, wenn er ihren Sohn nicht besser behandelte, aber Jude war klar, dass das alles nur Gerede war. Diese Männer aus Virginia hatten seinen Stiefvater bestohlen. Da er sie nicht verprügeln konnte, ließ er seinen Zorn eben an Jude aus.

Dies zumindest war Judes Erklärung. Ich denke, die Angelegenheit war weit komplizierter. Meiner Meinung nach suchte Jude nur nach einem Vorwand, um von der Insel wegzukommen.

Einige Wochen später, zu Beginn der Ferien, fuhr Jude noch einmal zum Leuchtturm hinaus, verabschiedete sich von seinem Vater und kehrte wieder an Land zurück. Von dem Geld, das er gespart hatte, kaufte er sich einen alten grünen Packard und fuhr nach Baltimore. Seinen Vater sah er nie mehr wieder.

Und jetzt war ich wieder hier im Leuchtturm. Offensichtlich genauso tief in Gedanken versunken wie Gerald, der draußen stand und zum Leuchtfeuer hinaufstarrte.

Ich wollte ihn nicht stören. Wir hatten mindestens eine Stunde Zeit. Ich ging davon aus, dass es noch eine Weile dauern würde, bis Hattie die Augen für immer schloss, wenn sich ihr Zustand so hielt wie bisher. Aber ich wollte mich lieber vergewissern.

Darum zog ich mein Handy aus der Tasche meiner Windjacke. Ich hasse dieses Ding, diese Unterwerfung unter die Technologie und die Herrschaft des Materiellen, aber Fakt ist, ich möchte sofort erfahren, wenn ein Bewohner von St. Mary's im Sterben liegt, damit ich an seine Seite eilen kann. Ist der Betreffende Katholik, rufe ich Pater Brian, der vor einigen Monaten Pfarrer unserer Gemeinde geworden ist. Er kommt dann, und wir geben dem Sterbenden gemeinsam die Letzte Ölung.

Dieses Sakrament haut einen wirklich aus den Schuhen. Man sollte meinen, ich hätte mich mittlerweile daran gewöhnt, aber noch immer bekomme ich eine Gänsehaut. Ich denke an alle Gläubigen, deren Körper in den vergangenen zwei Jahrtausenden gesalbt wurden und die eines Tages heil, erneuert und verherrlicht auferstehen werden. Das ist ein erhabenes Gefühl.

Und Pater Brian ist wirklich ein Schatz. Ich schwöre, dieser junge Mann könnte sich drei Mal am Tag rasieren und hätte zwischendurch immer noch mit seinem Bartwuchs zu kämpfen. Manchmal gehe ich hinüber ins Pfarrhaus und sehe mir mit ihm zusammen die NASCAR-Rennen an. Er liebt das.

Angie meldete sich beim ersten Läuten.

„Angie?“ Ich umklammerte das Telefon.

„Ja“, flüsterte sie.

„Wo bist du?“

„In Hatties Bad. Janice soll nicht mitbekommen, was ich sage.“

„Wie geht es unserem Mädchen?“

„Sie hält sich recht gut. Es geht zu Ende mit ihr, aber nicht so schnell.“ Sie zählte ihre Werte auf, aber hier im Leuchtturm sagten mir die Zahlen überhaupt nichts, obwohl ich alles notierte. Ich habe einfach keinen Kopf für Zahlen.

„Okay, wir brauchen schätzungsweise noch zwei Stunden. Halte durch."

„Schwester Ratched ist außer sich vor Wut, weil du Gerald entführt hast."

„Woher weiß sie, dass ich es war?"

„Die Videoaufzeichnung."

„Das kann sie nicht getan haben!"

„Doch. Sie hat alle Bänder herausgeholt, als wäre es eine große Show. Du würdest dich kaputtlachen." Angie hat als junges Mädchen ein ganz schön loses Mundwerk gehabt, aber sie hat gelernt, sich zu zügeln und nicht mehr alles auszusprechen, was ihr in den Sinn kommt. „Wie hält sich Gerald? Unglaublich, dass er überhaupt so lange durchgehalten hat."

„Das kommt von oben, denke ich."

„Könnte sein."

Angie ist viel rationaler als ich, und sie neigt dazu, immer zuerst eine natürliche Erklärung für alles zu finden. Aber ihr Glaube zwingt sie zu der Feststellung: „Wenn es für alles eine natürliche Erklärung gäbe, dann wären Milliarden von Menschen verrückt, überhaupt zu glauben. Mir scheint, das ist eine *wirklich* weit hergeholte Erklärung für Religion."

„Aber wie auch immer, Mary, ich möchte nicht mehr Aufmerksamkeit auf mich lenken als nötig. Übrigens habe ich Hatties Patientenverfügung gefunden. In der Schublade ihres Nachttischs."

„Das ist gut."

„Es ist irgendwie seltsam, dass du mit Gerald hinaus zum Leuchtturm fährst, während wir hier über Wiederbelebungsmaßnahmen nachdenken, wenn ich das so sagen darf."

Was sollte ich darauf erwidern? Ich konnte ihr ja schlecht erklären, dass Jesus mir den Auftrag gegeben hatte.

„Du kennst mich ja."

„Ja. Du warst schon immer ein wenig verrückt."

Allerdings. Und, ehrlich gesagt, es gibt Schlimmeres, was man über einen Menschen denken kann. Faul, stinkend, nicht ganz richtig im Oberstübchen …

Ich beendete das Gespräch und tätschelte Geralds Hand. „Sie verzögert ihren Abgang."

„Aber es geht ihr immer noch schlecht?"

„Ja, leider."

Sein Blick wanderte über das graue Wasser der Bucht hinweg, und ich war erstaunt, dass sich seine Augen nicht mit Tränen füllten. „Weißt du, Hattie hat immer alles auf ihre Art gemacht. Sie war verlässlich, loyal, aber sehr eigensinnig."

In einem Jahr zog sie nur rosa Kleidung an, in einem anderen blaue, und niemand konnte sie zu einer anderen Farbe überreden.

„Mit wem hast du gestern im Zimmer gesprochen, MM?"

„Ich habe nur gebetet, glaube ich." Er hatte mein Gespräch mit Jesus also mitbekommen. „Tut mir leid, Gerald."

„Ich meine, jeder hat so seine Eigenarten, MM. Wenn du laut beten und dich dabei wie eine Verrückte gebärden musst, dann will ich das natürlich so stehen lassen."

„Danke, Gerald."

„Ich wünschte, ich könnte auch mit Gott reden, als säße er direkt neben mir." Er umklammerte das Geländer. „Von hier aus habe ich häufig beobachtet, wie ein Sturm aufzog."

„Das kann ich mir vorstellen."

„Agnes auch. Also das war wirklich ein unglaublicher Hurrikan."

„Ich hielt mich zu der Zeit in Ocean City auf."

„Ja, das stimmt. Die Bucht brodelte wie ein großer Topf kochenden Wassers. Weißt du, Wasser sieht ganz harmlos und nett aus, bis es zornig wird und zu wüten beginnt."

„Ich kenne auch Menschen, die so sind", neckte ich ihn.

Er legte die Hand über seine Augen. „Hattie hat sich während dieses Sturms wirklich als alter Hase bewährt. Sie hat diesen Seeleuten das Leben gerettet. Solche verflixten Idioten."

„Weißt du", ich nahm den Faden auf, „wenn Leute in einem gefährlichen Sturm ein Risiko eingehen, kommt ihnen nicht der Gedanke, dass derjenige, der sie retten muss, dabei sein Leben vielleicht in Gefahr bringt. Dass sie aus Rücksicht auf andere eine solche Entscheidung nicht treffen sollten."

Gerald lachte. „Du hast mir viel zu lange zugehört, MM."

Ein Hausboot tuckerte vorbei. Ein Mann steuerte das Boot, eine Frau saß an Deck und strickte. „Vielleicht. Aber du musst wissen, dass für mich nicht alles, was du sagst, das Evangelium ist, mein Freund. Möchtest du jetzt hineingehen?"

„Gib mir noch eine Minute, um diese Aussicht zu genießen. Ich hätte nie gedacht, dass ich noch einmal hier stehen würde. Du müsstest ja am besten wissen, wie es ist, wenn man Angst hat, man müsste etwas für immer hinter sich lassen. Wenigstens habe nicht *ich* meine Tugend hier verloren."

„Nein, das war mit Brenda Landruham in der hintersten Reihe im Kino."

Er schlug mir auf den Arm und schreckte damit die Möwe auf, die sich gerade auf dem Geländer neben ihm niedergelassen hatte. „Ich hatte keine Ahnung, dass du darüber Bescheid weißt."

„Ich versuche, mir solche Informationen für eine gute Gelegenheit aufzuheben."

„Du hast sie wirklich optimal genutzt. Trotzdem, bei dieser Aussicht, dem Wind und ...", er deutete nach links, „sieh dir die Bäume hinten auf der Insel an. Da fällt es schwer, ärgerlich zu werden, nicht?"

„Allerdings."

Wir standen Seite an Seite. Die starke Brise riss an unseren weißen Haaren, und sie wehten um unsere Köpfe wie Pampasgras, das sich im Wind wiegt.

„Wir sind alt, Gerald."

„Ja. Alte Leute. Und ich bin sogar noch älter als du."

Aber er würde länger leben als ich, doch ich hütete mich, ihm das zu verraten. „Es stimmt nicht, dass ich meine Tugend hier verloren habe, Gerald. Hat Jude dir so etwas erzählt?"

„Ja. Als er siebzehn war."

„Und du hast ihm *geglaubt*?"

Gerald grinste. „Ich bin schon früher dumm gewesen, und irgendwann werde ich wieder dumm sein."

„Geht uns das nicht allen so, mein Freund?"

9

Von meinem Aussichtspunkt am Bethlehem Point, wo ich im Augenblick sitze und schreibe, blicke ich auf St. Mary's. Ein Lichtstrahl, der sich durch die dichten Wolken gekämpft hat, fällt auf die grauen Steine der Gebäude, die die Schulschwestern nach der Übernahme des Komplexes errichtet hatten. Danach kamen die Schlafsäle an die Reihe. Auch die Kapelle und die Klostergebäude waren wieder instand gesetzt worden. Diese Frauen verstanden es, mit wenigen Mitteln etwas zu erreichen, das kann ich euch sagen! Und sie hatten hochgesteckte Ziele.

Nach all den Jahren sind wir immer noch hier, und wir expandieren sogar. Doch die Zeiten haben sich geändert. Schwester Pascal, die bald eintreffen wird, ist ein wahres Genie im Umgang mit Computern. Sie hat sogar Informatik und was weiß ich noch studiert. Wir brauchen mehr junge Frauen wie Pascal, das sage ich euch. Sie wird drüben in der Grundschule unterrichten und im Senioren- und Pflegeheim aushelfen.

Ich empfinde eine tiefe Verbundenheit mit diesem Ort. Immerhin hatte ich früher einmal gedacht, mein Leben würde sich hier abspielen. Und es schien sich auch in die Richtung zu bewegen, die ich schon vor Jahren in den Blick genommen hatte; doch dann hat Jesus mein Leben auf den Kopf gestellt und wie eine Schachtel Cornflakes durcheinandergeschüttelt. Aber das geschah erst sehr viel später.

Nach meinem Schulabschluss in St. Mary studierte ich am College *Notre Dame* in Baltimore, einer katholischen Kunsthochschule für Frauen. Noch während meines Studiums trat ich als Novizin in den Orden der Schulschwestern von St. Mary ein. Während meiner Studienzeit in Maryland vertiefte sich nicht nur meine Überzeugung, dass ich zur Ordensschwester berufen war, sondern auch meine Beziehung zu Jesus wurde inniger.

Während meiner Ausbildung zeigte er sich mir recht häufig. Ich denke, das war, weil er wusste, wie sehr ich ihn brauchte. Tante Elfi war gerade gestorben, und ich hatte niemanden mehr. Außerdem war Jude untergetaucht. Gerald und Hattie hatten seit mehreren Jahren nichts mehr von ihm gehört, und ich auch nicht. Doch ich dachte viel an meinen Freund und zündete von Zeit zu Zeit eine Kerze für ihn an, denn ich war überzeugt, dass allein Gott sein Herz und seine Seele heilen konnte. Jeden Abend betete ich für ihn, nicht weil ich so besonders fromm war, sondern weil ich ein Bild von Jude neben das Waschbecken im Bad geheftet hatte, damit ich mich während des Zähneputzens an ihn erinnerte. Schon immer war ich davon überzeugt, dass das Geheimnis wahrer Frömmigkeit in guten Gedächtnisstützen begründet liegt.

An dem Tag, an dem ich mein Examen abgelegt hatte, kehrte ich in meine leere Einzimmerwohnung zurück und machte mir eine Tasse Tee. Ich stellte auch eine Tasse für Jesus bereit, obwohl er seinen Tee immer kalt werden ließ. Doch ihm gefiel die Geste. „Eines Tages", sagte er einmal zu mir, „werden wir im Himmel zusammen Tee trinken." Ich weiß aber nicht genau, ob er mit seinem auferstandenen Körper überhaupt irdischen Tee trinken konnte.

An diesem Nachmittag setzte er sich zu mir an den kleinen Tisch. „Ich bin stolz auf dich. Die Zweitbeste deiner Klasse, T–!"

„Ja." Ich seufzte.

„Du bist besser als dein Kommilitone, der sich auf abstrakten Expressionismus spezialisiert hat. Versteh mich nicht falsch, es ist nicht so, als würde ich abstrakten Expressionismus nicht mögen. Ich sehe die Herzen der Menschen an und kenne ihren Schmerz. Aber du gehörst zu mir, du wirst mein Werk tun, darum ist Zweitbeste ein gutes Ergebnis. Wenn du die Beste gewesen wärst, wärst du vielleicht stolz geworden." Er lächelte mich herzlich an. „Deine Seele ist mir wichtiger als dein Platz in der Welt. Das war schon immer so."

„Ja, das weiß ich. Aber gefallen dir meine Arbeiten, Herr?"

„Ja, das tun sie. Sie sind wunderschön, T–. Du bist jetzt fünfundzwanzig, und bevor du dein Gelübde ablegst, habe ich noch eine Aufgabe für dich in Kentucky. Nimm Kontakt zu Schwester Sally im *Our Lady of the Way*-Hospital in Martin auf. Erkundige dich nach einem Mann mit Namen Nicholas. Er ist um die fünfzig und wird einen Unfall haben. Er ist schon sehr lange schwankend in seinem Glauben … sehr lange. Seit er in unserem Alter war. Würdest du ihn zu mir führen?"

„Wenn ich dazu in der Lage bin, gern."

„Ich werde bei dir sein."

Er streckte die Hand aus und strich mir über die Wange, und ich wäre am liebsten gestorben, weil es so schön war und weil ich so glücklich war, bei ihm zu sein. Er saß zwar wie ein Lebewesen aus Fleisch und Blut vor mir, aber er fühlte sich anders an. Seine weißen Haare strahlten wie lebendige Lichtstrahlen. Aber er war real und tatsächlich vorhanden. Ein Mensch aus Fleisch und Blut. Nach wie vor ist es mir unbegreiflich, dass er vor 2.000 Jahren menschliche Gestalt angenommen hat. Er wurde nicht nur für 33 Jahre ein Mensch wie wir, sondern für die Ewigkeit. Er ist nicht einfach von den Toten auferstanden, hat sein Menschsein abgeworfen, sich die Hände gerieben und gesagt: „So, das liegt jetzt hinter mir." Dieser Gedanke versetzt mich immer wieder in Erstaunen.

Mir ist bewusst, dass kaum ein Mensch von sich behaupten kann, den Herrn körperlich berührt zu haben, und ich frage mich manchmal, ob meine Begegnungen mit ihm einfach nur Einbildung waren, so lebensecht, dass ich körperlichen Druck und Materie spürte. Aber ich tröste mich immer mit der Geschichte des Apostels Thomas. (Er sollte nicht für immer auf die Gestalt des Zweiflers festgenagelt werden, nicht? Schließlich wurde er während seines Martyriums mit Speeren durchbohrt. Ich finde, er hat ein wenig mehr Respekt verdient.) Ich denke an die Begebenheit, als Jesus Thomas aufforderte, seine Finger in die Nägelmale in seinen Händen und in seine Seite zu legen. Christus kochte Fisch, weil er seinen Körper nähren musste. Ach du meine Güte, ich hoffe nur, dass ich nicht nur einfach eine Verrückte bin, sondern eine Glaubende. Allerdings bestärkt mich die immer noch wunde Stelle zwischen Zeigefinger und Daumen in der Überzeugung, dass ich nicht verrückt bin. Und es ist immer alles so gekommen, wie Jesus es mir gesagt hat.

Also, nachdem ich mein Examen abgelegt hatte, veränderte sich mein Leben von Grund auf. Angie bekam in Martin in Kentucky einen Lehrauftrag. Nach der Highschool hatte sie geheiratet, und ich war ihre Brautjungfer gewesen, aber ihr Mann kam ums Leben, als die Lenkung seines Lieferwagens blockierte und er in den Gunpowder-Fluss stürzte. So zog sie zu mir in meine kleine Wohnung in der Stadt. Ich unterrichtete Englisch in der kirchlichen Schule am Ort und Kunst im Buckhorn-Waisenhaus. Jesus hatte mir ja einen Auftrag gegeben, darum besuchte ich die Patienten im Krankenhaus. Für die Kinder zeichnete ich lustige kleine Comics, las ihnen Geschichten vor und half mit, wo ich gebraucht wurde. Jede Gelegenheit zum Helfen kam mir gelegen, denn ehrlich gesagt, in Martin gab es nicht viel anderes zu tun.

Jesus behielt auch recht mit Nicholas. An einem Herbstabend wehte der Wind ihn ins Krankenhaus. Es war eine sanfte Brise, wie sie die verwelkten braunen Blätter über die Straßen vor sich hertreibt.

Ich hatte mir vorgestellt, dass der Mann, dem ich helfen sollte, wie Jesus mir aufgetragen hatte, durch einen Autounfall ins Krankenhaus kommen würde, aber es war ein ganz anderer Unfall.

„Was ist passiert?", fragte ich die Schwester, die ihn gerade zudeckte.

„Er wollte auf dem Dach ein Starkstromkabel befestigen, das sich in dem Sturm gestern Abend losgerissen hatte. Das Kabel hat ihn an der Hand und am Fuß erwischt. Morgen früh werden die Hand und der Fuß amputiert."

Am folgenden Morgen nach der Operation betrat ich sein Zimmer. Nicholas saß aufrecht im Bett, verzehrte eine Schale Haferflocken und trank eine Tasse schwarzen Kaffee.

„Guten Morgen, Mr …", ich warf einen Blick auf sein Krankenblatt. Für mich war er immer nur Nicholas gewesen, wenn ich an ihn dachte und für ihn betete. Seinen Nachnamen kannte ich gar nicht. „… O'Malley. Wie fühlen Sie sich?"

Seine Stimme überraschte mich. Lasst mich Nicholas O'Malley kurz beschreiben. Stellt euch einen Birnbaum vor, der lebendig geworden ist. Dünne Arme mit wulstigen Gelenken und einem rauen Stamm. Sein Gesicht war blass, beinahe zart, aber die Jahre der Enttäuschung, Zurückweisung und Desillusionierung hatten tiefe

Furchen hinterlassen. Seine wettergegerbte Haut, zäh wie die von Brister Purnell, schmiegte sich wie nasses Fell an seinen Körper, und in seinen Augen lag eine Traurigkeit, die ihn wie eine ausgehärtete Politur überzog. Seine dunkelblonden Haare standen in alle Richtungen von seinem Kopf ab.

Doch trotz seines Unglücks war deutlich zu spüren, dass er nicht zornig war auf die ganze Welt. In erster Linie traute er sich selbst nicht. Seine rote Nasenspitze verriet mir, dass er vermutlich Trost im Alkohol suchte. Ich nahm an, dass er allein lebte.

Ihr fragt euch sicher, warum ich all dies unterstellte, nachdem ich lediglich beobachtet hatte, wie er einen Löffel Haferbrei in den Mund steckte. Nun, das kann ich mir auch nicht erklären. Der Geist Gottes gibt mir manchmal Gefühle und Erkenntnisse ein, und meistens liege ich mit meiner Einschätzung genau richtig. Allerdings nicht immer. Meine Vorurteile stehen mir häufig im Weg. Es fällt auch mir schwer, die Ungeliebten zu lieben. Ich gebe mir Mühe, sie mit den Augen der Liebe zu sehen. Nur so bekommt man einen halbwegs guten Blick. Und in meinem Leben, meinem Dienst, war es unbedingt notwendig, einen guten Blick zu bekommen.

Nicholas erholte sich gut. Ich entdeckte bei ihm einen trockenen Humor. Er konnte Witze erzählen. Außerdem besaß er eine große Willensstärke, die zu seiner Genesung beitrug. Zur damaligen Zeit hatte man die große Bedeutung der Physiotherapie noch nicht wirklich erkannt, aber Nicholas brauchte diese therapeutischen Maßnahmen auch gar nicht. Noch vor seiner Entlassung lernte er, mit seiner Behinderung zu leben. Mit seiner Prothese kam er bestens zurecht, und eines Tages nahm er mich sogar in die Arme und wirbelte mich ein wenig herum.

„In der Highschool war ich ein guter Tänzer", sagte er.

Ich rechnete zurück. Das musste in den 1920er-Jahren gewesen sein. Damals hatte er bestimmt einen flotten Charleston aufs Parkett gelegt.

Und so veränderte diese schlichte Bemerkung meine restliche Zeit in Martin. Na ja, zumindest die Beziehung zwischen Nicholas und mir. Jeden Samstagabend traf ich mich mit Nicholas zum

Tanzen. Meine rechte Hand lag im Greifer seiner neuen Handprothese. Meine Vorgesetzten im Orden erkannten, wie gut das diesem Mann tat, der gerade zwei wichtige Gliedmaße verloren hatte, und gaben mir ihren Segen.

„Ist es das, was du wolltest, Jesus?", fragte ich ihn eines Abends, als ich vom Tanzen zurückkam. Er saß am Küchentisch und las in der Morgenausgabe der Lokalzeitung.

„Ja. Gott gefällt es, wenn jemand tanzt, selbst wenn er einen Fuß verloren hast."

„Na, dann koche ich jetzt mal Tee."

Ab und zu blieb Jesus die ganze Nacht da. Da er nicht wie wir durch Zeit und Raum begrenzt war, konnte er so lange bleiben, wie er wollte – so lange, wie eben gut für mich war. In Wahrheit wäre ich am liebsten in seiner Nähe auf meinem Sofa liegen geblieben, bis ich zum Skelett verfallen und mit dem Staub der Jahrzehnte verweht wäre.

Ach, ich bin schon wieder in die Vergangenheit abgeschweift und habe den armen Gerald im Leuchtturm stehen lassen! Angie oder John gegenüber würde ich das niemals eingestehen, aber ich glaube, ich lasse allmählich ein wenig nach.

Gerald umklammerte das Geländer und stieß sich ab. „Also komm, lass uns hineingehen. Wir können ja vor der Rückfahrt noch ein wenig hier draußen bleiben."

„Ist gut."

Ich führte ihn in den Hauptraum, den er und sein Vater immer „das Wohnzimmer" genannt hatten.

„Was würde ich jetzt für einen Stuhl geben." Er blickte sich um, und seine Brust hob und senkte sich, nicht vor Anstrengung, sondern vor Freude über das Nach-Hause-Kommen. „Was würde ich nicht geben ..."

„Vermutlich können wir nicht davon ausgehen, dass die Küstenwache dich um der alten Zeiten willen wieder hier einziehen lässt, was?" Ich schob meine Hände in meine Tasche, ertastete meinen Rosenkranz aus Hiobstränen und sprach ein schnelles Gebet für Gerald.

Eine Seite seines Mundes hob sich. „Wohl eher nicht."

Ganz langsam drehte er sich einmal um die eigene Achse, seine Augen schnellten von der Decke zum Boden, von der Decke zum Boden. „Genau dort haben unsere Schulfotos gehangen. Und erinnerst du dich noch an den alten Lesesessel meines Vaters? Dort drüben in der Nähe des Fensters?"

„Wie lange hatte er dieses Ding?"

„Na ja, er hat es hierher mitgebracht und ist darin gestorben. Ich würde sagen, eine ziemlich lange Zeit."

Wir lachten.

„Er war einer der letzten wahren Gentlemen", bemerkte ich.

Mr Keller traf man niemals ohne Anzugjacke, Krawatte und Hut an, wenn er in der Stadt war. Wenn er Damen begrüßte, zog er immer seinen Hut, und er hielt ihnen auch die Tür auf.

„Ja, das war er, MM. Das war er ganz bestimmt."

„Warum bleibst du nicht einfach hier ein wenig stehen, und ich suche die lose Bodendiele? Wo war sie gleich, was hat Hattie gesagt?"

„In der Küche. In unmittelbarer Nähe der Stelle, wo früher der Kühlschrank gestanden hat."

Ich sah sie beinahe vor mir, wie sie auf dieser leeren Stelle auf dem Holzboden stand. Ich tastete mit dem Fuß den Boden ab. Nach mehreren Versuchen bewegte sich eine Diele unter meinem Fußballen.

Okay. Gut. Okay. Ich atmete tief durch.

Nun denn. Ich blickte zur Decke hoch, durch den Beton, das erste Stockwerk und das Dach hindurch direkt in den Himmel.

Jesus kniete sich neben mir hin. „Alles wird gut werden."

„Muss ich mir Sorgen machen?"

„Mit wem redest du denn da drin?", rief Gerald.

„Willst du das wirklich wissen?"

Jesus tätschelte mein Knie und verschwand.

„Du bist wirklich komisch, MM."

„Allerdings!"

Also. Wie sollte ich das Brett lösen? Ich durchsuchte die Küchenschubladen, aber natürlich fand ich nichts außer totem Ungeziefer. Auch die Schränke waren leer.

Ich kramte in meinen Hosentaschen nach meinen Schlüsseln, kniete auf dem Boden nieder und steckte den Schlüssel zu unserem Cottage vorsichtig zwischen die Dielenbretter. Ich drückte und schob das Holz nach oben, und endlich löste sich das Brett. Klappernd fiel es auf den Boden.

Mehrere Papiere, zusammengerollt und mit einem Gummiband befestigt, lagen zwischen den Streben. Meine Finger legten sich um das vergilbte Pergamentpapier. Das Gummiband zerfiel, es war vollkommen spröde und ausgetrocknet. Die Papiere glitten mir aus der Hand und breiteten sich fächerartig vor meinen Knien aus. Worte, in der kleinen Schriftart von Judes alter Schreibmaschine getippt, stachen mir ins Auge, Worte, die eine tief greifende Veränderung bewirken würden, dessen war ich sicher.

Oh Herr, wie dringend brauchte ich Veränderung. Ich war einfach in einer Spurrinne stecken geblieben, und aus irgendeinem Grund führen Spurrinnen einen auf diese unebenen Wege, auf denen man Gott vertraut, wie es auf ausgefahrenen Straßen nicht möglich ist.

Also gut, ihr, die ihr dies lest, sollt wissen, dass ich dies nicht an dem Tag niederschreibe, an dem ich Gerald zum Leuchtturm gebracht habe. Eigentlich sind bereits einige Monate vergangen. Vermutlich entspricht der Dialog an dieser Stelle nicht wortwörtlich dem, den wir damals geführt haben, aber der Inhalt stimmt, das versichere ich euch. Außerdem riet Angie mir, ich solle darauf achten, dass sich meine Notizen wie eine Geschichte lesen. Also versuche ich das jetzt. Sie bot mir an, meine Erinnerungen später noch mal auf Schreibfehler zu überprüfen. Ich hätte ihr nie davon erzählen sollen! Keine Ahnung, warum ich das getan habe. Unter keinen Umständen darf sie von meinen Gesprächen mit dem Herrn erfahren.

Wenn meine Geschichte fertig ist, werde ich sie auf jeden Fall verstecken. Allerdings erzählte ich Angie, dass ich mich bemühe, die Vergangenheit mit der Gegenwart zu verknüpfen, und Angie, die eigentlich nur preisgekrönte Literatur liest, meinte: „Wie postmodern von dir, Mary."

Manchmal ist sie so schnoddrig.

Wie auch immer, Gerald rief also aus dem Wohnzimmer des Leuchtturms nach mir.

„Was ist?", rief ich zurück.

„Ich komme jetzt in die Küche. Ist das in Ordnung?"

„Natürlich!"

Er spähte durch die Tür. Seine Gesichtsfarbe war frischer, als ich es seit Langem erlebt hatte. Er deutete auf die Papiere. „Du hast also Hatties Versteck gefunden. Ist zufällig auch Geld darin?"

„Kein müder Penny bisher." Ich griff noch einmal in das Loch und nahm das Rezeptbuch heraus, von dem sie gesprochen hatte.

„Das dachte ich mir. Aber die Hoffnung stirbt zuletzt."

„Genau." Ich pustete den Staub von dem Buch. Staubflocken wirbelten durch die Luft.

Ich konnte nachvollziehen, warum Gerald Jude immer so wütend gemacht hatte. Gerald war mit dem zufrieden, was er hatte. Er brauchte nicht ständig etwas Neues zu machen oder auf ein Ereignis im nächsten Jahr zu hoffen. Solche zufriedenen und ausgeglichenen Menschen konnten eine Person, in der ein unbeschreiblicher Zorn brodelte, der kein Ventil fand, zur Weißglut bringen.

Gerald, der ein Stück seiner Beweglichkeit wiedergefunden zu haben schien, kniete neben mir nieder, dann ließ er sich auf dem Küchenboden nieder und streckte die Beine aus. Er griff nach dem Bündel. „Darf ich mal sehen?"

„Sicher." Ich drehte das erste Blatt um. „Das ist aus Judes Schreibmaschine. Ein Brief an mich. Aber du kannst ihn ruhig zuerst lesen, wenn du magst. Ich bin ein wenig nervös."

Wenn ich ehrlich bin, meine Nerven waren zum Zerreißen gespannt.

Er nahm seine Brille ab und hielt sich das Blatt dicht vor die Augen. Ich beobachtete, wie seine hellblauen Augen, nach so vielen Jahren in der Sonne verblasst, über die Wörter und Zeilen flogen. Schließlich drehte er das Blatt um, und irgendwo in der Mitte stand:

Ich werde dich immer lieben,
Jude

Gerald blickte zu mir auf und stieß einen Pfiff aus. „Ich weiß nicht, ob du das lesen möchtest, MM. Vielleicht wirst du böse auf ihn, weil er Hattie überredet hat, das hier so lange zu verstecken. Hier." Er reichte mir die Blätter. „Lies selbst."

Ich packte das oberste Blatt und legte es neben mich, dann nahm ich die übrigen Seiten zur Hand. Gedichte, mindestens 30, und alle über mich. Er hatte sie in der Zeit geschrieben, als er sich geweigert hatte, mich zu sehen.

„Die lese ich zuerst."

„Okay. Ich gehe wieder nach draußen."

Ich setzte mich im Schneidersitz auf den Boden, und wieder kam mir zu Bewusstsein, wie sehr Jude mich geliebt hatte.

„Bist du fertig?" Einige Zeit später kam Gerald in die Küche zurück und setzte sich neben mich.

„Den Brief habe ich noch nicht gelesen."

Die Gedichte, auch wenn sie nicht besonders gut waren, hatten einen wahren Orkan in meinem Herzen entfacht, und mir war klar, dass ich unter allen Umständen allein sein musste, wenn ich diesen Brief las. War es Jesus, der mir das ins Ohr flüsterte? Ich glaube schon. Ich nahm die Blätter und das Rezeptbuch und klemmte sie mir unter den Arm. „Gerald, ich will den Brief jetzt nicht lesen. Und ich denke, wir sollten jetzt besser zu Hattie zurückkehren."

„Kommst du heute Abend vorbei und erzählst mir davon?"

Selten habe ich in Geralds Gesicht so viel Besorgnis entdecken können. Ach du meine Güte. Das würde nicht leicht werden.

„Ist es in Ordnung, wenn ich morgen nach dem Unterricht komme?"

„Ja. Das ist okay."

Unter Ächzen und Stöhnen rappelten wir uns hoch, schlossen den Leuchtturm ab und versteckten den Schlüssel wieder in der Lampe neben der Eingangstür. Ich nahm mir vor, irgendwann noch einmal wieder herzukommen, nachdem ich jetzt wusste, wie einfach es war, sich Zugang zum Leuchtturm zu verschaffen.

Eine Stunde später betrat Gerald sein Zimmer. Hattie saß aufrecht im Bett und schleckte genüsslich ein Eis mit Traubengeschmack. „Warst du beim Leuchtturm?", fragte sie.

„Ja." Gerald bückte sich und band seine Schnürsenkel auf. „Mir geht es ziemlich gut, Hat. Wie ist es mit dir?"

„Seltsam. Ich bin gestern Abend eingeschlafen und heute Nachmittag aufgewacht und hörte, dass ich beinahe gestorben sei. Aber ich bin noch nicht bereit zu gehen."

„Dann tu es auch nicht." Ich drückte ihre Schulter.

„Offen gestanden ...", sie lutschte die Tropfen vom Stiel des Eises, „ich denke, wir sollten Urlaub machen, Gerry."

Gerald legte die Windjacke mit dem Blumenmuster sorgfältig zusammen und reichte sie mir. „Das scheint mir eine gute Idee zu sein. Wenn du jemals irgendjemandem verrätst, dass ich dieses Ding angehabt habe, MM, dann weiß ich nicht, was ich tue."

„Das sind nicht deine Farben, Schatz", bemerkte Hattie. „Gelb steht dir viel besser."

Ich reichte ihr das Rezeptbuch, und sie dankte mir in ihrer knappen, doch von Herzen kommenden Art. „Hast du seinen Brief gelesen, MM?"

„Noch nicht."

„Wie oft war ich versucht, ihn zu lesen, aber Vertrauen ist Vertrauen."

Als ich sie verließ, saßen die beiden auf Hatties Bett, hielten sich an den Händen und sahen fern.

Die Papierrolle steckte in meinem Hosenbund, die Ränder der Blätter stachen mir in den Bauch. Es war Zeit, nach Hause zu gehen.

10

Nachdem ich zwei Jahre unterrichtet hatte und mich dann für eine Zeit der Einkehr in unser Mutterhaus in der Nähe von Baltimore zurückgezogen hatte, um formell mein Noviziat zu beginnen, suchte mich Jude während eines kurzen Besuchs in der Stadt auf.

Fast 11 Jahre waren vergangen, seit wir uns das letzte Mal gesehen hatten. Mr Bray erzählte mir, er hätte gehört, dass Jude recht beliebt sei in der feinen Gesellschaft und sich in der Stadt Baltimore einen Namen gemacht hätte. Allerdings wusste Mr Bray nicht so genau, womit Jude seinen Lebensunterhalt verdiente, aber man munkelte wohl, er hätte sich auf unseriöse Machenschaften eingelassen, und ich wollte Jude nicht danach fragen, als er unmittelbar nach dem Ende meiner Schicht auftauchte. Als Novizin gehörte es zu meinen Aufgaben, bei der Pflege unserer älteren Schwestern mitzuhelfen.

Mit einem Freudenschrei rannte ich in seine Arme, gleich dort in der Lobby.

Jude war mein bester Freund, und ich liebte ihn. Eilig schob ich ihn nach draußen auf den Bürgersteig.

Er umarmte mich, und mir fiel auf, dass er zu einem Mann geworden war. Den Inseljungen hatte er ein für alle Male abgestreift. Der Gedanke, dass er nicht mehr in der Bucht ruderte, den kleinen Spark vor sich im Boot, machte mich irgendwie traurig. Und der Anblick seiner Drachen, die am Himmel ihre Kapriolen drehten, hatte mir so gutgetan.

„Mary Margaret, es ist so schön, dich zu sehen. Du siehst großartig aus! Immer noch ganz die Alte."

„Du bist auch immer noch ziemlich hübsch."

Wie er so dastand, die Hände in die Taschen gestopft, strahlte er jede Menge Selbstsicherheit aus und umgab sich mit dem Glanz des Geheimnisvollen. Später erzählte er mir, er hätte sich nie irgendwo zu Hause gefühlt, egal, wo er sich aufhielt. Er wäre davon ausgegangen, dass er nie ein Zuhause finden würde, und das hätte er akzeptiert. Seine Kleidung war elegant und wirkte sehr teuer, und seine Haare waren an den Seiten kurz geschnitten, und die Locken fielen ihm in die Stirn.

Wir starrten uns eine Weile an, und meine Emotionen stauten sich in meinem Inneren auf wie eine Sturzflut hinter einem Damm, bis ich die Hand ausstreckte und sie ihm auf den Arm legte. „Ich habe heute Abend frei. Wie wäre es, wenn wir drüben im *White Coffee Pot* ein Stück Kuchen essen?"

Er hielt mir den Arm hin; ich hakte mich bei ihm ein, und gemeinsam machten wir uns auf den Weg zu dem Restaurant. Früher waren wir manchmal so Arm in Arm über die Main Street in Abbeyville spaziert, und unsere Haut vibrierte von der Berührung. Er genoss es und nahm es als das, was es war – ich verfluchte Satan und genoss es trotzdem.

Schwester Thaddeus hatte mir damals gesagt, es sei keine Sünde, Jude die Möglichkeit zu geben, sich als Gentleman zu verhalten. Vielleicht seien unsere Spaziergänge für ihn die einzige Gelegenheit, sich einmal gut zu benehmen. „Ich vertraue dir, Mary Margaret", sagte sie. „Und es sind Sommerferien, die anderen Mädchen werden dich also nicht sehen." Während des Schuljahres war ich viel braver.

„Ich vermisse dich, Mary Margaret", gestand Jude an jenem Tag.

„Ich dich auch."

Ich liebte Baltimore. Arm in Arm spazierten Jude und ich vom Mutterhaus bis zur Highlandtown, und, ich muss es gestehen, für andere muss das so ausgesehen haben, als wären wir ein Paar. In der Nähe des Patterson-Parks griff er in die Tasche und holte ein Bonbon heraus.

Doch dieses Mal gestattete ich ihm nicht, es mir auf die Zunge zu legen.

Das versetzte ihm einen Stich. „Du meinst es also wirklich ernst mit dieser Nonnen-Sache, ja"

„Nun, eigentlich ..."

„Ja, ich weiß, du willst *Ordensschwester* werden. Es ist einfacher, Nonne zu sagen, Mary Margaret, und nicht so verwirrend. Das

Wort Schwester hat zwei Bedeutungen, und die meisten Menschen denken dabei zuerst an die biologische Bedeutung. Eine Nonne ist eine katholische Frau, die auf die Ehe verzichtet ..."

„Die sich mit Jesus verheiratet."

„Das ist doch Haarspalterei! Und die dann anfängt, Kindern mit einem Lineal auf den Handrücken zu schlagen."

Ich bog mich vor Lachen und er stimmte mit ein.

Jude kannte mich. Und er kannte Schwester Thaddeus und einige der anderen Ordensschwestern in meiner Schule.

Sicher, es gab auch Menschen wie Schwester Antiochus, die wir nach diesem netten römischen Herrscher Antiochus Ephiphanes benannten, der den Tempel zerstörte und sich an einem schönen Massaker erfreute. Sie war ganz einfach gemein, verurteilend, streng, und sie neigte zu der Ansicht, wenn man nicht ständig auf Knien Gottes Erbarmen erflehte, könne man den Zustand der eigenen Seele nicht richtig einschätzen. Keiner von uns wagte zu offenbaren, dass wir über ihre Angewohnheit Bescheid wussten, hinter der Gartenhütte Zigaretten zu rauchen. Aber Leute wie sie gab es überall im Leben, die ständig mit den Fingern auf andere zeigten und mit triefender Missbilligung auf den Splitter in deinem Auge starrten und dabei die Balken in ihren eigenen übersahen.

Jude wusste, dass er zu sehr verallgemeinerte, und er zwinkerte mir zu, um mir zu zeigen, dass ihm das bewusst war. „Also, was geschieht nach dieser Phase der Nonnen-Geschichte?"

Erst Jahre später lernte ich endlich, ihn nicht mehr zu korrigieren. „Wenn ich mein Noviziat hier absolviert habe, gehe ich nach Georgia."

„Gerald hat es mir erzählt."

Vor dem Patterson-Theater blieb ich stehen. „Du hast Kontakt zu ihm aufgenommen?"

„Du wirkst so schockiert."

„Aber ist es denn nicht so, dass du Gerald hasst?"

„Ich hasse ihn nicht, Mary Margaret. Er macht mich nur schrecklich wütend, dieser Streber."

Wir bestellten Truthahn-Sandwichs im *White Coffee Pot.* Wir lachten, als wir mehr als einmal das Brot mit den Fingern von unserem Gaumen lösen mussten. Die Kellnerin füllte unsere Kaffeetassen bis in den späten Abend hinein immer wieder nach, und beim Apfelkuchen fing Jude an, sich ein wenig zu öffnen. Ich verschwand kurz, und von der Telefonzelle neben der Damentoilette aus rief ich im Mutterhaus an und bat Angie, mein Fernbleiben zu erklären. Wie so häufig deckte sie mich auch dieses Mal wieder.

Ich erfuhr, dass Jude bereits Witwer war und sein Kind verloren hatte.

Jude war vom Leuchtturm fortgegangen, sowohl buchstäblich als auch im übertragenen Sinne. Es ist schwer zu glauben, dass ein Mensch, der so klug ist und so gut aussieht wie er, so tief hat fallen können. Während wir im *White Coffee Pot* saßen, erzählte er mir seine Geschichte. Wenn ich ganz ehrlich bin, je mehr er erzählte, desto stärker wurde in mir der Drang, meine Hand von seiner wegzuziehen, jetzt, wo ich wusste, was diese Hand getan hatte. Mehrmals tröstete ich mich mit dem Gedanken daran, dass Jude bereits als Junge ein Sauberkeitsfanatiker gewesen war, der sich mehrmals am Tag die Hände wusch – wegen der Keime –, was es noch schwerer machte zu glauben, was er alles getrieben hatte. Ich nahm an, dass er häufig unter der Dusche stand.

Als Jude nach Baltimore gekommen war, suchte er sich ein Zimmer in der Nähe des Hafens. Mit seinem Tagesjob in irgendeiner Fabrik hätte sich Jude nie zufriedengegeben. Und wer könnte sich vorstellen, dass er so lebte wie ich? Zu Hause mit einem guten Buch, einer Tasse Tee und Jesus Christus die Abende verbringen? Wohl kaum.

Unweigerlich kam es dazu, dass er irgendwann mit einigen Arbeitskollegen das Rotlichtviertel von Baltimore aufsuchte. In Baltimore gibt es kaum einen Menschen, der nicht wenigstens einmal durch „den Block“, diese Hochburg der Ausschweifung, gefahren ist, um sich die Rausschmeißer, die Prostituierten, die Notleidenden und die Leute anzusehen, die solche Dienste in Anspruch nahmen und das Ungeheuer mit ihrem Geld fütterten. Ich gehörte auch zu diesen Schaulustigen. Aber um zu verstehen, was da tatsächlich vorgeht, muss man genau hinsehen. Jude kannte auch den hintersten Winkel.

„Es fing damit an, dass ich eine kleine Menge Opium verkaufte, die ich von einem der Kumpels im Hafen bekommen hatte, Mary Margaret. Und es war toll, so viel Geld in der Tasche zu haben. Außerdem stieg ich in das Geschäft der Prostitution ein."

Ich wollte ihm meine Hand entziehen, doch er hielt sie fest.

„Warst du ein Zuhälter?", fragte ich, und das Wort, ein Wort, das man im Mutterhaus nicht allzu häufig hört, erschreckte mich.

„Nein. Jemand machte mir ein Angebot und zahlte gutes Geld. Richtig gutes Geld." Wenn sich seine Haut vom Gesicht geschält hätte, hätte sein Ausdruck nicht nackter sein können.

„Bist du homosexuell, Jude?"

Er schüttelte den Kopf. „Nein. Du weißt es doch besser, Mary Margaret."

„Und mit wem hast du geschlafen – mit reichen, einsamen Damen?"

Er lachte verbittert auf. „Im Block? Hölle, nein!"

„Dann mit Männern?"

„Ja. Und mit einigen Frauen. Aber vorwiegend mit Männern."

Das verschlug mir die Sprache. Ich erinnerte mich daran, wie Jude auf der Treppe hockte und uns Mädchen nachpfiff, wenn unsere Röcke im Wind flogen. *Wer bist du?*, wollte ich fragen, aber ich wusste ja, das hier war Jude. Das war immer Jude gewesen. Und dass es mich in seinem Leben gab, war irgendwie nicht zu erklären.

„Ich hatte gehofft ..." Ich wusste nicht, was ich sonst sagen sollte.

„Dass ich hier Bankier oder Rechtsanwalt oder so etwas werde?" Er lachte erneut, und es klang so spröde wie feines Pulver. „Ich bin auf Locust Island aufgewachsen. Ich habe nie wie du das College besucht."

„Du hättest es aber gekonnt."

„Wie hätte ich das finanzieren sollen?"

„Hast du nicht gesagt, dass du mit dem Verkauf von Drogen viel Geld verdient hast?"

„Ja. Aber ich habe alles ausgegeben. Besonnene Menschen lassen sich erst gar nicht auf den Drogenhandel ein, Mary Margaret."

„Du hast recht. Du trägst teure Kleidung. Ich nehme an, du verkehrst in den höchsten gesellschaftlichen Kreisen?"

„So könnte man es ausdrücken.“

Ich hätte ihn gern gefragt, wie viele ... Kunden er hatte, aber ich vermutete, dass er den Überblick verloren hatte. Zumindest hoffte ich das in gewisser Weise, denn wenn man den Überblick über etwas verliert, hört man auf, jedes einzelne Vorkommnis einzeln zu bewerten.

„Du hast davon gesprochen, dass du verheiratet warst.“ Ich hielt meine Kaffeetasse hoch, damit die Kellnerin sie nachfüllte.

Jude folgte meinem Beispiel. Kopfschüttelnd entfernte sie sich von unserem Tisch. „Ich gebe dir ein gutes Trinkgeld, Süße“, rief Jude ihr nach. Und das würde er bestimmt auch tun. Auch wenn er es offensichtlich mit der Moral nicht so genau nahm, war Jude sein ganzes Leben lang ein aufrichtiger Mann gewesen und blieb es auch bis zum Schluss. Das müsst ihr selbst miteinander in Einklang bringen, wenn ihr könnt.

Ich habe kaum einmal erlebt, dass Jude nach Worten suchte, aber an jenem Abend, als wir in dem Restaurant saßen, schienen die Wände des Raums immer näherzurücken. Ich wartete. Er hob seine Tasse an die Lippen – auch die Decke senkte sich ein paar Zentimeter. Er rückte seine Krawatte gerade – die Wände kamen auf uns zu. Er räusperte sich – die Kellnerinnen wurden immer größer. Alles bekam mehr Gewicht. „Erinnere dich an uns“, mahnten die Vinylbänke und die große Fensterscheibe.

Ich saß also schweigend da und wartete, dass er seine Geschichte erzählte, und ich schoss mit jedem Schließen meiner Augenlider Fotos. Das Licht der Straßenlaterne draußen offenbarte Fingerabdrücke unten am vorderen Fenster. Das Chrom des Drückers an der Eingangstür war an der Stelle abgewetzt, wo die Leute ihn immer anfassten, um die Tür aufzuschieben. Die grün-weißen Linoleumfliesen auf dem Fußboden waren im Schachbrettmuster angeordnet, vier Rechtecke grün, dann vier Rechtecke weiß und so weiter. Ein blonder Mann mittleren Alters in einem marineblauen Overall verspeiste an der Theke auf der linken Seite des Raumes ein Stück Zitronenbaiser und trank dazu Kaffee. Die Tasse hielt er an dem abgenutzten Griff. Ich erinnere mich noch, gedacht zu haben, dass er schwer zu tragen zu haben schien. Er wirkte, als würde sein Overall tausend Pfund wiegen, und als er aufstand, um zu gehen, ließ er das Wechselgeld liegen.

Schließlich blickte Jude mir in die Augen und fing an zu sprechen. „Eine zeitlang hing ich in einem der Clubs herum; ich brauchte einfach mal eine Pause von den anderen Dingen."

„Ich kann mir vorstellen, dass das deiner Seele zu schaffen macht."

„Ich habe keine Seele."

Doch, das hast du, dachte ich. Aber theologische Überzeugungen waren in diesem Augenblick wohl fehl am Platze.

„Ich verabredete mich mit einer der Tänzerinnen. Sie erinnerte mich ein wenig an dich, Mary Margaret."

Tatsächlich?!

„Nur insofern, als sie nett zu mir war. Wie viele der anderen hatte sie einen Schutzwall um sich herum errichtet, aber darunter befand sich noch etwas Unberührtes."

„Wie hieß sie?"

„Bonnie."

„Das ist schön. Hatte sie auch einen Bühnennamen?"

„Natürlich, aber den behalte ich lieber für mich."

Je älter er wurde und je vorsichtiger er mir gegenüber wurde, um keine Grenze zu überschreiten, desto weniger war er darauf bedacht, mich zu schockieren. Das war gut. Es hätte mich auf Dauer auch ziemlich genervt, wenn er das beibehalten hätte. Ein Mensch kann nur ein gewisses Maß an anzüglichen Bemerkungen ertragen.

„Bonnie und ich gingen eine Beziehung ein. Natürlich verdienten sich die meisten Mädchen einen Extralohn mit bezahltem Sex, und sie bildete da keine Ausnahme. Doch eigentlich war sie nicht der Typ dazu, also riss ich mich zusammen und kehrte in meinen alten Beruf zurück, um zu verhindern, dass sie sich prostituierte."

„Beruf?" Ich lachte.

Er zuckte die Achseln. „Ich gebe mir Mühe, dir das alles so rücksichtsvoll wie möglich beizubringen, Mary Margaret."

„Danke."

„Nichts zu danken."

Mein Herz war niedergeschlagen, und immer mehr Fäuste landeten auf seinen Wunden, bis es nicht mehr zu erkennen war, wie Jesu

Gesicht am Kreuz. Das Mitgefühl, das ich immer für Jude wegen seines Elternhauses empfunden hatte, verwandelte sich in beinahe mütterliche Gefühle.

„Ich will die lange Geschichte lieber abkürzen." Er steckte die Hände in seine Jackentaschen und sank auf seinem Sitzplatz in sich zusammen. Als er den Blick zur Decke hob, war sein Hals ganz rot. „Sie wurde krank. Ich zog bei ihr ein, um sie zu pflegen. Schließlich wurde sie schwanger. Ich schaffte weiterhin Geld ran; sie verlangte immer mehr und mehr und mehr. Irgendwann wurde es sehr hässlich zwischen uns, aber sie erwartete ein Kind von mir. Die Schwangerschaft machte ihr ziemlich zu schaffen. Aber sie weigerte sich, zum Arzt zu gehen, egal, wie sehr ich auch versuchte, sie dazu zu überreden."

„Was war deiner Meinung nach ihr Problem?"

„Vielleicht Krebs. Ich beschrieb einem meiner Klienten, einem Arzt, die Symptome. Er meinte, es sei wahrscheinlich Darmkrebs. Das Baby, ein kleiner Junge, kam in der zweiunddreißigsten Schwangerschaftswoche tot zur Welt. Bonnie starb wenige Stunden später."

„Du sagtest, du seist Witwer."

„Wir hatten geheiratet, als sie im sechsten Monat war."

„Trotz des Lebens, das du führtest? Und obwohl du gezwungen warst, für sie auf den Strich zu gehen?"

„Niemand zwingt mich zu irgendetwas, Mary Margaret. Sie war mit meinem Kind schwanger. Das war alles. Als wir heirateten, schliefen wir nicht einmal mehr miteinander."

So waren die Zeiten, meine Schwestern.

„Das ist ... schrecklich."

„Ja."

„Weiß dein Vater darüber Bescheid?"

Er schüttelte den Kopf. „Ich habe ihn seit Jahren nicht mehr gesehen. Sonst weiß kaum jemand davon."

„Nicht einmal Gerald oder Hattie?"

„Hattie schon."

„Das denke ich mir. Und sie wird ihr Wissen mit ins Grab nehmen."

Die Kellnerin kratzte sich mit dem spitzen Ende ihres Bleistifts am Kopf und kam mit unserer Rechnung an den Tisch. „Wir schließen gleich."

Jude zahlte, und wir verließen das Restaurant. Gemeinsam wanderten wir zum Stadtzentrum, vorbei an einem Braut- und Abendmoden-Geschäft. Vor dem Schaufenster blieb ich stehen und drückte seinen Arm.

„Hast du dir so etwas jemals gewünscht?" Ich deutete auf das Schaufenster mit den weißen Brautkleidern und den luftigen zartrosa Kleidern für die Brautjungfern.

„Soll ich ehrlich sein? So etwas ist mir nie in den Sinn gekommen. Zumindest nicht auf diese traditionelle Art. Was ist mit dir?"

Ich nickte. „Dir gegenüber will ich ehrlich sein, Jude: ja, mir schon." Ich konnte kaum glauben, dass ich das vor mir selbst eingestand. „Aber nicht aus dem Wunsch nach einer Hochzeit oder Ehe heraus. Du weißt ja, dass ich kein Mensch bin, der unbedingt männliche Gesellschaft braucht."

Er lachte. „Das ist eine Untertreibung."

„Aber ich hätte gern ein Kind. In mir schlummert der tiefe Wunsch nach einem eigenen Baby."

„Du warst Waise. Es ist nur verständlich, dass du einen Menschen ganz für dich allein haben möchtest, jemand, der mit dir verwandt ist, jemand, mit dem du es einfach aushalten musst, weil er deine Familie ist."

„Du tust das doch auch nicht."

„Aber du eben schon. Das ist der Punkt." Er legte seine Hand an die Glasscheibe. „Ich weiß nicht, was ich möchte, Mary Margaret. Ich habe zwar Eltern und einen Bruder, aber in Sachen Aushalten hast du mir einiges voraus."

Das ließ sich nicht leugnen.

„Und wie ging es weiter?"

„Ich begrub Bonnie und das Baby vor etwa zwei Wochen ..."

„Ich hatte nicht gedacht, dass das erst vor so kurzer Zeit geschehen ist."

„Ja." Er zog meinen Arm durch seinen und legte seine freie Hand auf meine, als wir unseren Weg fortsetzten.

„Hast du dem Baby einen Namen gegeben?"

„Nein. Zumindest nicht laut. Aber ich denke, er hätte den Leuchtturm gemocht."

„Dann nenne ihn doch nach deinem Vater."

Mr Keller hatte sich mittlerweile zur Ruhe gesetzt, und Gerald hatte seine Aufgabe im Leuchtturm übernommen. Er schüttelte den Kopf. „Ich kann einfach nicht. Manchmal kann man einfach nicht zurückschauen."

„Wo ist dein Vater, Jude?"

„Immer noch drüben in Tangier, fängt Krabben entlang der Küste mit rohen Hähnchenteilen. Das hat mir Gerald erzählt." Jedes Wort schrie mir seine Verachtung entgegen.

„Hast du etwas von deiner Mutter gehört?" Kurz nachdem Jude weggelaufen war, hatte sie Brister verlassen.

„Nichts. Ist vermutlich das Beste so."

„Wirst du je nach Locust Island zurückkehren?"

Wir näherten uns dem Mutterhaus.

„Höchstens, um dort begraben zu werden."

„So sehr hasst du es?"

„Ich finde keine Worte dafür."

„Und wie geht es weiter?"

„Ich werde für eine Weile fortgehen. Nach Europa. Mit ... na ja, mit wem, ist eigentlich egal, ich weiß nur, dass ich nach allem, was geschehen ist, Abstand brauche und Baltimore für eine Weile verlassen muss."

„Männlich oder weiblich?", fragte ich und bedauerte es sofort. „Vergiss es. Antworte nicht auf diese Frage."

„Keine Sorge. Das hatte ich auch nicht vor. Wo gehst du hin, wenn deine Zeit im Mutterhaus vorbei ist?"

„Ich gehe nach Georgia und werde dort unterrichten."

„Oh, die Menschen dort werden dich lieben", meinte er in einem Tonfall, der so trocken war wie Toast. „Aber du hast ja deinen Jesus, nicht wahr, Mary Margaret?"

Ich lachte. „Genau."

„Manchmal weiß ich gar nicht, warum ich mich mit deinen religiösen Wahnvorstellungen abgebe."

Was konnte ich darauf sagen? Wenn Jude gewusst hätte, wie nahe er mit seiner Bemerkung der Wahrheit gekommen war, dann hätte ich ihn vielleicht nie wieder gesehen. Aber andererseits: Jude war so offensichtlich mit Fehlern behaftet, dass er nicht das Recht hatte, über mich zu urteilen.

„Du nimmst es hin, weil wir nun mal auch Zugeständnisse machen, wenn wir einen Menschen lieben."

Ich ließ mir von ihm einen Abschiedskuss geben und betete, dass niemand uns beobachtete.

Das war zum Glück so. Oder falls uns doch jemand beobachtet hatte, so behielt er es für sich.

Nach einem Jahr im Mutterhaus packte ich alle meine irdischen Besitztümer, darunter eine Decke, die Mrs Bray für mich gehäkelt hatte, und die Tracht unseres Ordens, hellgrau mit einem bodenlangen weißen Schleier, in einen Koffer. Ich trat mein Missionsnoviziat an, eine zweijährige Arbeit mit einer Gruppe unserer Schulschwestern in Bainbridge, Georgia.

Angie begleitete mich. In gewisser Weise fühlten wir uns wie Forscher auf Entdeckungsreise, denn wir stießen in eindeutig nicht katholisches Gebiet vor, und dabei war mir ein wenig mulmig zumute. Endlich konnte ich unterrichten. Aber was, wenn ich die Kinder zu sehr lieb gewann? Ich musste sie ja wieder verlassen, wenn mein Auftrag zu Ende war. Vielleicht würde ich den Abschied nicht verkraften? Für ein Waisenkind sind solche Fragen von größerer Bedeutung, als ihr euch das vielleicht vorstellen könnt, wenn ihr mit Vater und Mutter und Geschwistern aufgewachsen seid.

Ich bügelte meine Tracht und meinen Ersatzschleier, packte die Schuhe, die ich zwei Jahre zuvor gekauft hatte, meinen Schlafanzug, Pantoffeln, Bettwäsche, zwei Handtücher, meine Gebetbücher, Thomas Mertons Buch *Seven Story Mountain* und meine Bibel ein. Wäre ich zwei Jahre früher gegangen, hätte ich auch Thomas von Aquin noch dazugelegt, aber vor ein paar Monaten hatte ich entdeckt, dass er keinerlei Achtung vor Frauen hatte, und so ging der arme Tom den Weg alles Vergänglichen. (Erzählt das bloß niemandem!) Heute lese ich wieder gern die Abschnitte von ihm, mit denen ich übereinstimme. Augustinus' Schriften empfinde ich immer noch als schwer verdaulich, darum halte ich mich die meiste Zeit von ihm fern. Es gibt unzählige Autoren aus 2.000 Jahren, aus denen wir wählen können. Warum sollte man immer wieder dieselben alten lesen?

Die Kirche ist ein bunt zusammengewürfelter Haufen von Pilgern. Darum passe ich auch so gut da hinein.

Ich reiste also nach Georgia, um in einer kirchlichen Schule zu unterrichten, einer Internatsschule mit einem angeschlossenen Heim für Findelkinder (sprich: Waisen). Oh Mann! Ich hoffe nur, dass Angie auch einige von ihren Erlebnissen in St. Teresa niederschreibt. Ich stieg aus dem Zug und wurde in meiner Wolltracht und dem Schleier von der Hitze in Südgeorgia beinahe erschlagen. Die neugierigen Blicke waren fast genauso erdrückend, aber das verstand ich. Schließlich gab es in Georgia nur wenige Katholiken und noch weniger Ordensschwestern.

Ich schaute in meine Wegbeschreibung, nahm meinen Koffer zur Hand und marschierte los zur Shotwell Street in Richtung Flint River. Moos hing von den Bäumen herab. Ich kannte so etwas bereits von Fotos her, aber es nun mit eigenen Augen zu sehen half mir, mir klarzumachen, dass ich tatsächlich eine andere Welt betreten hatte.

Als ich in dem kleinen Zimmer, drei mal dreieinhalb Meter groß und hartweiß gestrichen, meinen Koffer auspackte, summte ich leise vor mich hin. In einer Einrichtung, wo es Kinder gab, fühlte ich mich immer zu Hause.

„Ich wusste, dass es dir hier gefallen würde. Du wirst eine schöne Zeit erleben."

Ich drehte mich um, das Kruzifix in der Hand.

Jesus saß auf dem Stuhl mit der geraden Lehne neben dem kleinen Tisch unter dem einzigen Fenster des Zimmers. Das Fenster war so groß, dass ich die Felder hinter unserem Schlafsaal im früheren Plantagenhaus sehen konnte. Mir war die Aufgabe der Schlafsaalwache übertragen worden. Leider war Ordnung nicht so meine Stärke. Ich war einfach zu nachsichtig. „Karten? Ihr wollt Karten spielen? Halma? Popcorn, sagt ihr?" Ich ging immer als Letzte zu

Bett. Keines der Mädchen verlor der Direktorin gegenüber auch nur ein einziges Wort über unsere nächtlichen Eskapaden.

„Werde ich auch Aufregendes erleben?"

Er nickte. „Manches Gute, manches Schlechte. Du weißt ja mittlerweile, wie das so ist, T–."

„Wie geht es Jude?"

„Es ist verboten, danach zu fragen, meine Liebe."

„Okay. Und Großmutter?"

„Gut. Sie wird wohl nie heilig gesprochen werden, aber sie ist bei mir." Er lachte.

Ich seufzte und fiel neben seinem Stuhl auf die Knie. Er legte seine Arme um mich, und ich bettete meinen Kopf in seinen Schoß.

Nach Stunden – Tagen? Jahren? – hob ich den Kopf und blickte in seine Augen. Er nahm mein Kinn in seine Hand. „Du wirst hier in meinem Namen leiden. Bist du bereit dazu?"

Ich nickte. „Wenn du bei mir bist."

„Ich bin immer bei dir." Ein Sonnenstrahl erleuchtete seine goldbraunen Augen. „Weißt du, neulich war ich als Prostituierte verkleidet in einem Tattooladen. Der Künstler sagte etwas, das mir gefallen hat: ‚Wenn Jesus mich hinbringt, wird er mich auch hindurchbringen.' Was meinen Kindern so alles einfällt! Das ist doch schön, nicht?"

„Es gefällt dir?"

„Wenn es von Herzen kommt. Und bei diesem Mann war das so, ja. Er und ich haben bereits eine Menge zusammen durchgemacht."

„Weiß er, dass du die Prostituierte warst?"

„In gewisser Weise ja. Er hat mir immer eine Tasse Kaffee angeboten, und ich durfte mich aufwärmen, bevor ich wieder auf die Straße musste."

Ich seufzte und legte meine Arme wieder um ihn. „Ich liebe dich."

Und dieses Mal legte ich meinen Kopf an seine Brust, hörte seinen heiligen Herzschlag, von echtem Fleisch und Blut, das im Einklang mit dem Universum schlug, und ich hörte auch, wie sehr er mich liebte.

Also gut, das war jetzt lange genug zurückgeblickt. Wir wollen doch herausfinden, was in Judes Brief stand.

Angie, die das Haus immer gegen 22:00 Uhr abschließt, hatte sich bereits seit mindestens einer Stunde zurückgezogen, als ich die Blätter auseinanderrollte. Mein Nachtlicht warf einen gelben Schein auf die vergilbten Blätter, und in meinem Kopf hörte ich die Worte des *Agnus Dei.*

Agnus Dei, qui tollis peccata mundi. Miserare nobis.
Agnus Dei, qui tollis peccata mundi. Miserare nobis.
Agnus Dei, qui tollis peccata amundi. Dona nobis pacem.

Lamm Gottes. Oh Lamm Gottes, erbarme dich meiner. Ich strich die Blätter glatt. *Lamm Gottes. Schenke uns Frieden. Schenke mir Frieden.*

Fast rechnete ich damit, dass Jesus sich zeigte. Das tat er nicht, doch der Geist hüllte mich mit Wärme ein. Trotzdem zitterte ich, vom unregelmäßigen Schlag meines Herzens bis zu den Spitzen meiner Finger, die über das glatte Papier strichen.

Und da war seine Unterschrift. Nur sein Vorname.

Jude.

Der Junge, der mich immer geliebt hatte.

„Also gut", flüsterte ich in den Lichtkegel hinein. „Bringen wir es hinter uns."

Die Stille des Zimmers – meines einfachen, weiß gestrichenen Zimmers, das sich von vielen davor kaum unterschied – erdrückte mich, verdichtete sich wie Schaum in meinen Trommelfellen. Ich stellte mir die bunten Herbstbäume in der Dunkelheit draußen vor, und ihre Schönheit gab mir Mut.

November 1960

Liebe Mary Margaret,

ich komme am besten gleich zur Sache. Ich denke, eines Tages wirst du deinen Vater kennenlernen müssen. Vor ein paar Wochen fand ich heraus, wer er ist, aber ich war der Meinung, dass es nicht der rich-

tige Zeitpunkt war, es dir zu sagen. Ich wusste nicht, ob du mit seiner Identität und der Wahrheit über deine Mutter umgehen könntest. Zumindest jetzt noch nicht. In diesen Tagen gibt es so viel Neues, an das du dich gewöhnen musst. Und du scheinst dich auch nicht nach deinem Vater zu sehnen oder so etwas. Diese Informationen könnten dich sehr aufregen.

Wir alle machen Fehler. Er offensichtlich auch. Aber wenn du jetzt diesen Brief liest, solltest du dir bewusst machen, dass alles irgendwie Teil eines größeren Planes ist. Vielleicht weißt du das ja auch bereits. Verflixt, ich weiß ja, du bist Realistin, genau wie ich Realist bin. Schlimme Dinge passieren. Aber trotzdem, wir beide wissen, dass jemand dort oben auf uns achtgibt. Du hast mir den Beweis dafür geliefert.

Aber ich schweife ab. Im Augenblick geht es mir nicht besonders gut, und ich bin nicht sicher, wie lange es noch dauern wird, bis die Krankheit fortschreitet.

Sein Name ist Brendan Connelly. Du wusstest ja bereits, dass er zur Zeit der Vergewaltigung am Seminar studierte. Ich glaube, er kommt aus einer alten Familie aus Baltimore. Er besuchte das Mount St. Mary's-Seminar in Emmitsburg. Du kannst dort Näheres über ihn in Erfahrung bringen, wenn du das möchtest. Ich könnte noch mehr sagen, aber diese Information sollte dir einen Ausgangpunkt verschaffen.

Ich rechnete schnell zurück. Mein Vater wäre jetzt 95. Vermutlich nicht mehr am Leben. Obwohl ich auch alt bin und mich noch sehr gut fühle, also komme ich vielleicht nach ihm. Vielleicht gehört er zu diesen joghurtessenden, bergquellwassertrinkenden Genetikwundern. Nein, ich bezweifelte, dass er noch am Leben war.

„Also, warum das? Warum jetzt?", flüsterte ich laut.

Jesus ging nicht auf meine Launen ein, wisst ihr. Und das war auch an diesem Abend so. Ich blieb also mit den Gedanken allein, mit denen sich sicher jeder von uns ab und zu einmal herumquälen muss: Die Frage, ob dies ein Trick des Satans war, um mich zu Fall zu bringen und von meiner eigentlichen Aufgabe abzulenken; die Frage, ob dies von Gott kam oder nur ein verrückter Zufall war.

Und dann das! Informationen über meine Mutter? Mutter? Jude wusste doch, wie sehr alle auf der Insel sie geliebt hatten. Ihr Foto hing während meiner ganzen Kindheit in der Schule, zum Andenken. Einmal im Monat stellten wir Blumen auf ihr Grab. Was könnte in ihrer Vergangenheit schlimm gewesen sein?

Aber nein. Jesus hatte mir aufgetragen, Gerald zum Leuchtturm zu bringen. Daran klammerte ich mich. In letzter Zeit habe ich mich tatsächlich gefragt, ob mein Vater wegen dem, was er getan hatte, wohl Gewissensbisse gehabt hat, ob er eine Umkehr vollzogen und ob er versucht hat, mich zu finden. Meiner Mutter würde es nichts ausmachen, wenn ich ein wenig graben würde.

Ich bitte Hattie, dies hier im Leuchtturm zu verstecken, damit du es nicht in der Wohnung findest. Wenn du diese Information nicht mehr zu meinen Lebzeiten bekommst, dann soll sie dir den Brief nach meinem Tod geben, aber erst, wenn du überwunden hast, was mir zugestoßen ist. Und sie hat keine Ahnung, was in diesem Brief steht (für den Fall, dass du den Überbringer schlechter Nachrichten erschießen möchtest).

Im Augenblick bist du noch nicht bereit, denke ich. Du bist noch ziemlich zornig auf den Typen, und ich bezweifle, dass er einen Besuch von dir verkraften würde. Ich durchschaue dich, Mary Margaret. Deine roten Haare erzählen die wahre Geschichte, selbst wenn du die Dinge lieber unter der Decke halten willst.

Ich schätze, ich muss einfach darauf vertrauen, dass der Brief dich erreicht, wenn die richtige Zeit gekommen ist.

Seine Unterschrift trieb mir die Tränen in die Augen.

11

Ich sitze wieder draußen am Aussichtspunkt und schreibe. Es ist kühl, aber ich musste einfach an die frische Luft und das Cottage verlassen. Angie wollte eine Crème brûlée machen, aber sie ist ihr angebrannt. Das ganze Haus stinkt. Wir haben sie mal wieder aus der Küche verbannt. Blanca hat die Crème gegessen, als sei sie das Beste, was sie je vorgesetzt bekommen hätte, aber so ist eben Blanca.

Ich glaube, zuletzt beschrieb ich meine Zeit in Georgia. Meine Mitschwestern begrüßten mich an jenem Abend, setzten mir eine einfache Mahlzeit vor, und wir beteten das Abend-Offizium. Die Schule sollte erst in einem Monat beginnen, und so hatte ich Zeit, zwischen meinen Gebetszeiten und meiner Unterrichtsplanung durch die Wälder am Fluss zu streifen. Sie inspirierten mich. Bis zu diesem Zeitpunkt hatte ich vorwiegend mit Tinte, Kohle und Grafit gearbeitet. Unter meiner Matratze in meinem Bettkasten lag eine geheime Sammlung von Porträts der einzigen beiden Männer, die ich je geliebt hatte: Jesus und Jude. Aber was war mit Holz? Skulpturen? Es war dort, dass ich entdeckte, wie viel Freude mir die Arbeit mit Holz machte.

Ich frage mich oft, ob ich eingefangen hatte, wie Jesus tatsächlich aussah, oder ob ich einfach nur wiedergegeben hatte, wie *ich* ihn sah. Jeder von uns hat ein anderes Bild von Jesus. Für die einen ist er der große König, für andere ein jüdischer Zimmermann. Der sanfte Hirte; der Beschützer der Kinder. Der Freund, der näher ist als ein Bruder; der kluge Mann, der die Pharisäer kritisierte. Der Tempelreiniger; der Verteidiger der Ehebrecherin. Der Mann, der am Sabbat Kranke geheilt hatte; der in der Synagoge weise Worte gesprochen hatte und der nicht gekommen war, um das Gesetz abzuschaffen, sondern zu erfüllen.

Auch Judes Gesicht brachte ich häufig zu Papier mit meinen Stiften und Pinseln: all die vielfältigen Emotionen, die sich in seinem

Gesicht spiegelten: Verdrießlichkeit, Freude, Verlegenheit, Zorn und Liebe. Dass Jude mich liebte, daran hatte ich nie gezweifelt; doch leider fiel es ihm schwer zu glauben, dass er selbst Liebe verdient hätte. Was für ein Modell er war! Ich fragte mich, ob sein Gesicht eines Tages vielleicht berühmt würde, bestimmt berühmter als die Künstlerin, die es zeichnete, wieder und wieder und wieder. Meine Faszination für seine ebenmäßigen Gesichtszüge, seinen sinnlichen Mund und die schwierige Stirnpartie ließ nie nach. Aber ich bin eben nur eine unbedeutende Künstlerin!

In jenem November, nachdem die schwülheißen Monate mit hoher Luftfeuchtigkeit und unzähligen Moskitos bereits einige Wochen hinter mir lagen, fing ich mit der Bildhauerei an. Ich schnitt junge Bäume und Zweige im Wald ab und baute in meinem Atelier Flaschenzüge und Seile auf, um sie in Formen zu biegen, die zwar unnatürlich, aber doch irgendwie organisch waren. Die Zweige schienen ihre Köpfe zu neigen, flehten ihren Schöpfer im Namen derjenigen an, die sich innerhalb der Mauern der Schule befanden. Und so begann die Reihe, die den Titel „Beten“ bekam.

Mein Lieblingsschüler kristallisierte sich schnell heraus. Es war ein 14-jähriger schwarzer Waisenjunge mit Namen Morpheus Sloan. (Eigentlich waren alle unsere Waisenkinder schwarz.) Morpheus war der Sohn einer gewissen Beatrice aus Detroit. Nach der Eheschließung mit seinem Vater zog Beatrice mit ihm in sein Elternhaus in der Nähe von Bainbridge. Doch sie musste feststellen, dass er sie eigentlich nur geheiratet hatte, damit sie seine kranke Mutter versorgte. Was sie auch tat, obwohl ihr Mann sie nur zwei Monate nach der Hochzeit verließ und sich nie wieder bei ihr meldete.

Sechs Monate nachdem Mr Sloan seine frisch angetraute Ehefrau sitzen gelassen hatte, kam der kleine Morpheus zur Welt. Ihre Schwiegermutter Dorothea lebt noch drei Jahre und war sehr dankbar für alles, was Beatrice für sie tat. Nach ihrem Tod bemühte sich Beatrice, Morpheus allein großzuziehen, aber das war schwierig. Als sie krank wurde und nicht mehr in der Lage war, ihren Sohn zu versorgen, wie sie es gern getan hätte, setzte sie den vierjährigen Morpheus eines Sommerabends mit einem an seiner Jacke befestigten

Zettel aus. Dann fuhr sie wieder nach Hause und steckte sich eine Pistole in den Mund.

Morpheus wusste nichts davon. Er dachte, seine beiden Eltern seien bei einem Zugunglück ums Leben gekommen. Die Wahrheit kennt er immer noch nicht, und ich hoffe nicht, dass ihm dieses Notizbuch jemals in die Hände fällt und er es erfährt.

Morpheus war ein energiegeladenes Kind, der älteste Junge der Gruppe, und ich bat ihn, mir beim Schneiden junger Triebe zu helfen. Er war sofort dazu bereit und rieb sich voller Vorfreude die Hände. „Aber sicher, Schwester. Was für welche wollen Sie? Denn ich kenne mich hier im Wald sehr gut aus."

Er nahm mich mit in den Wald, und gemeinsam sammelten wir junge Triebe: Lärche und Zeder, Tanne und Eiche, auch Weide, wenn wir welche fanden. Außerhalb der Schulzeit half er mir, sie von den kleinen Blättern zu befreien und mit Pflöcken in der Erde zu verankern. Wir befestigten ein Seil an den dünnen Stämmen, warfen das Seil über die Zweige der Eichen im Garten und bogen die Spitzen der jungen Triebe zu anmutigen Bögen. Dann sicherten wir sie mit Pflöcken, die Morpheus tief in die rote Lehmerde Georgias trieb.

Wir redeten nicht viel. Das war nicht nötig. Die Arbeit ging ihm so natürlich von der Hand, dass ich ihn ins Atelier einlud, damit er mit den anderen Holz- und Metallstücken experimentieren konnte, die wir gesammelt hatten. Erstaunlich, was die Leute so alles wegwerfen, nicht? Wie viel Spaß hatten wir mit Lötkolben und ein paar Metallstücken.

Wenn der Priester der Pfarrgemeinde donnerstags bei uns die Messe las, diente Morpheus in unserer Kapelle am Altar, und seine dunkle Haut hob sich wie Onyx von den weißen Messgewändern ab.

Jesus sagte mir, er hätte besondere Pläne für Morpheus, und das war dann auch tatsächlich so.

Das Unterrichten in St. Teresa in jenem ersten Jahr war eine schöne Erfahrung. Die Tagesschüler kamen morgens zum Unterricht. Einige Kinder der Protestanten waren sehr interessiert an meiner Tracht und versuchten doch tatsächlich, einen Blick darunter zu werfen.

„Und was glaubt ihr, was ihr dort findet?“, fragte ich sie.

„Einen Schwanz“, erwiderte ein kleiner Junge mit Namen Homer, ohne zu zögern. „Meine Schwester sagt, ihr wärt verkleidete Teufel.“

Louise meldete sich zu Wort. „Mein Cousin behauptet, ihr hättet Hörner unter dem Schleier.“

Ich lachte. „Tatsächlich?“

Wir saßen im Kunstraum und bastelten kleine Truthähne für Thanksgiving-Karten. Ich verteilte an jeden Schüler eine braune Papiertüte. „Und ihr, denkt ihr wirklich, dass ich Hörner hier drunter habe?“

Einige von ihnen nickten, und mir wurde klar, dass sich das Gespräch über dieses Thema so fantasievoll gestaltete, weil die Leute in dieser Gegend falsche Vorstellungen von dem Glauben hatten, den ich so sehr lieben gelernt hatte. Viele dieser netten Menschen glaubten, dass wir Maria mehr liebten als Jesus und die Kirche mehr als Gott. Darum war der Katholizismus für sie Teufelswerk.

„Soll ich meinen Schleier mal abnehmen?“, fragte ich.

Ein kleines Mädchen mit einer Brille schnappte nach Luft. „Nein! Da hätte ich Angst.“

Ich kniete mich neben sie hin und ergriff ihre Hand. „Elaine, wir lernen nun schon seit fast drei Monaten zusammen hier im Unterricht. Denkst du wirklich, ich würde dir wehtun?“

Sie zuckte die Achseln. „Großpapa sagt, er würde dir nicht mehr trauen als einem Ni-Neger.“

Ich hatte es so satt, das N-Wort zu hören, wie sie es neuerdings nannten. So satt! Bei uns gab es zwei gesonderte Schulen. Eine für die zahlenden Schüler und eine andere für die Waisenkinder, die vorwiegend schwarz waren. Dazu später mehr.

Doch zuerst einmal nahm ich meinen Schleier ab und zeigte den Schülern meine Haare.

„Was für wunderschöne rote Haare Sie haben!“, schwärmte Louise und streckte die Hand aus, die sie aber sofort wieder zurückzog.

„Seht ihr? Keine Hörner.“

Jedes von ihnen durfte meinen Kopf berühren.

Morpheus lachte sich halb kaputt, als ich ihm davon erzählte. Er lachte so sehr, dass ich Angst hatte, er bekäme keine Luft mehr. „Oh, Schwester Mary Margaret. Hörner? Das ist wirklich das Lustigste, was ich seit Langem gehört habe."

Wir stapften durch den Wald auf der Suche nach einem sterbenden Baum, um seine Rinde für das Holzmosaik abzulösen, das Morpheus sich in der vorhergehenden Woche ausgedacht hatte. Die jungen Triebe, die wir gebogen hatten, konnten jetzt im Atelier weiter getrocknet und bearbeitet werden. Zu der Zeit ahnte ich noch nichts davon, dass es Menschen gab, denen es gar nicht gefiel, dass ich mit Morpheus durch den Wald streifte, der, ganz ehrlich gesagt, nicht einen Tag jünger aussah als achtzehn.

Wir legten unsere Rucksäcke ab und ruhten uns ein bisschen aus, bevor wir zur Schule zurückkehrten. Ich nahm einen Apfel aus meiner Tasche und legte ihn zwischen uns auf den Baumstamm. „Hast du ein Taschenmesser?"

„Ja."

„Dann teilen wir ihn uns."

Bei unserer letzten Begegnung hatte Morpheus noch dieselben Hände wie damals. Ähnlich wie die von Mr Bray sind sie schlank und bewegen sich mit einer ökonomischen Anmut. Sie sind kräftig, doch er hat ihre Kraft unter seiner Kontrolle. An jenem Tag legte er Zeigefinger und Daumen an eine Seite der dunkelroten Schale des Apfels. Mit dem Taschenmesser, das er bereits am Saum seines Hemdes gesäubert hatte, schnitt er ihn in der Mitte durch. Die eine Hälfte der Frucht fiel auf die zerklüftete Rinde des Baumstamms. Er spießte sie mit der Spitze seines Taschenmessers auf und hielt sie mir hin. Er hatte sie mit seinen Händen nicht berührt. Wortlos schnappte ich mir die andere Hälfte und biss genau an der Stelle hinein, an der seine geschickten, kreativen, von Gott geschaffenen Fingerspitzen gelegen hatten.

Er verzog seinen Mund zu einem schiefen Lächeln und schüttelte den Kopf. „Hörner! Sie!" Und dann schnalzte er mit der Zunge.

Hört auf mich, Schwestern, wenn ihr es noch nicht wisst: Manchmal wird man euch hassen für das, was ihr seid, und ihr bekommt scharfen Gegenwinrd bei dem kleinsten Missverständnis, und zwar von denen, die behaupten, denselben Jesus zu lieben wie ihr. Man wird euch „Hure Babylons" nennen und „nicht wiedergeboren" und sogar „Götzenanbeter". Liebt diese Menschen trotzdem. Ohne Liebe, sagt der Apostel Paulus, ist unser Glaube gar nichts, ungeachtet dessen, was wir sagen und tun.

Wir können unseren Glauben genauso wenig abstreifen wie Morpheus seine Haut. Und wenn wir wirklich von Herzen lieben, dann sollte es so deutlich sichtbar sein wie die Farbe unserer Haut. Lasst euch nicht hassen, nur weil ihr einen Standpunkt vertretet; lasst euch hassen, weil ihr euer Leben hingegeben habt!

Aber nun zurück zu Judes Brief.

Ich hatte am Tag nach unserem Ausflug zum Leuchtturm gerade meinen Kunstkurs beendet, als Angie mich in meiner Materialkammer ansprach. Ich kritzelte mir gerade *Blumenzwiebeln setzen* als Erinnerung auf die Hand.

„Du benimmst dich irgendwie seltsam." Sie strich mit der Hand über die Farbtuben, Bommeln, Pfeifenreiniger, Klebstofftuben und, na ja, ihr könnt ja die Inventarliste einsehen, wenn ihr mehr wissen wollt. „Gerald hat mir von dem Brief erzählt, du kannst die Katze also aus dem Sack lassen."

Ich führte sie aus der Vorratskammer und umklammerte den langstieligen Haken, mit dem man die Dachluken öffnet und schließt, durch die Licht in den Kursraum (mein früheres Atelier) fällt.

„Es war so ein schöner Herbsttag, nicht? Ich dachte, ich lasse ein wenig frische Luft herein."

„In meinem Raum habe ich auch die Fenster geöffnet. Heute Abend kommen bestimmt die Halloween-Kinder. Dieses Jahr habe ich Schokoriegel für sie gekauft."

Ich zog das letzte Fenster zu. „Du kaufst doch jedes Jahr Schokoriegel, Angie."

„Ich möchte sie doch nicht enttäuschen. Also, der Brief." Seufzend ließ sie sich an einen der Tische sinken, dann zog sie ihre Strumpfhose hoch und streifte ihre Schuhe ab, diese schwarzen Treter aus Tuch, die Mary-Janes Leute in China tragen. „Erinnerst du dich noch daran, als Jude dich zu einer Ausstellung in Salisbury überreden wollte?"

Ich nickte und setzte mich auf die Tischkante. „Das hat er immer wieder versucht."

„Bis dahin habe ich Jude gehasst. Und dann wurde es mir schlagartig klar. Ich habe alles erkannt."

„Ich habe gar nicht gemerkt, wie wichtig dir das damals war."

„Oh, das war es allerdings."

Einen Eimer mit Seifenwasser im Spülbecken füllen ...

„Also. Die versteckten Papiere. Gerald fragte, ob du in dieser Angelegenheit aktiv werden willst."

Ich drehte den Wasserhahn ab. „Das habe ich noch nicht entschieden."

„Er wollte mir nicht sagen, was in dem Brief stand, obwohl ich gefragt habe."

Ich schnappte mir den großen Schwamm. Die Arbeitsflächen mussten dringend gereinigt werden.

„Also, was ist es, Mary?"

„Nun, es geht um meinen Vater."

„Den Seminaristen, der deine Mutter vergewaltigte?"

„Angie ..." Ich wrang den Schwamm aus und fing an, mit kreisenden Bewegungen die Tische zu bearbeiten. Der Zitronengeruch des Reinigungsmittels breitete sich in dem Raum aus. Der Schwamm hinterließ eine glänzende Spur auf den Tischen.

„Ich weiß. Warum solltest *du* etwas über ihn erfahren wollen?"

„Offensichtlich dachte Jude, dass ich eines Tages vielleicht den Wunsch hätte. Allerdings hat er nur wenige Informationen über ihn preisgegeben, nur seinen Namen und den Zeitraum, in dem er am Seminar studierte. Er machte Andeutungen in Bezug auf meine Mutter, aber nichts Genaues, weil er mich nicht aufregen wollte."

„Was hätte die heilige Mary Margaret die Erste erlebt haben können, was wir nicht bereits wüssten? Schwester Thaddeus lobt sie bis heute über den grünen Klee. Also, was ist dein nächster Schritt? Das heißt, falls du entschieden hast, der Sache weiter nachzugehen."

Sie lehnte sich auf ihrem Stuhl zurück und kippelte nach hinten. Ich schwöre, wann immer sie das tut, setzt mein Herzschlag aus. Und sie tut es seit Jahren. Und noch nie ist sie gestürzt. Vielleicht sollte ich ihr mehr vertrauen. Ihr Tisch kam als nächster an die Reihe.

„Angie, was soll das denn bringen?“ Ich bearbeitete einen widerspenstigen Fleck getrockneten Kleisters mit dem Schwamm.

Sie kippte mit dem Stuhl wieder nach vorn, beugte sich vor und hielt meine Hand fest. „Es ist doch ganz natürlich, dass wir über unsere Ursprungsfamilie Bescheid wissen wollen.“

„Wirklich? Ich glaube nicht.“ Ja, ich log. Ich meine, ich war tatsächlich neugierig. Vielleicht. Aber ich *brauchte* das nicht. Ich bin alt. Wäre es nicht genauso gut, eines Tages zu sterben und es dann auf der anderen Seite zu erfahren? Ich denke schon.

„Du *musst*, Mary. Glaub mir.“ Sie ließ los.

„Meinst du wirklich?“

„Ich weiß es.“

„Aber wieso bist du da so sicher?“

„Wir sind schon so lange zusammen. Ich glaube sagen zu können, dass ich dich ziemlich gut kenne.“

Ich schrubbte weiter. „Wie wäre es mit einem Eis? Auf der anderen Straßenseite gibt es immer noch Kürbiseis.“

„Worauf warten wir noch?“

Sie schnappte sich ebenfalls einen Schwamm und half mir.

Als wir an dem hinteren Tisch im Eiscafé saßen, zog ich den Brief aus meiner Tasche und reichte ihn Angie. „Lies selbst.“

Clare trat an den Tisch, ihre Hände steckten in den Taschen ihrer Schürze. Ihre roten Haare, in zwei Zöpfen zusammengebunden, rahmten ihr schmales Gesicht ein. Ihre Lippen waren in der Farbe ihrer Haare geschminkt. „Hallo, kleine Schwesterchen. Kürbiseis gefällig? Es ist das letzte; ihr habt es also gerade noch rechtzeitig geschafft.“

Kleine Schwesterchen. Das muss man einfach lieben.

„Her damit!“ Angie klopfte auf den Tisch.

„Geht es euch gut? Ich habe gehört, Sie haben gestern Gerald entführt und zum Leuchtturm gebracht, Schwester Mary.“

Ich stieß einen Pfiff aus. „Das spricht sich aber schnell herum, Donnerwetter.“

„Ja. Wie schön. Ich hätte dasselbe getan. Ich habe auch gehört, dass er sich wundersamerweise wieder erholt hat." Sie bekreuzigte sich, obwohl Clare, so weit ich weiß, zu diesen jungen Christen gehört, die sich unten in der alten Bowlinghalle treffen. Ich habe den Eindruck, dass diese Christen vom Katholizismus gar nicht weiter entfernt sein könnten, denn bei ihnen gibt es keinerlei Hierarchie; ich verstehe das nicht so ganz, aber sie lieben Jesus, und wer bin ich, dass ich dem Heiligen Geist vorschreibe, wann und wo er wirkt? „Unten in der Bowlingbahn zünden wir Kerzen an. Soll ich auch für ihn eine anstecken?", fragte sie.

„Ja, bitte. Ich werde auch hier, an unserem Ende des Spektrums, eine anzünden."

Sie zupfte an einem ihrer Zöpfe und grinste mich an. „Wir könnten viel von euch lernen. Ihr solltet irgendwann mal zu uns herunterkommen."

„Vielleicht tun wir das ja. Und wir können auch von euch lernen."

„Der Herr weiß, dass wir alten Mädchen eine Verjüngungskur gebrauchen könnten", meinte Angie.

„Ich hole euch das Eis."

Als sie zur Theke zurückeilte, umspielte ihr wadenlanger Rock fröhlich ihre gestreifte Strumpfhose.

Ich stützte mein Kinn in der Hand ab. „Bedauerst du eigentlich, dass wir keine spritzigen, ausgeflippten Mädchen in bunten Strumpfhosen mehr sind?"

„Immerzu", erwiderte Angie. „Oh, vielleicht hätte ich aus der Rolle fallen können, als ich jung verheiratet war, aber in dieser ganzen Angelegenheit war ich so ohnmächtig. Mir war nur wichtig, dass Mack in eine saubere Wohnung und zu einem guten Abendessen und ausgelassenen Liebesspielen heimkam."

„Angie! Erspar mir das bitte."

„Ach, komm schon. Wieso bist du so schockiert? Es ist doch nicht so, als hättest du nie ..."

„Hey!" Aber ich legte die Hand auf den Mund und verkniff mir das Lachen.

„Du weißt doch, dass es stimmt." Sie flüsterte: „Du hast mit dem schönsten Mann geschlafen, den ich je gesehen habe. Außerdem hatte er noch eine Superfigur."

„Angie!"

„Jude sah doch wirklich aus wie ein Engel, Mary. Ein wilder Engel mit scharfen Kanten."

Unwillkürlich sah ich seine eisblauen Augen vor mir und wie er mein Kinn immer in seine Hand genommen hatte. „Er war wirklich unglaublich schön."

„Okay." Sie legte ihre Hände flach auf den Tisch. „Was war jetzt mit diesen Papieren?"

Moment, ich muss euch noch berichten, was in Georgia geschehen ist, weil das ein wichtiger Aspekt meiner Berufung zur Ordensschwester ist und weil viele von euch selbst als Lehrerin tätig sind.

Ein halbes Jahr lang unterrichtete ich die Waisenkinder nicht nur in Kunst, sondern auch in Literatur. Im Frühjahr meines ersten Schuljahres fassten wir den Entschluss, die beiden Schulen zusammenzuführen, nachdem wir erkannt hatten, wie sehr sie in Konkurrenz zueinander standen. Nur Angie und ich und zwei andere Schwestern, Magdalene und Joan, unterrichteten an der Schule, und wir alle hielten das für eine gute Idee. Die Trennung von Staat und Kirche kam uns dabei zugute.

In jenem Sommer arbeiteten wir hart, erweiterten den Lehrplan und putzten die Klassenräume, bis sie blitzblank waren wie noch nie zuvor. Sicher, an den Gebäuden, ein altes Plantagenhaus samt dazugehörenden Stallungen, waren ständig Reparaturen nötig, aber zu Beginn unseres zweiten Jahres in St. Teresa erstrahlte der gesamte Komplex in neuer Pracht.

„Es ist ein kleines Stück vom Himmel", sagte Morpheus etwa zwei Wochen vor dem Labor Day, als wir gerade draußen im Garten noch einige junge Bäume bearbeiten wollten.

„Schwester Angie meint, es erinnere sie an eine Irrenanstalt."

„Oh nein. Hier ist die Liebe zu Hause, Schwester Mary Margaret."

Als unsere Pläne bekannt wurden, verloren wir eine Menge der Tagesschüler, aber einige der fortschrittlicheren Familien hielten uns die Treue. In diesem Jahr zog eine katholische Familie mit acht schulpflichtigen Kindern (von insgesamt vierzehn!) in unseren Ort. Eine Frau mit Namen Minnie (für Minerva), die zu den Baptisten gehörte, meldete ihren Sohn bei uns an und wurde eine unserer eifrigsten Unterstützerinnen. Man kann einfach nicht voraussehen, wo der Geist Gottes wirken wird, nicht?

Minnie nähte die Schuluniformen für uns, gab Benimmunterricht und führte im folgenden Jahr sogar eine Teezeit bei uns ein. Einige Gesellschaftsmuffel wollten sie entmutigen, indem sie ihren Kartenspielclub am Donnerstagnachmittag boykottierten; sofort vergab sie die freien Plätze an andere junge Frauen auf der Warteliste. Schließlich mussten sie noch vier Tische für die Deserteure dazustellen, nachdem sie reumütig wieder angekrochen kamen.

Dass wir in diesem Jahr überhaupt unseren Unterricht durchführen konnten, war ein Wunder.

Was in der Nacht vor Schulbeginn geschah, dem Tag, an dem wir unsere Türen für die Mutigen und Tapferen öffnen wollten, war vermutlich das Schlimmste, was ich je erlebt habe. Und dabei hatten wir einen so schönen Labor Day gefeiert. Aber ich möchte zuerst ein wenig von Bainbridge in Georgia erzählen.

Als General Sherman auf seinem Weg zum Meer eine Spur der Zerstörung und des Leides hinter sich zurückließ, blieb Bainbridge in Georgia verschont. An der Shotwell Street stehen die großen Herrenhäuser Tür an Tür, und in ihrem mit kunstvollen Holzarbeiten ausgestatteten Inneren danken einige Bewohner in der einen Minute Jesus für seinen Tod am Kreuz, und in der nächsten verbrennen sie eben dieses Kreuz in einer nächtlichen Ku-Klux-Klan-Aktion. Falls ich jemals die Möglichkeit hatte, das zu begreifen, dann habe ich sie ungenutzt verstreichen lassen.

Blanca, die aus Lexington in Kentucky kommt, meinte, ich sollte nicht so kritisch sein. „Du meine Güte, Mary, in meiner Heimatstadt hat die Kirche selbst St. Peter Claver gegründet, um die schwarzen Bewohner von St. Paul fern zu halten. Und bei den Episkopalen war es St. Andrews.“

Traurig, aber wahr.

Doch es leben auch viele wundervolle Menschen in Bainbridge: der Mann, der uns bei den Reparaturarbeiten half, Jack Dryden und seine Frau Sue-Ellen, der Pastor Lundquist von der presbyterianischen Kirche. Betty Ann Shea, die Eigentümerin des Supermarkts, schenkte uns immer ein strahlendes Lächeln und verwickelte uns in ein nettes Gespräch, wann immer wir ihren Laden aufsuchten. Ach, und noch viele andere.

Wenn man die Shotwell Street bis zum Ende lief, erreichte man den Flint River und den Stadtrand. Zweihundert Meter vom Ufer entfernt lag unsere Schule, wo wir an jenem Labor Day 1958 die letzten Mappen zusammenhefteten und die Tafeln mit warmem Seifenwasser sauber putzten. Angie packte neue Wörterbücher aus einem Karton aus, hob jedes Buch an ihre Nase und atmete den frischen Geruch des Papiers ein, bevor sie es im Bücherregal einsortierte.

Ich saß an einem der Schülerpulte und zeichnete Bilder von berühmten Mathematikern und Wissenschaftlern, die in den Klassenräumen aufgehängt werden sollten. „Unser Unternehmen könnte auch schiefgehen."

„Jemand muss doch den Anfang machen. Wir sagen einfach, uns fehlte das nötige Geld, um zwei getrennte Schulen zu betreiben."

Die Waisenschule war in einer kleinen Trapperhütte unmittelbar am Flussufer untergebracht. Die Schüler wurden alle gemeinsam unterrichtet. Jede von uns vier Schwestern übernahm jeweils einen Tag in der Woche. Die Klassenräume der Tagesschule waren im untersten Stockwerk des großen Hauses untergebracht, in den oberen Etagen wohnten die Waisenkinder, und unter dem Dach lagen die Zimmer der Schwestern. Im Sommer war es dort zum Ersticken heiß, und zum Glück war im Süden Georgias der Winter nicht so schrecklich kalt.

„Na ja, das stimmt wohl." Ich verpasste Blaise Pascal eine neckische Feder am Hut. „Aber Gott hat uns bisher immer gegeben, was wir brauchten."

„Du und ich, wir wissen das, aber warum sollte er sich um etwas kümmern, das so offensichtlich falsch ist? Diese armen Kinder werden in diese kleine Hütte gepfercht, in der es im Winter so kalt und sonst so drückend heiß ist. Das ist eine Schande. Es wird höchste Zeit, dass sich das ändert, und ich bin froh, dass wir die Initiative ergriffen haben."

Die Waisenkinder waren mit Begeisterung dabei. Den ganzen Sommer über halfen sie uns beim Schmirgeln und Streichen, trugen Mörtel auf die Wände auf, malten, wuschen und strichen.

„Ich werde wahrscheinlich nie wieder irgendwo leben, wo es so schön ist wie hier", bemerkte ein Mädchen mit Namen Birdie, als wir gerade die Pinsel auswuschen. Pater Cook schritt durch das Haus und segnete es. Die Kinder hatten ihre Sonntagskleider angezogen und strotzten vor Stolz. Ich erfreute mich an ihren strahlenden Gesichtern und hoffte, dass sie vielleicht zum ersten Mal erfuhren, was es bedeutete, weiterzukommen, weil man hart gearbeitet und an etwas geglaubt hatte. Und die vielen Gebete, die wir sprachen, konnten auch nicht schaden.

An dem Abend saßen wir draußen auf der Veranda und tranken Eistee, drückten die beschlagenen Gläser an unsere Wangen, unsere Stirn, unseren Hals oberhalb des Kragens (ich kann euch sagen, in dieser Tracht schwitzt man manchmal ganz schön) und fächelten uns mit Papierfächern, die jemand vor Jahren einmal vom Beerdigungsinstitut hatte mitgehen lassen, Luft zu. Die Grillen zirpten in einer beinahe ohrenbetäubenden Orchesterbesetzung, und ein großer, grüner Grashüpfer landete auf meinem Knie.

„Das bringt Glück." Angie deutete auf das Tier.

Aber der Grashüpfer flog davon, beinahe unmittelbar nachdem er dort gelandet war.

In dieser Nacht träumte ich sehr intensiv von Jude, so wie ich ihn in Erinnerung hatte, sein Gesicht und sein Körper zum Mann gereift.

Ich hatte angefangen, Jude zu zeichnen, als ich 12 und er 14 war. Nun, ich sollte wohl sagen, damals fing ich an, Jude lebensecht zu zeichnen. Aus der Erinnerung hatte ich ihn auch früher schon gezeichnet, aber das Bild stimmte nie so richtig. Jude schien sich darüber zu amüsieren.

„Also", sagte er, als ich 16 geworden war, „wenn ich dich schon nicht rumkriegen kann, komme ich wenigstens auf dein Papier."

„Du bist so geschmacklos."

„Ich weiß."

Und wieder verspürte ich dieses Prickeln. Offen gestanden, nachts, wenn ich an Jude dachte, empfand ich es häufig. Satan war in dieser Hinsicht ganz schön aktiv. Ich gestand es Schwester Thaddeus, doch sie meinte, ich solle mir nicht so sicher sein, dass das Satan wäre. „Du musst warten, bis du absolut sicher bist, bevor du behauptest, etwas sei vom Teufel, Mary Margaret. Stelle keine übereilte Behauptung auf, denn wenn es von Gott ist und du es seinem Feind zuschreibst – na ja, von so etwas solltest du lieber Abstand nehmen."

Abstand nehmen. Diesen Ausdruck gebrauchte Schwester Thaddeus sehr gern.

Also fragte ich Jesus danach, aber er äußerte sich nicht dazu. „T–, du weißt doch, dass ich nicht dein persönlicher Wahrsager bin."

Jesus und ich saßen an jenem Abend gemeinsam in der Küche am Tisch, wo ich Eingemachtes für eine Fahrt nach St. Francis sortierte. Ich seufzte. „Ich liebe ihn nicht, Herr, aber ich *mag* ihn, du weißt schon, auf *diese* Weise."

„Ja, ich weiß."

„Ist das falsch?"

„Nicht, wenn du dich nicht darin verlierst. Wir haben den menschlichen Körper so erschaffen, dass er auf diese Weise auf bestimmte Reize reagiert. Das ist in Ordnung."

„Es würde mir gar nicht gefallen, wenn ..."

Er streckte die Hand aus und legte sie mir auf die Schulter. „Nichts ist verschwendet, T–. Nicht mal im Traum."

„Aber was hält die Zukunft für Jude und mich bereit?"

„Manchmal gar nichts. Dann wieder alles. Du wirst es erleben."

Eine Träne quoll aus meinem Auge. „Ich möchte nur bei dir sein", flüsterte ich.

Er nahm mir eine Dose Mais aus der Hand und zog mich an sich, liebevoll und zärtlich. „Ich habe dir doch schon vor langer Zeit gesagt: Ich werde immer bei dir sein."

Die Wahrheit war, ich sehnte mich nach meiner Mutter. Sie hätte mir erklären können, was es bedeutete, eine Frau zu sein, und wie es sich anfühlt, wenn unsere Sinne erwachen. Irgendwie wusste ich auch, dass sie mich viel besser verstehen und anleiten könnte als jeder andere. Sie war außergewöhnlich hübsch gewesen und hatte sicher eine Menge Verehrer gehabt. Während meiner Teenagerjahre hatte ich sie ganz besonders vermisst, denke ich. Ich stellte sie mir vor, und ja, ich machte sie zur Heiligen. Zumindest hat Jude mir das immer vorgeworfen, wenn ich mich mit verträumtem Blick in meine mütterlichen Fantasievorstellungen flüchtete. Meinen Vater jedoch habe ich nie erwähnt und er auch nicht. Schon erstaunlich, dass Jude wusste, wo die Grenzen waren.

Und jetzt kenne ich also den Namen meines Vaters. Connelly. Das hätte mein Nachname sein können. Mary Margaret Connelly.

Mary Margaret Fischer.

Mary Margaret Connelly.

Na ja, Fischer klingt wenigstens nicht so irisch.

Dass ich aus Judes Brief den Namen meines Vaters erfahren hatte, hat etwas in mir ausgelöst. Es war, als wären winzige Wurzeln aus meinen Fußsohlen gewachsen und hätten mich in der Erde verankert und mich zu einem realen menschlichen Wesen gemacht, als wäre ich nicht länger irgendein Zwitterwesen, das kein Recht hatte, in einer geordneten Schöpfung zu leben, wo zwei Leben ein neues zeugten und die meisten Kinder zumindest die Identität ihrer beiden Eltern kannten.

Auf einmal gehöre ich zu dieser Welt, auf eine Weise, wie es vorher nie gewesen war. Siebzig Jahre alt musste ich werden, und jetzt endlich fühle ich mich zum ersten Mal in meinem Leben nicht als Außenseiterin, sondern wie alle anderen.

Ich hatte einen Vater, und sein Name war Brendan Connelly.

An dem Morgen, nachdem ich Judes Brief gelesen hatte, warf ich meine Bettdecke zurück, zog mich an, schlang eine Schale Haferflocken herunter, ging zur Allerheiligen-Messe in St. Francis und schickte St. John Almond, meinem Schutzheiligen, einen Gruß. Jude hatte mir meinen Schutzheiligen ausgesucht, als ich mit 13 konfirmiert wurde, und er entschied sich für den etwas undurchsichtigen Engländer, der in seinem Heimatland gehängt und gevierteilt worden war, einfach weil er katholischer Priester war. Zumindest lag eine gewisse Würde in dieser Wahl, was mehr ist, als man von Angies Zwillingsneffen Richard und George behaupten kann, die sich John und Paul als Konfirmationsnamen wählten. Damit waren die Beatles komplett. (Entschuldigt, aber ich kann nicht anders: Ich finde das wirklich lustig.)

Ich überquerte die Rasenfläche zu St. Mary's. Auf dem Weg zum Freizeitraum machte ich halt beim Hauptbüro und rief in Bainbridge an.

„Sloane-Residenz."

„Morpheus, bist du das?"

„Schwester Mary Margaret?"

„Morpheus, du bist jetzt fünfundsechzig Jahre alt und hast fünf Kinder und zwei Enkel. Bitte nenn mich Mary."

„Aber Sie wissen doch, dass ich das nicht kann."

„Na gut, du eigensinniger alter Mann. Ich habe eine Frage."

„In Ordnung. Ich habe mir gerade eine Tasse Tee gekocht. Können Sie kurz warten? Ich will noch schnell Honig hineintun."

Morpheus besitzt eigene Bienen, und er hat sich als Künstler einen Namen gemacht. Vor vielen Jahren wurden wir im Feuer geläutert, und so, wie ich an einem Abend vor langer Zeit seinen Fußstapfen gefolgt war, so war er meinen gefolgt. Er entwickelte meine Arbeit mit den jungen Bäumen weiter und nahm sich auch dickere Holzstücke vor, mit Ergebnissen, die ich mir nie hätte träumen lassen. Eines seiner Werke steht als Dauerausstellungsstück im Westflügel der *National Gallery* in Washington DC, und seine Werke waren in Ausstellungen auf der ganzen Welt zu sehen. Er ist jetzt ein reicher Mann, aber er lebt nach wie vor in Bainbridge und unterstützt St. Teresa und ist Diakon in seiner Gemeinde am Ort. Und lasst es euch sagen, um in der katholischen Kirche Diakon zu werden, braucht man Jahre der Vorbereitung. Ich bin so stolz auf ihn. Er behauptet immer noch, dass das alles meine Idee gewesen sei, obwohl ich ihm immer und immer wieder erklärt habe, dass ich selbst diese Anregung in einem Buch gefunden hatte.

„Okay, ich bin wieder da. Ich sitze auf der hinteren Veranda. Die Ulme im Garten des Nachbarn glänzt wie reines Gold", sagte er. „Was haben Sie auf dem Herzen, Schwester?"

„Väter."

„Und wie kann ich Ihnen dabei helfen?"

„Du bist doch auch ohne Vater aufgewachsen. Hattest du jemals den Wunsch, ihn kennenzulernen? Oder zumindest mehr über ihn zu erfahren?"

„Nein."

„Siehst du – so geht es mir auch! Und ich kann es kaum erwarten, das Angie zu sagen."

„Holla, holla, holla! Wovon sprechen Sie überhaupt?"

Ich setzte mich in den Schreibtischstuhl und spielte mit einem Briefbeschwerer, auf dem stand: *Die Beichte ist gut für die Seele, aber schlecht für die Karriere.*

Wie wahr.

„Ich habe die Möglichkeit, mehr über meinen Vater zu erfahren."

„Den Kerl, der Ihre Mutter vergewaltigt hat?"

„Herr, erbarme dich! Genau das hat Angie auch gesagt."

„So haben Sie ihn selbst doch immer genannt. Und so denke ich von ihm."

„Habe ich das? Dir gegenüber?"

Er lachte. „Aber erst, als ich schon groß war. Keine Sorge."

„Ja, ich habe ihn so genannt, nicht?"

„Nun, dann sollten Sie ihn vielleicht besser suchen, Schwester Mary. Sie scheinen nie Ihren Frieden mit ihm gemacht zu haben."

Ich rollte den Stuhl ein Stück zurück und legte meine Beine auf die Ecke des Schreibtischs. Miss Cunard kam an der Bürotür vorbei, sicher auf dem Weg nach Salisbury, wo sie einmal in der Woche den Schönheitssalon aufsuchte und sich hinterher ein gutes Mittagessen gönnte. Wir winkten uns zu.

„Aber was bringt es mir, wenn ich mich auf die Suche nach ihm mache? Vermutlich ist er sowieso längst tot."

„Nun, das ist …", er schlürfte seinen Tee, „… hmm. Okay, sagen Sie mir, wer Ihnen ursprünglich die Geschichte mit der Vergewaltigung erzählt hat."

„Das war meine Großmutter."

„Könnte sie sich geirrt haben?"

Kamen diese großen braunen Hände tatsächlich durch das Telefon und gaben mir einen Klaps auf den Hinterkopf? Allerdings, so fühlte es sich an!

„Du liebe Güte! Mir ist nie der Gedanke gekommen, dass es eine andere Geschichte geben könnte."

„Das behaupte ich ja auch gar nicht. Und in der Regel sollten wir die Überlieferungen aus der Familie ja auch nicht ohne guten Grund infrage stellen. Wir glauben das, was uns erzählt wird, nehmen es als Evangelium und Wahrheit. Es könnte tatsächlich genau so gewesen sein, wie Ihre Großmutter es Ihnen erzählt hat. Aber andererseits werden manche Dinge, die die eigenen Kinder betreffen, von den Eltern manchmal geschönt, um Schuldgefühle zu überspielen, um ihre Verantwortung wegzuschieben, wenn sich das Kind in keine gute Richtung entwickelt hat. So etwas gibt niemand gern zu."

Ich schnappte nach Luft. „Du hast recht! Was wäre, wenn ich … eigentlich ein Kind der *Liebe* bin?!"

Daraufhin brach Morpheus in schallendes Gelächter aus, ein Lachen, das glatter war als Kreide und goldener als die Blätter der Ulme im Garten seines Nachbarn, und ich wünschte, ich könnte neben ihm sitzen und Tee mit ihm trinken mit dem besten Honig im ganzen Staat Georgia, vielleicht sogar der ganzen Welt.

Wir verabschiedeten uns, und während des restlichen Tages malte ich mir tausend unterschiedliche Szenarien aus, aber letztlich blieb ich hängen bei den Worten: „Vielleicht haben sie sich wirklich und aufrichtig geliebt?"

Aber warum hat sie ihn dann verlassen? Oder er sie?

Einerseits hätte ich gern alles beim Alten gelassen, aber andererseits wusste ich auch, dass Angie recht hatte, so ungern ich das auch zugab. Vielleicht musste ich meinen Vater tatsächlich kennenlernen.

Ich blickte zur Decke hoch. „Ich bin zu alt für so etwas!"

Am folgenden Freitag, dem dritten November, nachdem unser Vorrat an Schokoriegeln von kleinen Händen entgegengenommen und von verschmierten Mündern verspeist worden war, setzte ich mich ans Steuer unseres Kombis, um nach Emmitsburg zum Seminar

Mount St. Mary's zu fahren, wo Jude Brendan Connelly ausfindig gemacht hatte. Warum sollte ich noch mehr Zeit vergeuden?

Jener Herbstmorgen war ein besonders kalter Tag, an dem jeder Atemzug beinahe wehtat, als bisse man in einen kalten, knackigen Apfel, und ich freute mich schon darauf, dass das Gebläse der Heizung gleich meine Füße wärmen würde.

„Nun dann, hoffen wir mal, dass das Archiv dort sorgfältig geführt ist", sagte ich zu Angie.

Angie stützte ihre Unterarme auf dem Wagenfenster ab. „Wir sprechen hier über die katholische Kirche, Mary. In solchen Dingen sind wir richtig gut."

Ich legte den Gang ein.

„Warum du nicht einfach dort anrufst, verstehe ich allerdings nicht."

„Ich muss mal hier raus. Und wenn ich selbst vor Ort bin, können sie mich nicht so schnell abwimmeln. Danke, dass du meinen Unterricht übernimmst."

„Das ist doch selbstverständlich. Ich lasse sie Truthahn-Handpuppen basteln." Sie umarmte mich durch das geöffnete Wagenfenster.

„Wer wäre nicht entzückt von einem schönen Handtruthahn?" Ich legte die Arme um ihren Hals.

„Und dann habe ich vor, eine kleine Naturwanderung über die Insel zu machen."

„Gutes Mädchen."

Sie schnalzte mit der Zunge. „Oh ja. Das bin ich. *Ich* bekomme nie Ärger."

Oh, da ist es schon wieder passiert. Ich erzähle euch das, was ich gerade erlebt habe, während ihr wegen jener schrecklichen Nacht in Bainbridge immer noch in der Luft hängt. Ich bekomme die Ereignisse einfach nicht mehr so richtig hintereinander. Dann will ich jetzt erst mal diesen Teil der Geschichte zu Ende erzählen. Zurück also zu jener Nacht nach der Labor Day-Feier.

Das Glas zerbarst in tausend Splitter, als Fackeln durch die drei Fenster des Erdgeschosses geworfen wurden. Der Lärm weckte mich auf.

Am Abend waren wir, die wir im ehemaligen Plantagen-Haus wohnten, todmüde in unsere Betten gesunken, die Mägen gefüllt mit Hotdogs und Eis. Der Geruch nach verbranntem Stoff trieb mich aus meinem Schlafzimmer unmittelbar neben dem Schlafsaal der Mädchen.

„Wacht auf!“, schrie ich, während ich mich in meinen Morgenrock wickelte. „Feuer!“

Ich rannte in den Schlafsaal. „Beeilt euch! Angie, Joan!“, schrie ich die Stufen zum Dachgeschoss hoch.

„Wir haben dich gehört!“, brüllte Joan zurück.

Ich roch den Rauch und hörte auch, wie sich das Feuer mit rasender Geschwindigkeit ausbreitete. Das Gebrüll der Flammen übertönte unsere Schreie.

Zum Glück hatte eine kluge Seele daran gedacht, am Ende des Flurs eine Feuerleiter einzubauen. Wir brauchten also nicht hinunter ins Erdgeschoss. Am anderen Ende des Hauses kümmerten sich unsere Hauseltern, ein älteres Ehepaar mit Namen De Cecco, um die Jungen. Auch sie verließen auf schnellstem Wege das Haus. Ich hörte ihre leisen Stimmen mit dem italienischen Akzent, die ruhig, aber eindringlich die Jungen zur Eile mahnten.

Angie und die anderen Schwestern halfen mir, die Mädchen nach draußen zu führen.

„Bringt sie hinunter ins Kutschenhaus!“, schlug ich vor. „Falls es nicht bereits abgebrannt ist.“

Sie eilten durch den Flur und stiegen die Feuerleiter hinunter. Ihre weißen Nachthemden und Pyjamas hoben sich hell von der Dunkelheit ab, als sie zum Kutschenhaus eilten. Die armen Kleinen! Als hätten sie in ihrem Leben nicht bereits genug durchgemacht.

Wir verließen als Letzte das Gebäude – unser frisch renoviertes und gestrichenes Schulgebäude (diese vielen Stunden, die wir investiert hatten, waren alle umsonst!), unsere schnuckelige kleine Bastion des hoffnungsvollen, doch offensichtlich kurzlebigen Trotzes. Morpheus stand neben mir, und ich ergriff seine Hand und hielt sie fest.

„Das ist das einzige Zuhause, das ich je gehabt habe, Schwester Mary Margaret."

„Es tut mir leid, Morpheus."

„Das war der Klan." Mit dem Zipfel seines Schlafanzugoberteils wischte er sich den Schweiß von der Stirn. „Da bin ich ganz sicher."

„Ich wüsste auch nicht, wer es sonst gewesen sein könnte."

Angie kam angerannt, das jüngste Waisenkind auf der Hüfte, ein kleines Mäuschen, das ganz ruhig am Daumen nuckelte. „Schwester Magdalene ist in die Stadt gefahren, um die Feuerwehr zu alarmieren."

Ein Meer aus hungrigen Flammen fraß sich in das alte Haus, verwehrte uns den Zutritt und zerstörte die letzten Überreste menschlicher Liebe und Opferbereitschaft, für die das alte Gebäude stand. Ich war erst seit Kurzem hier, darum weinte ich nicht; doch ich ließ den Zorn in mir Raum gewinnen, der aufloderte wie die Flammen, die hoch in den mitternächtlichen Himmel schlugen, und ich wehrte mich nicht dagegen, dass er sich durch meine Haut bis in die Knochen brannte. Unfähig, das Böse im Herzen der Menschen zu begreifen, flüsterte ich: „Jesus, oh Jesus."

Ich sehe es, antwortete er, als stünde er unmittelbar neben mir. *Ich sehe es und weiß es. Eines Tages, Mary Margaret, wird alles gut sein, und alle Dinge werden in Ordnung kommen.*

„Das kann ich mir nicht vorstellen", flüsterte ich zurück.

„Was?", fragte Morpheus.

„Alles wird gut werden. Eines Tages."

Er drückte meine Hand. „Wenn ich das nicht glauben würde, Schwester Mary Margaret, dann würde ich vermutlich auf der Stelle dort ins Feuer springen und mich selbst von meinem Elend erlösen."

„Wie kann man nur so etwas tun?"

„Das ist leicht zu erklären, Schwester Mary Margaret. Sie hassen uns, das ist der Grund. Das sollten Sie doch wissen. Sie sind Katholikin."

„Aber es gibt doch gar keinen Grund für einen solchen Hass."

„Ich will nicht respektlos sein, Schwester Mary Margaret, aber hier irren Sie. Doch lassen Sie den Mut nicht sinken. Es könnte schlimmer sein. Stellen Sie sich vor, Sie wären Katholikin *und* noch dazu schwarz!"

Ich schob meinen Arm in seinen, und wir sahen zu, wie unsere Träume in dem hellen Feuerschein der Dummheit zerfielen, die angesichts der Zeit, in der wir lebten, zum Teil vermutlich unsere eigene war.

Am nächsten Morgen tasteten wir uns vorsichtig durch die Asche, nur Morpheus und ich. Die anderen Schüler und Lehrer schliefen im alten Kutschhaus, die Gesichter noch vom Ruß geschwärzt. Aber ich stand schon seit Jahren morgens um 5:00 Uhr auf, und so tat ich das eben auch an diesem Morgen.

Morpheus, der im Heu geschlafen hatte, hatte mich gehört und begleitete mich auf dem kurzen Gang durch die rauchende Ruine.

Schweigend standen wir da und sahen zu, wie die letzte Glut erstarb. Die Feuerwehr war gar nicht erst gekommen; die Feuersbrunst hatte alles verschlungen.

„Wie gut, dass Sie Ihr Atelier auf den Dachboden dort drüben verlegt haben." Morpheus deutete mit dem Kopf zum Kutschenhaus hinüber.

Ich nickte. „Alles zerstört. Was sollen wir nur tun?"

„Den Bischof anrufen?" Er zog eine Augenbraue in die Höhe.

Ich lachte. „Ja. Ich denke, das wäre ein guter Anfang. Passiert so etwas häufiger hier in der Gegend?"

„Das kommt darauf an. Sie haben ganz offensichtlich einen Nerv getroffen. Es tut mir leid, Schwester Mary Margaret."

„Mir auch. Und für dich tut es mir auch leid, Morpheus."

„Es war ja nicht so, als wären wir nicht gewarnt gewesen."

Wir hatten Drohungen erhalten, das stimmte. Aber wir Schwestern waren wohl zu naiv, um zu glauben, dass sie tatsächlich in die Tat umgesetzt würden. Und das, meine Schwestern, an die sich diese Zeilen richten, solltet ihr im Gedächtnis behalten: Das Böse kennt keine Grenzen, und wenn ihr lange genug lebt und euch genügend anstrengt, seine Grenzen zu verletzen, wird das Böse seine Drohungen wahrmachen. Also setzt euren Verstand ein, den Gott euch gegeben hat.

An jenem Morgen verfing sich eine Brise, leicht und erfüllt von dem Duft des ausklingenden Sommers, dem Duft der späten Blüten und der welkenden Blätter, in unseren Haaren und spielte mit unseren Nachtgewändern. Ich dachte an Jude, der über die Ereignisse der Nacht vor Zorn völlig außer sich geraten wäre, und fragte mich, welche Flammen er wohl erstickte oder vielmehr, wessen Flammen.

„Seht nur! Da ist dieser schwarze Junge mit der Papistin!"

Er sagte nicht „schwarzer Junge", Schwestern. Aber ich kann mich einfach nicht überwinden, das Wort, das er gesagt hat, aufzuschreiben.

Die Worte waren kaum ausgesprochen, als sich ein Seil um meine Arme und meinen Körper wand und ich auf ein Pferd gezerrt wurde.

Auf ein Pferd! Im Jahr 1958! Ja, Schwestern. Das Ganze kam mir ein wenig mittelalterlich vor. Doch leider war es nicht wie im Märchen, mit schöner Prinzessin und Ritter in glänzender Rüstung und alledem.

Am Morgen nach dem Brand waren die Klan-Männer außer Rand und Band.

Der Reiter stieß mich mitten im Wald vom Pferd, in einem Sumpfgebiet, und die nasse Erde drang tief in die Fasern meines Nachthemds ein. Die Luftfeuchtigkeit raubte mir den Atem.

Die Männer traten auf mich ein, ihre festen Schuhsohlen trafen mich an den Rippen, den Oberschenkeln und dem Gesäß. Mit Händen und Armen versuchte ich, meinen Kopf zu schützen. Ich rollte mich zu einer Kugel zusammen, so klein, wie es nur ging. Vermutlich dauerte es nicht lange, aber die Zeit schien stehen zu bleiben, und jeder Tritt schien Minuten zu dauern.

Schließlich zerrte mich jemand auf die Beine, und etwas Hartes traf mich im Gesicht. Ich weiß immer noch nicht, ob es eine Faust, ein Schläger oder ein Ast war. Ich brach zusammen; der Schmerz war schier unerträglich.

Zwei Männer, die mich wegen meines Glaubens verspotteten, der mir so lieb war, zerrten mich zu einem Baum und fesselten mich an seinen Stamm. Das Seil schnitt tief in meine Arme ein, und die

Moskitos fielen über meine Beine her. Die Beleidigungen ertrug ich, denn sie wussten ja nicht, dass Jesus mich in seinen Armen hielt, während sie mich verfluchten, und dass er mit mir weinte und stöhnte, zärtlich meine Stirn küsste und flüsterte: „Es tut mir leid, T–. Es tut mir so leid. Ich wünschte, ich könnte das verhindern."

Warum kannst du es nicht?

„Ihre Sünde hat sich noch nicht erfüllt. Aber bald wird sich das ändern. Mein Vater – dein Vater wird das nicht auf Dauer so weitergehen lassen. Ihre Tage sind gezählt."

Einer von ihnen ist der Pastor, der in unserer Straße wohnt.

„Ja. Er tut dies in meinem Namen, so unglaublich das auch erscheint. Er denkt, er gehöre zu mir, weil er mit zehn Jahren ein Übergabegebet gesprochen hat. Er glaubt, deswegen könne er tun, was er wolle, und sein Handeln entspräche meinem Willen."

„Viele werden zu mir sagen: Herr, Herr …"

„Ja, meine Liebe. Genau davon rede ich." Es war gut, dass er mit mir sprach; es lenkte mich von dem Geschehen ab.

Bitte lass nicht zu, dass … dass sie mich vergewaltigen. Bitte, Herr.

Ich sah einen Mann auf mich zukommen, durchaus gut aussehend, wenn auch etwas grobknochig. Die linke Seite seines Gesichts war vom Schein der Fackel erleuchtet, die rechte lag in der Dämmerung der noch nicht aufgegangenen Sonne. Er griff nach seinem Gürtel, löste die Schnalle und fing an, den obersten Knopf seiner Hose aufzuknöpfen.

„Oh bitte, Jesus, nein."

Ich spürte, wie sich die Arme des Herrn fester um mich legten, und weinte und weinte, während der Polizeichef immer näher kam. Hilfe hatte ich nicht zu erwarten. Er würde sich mir aufzwingen und ungestraft davonkommen. Wer würde mir schon glauben?

Er knöpfte seine Hose weiter auf und ließ sie herunter, während jemand meine Fesseln lockerte, und lachend strich er mir über die Wange. „Jetzt bekommt die kleine Schwester endlich, was sie schon immer wollte und von dem sie dachte, dass sie es nie bekommen würde."

Körperlich bereit und entblößt fuhr er denjenigen, der hinter dem Baum stand, an: „Beeil dich!"

Ich schloss die Augen und drückte mein Gesicht an Jesu Schulter.

„Jetzt pass auf, T–!"

Er atmete ein und aus, und plötzlich zogen Wolken am Himmel auf, und die schwere, feuchte Luft entlud sich in einem gewaltigen Donnerschlag. Lichtblitze zuckten über den Himmel, und Hagelkörner, groß und schwer wie Golfbälle, prasselten auf uns nieder. Die Männer ergriffen die Flucht. Ich blieb gefesselt am Baum zurück, und die großen Eiskörner prasselten auf meinen Kopf, meine Schultern und meine Füße herab.

Der Polizeichef zog sich beim Laufen die Hose wieder hoch, und ich wünschte mir unwillkürlich, dass sein Reißverschluss sich verhaken möge.

Ich spüre gar nichts. Die Hagelkörner prallten an mir ab wie Flusen. Vielleicht war ich betäubt von den Schlägen, aber ich begann vor Freude zu lachen.

„Du wirst am Morgen nicht einmal eine Schramme haben, meine Liebe. Zumindest nicht von meinem Hagel. Dein Gesicht ... es tut mir leid, das zu sagen, aber es wird eine Menge Aufmerksamkeit benötigen. Fahr so schnell wie möglich ins Krankenhaus in Valdosta und frag nach Doktor Flowers."

Als die Sonne an diesem Morgen über Bainbridge aufging und Morpheus mich fand, immer noch an den Baum gefesselt, schnitt er mich mit seinem Taschenmesser los und schleppte mich durch den Wald zu einer alten, halb überwucherten Hütte, die er auf einer seiner Wanderungen auf der Suche nach geeigneten Bäumchen entdeckt hatte. Mittlerweile war mein Gesicht beinahe nicht mehr zu erkennen. Mein rechter Wangenknochen war zerschmettert und meine Augen komplett zugeschwollen.

„Schsch, ganz ruhig", flüsterte Morpheus unentwegt, gequält und zutiefst erschüttert. „Oh Herr. Oh Herr, erbarme dich. Jetzt werden wir Sie erst mal hier wegschaffen, Schwester Mary Margaret. Halten Sie einfach durch."

„Ich muss nach Valdosta. Mein Gesicht." Bis heute weiß ich nicht, wie es kam, dass er mich überhaupt verstehen konnte.

„Machen Sie sich keine Sorgen, Schwester Mary Margaret. Ich hole Hilfe."

Habe ich euch schon gesagt, dass ich Morpheus liebe? Tief und aufrichtig? Mein Herz ist erfüllt von der Liebe zu Jesus Christus und der Liebe zu einem Menschen. Und, meine Schwestern, wenn ihr danach trachtet, ein solches Herz euer eigen zu nennen, werdet ihr feststellen, dass Gott es euch nur zu gern schenken wird. Natürlich müsst ihr auch damit rechnen, dass es euch in Schwierigkeiten bringt.

Nachdem ich mich von der plastischen Operation wieder einigermaßen erholt hatte, wurde ich mit dem Zug ins Mutterhaus nach Baltimore zurückgeschickt, um wieder zu Kräften zu kommen. Ich konnte nicht zeichnen; ich konnte mich nicht mit meiner Bildhauerei beschäftigen. Ich konnte mir nur Kunstbücher anschauen, zur Messe gehen und im Garten werkeln. Ab und zu kam ein Musiker und gab ein Konzert. Das besuchte ich, setzte mich in die letzte Reihe und öffnete meine Seele für die Töne, die von den verputzten Wänden der Kapelle widerhallten, und ließ mich stückweise von der Furcht reinigen, die durch den Angriff von meiner Seele Besitz ergriffen hatte.

Immer wieder sah ich diese Männer vor mir, und ich konnte den Gedanken nicht abschütteln, dass sie noch immer dort unten ganz in der Nähe meiner Schwestern lebten, bei Angie und bei Morpheus und den anderen Kindern.

Meine Schwestern standen mir zur Seite. Junge und alte und alle dazwischen. Sie ließen mir ihre Fürsorge zuteil werden und liebten mich so, wie ich war: zerbrochen und verängstigt. Und sie versicherten mir, dass es mir eines Tages wieder gut gehen würde. Und ich glaubte ihnen. Nicht weil ich es einfach glauben wollte oder musste, sondern weil Jesus mir genau dasselbe gesagt hatte, und sein Wort ist wahr, in Übereinstimmung mit seiner vollkommenen Treue.

Wie kann ich seine Liebe mit diesem Angriff in Einklang bringen? Eine Frage, die Menschen aller Zeitalter umgetrieben hat. Ich weiß nur eins: Er ist mitten im Leiden so präsent wie sonst nirgends. Warum das so ist, weiß ich nicht. Vielleicht werden wir es eines Tages erfahren. In der Zwischenzeit werdet ihr eine Sorge weniger haben, wenn ihr es einfach akzeptiert, wie es ist, denn wie hat Jesus gesagt: „Jeder Tag hat seine eigene Plage."

12

Ein neuer Tag ist angebrochen, und ich möchte euch von der Suche nach meinem Vater erzählen, solange mir alles noch frisch im Gedächtnis ist. Wie ihr euch vorstellen könnt, ist mein Langzeitgedächtnis viel besser als das Kurzzeitgedächtnis. Und ich fühle mich in der Vergangenheit sicherer, wenn ich einfüge, was die Leute gesagt haben und was nicht. Bei der Gegenwart fällt mir das viel schwerer.

An jenem wunderschönen Herbstmorgen fuhr ich also zum Seminar Mount St. Mary's. Unterwegs hielt ich an und besorgte mir eine Tasse Kaffee und eine Packung Schokoladendonuts, dann setzte ich meinen Weg nach Osten fort.

Das Hauptgebäude des Seminars breitet seine Steinarme aus wie eine riesige Dame in einem grauen Kleid mit weißer Spitze. Sie ist bestimmt Deutsche, denn sie ist genauso stämmig wie meine Großmutter. Ich stieg die Stufen hoch und suchte auf der Anschlagtafel neben der Eingangstür das Archiv. Zweiter Stock.

Okay, Jesus, wenn du meinst …

Nicht, dass er in dieser Angelegenheit mir gegenüber überhaupt einen Ton von sich gegeben hätte, aber ich dachte mir, dass mein Ausflug zu seinem Plan gehörte, weil er mich schließlich gedrängt hatte, zum Leuchtturm zu fahren.

Ich trat an den Schreibtisch, wo eifrig auf die Tastatur eines Computers eingehackt wurde. „Entschuldigen Sie?"

Eine junge Frau in einer dunkelroten Bluse, die braunen Haare zu einem Pferdeschwanz zurückgebunden, blickte von ihrem Computer auf und hielt im Schreiben inne. „Ja?" Ein Bettelarmband hing an ihrem schlanken Handgelenk.

Jetzt war wohl der richtige Zeitpunkt, auf meinen Status als katholische Ordensschwester hinzuweisen. „Ich bin Schwester Mary Margaret Fischer und auf der Suche nach einem Familienmitglied, das ich vor Jahren aus den Augen verloren habe. Er hat hier am Seminar studiert. Das muss um 1930 herum gewesen sein."

„Oh, das ist ja wirklich lange her." Sie klopfte mit ihrem Stift auf den Schreibtisch. Die Anhänger an ihrem Armband klimperten. Eine Tasse mit kaltem Kaffee stand vergessen auf ihrer Schreibunterlage, die Sahne hatte sich bereits zu einer kleinen Insel auf der beigen Oberfläche gesammelt. „Alles, was mehr als zwanzig Jahre zurückreicht, wird unten im Keller aufbewahrt." *Also sei nett und lass mich in Ruhe. Verstanden?*

Ich bin nicht unbedingt das, was man eine „nette alte Dame" nennt, aber ich beschloss, mich in dieser Situation so zu verhalten wie eine. „Ich bin extra von der Ostküste hergekommen."

„Oh." Sie spielte erneut mit ihrem Stift und warf einen Blick auf ihre Armbanduhr. „Hmm. Mal sehen. Es ist fast Mittag."

„Vielleicht könnte ich gegen drei Uhr wiederkommen?" *Das ist ausreichend Zeit für das Mittagessen und einen Ausflug in den Keller, Süße.*

„Oh. Na ja ..."

Komm, mach schon mit, junge Dame. Hopp, hopp!

„Ich würde nur ungern mit leeren Händen zurückkehren, Miss ..."

„Porter."

„Miss Porter. Die arme Schwester Angie, wissen Sie." Vermutlich litt sie jetzt tatsächlich unter schweren Kopfschmerzen nach ihrem Spaziergang in der Natur mit drei Leuten mit Stöcken, zwei Gehhilfen und einem Rollstuhl. Nicht, dass das etwas mit meinem Vater zu tun gehabt hätte.

„Na ja, vielleicht könnte ich ja selbst einmal nachschauen."

„Oh, würden Sie das tun?" Ich schnappte nach Luft, als hätte man mir gerade mitgeteilt, dass ich im Lotto gewonnen hätte. Ich ließ meine Stimme sogar ein wenig kippen, wie es Leute immer tun, wenn sie eine ältere Person nachmachen. Ich muss sagen, meine Stimme hielt sich besser, als ich gehofft hatte.

„Sie sagten, Sie kämen gegen drei noch einmal wieder?" Sie trank doch tatsächlich einen Schluck von diesem Kaffee.

„Ja."

Sie seufzte. „Na gut, in Ordnung. Bis drei werde ich es haben." Sie nahm ihren Stift zur Hand. „Also, wie ist der Name?"

„Brendan Connelly."

„Neunzehndreißig, sagten Sie?"

„Ja."

Sie notierte sich die Informationen in ihrer steilen Handschrift. „Das sollte genügen. Wissen Sie, woher er ursprünglich stammte?"

Ich schüttelte den Kopf. „Nein. Aber ich glaube, aus Baltimore."

„Sie sagten, Sie seien verwandt?"

„Ja. Das ist eine sehr lange Geschichte."

„Weil wir keine Informationen weitergeben dürfen an –"

„Er war mein Vater."

Sie zog die Augenbraue in die Höhe. „Ach ja?"

Danke, Herr! Hier war der Klatschgeschichten nicht abgeneigte Engel, den ich brauchte!

Ich nickte, beugte mich vor und flüsterte verschwörerisch: „Und er wurde trotzdem Priester!"

„Oh!"

Ich richtete mich wieder auf und schob meine Tasche höher auf die Schulter. „Gibt es hier in der Nähe ein Restaurant, wo man gut essen kann?"

„Der *Main Street Grill* ist zu empfehlen."

„Das klingt gut."

Sie rieb sich das Kinn. „Das ist ja wirklich interessant. Eine solche Anfrage bekomme ich nicht jeden Tag."

Ich verließ den Raum und hoffte, die Aussicht auf einen kleinen Skandal würde sie dazu veranlassen, tatsächlich hinunter in den Keller des Archivs zu steigen und die Akten für mich herauszusuchen, und zwar so zeitig, dass ich vor dem Einsetzen des Berufsverkehrs wieder im Motel sein konnte. Ich hatte beschlossen, in der Stadt zu übernachten, weil ich ungern im Dunkeln Auto fuhr.

Meine sparsame Seite siegte, und ich holte mir nur einen Big Mac, den ich auf meiner Decke auf einem Spielplatz in der Nähe des Seminargebäudes verspeiste. Auf Locus Island gibt es keinen McDonald's. Ich schlürfte meine Cola und las ein wenig in Julian von Norwichs Schriften. Die Sonne brannte auf mich herab, und meine Augenlider wurden schwer. Also stellte ich meine Uhr auf 14:55, legte mich zurück und fiel in einen köstlichen Schlaf.

Ich träumte von Jesus. Es war nur ein Traum, kein Besuch, und es war wie einer jener Träume, die einen heimsuchen, nachdem ein geliebter Mensch verstorben ist. In dem Traum sitzt man vielleicht mit ihm am Tisch, verspeist eine Schüssel Müsli und unterhält sich, vielleicht sieht man auch gemeinsam fern, und auf einmal blickst du ihn an und sagst: „Nun, das ist alles sehr nett, aber du bist doch tot, nicht?“ Und sobald dir die Erkenntnis kommt, verschwindet er, als könnte er nur so lange bei dir sein, wie du die eigentliche Natur des Besuchs nicht erkennst. Während ich noch döste, versuchte ich, ihn zurückzuholen, und manchmal kam er auch – und manchmal nicht. Aber wie ich schon sagte, es war nur ein Traum.

Als meine Uhr piepte, packte ich meine Tasche und meine Decke zusammen und legte sie in den Wagen.

Miss Porter wartete mit der Akte auf mich, und sie strahlte über das ganze Gesicht! Offensichtlich war ihr Interesse geweckt. „Also ...“, sie tippte mit dem Finger auf den Aktendeckel, „... hier gab es tatsächlich damals einen Brendan Connelly, und ich muss sagen, Schwester Mary Margaret, Sie haben seine Augen und seinen Mund geerbt.“

Diese Bemerkung fuhr wie ein Elektroschock durch mich hindurch, und der Schmerz wanderte meine ganze Wirbelsäule hinunter. Dass ich einen Vater hatte, war für mich nie eine Realität gewesen. Nie war über Ähnlichkeiten, Augen und Nase oder Haare gesprochen worden.

„Darf ich?“ Ich streckte die Hand aus.

„Hier, nehmen Sie die Akte. Ich habe Kopien für Sie gemacht. Es ist alles hier drin. Sie werden überrascht sein!“

Der Aktendeckel aus Pappe fühlte sich glatt und kühl an, und der rasende Puls in meinen Fingerspitzen wärmte seine Oberfläche sofort auf. „Danke vielmals, Miss Porter.“

Sie schüttelte mir die Hand, und ihr Bettelarmband klimperte wie ein Musikinstrument. „Ich hoffe, Sie finden, was Sie suchen. Vermutlich ist er sowieso bereits verstorben. Ich meine“, sie kicherte nervös, „wer wird schon fünfundneunzig?“

Ich zuckte die Achseln. „Um ehrlich zu sein, davon gehe ich eigentlich auch aus. Ich bin zu alt für solche Veränderungen."

Sie nahm auf ihrem Schreibtischstuhl Platz. „Wusste er von Ihnen?"

„Keine Ahnung. Allerdings bezweifle ich das."

„Wow. Ich muss zugeben, ich bin neugierig."

„Ich auch. Vielen Dank für Ihre freundliche Hilfe, Miss Porter."

„Ich hoffe, es wird alles gut."

Das war ehrlich gemeint. Ich konnte es in ihren Augen lesen.

Als ich wieder im Wagen saß, blätterte ich die Seiten durch. Brendan Connelly, geboren 1905 in Towson in Maryland. Eltern: Etta und Niall Connelly. Meine Großeltern.

Und da war ein Foto.

Der Vergewaltiger.

Er hatte ein schmales Gesicht und sah irgendwie zart aus; seine hellen Augen blickten freundlich. Seine Haare, vermutlich rot und widerspenstig wie meine, waren aus der Stirn zurückgekämmt, wie Danny Kaye sie damals trug.

Ich fuhr mit den Fingern über sein Gesicht und versuchte, so etwas wie Zuneigung zu empfinden.

„Nichts", murmelte ich.

Ich hatte bereits einen Vater im Himmel, und trotz der Distanz, die ich zwischen uns spürte, hatte ich das Gefühl, nicht noch einen zu brauchen.

Mein Blick flog über die Papiere, Zeugnisse, Notizen und so weiter – nach seinen Zensuren zu urteilen schien er intelligent gewesen zu sein. Und schließlich fiel mir ein interessanter kleiner Zettel in die Hände, ein Brief von Brendan an einen Lehrer, der ihn offensichtlich für so wichtig gehalten hatte, dass er ihn in seine Akte legte. Verfasst worden war er im Juni 1940.

„Sie werden vermutlich erstaunt sein zu erfahren, dass ich Franziskanerbruder geworden bin. Ich habe meinen Firmungsnamen angenommen: Joseph."

Die *Franziskaner?*! Der Vergewaltiger war ein *Franziskaner* geworden? Nun, vermutlich hatte er Gewissensbisse wegen seiner Tat gehabt. Und außerdem war er auch noch ein Ordensbruder. Dann war er also gar nicht Priester geworden. Oder vielleicht erst später. Ach, das war alles so rätselhaft!

„Ich arbeite jetzt in einer Missionsstation in Baltimore, die in unmittelbarer Nähe des Rotlichtviertels liegt, gemeinhin als *The Block* bekannt. Wir nennen sie *Das Herz der Stadt*. Für die Leute hier bin ich Bruder Joe."

Bruder Joe? Bruder *Joe*?

Oh Jesus! Ich konnte kaum glauben, was ich da las.

Ihr habt Bruder Joe noch nicht kennengelernt, aber das kommt noch. Und ihr werdet überrascht sein, dass ich nicht auf der Stelle in Ohnmacht gefallen bin, als mir klar wurde, dass *er* mein Vater war. Für einige Leute wäre das ein unglaublicher Zufall. Aber ich glaube schon lange nicht mehr an Zufälle.

Als ich Bruder Joe 1959 begegnete, hatte er sich sehr verändert und wies keine Ähnlichkeit mehr mit dem jungen Mann auf. Dem freundlichen rothaarigen Mann, den Jude so verehrt hatte. Jude hatte Bescheid gewusst, aber er hatte es mir in seinem Brief verschwiegen. Doch wenn er jetzt neben mir im Wagen gesessen hätte, hätte sein Gesichtsausdruck ihn verraten.

„Siehst du, Mary Margaret?", hätte Jude gesagt. „Man weiß eben nie. Du musstest es erfahren, und jetzt weißt du auch, warum. Ich denke, du wurdest belogen. Entweder von deiner Großmutter oder deiner Mutter. Kannst du dir vorstellen, dass Bruder Joe eine Frau vergewaltigt? Aber manchmal haben die Menschen ja die verrücktesten Vorstellungen, richtig? Das muss ich einräumen."

Ich wusste, wie es war, wenn die Leute verrückt spielten, das war sicher.

Bruder Joe! Ich verdankte ihm mehr, als ich sagen konnte.

13

Ich sitze in der Küche und warte darauf, dass mein Brotteig aufgeht. Den Zeitpunkt für das Pflanzen der Blumenzwiebeln habe ich natürlich wieder verpasst, und jetzt muss ich bis zum nächsten Frühjahr warten. Also kehre ich zu dem Tag zurück, an dem ich im Seminar die Akte bekam.

Ich beschloss, ins Rotlichtviertel zu fahren, wo Bruder Joe in der Mission gearbeitet hatte. Zuerst konnte ich mich kaum überwinden, aus dem Auto auszusteigen; ich fuhr einfach die Straße hinauf und wieder hinunter und beobachtete die Rausschmeißer und die Nutten und stellte mir vor, wie Jude an einem kalten Abend, in einen dicken Mantel gehüllt, den Kragen bis zum Kinn hochgeschlagen, auf der Straße stand, und seine goldbraunen Locken strichen über seinen Kragen. Meistens verkniff ich mir den Gedanken daran, womit er in jenen Jahren sein Geld verdient und so viel Potenzial auf Autorücksitzen und in ungezieferverseuchten Motelzimmern oder auch in eleganten Büros vergeudet hat.

Der Ort war ohne Bedeutung, wenn es um einen Menschen ging, der einem am Herzen lag. Es war nicht so, als hätte ich gedacht: *Nun, hoffentlich hat er heute Abend einen guten Kunden – reinlich und mit guten Manieren.* Das Laster wurde nicht sauberer, wenn der Ort des Geschehens und die Mitwirkenden desinfiziert waren.

Ich hielt an einem Club an und beobachtete, wie Männer hineingingen und herauskamen. Männer in schicken Anzügen, junge Männer in Jeans und Poloshirts und mit der unvermeidlichen behaarten Brust, Männer in eng anliegenden Hemden, die ihre Ausrichtung vor sich hertrugen, im Gegensatz zu den respektablen Menschen, die sich selbst etwas vormachten. Wie gern hätte ich für sie gebetet, aber ich konnte sie nur anstarren und wunderte mich darüber, wie es kam, dass so viele Menschen so gründlich auf die schiefe Bahn gerieten. Sie nahmen nicht einmal mehr ihren eigenen Gestank wahr.

Wenigstens hatte Jude sich nie etwas vorgemacht. Das musste ich ihm zugutehalten. Er gebrauchte keine Ausreden, tat nicht so, als sei käuflicher Sex in Ordnung, wenn er einvernehmlich zwischen Erwachsenen stattfand. „Es ist abscheulich, Mary Margaret. Die Menschen benutzen einander. Da ist kein Funken Liebe im Spiel. Denkst du denn, ich wüsste das nicht? Warum du trotzdem meine Freundin bleibst, ist mir ein Rätsel."

Aber natürlich wusste Jude damals nicht, dass im Vergleich zu Gottes Liebe und Heiligkeit unser eigenes Gutsein nichts weiter ist als eine Nussschale im Meer. Meine Schale war in dieser Relation nicht wirklich größer als Judes. Ich versuchte, ihm das zu erklären, und ich glaube, irgendwann begriff er es auch, aber es war ein langer Prozess und ein schwieriger Weg.

Ich saß also einfach in dem kleinen weißen Wagen und weinte. Dann fuhr ich hinüber zur *Herz der Stadt*-Mission, stellte den Wagen ab, trat ein und bekam eine Tasse Kaffee angeboten. Mary Francis, die Franziskanerin, die die Mission leitet, setzte sich zu mir und erzählte mir von ihrer Arbeit, die es bereits seit 55 Jahren gab.

„Hat der berühmte Bruder Joe sie ins Leben gerufen?", fragte ich.

Sie spielte mit ihren Locken. „Nein, aber er hat diesem Ort sein Herz geschenkt. Ein echter Heiliger. Du meine Güte, was für Geschichten er erzählen konnte. Dieser Mann wusste, wie man anderen Leben schenkt."

Du sagst es, dachte ich.

Eine Frau, höchstwahrscheinlich eine Prostituierte, noch in der Aufmachung der vergangenen Nacht, kam durch die Tür getaumelt. Aus einer Wunde an ihrer Stirn tropfte Blut auf die pinken Pailletten ihres Mini-Minikleids. Sie schwankte auf ihren silbernen, hochhackigen Stiefeln, die über ihre Knie reichten.

„Oh." Mary Francis eilte auf die Frau zu. „Lindelle! Hat er dich *schon wieder* geschlagen?"

Die Frau nickte und brach in Tränen aus. Mary Francis legte die Arme um sie. „Komm doch irgendwann wieder zu Besuch", sagte sie an mich gewandt. Ihre kaffeebraune Haut kräuselte sich um ihre hellbraunen Augen. „Wir haben immer geöffnet!", sagte sie. „Stimmt's, Lindelle?"

Lindelle nickte und schaute mich an; ihre blauen Augen waren in so viele Splitter zerbrochen, dass kein Mensch sie zählen konnte.

Jetzt war nicht der passende Zeitpunkt, um Mary Francis meine Fragen zu stellen. Sie mussten warten.

Vielleicht würde ich bald noch einmal wiederkommen.

Vielleicht? Ich wusste, ich würde zurückkehren, sobald ich die Zeit dazu hatte. Meine Kopfhaut begann zu prickeln, und ich musste hinausgehen. Ich eilte zum Wagen und blieb noch eine Stunde lang darin sitzen, beobachtete, wie der Fußgängerverkehr immer stärker wurde, je später es wurde, wie die Gebäude zum Leben erwachten und die Lichter aufglühten, um die seelenlosen Nutznießer anzulocken.

Auf schnellstem Weg kehrte ich dann zum Mutterhaus zurück und begab mich in Schwester Thaddeus' Zimmer. Sie ist mittlerweile Mitte 80, und es geht ihr recht gut. Sie kleidet sich schlicht, und trotzdem sieht sie immer elegant aus. Mit anderen Worten, sie hat immer noch das gewisse Etwas!

Wie immer umarmte sie mich fest und kochte mir dann eine Tasse Tee. Sie trägt ihr Haar zu einem Bob geschnitten und hat sich vor 10 Jahren die Ohrläppchen durchstechen lassen. Die kleinen goldenen Kugeln stehen ihr wirklich sehr gut. Ich weiß nicht, was ihr Geheimnis ist.

Wir nahmen auf ihrem Sofa Platz.

„Du siehst toll aus, Mary. Was macht die Kunst?"

„Alles bestens."

Sie deutete mit dem Kopf auf ein Bild, das ich vor Jahren gemalt hatte, eine wilde Farbenexplosion, die die Geschichte meines Herzens zur damaligen Zeit erzählte. „Hält sich noch ganz gut, das alte Mädchen, meinst du nicht?"

„Ja. Ich freue mich, dass es dir immer noch gefällt."

Ich erzählte ihr, was mich nach Baltimore geführt und was ich erfahren hatte und dass Bruder Joe mein Vater war. „Ja, ihr zwei seht euch wirklich ähnlich. Das ist mir durchaus aufgefallen, als ich ihn sah, aber ich dachte, das läge einfach daran, dass ihr beide rothaarig seid."

„Dann sollte ich der Spur also folgen?"

„Unbedingt, Mary Margaret."

Sie lud mich ein, über Nacht zu bleiben und das Geld für die

Übernachtung in einem Motel zu sparen, und wir blieben bis 1:00 Uhr nachts wach und schwelgten in Erinnerungen. Sie erzählte mir von den Frauen, die früher mit mir zur Schule gegangen waren, ich erzählte ihr von dem Ausflug zum Leuchtturm und …

„Oh, Mary Margaret, du hast es schon immer faustdick hinter den Ohren gehabt, nicht?“

Am nächsten Tag begleitete sie mich zum Parkplatz und winkte mir nach, dann fuhr sie in die Stadt, um bei den Vorbereitungen für das traditionelle Sauerbraten-mit-Klößen-Essen zu helfen. Ich sandte die dumme Bitte zum Himmel, dass sie noch 50 Jahre leben möge.

14

So, das Brot ist jetzt im Ofen, und ich muss noch vor dem Winter den Mulch im Garten verteilen. Und während ich draußen arbeite, staune ich wieder über die Schönheit der Natur und denke an diese wunderschönen, zarten, kleinen Triebe, die im Frühling ihre Köpfe aus der Erde strecken werden, und an meine Zeit in den Wäldern vor vielen Jahren, nachdem ich einigermaßen wiederhergestellt und endlich auch bereit war, den nächsten Schritt im Orden zu tun.

Ich stand vor dem Eintritt in mein Tertian – eine 30-tägige Zeit der intensiven Einkehr, bevor man sein Gelübde ablegt. Bevor mein Tertian offiziell in unserem Einkehrhaus in West-Maryland begann, wollte ich unbedingt noch einmal nach Locust Island, um die Menschen zu sehen, die mir besonders am Herzen lagen: Gerald und Hattie, Schwester Thaddeus und die Brays.

Und ich hoffte auf eine Begegnung mit Jesus. Aber das lag natürlich vollkommen bei ihm. Mit einem der Schulkanus paddelte ich um die Insel herum, allerdings blieb ich dabei in sicherer Nähe zum Land. Wie erwartet ruderte ich nach einigen Tagen meines Aufenthalts, damals in jenem traurigen Jahr 1959, hinaus zum Bethlehem Point-Leuchtturm.

Hattie sah mich schon von Weitem, winkte im blassen Frühlingssonnenschein von der umlaufenden Plattform aus und rief: „Ich habe mich schon gefragt, wann du endlich herauskommst!" Sie trug eine Dreiviertelhose und eine rosa Bluse und hatte ihre Haare mit einem rosa Schal zurückgebunden.

„Und da bin ich schon", sagte ich, als ich zehn Minuten später am Landesteg anlegte. „Es ist erst April, Hattie, mir ist kalt, und ich hätte jetzt gern eine Tasse von deinem berühmten Pfefferminztee."

„Aber natürlich, Liebes."

Wir banden das Kanu an, und sie streckte mir ihre kräftige Hand entgegen und hievte mich mit all ihrer Energie aus dem Boot. „Ich setze schnell Wasser auf. Du machst es dir jetzt in Geralds Sessel bequem."

„Wo ist Gerald?"

„In der Stadt. Ich habe gestern beim Einkaufen das Backpulver vergessen, und du weißt ja, dass es dieser Mann keinen einzigen Tag ohne selbst gebackene Kekse aushält ..."

„Deine sind auch wirklich die besten." Ich folgte ihr in die Küche, wo Frank Sinatra „High Hopes" im Radio plärrte. Hattie mochte auch Bobby Darrin, aber mir lag er nicht so sehr. Für meinen Geschmack sang er zu aggressiv.

Geralds Sessel war für mich immer noch Mr Kellers Sessel, und ich hatte das Gefühl, dass es nicht richtig war, darin Platz zu nehmen. Etwas Trauriges und Ehrfurchtgebietendes hatte sich dort vollzogen, wenn er einsam darin saß, und offen gestanden, in meinem Leben gab es genug Ehrfurchtgebietendes. Wenn meine Mitmenschen über die Besuche von Jesus Bescheid gewusst hätten, hätten sie mich bestimmt für den Rest meines Lebens in Crownsville eingeliefert. Und die Einsamkeit? Nun, das war nie ein großes Problem für mich gewesen, aber ich wollte das Schicksal nicht herausfordern und der Einsamkeit die Gelegenheit geben, dass sie von dem Sessel, obwohl neu gepolstert, irgendwie auf mich überging.

„Ich setze mich gleich hierher." Ich zog einen der Holzstühle unter dem Tisch hervor und nahm darauf Platz. Auf einem Strohdeckchen an der Kopfseite des Tisches standen ein Serviettenhalter, Salz- und Pfefferstreuer und eine Zuckerdose. Alles in Leuchtturmform.

Ich nahm den Pfefferstreuer zur Hand. „Ist das nicht ein wenig übertrieben? Ausgerechnet hier draußen?"

Hattie füllte am Spülbecken Wasser in den Kessel. Das Regenwasser wurde in einer großen Zisterne an der Seite des Leuchtturms gesammelt. „Die Leute schenken mir immer wieder Zeug mit Leuchtturmmotiven. Macht man das auch bei jemandem, der in einem Haus im Kolonialstil oder auf einer Ranch wohnt?"

„Nein." Ich faltete die Hände. „Aber erzähl mal, wie geht es euch denn hier draußen?"

Sie legte ihre überraschend sorgfältig manikürte Hand an ihre breite Hüfte. Bei Hattie weiß man einfach nie. „Es war bisher ein ruhiges Jahr. Milder Winter. Kein großer Schaden durch Eisbildung. Keine Seenotrettungen. Gut, würde ich sagen."

„Und Gerald?"

„Er macht sich offen gestanden große Sorgen um Jude."

Ich glaube, ich hörte einen anklagenden Unterton aus ihren Worten heraus; vielleicht hatte sie das Gefühl, dass ich als seine Freundin in der Lage hätte sein müssen, ihn von der Straße zu holen.

„Hat er ihn gesehen?"

Sie nickte, drehte das Gas auf und stellte den Kessel auf die Flamme. „Vor ein paar Wochen ist er nach Baltimore gefahren. Er fand ihn in einer Missionsstation dort unten. Hast du schon mal von einem Bruder Joe gehört?"

Ich schüttelte den Kopf. „Ich fürchte, nein."

„Er leitet dort unten ein Haus für Prostituierte und solche Leute."

„Jude gehört dann wohl eher zu ‚solche Leute'."

Sie seufzte. „Ich weiß nicht, MM. Er wollte uns nichts sagen, aber was sollen wir denn denken?"

„Vermutlich hast du recht." Ich wollte ihr auch nicht sagen, was ich wusste.

„Na, wie auch immer, es bricht Gerald das Herz. Diese *Frau* ... "

Sie meinte Judes Mutter Petra.

„Ich weiß, Hattie. Wie konnte sie ihn zu sich nehmen, zu diesem Mann ..."

„Na ja, wenigstens ist das jetzt vorbei. Er wird nie mehr dorthin zurückgehen müssen. Nicht einmal zu einem Besuch. Wir vermuten, dass sie tot ist. Ihr ganzes Tun und Treiben diente allein der Show. Verstehst du, was ich meine?"

Ich nickte.

„Also, wie lange bleibst du hier?" Sie nahm einen Porzellanteller mit Keksen aus dem Schrank.

„Nur für ein paar Wochen, denke ich. Ich werde in Kürze mein Gelübde ablegen."

Sie stellte den Teller auf den Tisch. „Weißt du, es ist seltsam. Als ich dich kennenlernte, sagte ich zu Gerald, dass du ganz eindeutig dazu bestimmt wärst, Ehefrau und Mutter zu sein, und je eher du diese Idee, Nonne zu werden, aus dem Kopf bekämst, desto besser. Mit solchen Hüften, MM! Es ist eine Schande, einen Körper, der wie geschaffen ist fürs Kinderkriegen, ungenutzt zu lassen."

„Vielen Dank."

Sie winkte ab. „Ach, du weißt doch, was ich meine. Aber anscheinend habe ich mich wohl geirrt. Bist du auch ganz sicher, Liebes? Ich meine, wünschst du dir keinen Mann? Einen netten Mann und eine Familie? Vielleicht ein paar Kinder? Ich bin ja verheiratet, doch der liebe Herr hielt mich wohl nicht für geeignet, Kinder zu bekommen, aber wie hätte ich mich darüber gefreut, wenn er mir welche geschenkt hätte! Du kannst so gut mit Kindern umgehen, MM. Gerald lacht mich immer noch aus, weil ich in dieser Angelegenheit so sicher war."

Ich strich meinen Rock glatt. „Weißt du, ich will ganz ehrlich sein: Ich habe mir immer ein Baby gewünscht, Hattie."

„Ich wusste es!"

„Aber Jesus will ich noch mehr."

„Kannst du nicht beides haben?"

„Ich weiß es nicht. Diese Möglichkeit habe ich nie in Betracht gezogen."

Wenn sie von meinen Visionen gewusst hätte, wäre sie bestimmt ausgeflippt. Die verlässliche Hattie, die mit beiden Beinen auf der Erde stand. Sie hätte mich für komplett verrückt erklärt.

„Das geht vielen Frauen so. Gab es denn nie einen Jungen, für den du dich interessiert hast?"

„Eigentlich nicht wirklich."

„Nicht *wirklich*? Und an wem warst du *vielleicht* interessiert?"

Man muss vorsichtig sein, was man Hattie gegenüber sagt, weil sie nicht nur zwischen den Zeilen, sondern sogar zwischen den *Wörtern* lesen kann.

Ich senkte den Blick auf meine Hände und flüsterte nur ein Wort.

Ihre Finger flogen an ihren Mund, und sie schnappte nach Luft. „Nein! *Jude?!*"

„Ja. Bei ihm war ich immer ein wenig ... aufgeregt. Aber jetzt, wo er ..."

„Ach, das. Ich meine, du kannst doch sicher über ein paar kleine Indiskretionen hinwegsehen?“ Sie lachte, aber ihre Augen blickten traurig. „Hast du es ihm je gesagt?“

Ich schüttelte entschieden den Kopf. „Nein! Wir haben uns geküsst und so, aber das war auch schon alles. Ich habe ihm *nie* Hoffnung gemacht, dass es eine Zukunft für uns geben könnte! Weil es ja auch keine gibt.“ Schließlich war meine Mutter bei meiner Geburt gestorben. In den Orden einzutreten war das Mindeste, was ich tun konnte.

„Ich glaube dir!“ Sie hob die Hände, die Handflächen rot und schwielig vom Schrubben der um den Leuchtturm laufenden Plattform. „Aber es tut mir leid.“ Sie goss das kochende Wasser in eine Teekanne, hängte einige Teebeutel hinein und befestigte die Bänder am Henkel. „Du könntest ihn vielleicht retten.“

Ich barg meinen Kopf in meinen Händen und flüsterte: „Bitte sag das nicht, Hattie. Diese Last kann ich nicht tragen.“

Sie setzte sich zu mir an den Tisch. „Entschuldige. Du hast recht. Du bist nicht für Jude verantwortlich. Wenn überhaupt, dann sind wir es. Und Gerald hat es versucht.“ Sie tunkte die Teebeutel in das heiße Wasser. „Ich habe es auch versucht. Aber wir kamen einfach nicht an ihn heran. Er war so verschlossen. Keiner von uns kann ihn erreichen, außer dir. Denkst du, du hättest ihn lieben können, wenn auch nur ein klein wenig?“

„Das habe ich! Nur nicht genug, um … meine Träume aufzugeben. Und da er sich jetzt für dieses Leben entschieden hat … ich kann mir einfach nicht vorstellen … Ergibt das Sinn?“

„Durchaus. Ich wünschte, es wäre nicht so. Ich wünschte manchmal, die Leute könnten alle Fehler der Welt machen und trotzdem mit allen um sie herum wieder ins Reine kommen.“

„Nur Gott lässt uns wieder ganz ins Reine kommen, wenn wir es gar nicht verdienen, Hattie. Nur Gott kann sich diese Art von Luxus leisten.“

„Trotzdem …“ Sie blickte zum Fenster hinaus. „Da ist Gerald! Oh, gut, dann kann er mit uns zusammen Tee trinken.“

Nachdem wir dieses schwierige Thema beiseitegeschoben hatten, setzten wir uns an den Tisch und plauderten über alte Zeiten.

15

Es ist eine Weile her, seit ich das letzte Mal geschrieben habe. Irgendwie sind immer eine Million Dinge zu erledigen.

Also zurück zur Geschichte. Ich weilte also vor meinem Termin noch einmal zu Besuch in St. Mary. Eines Abends nach dem Abendessen in Schwester Thaddeus' Quartier war ich zum Kloster unterwegs, als ich ihn entdeckte. Er stand im Garten am Tor, genau wie damals, als wir das erste Mal miteinander gesprochen hatten.

„Jude?", rief ich. „Bist du das?"

Er legte die Hände an den Mund. „Gerald hat mir verraten, dass du hier bist!"

Ich rannte so schnell über die Rasenfläche, dass ich ganz atemlos bei ihm ankam.

Er sah schrecklich aus, als sei er gerade aus der Hölle gestoßen worden. Vielleicht stimmte das sogar.

„Jude! Was ist denn mit dir passiert?" Ich hob die Hand und berührte seine Wange.

Er drückte sein Gesicht in meine Hand und lächelte. Sein Lächeln erinnerte noch an früher und sprühte immer noch vor Charme, aber seine Augen waren alt und müde, ihr Blau verblasst, das Weiße gerötet und irgendwie ausgelaugt. Er hatte abgenommen, seine Schlüsselbeine drückten sich durch den Stoff seines Hemdes, seine Wangenknochen stachen aus seinem Gesicht hervor. Wenigstens waren seine Haare noch so wie früher. Ich glaube nicht, dass ich es ertragen hätte, wenn auch sie in Mitleidenschaft gezogen worden wären.

„Ich bin gerade angekommen, um Gerald und Hattie für ein paar Tage zu besuchen. Ich gehe jetzt endlich nach Europa."

„Steckst du in Schwierigkeiten?"

Er senkte den Blick und drehte den Kopf zur Seite. Dann legte er die Hände auf die Spitze des Eisentors und drückte so fest zu, dass seine Knöchel weiß wurden. „Ja."

„Was ist es?"

„Drogen, Mary Margaret."

„Dealst du mit Drogen?"

„Das ist jetzt vorbei."

„Und die Prostitution?"

„Man muss sehen, wo man bleibt."

Mir wurde so übel, dass ich mich am liebsten übergeben hätte. Ich spürte, wie sich das Blut in meinen Wangen sammelte und mein Puls in meinen Schläfen pochte. „Nimmst du Drogen? Du bist so abgemagert." Wenn ihr das lest, müsst ihr mich für beschränkt halten. Dabei hatte ich keinen Zweifel daran, dass er Drogen nahm, aber ich wollte, dass er es selbst eingestand.

„Ich habe Drogen genommen. Jetzt nicht mehr."

Ich glaubte ihm nicht. „Wie lange bist du auf der Insel?"

„Für ein paar Tage. Gerald holt mich gleich mit dem Boot ab, aber ich habe deine Haare durch den Zaun leuchten sehen, oder, na ja, ich habe gehofft, dass es deine Haare wären. Was treibst du so, nachdem du aus Georgia zurück bist?"

„Das ist eine lange Geschichte. Können wir uns morgen treffen?"

„Sag, wann und wo."

„Am Bethlehem Point. Am Baum meiner Mutter. Ist elf Uhr morgens zu früh?"

„Ich werde da sein."

Kein lüsterner Blick kam von ihm, keine zweideutige Bemerkung. Er streckte nur behutsam die Hand aus und berührte meine Haare, und bevor ich irgendetwas sagen konnte, wandte er sich ab, steckte seine Hände in die Taschen und verschwand.

In dieser Nacht lag ich in einem der Gästezimmer der Schule, starrte hinauf zur Decke und betete ohne Worte für Jude. Ich hatte keine Ahnung, was ich sagen sollte, worauf ich hoffen sollte. Ich wünschte nur, ich könnte irgendetwas tun, um ihm zu helfen, aber das lag nicht in meiner Macht.

Tatsächlich nicht?

Ich formte die Worte mit meinen Lippen, und sie blieben über meinem Kopf hängen, und mir wurde klar, dass die Antwort vielleicht nicht „nein" lauten könnte.

Ich konnte kaum atmen.

Oh Jesus, betete ich. *Bitte sag mir, dass das nicht das ist, was du für mich willst. Hattie hatte doch unrecht, als sie sagte, ich könnte Jude helfen, oder?*

Ich bekam keine Antwort.

Heute habe ich einen Brief von meinem Sohn John erhalten. Er näht abends Kleidung für einige der Waisenkinder, die in der Nähe seiner Mission leben. Das ist vermutlich eine Art Familientradition. Früher habe ich gern zugeschaut, wie meine Großmutter Kleider für mich nähte. Das ist eine meiner schönsten Erinnerungen an sie. Oma zeigte nicht gern Gefühle. Nur selten bekam ich mehr als eine brüske Umarmung oder einen liebevollen Klaps auf den Po, wenn ich morgens das Haus verließ, um zur Schule zu gehen. Aber Oma bewies mir ihre Zuneigung durch das Nähen. In meiner Truhe bewahre ich immer noch drei Kleider auf, die sie für mich geschneidert hat, als ich klein war. Die zarte Smokarbeit ist Zeugnis der vielen Stunden Liebe, die aus ihren Fingerspitzen floss, die Paspeln an der Taille, die Kragen und die Schärpen erzählten mir, wie gern sie mich hatte, wie froh sie war, dass ich bei ihr war. Ich besitze auch noch ein Kleid, das sie für meine Mutter genäht hat, sowie das Taufkleid, das wir beide getragen haben.

Tante Elfi dagegen war für Nahrung und Zärtlichkeiten zuständig. Sie kochte mir immer Milchreis. Das war so ihre Art. Und ich bekam jede Menge Umarmungen und Küsse. Sie nahm mich auf ihrem Schaukelstuhl auf den Schoß und las mir vor, und wenn die letzte Seite gelesen war, schaukelte sie so heftig, dass es ein Wunder war, dass wir nicht beide mit einem Schädelbruch endeten.

Großmutter lehrte mich beten. Sie nahm ihr Gebetbuch, ihre Tasche, die Handschuhe und eine Kopfbedeckung und dann gingen wir sehr früh in die Kirche. St. Francis war immer unverschlossen, denn in jener Zeit suchten die Menschen Gott noch in seinem Haus auf und kamen sich nicht dumm dabei vor, und niemandem wäre es im Traum eingefallen, aus einer Kirche etwas zu stehlen.

Wir traten dann in die feierliche Stille ein und knieten in der zweiten Bankreihe vor dem Altar nieder, nachdem wir mehrere

Kerzen angezündet hatten. Jeden Dienstagmorgen betete Großmutter eine Stunde lang. Für mich nahm sie Papier und Buntstifte mit und sagte: „Mary Margaret, du kannst deine Gebete malen."

Und das tue ich seither, denke ich. Jede Woche brachte eine Verbesserung, während ich es einfach ausprobierte. Es gab keinen großen Augenblick, in dem mir klar wurde, dass ich die Kunst liebte. Ich denke, bei mir war das genau so, wie es bei vielen Menschen mit dem Glauben ist: Ich lernte in der Kirche malen, bis ich eines Tages merkte, dass ich eine Künstlerin war.

Tante Elfi lehrte mich Barmherzigkeit. Sie war wirklich ein bisschen durcheinander im Kopf. In der Schule war sie nie mitgekommen, und vermutlich litt sie unter irgendwelchen Lernschwächen, von denen damals aber noch niemand etwas wusste. Doch sie kannte alle Menschen in unserer Straße, und wenn jemand krank war, kochte Tante Elfi Hühnersuppe und hoffte, dass das Huhn nicht irgendjemand war, den sie früher gekannt hatte. Wenn wir ihre Liebesdienste ablieferten, gab sie die Speisen nicht einfach nur im Haus der Kranken ab, sondern wusch auch gleich die Wäsche, wischte den Küchenboden, saugte Staub oder saß einfach nur eine Weile bei dem Kranken und hörte zu, wenn er oder sie erzählte. Tante Elfi konnte sich stundenlang die Klagen der Menschen anhören. Das, meine Schwestern, ist wahre Heiligkeit!

Auch Tante Elfi nahm mir immer meine Buntstifte und Papier mit und forderte mich auf: „Zeichne doch ein hübsches Bild für unseren Freund. Vielleicht trägt es ja dazu bei, dass es ihm bald besser geht." Ich zeichnete also hübsche Bäume, Blumen, Tiere oder Berge mit einem Sonnenuntergang, und sie heftete die Bilder an eine Stelle, wo der Beschenkte sie sehen konnte.

Ich habe mir Mühe gegeben, es auch weiterhin so mit meiner Kunst zu halten, denke ich. Und ich weiß nicht, ob das vielleicht der Grund ist, warum ich es in der Welt der Kunst nicht weit gebracht habe. Vielleicht steckt zu viel Fremdmotivation hinter meiner Arbeit. Die Kunst muss um der Kunst willen existieren, heißt es doch. Aber das ist mir zu hoch. Ich tue einfach das, was ich tun will. Angie hegt, glaube ich, meinetwegen einen leichten Groll gegen das Schicksal, weil ich als Künstlerin nie richtig anerkannt wurde. Aber ich kann mich doch nicht durch die Sehnsucht nach der Anerkennung anderer begrenzen lassen. Die Kunstwelt scheint bevölkert zu sein von Menschen, mit denen ich sowieso niemals Tee trinken würde. Zumindest gewinne ich diesen Eindruck, wenn ich mir Filme anschaue.

Ich bin schon wieder auf Abwege geraten, aber wenigstens habt ihr jetzt noch einiges über Großmutter und Tante Elfi erfahren.

Jude und ich wollten uns also am folgenden Morgen treffen, aber er kam nicht. Ich schätze, seine Sünde war noch nicht zur Vollendung gekommen ... wie bei diesen Männern vom Ku-Klux-Klan. Nach dem, was Hattie mir später erzählte, hatte er den Abend mit seinem Stiefvater Brister verbracht, und die beiden hatten sich bis zur Besinnungslosigkeit betrunken. Am folgenden Morgen taumelte er benommen auf die Fähre und brach auf nach Europa – mit jemandem, der hoffentlich nicht drogenabhängig war.

So verbrachte ich noch einige Tage abgeschieden in der Schule. Ich verrichtete die Stundengebete, half bei der Hausarbeit, nahm mit einigen der Schwestern im Schweigesaal die Mahlzeiten ein, ruhte mich im Garten aus und las und betete.

Angie rief mich an. „Warum machst du das alles jetzt schon? Während deines Tertians tust du doch einen Monat lang nichts anderes."

„Ich dachte, ich übe schon mal ein wenig. Wie läuft es dort unten bei euch in Georgia?"

Solange es ging, hatten sie den Unterricht im Kutschenhaus abgehalten, doch schließlich wurde die Schule nach Bainbridge verlegt. Dort hatten sie ein altes Hotel gemietet, das im kommenden Sommer abgerissen werden sollte. „Bis dahin wird ein neues Schulgebäude errichtet sein, und rate, wer der wichtigste Geldgeber ist?", fragte Angie.

„Ich habe keine Ahnung."

„Der Vater des Polizeichefs. Diese alte Ratte!"

„Ach du meine Güte!" (Ich habe ihr nie erzählt, dass ich von dessen Sohn beinahe vergewaltigt worden wäre.) „Und Schwester Magdalene will das Geld annehmen?"

„Darauf kannst du wetten!"

„Wundervoll! Weißt du, diese Typen werden wohl nie zur Verantwortung gezogen werden. Dann können wir zumindest ihr Geld nehmen, finde ich."

Ich strich meine Tracht glatt, legte die Füße auf den Schreibtisch der Sekretärin und klopfte mit einem Stift gegen mein Knie.

„Wie geht es Morpheus?"

„Gut. Letzte Woche ist er fünfzehn geworden, und wir haben ein kleines Fest gefeiert. Die Kinder fühlen sich wohl in dem Hotel. Uns geht es also gut. Im Sommer komme ich zurück und begebe mich ebenfalls in mein Tertian. Bis September sind wir wieder in der Spur, Mary. Mach nur in der Zwischenzeit keine Dummheiten!" Und sie lachte sich halb kaputt über ihren Scherz.

Nachdem ich den Hörer aufgelegt hatte, wurde mir klar, dass ich immer den Weg gewählt hatte, der offen vor mir lag. Er war nicht immer leicht gewesen, wie meine Zeit in Bainbridge zeigte, aber zum Zeitpunkt der Entscheidung war er ganz gewiss der Weg des geringsten Widerstands gewesen.

Ich stellte meine Füße wieder auf den Boden, erhob mich und schaute aus dem Fenster. Dann eilte ich, einem Impuls folgend, hinüber in den Kunstraum, zerrte eine Leinwand hervor, die ich am Tag zuvor vorbereitet hatte, und malte mit aller Kraft und Leidenschaft, die in mir war. Mein Schleier schwang wild hin und her, während ich mit Pinsel und Palette auf der Leinwand herumfuhrwerkte. Schwarz und Gelb und Creme wurden in großen Bögen und Streifen auf die Leinwand aufgetragen. Als Nächstes kam ein dunkles Rot, und ich konnte nicht sagen, zu wem es gehörte. Dieser kleine Punkt, dieser Teil von mir, der tief in meinem Inneren begraben lag, übernahm die Kontrolle.

Als ich mich erschöpft und verschwitzt an den Tisch lehnte, als wäre es das Geländer einer Rollschuhbahn, stand plötzlich Schwester Thaddeus in der Tür und applaudierte. „Das ist wundervoll! Abstrakter Expressionismus."

„Ja!", keuchte ich. „Nur, dass ich wie gewöhnlich zu spät zur Party komme."

„Es ist wunderschön." Sie schwebte in ihrer Tracht praktisch durch den Raum. Immer noch war sie eine atemberaubend schöne Frau. An ihren Schläfen zeigten sich erste Ansätze von Grau. „Ich wollte dir nur sagen, wie viel ich in letzter Zeit für dich bete. Der Heilige Geist ruft dich mir immer wieder ins Gedächtnis, Mary Margaret, und drängt mich zu beten und zu beten. Bist du ganz sicher, dass du dein Gelübde ablegen willst?"

Das bin ich, wollte ich sagen. Aber die Worte wollten mir einfach nicht über die Lippen kommen. Ich konnte nicht Ja sagen. Ich konnte nicht Nein sagen. Ich sah Jude vor mir, wie er vor ein paar Tagen am Zaun gestanden hatte, und am liebsten hätte ich vor der Erinnerung an seine eingefallenen Wangen und umschatteten Augen die Flucht ergriffen.

Jesus ging diesem einen verlorenen Schaf nach.

„Nun, ich wollte dir auf jeden Fall sagen, dass wir dich im nächsten Jahr sehr gut hier brauchen könnten, Mary Margaret. Du könntest Kunstunterricht und Englischkurse geben, wenn du möchtest. Es wäre schön, dich wieder hier in St. Mary zu haben, nachdem du dein Gelübde abgelegt hast."

Ja. Und natürlich wäre das der perfekte Weg für mich. Der auf der Hand liegende nächste Schritt.

Einige Tage später verabschiedeten Hattie und Schwester Thaddeus mich am Busbahnhof in Salisbury, und ich fuhr zuerst nach Baltimore ins Mutterhaus, dann weiter zu unserem Einkehrzentrum in Lurray in Virginia.

Die Berge sind eine einzigartige Kulisse, die dem Geist wahrhaft Nahrung gibt. Die steilen Hänge des Blue Ridge, an denen Eichen und Tannen wachsen, die Bäche mit ihren großen, glatten Steinen, die Körper und Seele zum Ausruhen einladen. Und wenn man in der Stimmung ist für etwas Extravaganteres, so ist der Shenandoah mit seinen anmutigen Windungen und seiner sanften Strömung der geeignete Ort, um die Tiefen seiner Seele zu erforschen.

Die Zeit in St. Mary half mir zuerst nur wenig weiter. Eine Woche lang spazierte ich über die weichen Waldwege und schlenderte am Shenandoah entlang, und die ganze Welt flüsterte in meinen Ohren und summte über meinem Kopf. Ich diskutierte mindestens einmal pro Stunde mit einer imaginären Hattie über Jude, versuchte ihr klarzumachen, dass ihr Schwager nicht mein Problem sei, dass er eine andere Art von Hilfe brauchte, als ich ihm geben könne. Wenn Jude wenigstens ein Sünder gewesen wäre, der das, was er tut, rechtfertigt, dann hätte ich eine Handhabe gehabt, mit der ich hätte arbeiten können. Doch er stand zu seinen Verfehlungen, konnte sich aber nicht davon abwenden.

Viele von uns sitzen der Fehlvorstellung auf, dass ein Mensch sich schon von seinen Irrwegen abwenden würde, wenn es uns nur gelänge, ihn von der Falschheit seines Tuns zu überzeugen. Aber Argumente kosten nichts. Nur Liebe und Glaube sind für eine solche Aufgabe gerüstet. Glauben hatte ich, zumindest ein wenig. Aber Liebe – gab es einen Menschen, den ich tatsächlich auf diese Weise liebte? Nein. Niemanden. Jesus zählte nicht – wer würde ihn nicht lieben, wenn er solche Besuche von ihm bekäme, wie ich sie erleben durfte?

Konnte ich eigentlich richtig lieben? Konnte ich lieben, wie Jesus liebte? War ich in der Lage, mich einem Menschen auszuliefern, der es nicht verdient hatte, nur weil es das Richtige war und weil ich so von Liebe und Gnade erfüllt war, dass ich gar nicht anders konnte? Konnte überhaupt jemand so lieben?

Ja, Hattie konnte es. Sie hatte um Geralds willen ihre Welt hinter sich gelassen. Meine Großmutter hatte es gekonnt. Sogar Schwester Thaddeus, die, wie ich Jahre später herausfinden sollte, ihr Erbe dem Orden zur Verfügung gestellt hatte, um meine Ausbildung zu finanzieren. Wie gut, dass ich damals nichts davon wusste, sonst wäre ich dem Herrn vielleicht nicht auf dem Weg gefolgt, den er mir zeigte. Und bestimmt hätte ich einen Ersatz gefunden, der Jude half, sich zu finden. Das möchte ich gern denken.

Ich dachte mir immer wieder neue Gespräche aus, die ich mit Angie über die Schule führen wollte, und überlegte mir, wie der Kunstraum eingerichtet werden sollte. Ich steckte ein Neues Testament in meine Tasche und las immer wieder 1. Korinther 13 und den ersten Johannesbrief, meine Lieblingsstellen, doch meine Seele fand nicht in diesen Zustand des friedlichen Ausharrens in der Stille.

Ich dachte an Thomas Merton und verfluchte ihn einige Male wegen seiner Ausführungen zur Stille. Das war leicht für ihn, denn er war ein kontemplativer Mensch. Ich war nur eine junge Frau, die ohne eigenes Zutun Besuche von Jesus bekam, eine Frau mit einem lärmenden Verstand, die es fertigbrachte, während der Eucharistiefeier einen abgebrochenen Fingernagel zu betrauern. Er kam zu mir, nicht weil ich es verdiente, sondern wegen seines großen Erbarmens. Er wusste, dass ich allein war, dass Blutsbande wichtig sind, dass ein Mensch ohne Mutter, die er lieben konnte, einen kleinen Bonus brauchte.

Er kannte mein Herz. Und er wusste, wie sehr ich ihn liebte.

War ich eine Mystikerin? Na, das bezweifle ich ernsthaft. Ich hatte Julian von Norwich und Jeanne Guyon und ähnliche Autoren gelesen; mit ihnen schien Jesus ganz andere Gespräche geführt zu haben als mit mir. Sie kochten ihm keinen Tee, und er erzählte ihnen auch nicht, dass er durch die Sandalen, die er trug, hässliche Schwielen am dicken Zeh bekam, wie man es sich nicht vorstellen könnte.

Manchmal kam Jesus zu mir, wenn ich durch den Wald lief. Er sprach dann wenig, ergriff nur beim Gehen meine Hand. „Es ist in Ordnung, damit zu kämpfen, meine Liebe“, sagte er mehrmals.

Schließlich erreichte mich die Stille, und ich hörte die Musik Gottes um mich herum. Ich kann das nicht anders erklären, als dass es Töne aus dem Himmel gewesen sein müssen, denn der Gesang der Vögel wurde auf einmal rhythmisch und melodisch. Es war, als hätte ich Jazz-Ohren bekommen. Ich schwelgte darin, ließ mich darin treiben und betete Gott an und spürte, wie die Dreieinigkeit mich in ihr kleines Geheimnis einweihte. Ein jahrhundertealtes Mysterium wurde plötzlich ganz real.

Du kannst lieben, T–, weil wir dich zuerst geliebt haben.

An meinem letzten Tag saß Jesus am Fußende meines Bettes, während ich meinen Koffer packte.

„Du musst Jude suchen“, sagte er.

Ich drehte mich um. Ich hatte gar nicht bemerkt, dass er gekommen war. „Was?“ Und dann fiel ich vor ihm auf die Knie. „Es tut mir so leid!“, keuchte ich und presste die Hand auf meinen Mund. Noch nie zuvor hatte ich ihn oder eine seiner Anweisungen infrage gestellt.

„Schsch, meine Liebe."

In seiner ausladenden Handbewegung schloss er meinen Schreibtisch mit meiner Bibel und den Gebetbüchern, die weiße Wand mit dem Kruzifix, das einfache Bett mit dem flachen Kissen und der Wolldecke mit ein. „T–, liebst du mich mehr als das alles?"

Entsetzen erfüllte mich. „Natürlich, Herr. Das weißt du doch."

„Weide mein Lamm."

„Aber, Herr ..."

Mit einer Hand nahm er den Schleier, den ich herausgelegt hatte, um ihn zu falten und einzupacken; in der anderen hielt er meinen Rosenkranz. Oh, wie oft hatte ich mich daran entlanggebetet, ich konnte es nicht mehr zählen. „Mary Margaret, liebst du mich mehr als diese?"

„Oh, mein Jesus. Ja, das tue ich. Du weißt, dass ich es tue."

„Weide mein Lamm."

Er nahm meine Schuhe hoch und lachte. „Mary Margaret, meine T–, liebst du mich mehr als diese?"

Ich stimmte in sein Gelächter mit ein. „Herr, du weißt alles. Du weißt, dass ich dich mehr liebe als alles andere!"

„Dann weide mein Lamm."

Ich legte meinen Kopf auf seinen Schoß. „Was versuchst du mir klarzumachen, Jesus? Was soll ich tun, wenn ich Jude gefunden habe?"

Ganz sanft ließ er seine Hand über meine Haare gleiten und strich sie mir aus der Stirn. „Wir sind schon so lange zusammen, T–, und wir werden es immer sein. Du weißt, wie sehr ich dich liebe, nicht?"

„Ja, Herr."

Er liebkoste weiter meinen Kopf. „Ich erinnere mich noch an den Tag deiner Geburt. Eine solche Traurigkeit erfüllte diesen Raum. Die Zeit deiner Mutter war aus verschiedenen Gründen gekommen. In erster Linie wurde sie nach Hause geholt, um sie vor sich selbst zu schützen. Eines Tages wirst du mehr darüber erfahren. Doch an jenem Tag kamst *du* auf die Welt. Du musst wissen, dass ich dich voller Vorfreude gestaltet und 40 Wochen lang auf dich aufgepasst habe. Ich gab dir diese feuerroten Haare, die ein Symbol sind für deine Begeisterung für das Leben, ein Spiegelbild der Leidenschaft, die du, wie ich wusste, entwickeln würdest und, meine Liebe, die du auch brauchen wirst für den Abschnitt der Reise, der vor dir liegt."

Er hob mein Kinn an, zog mich auf die Füße und stellte mich neben ihn. Dann nahm er meine Hand. „T–, die kommenden Monate werden die schwierigsten deines Lebens werden, aber es hat alles einen tiefen Sinn. Es ist der Plan des Vaters, und der Geist wird dich leiten. Vertraust du uns? Weißt du, dass nichts, was wir tun, zu deinem Nachteil sein wird, sondern letztendlich zu deinem Besten dient? Weißt du, dass wir dir nicht schaden werden, dass nicht ein Haar auf deinem Kopf gekrümmt werden wird, wenn wir das nicht zulassen? Liebst du uns so sehr, dass du mit uns auf die Suche nach dem verlorenen Lamm gehst? Das wünschen wir uns von dir. Aber natürlich werden wir dich nicht zwingen, meine Liebe. Und unsere Liebe zu dir wird kein bisschen geringer sein, wenn du es nicht tust."

Ich blickte in diese braunen Augen, die so warm und einladend waren, doch tief in ihrem Inneren brannte das Feuer der Heiligkeit und einer alles verzehrenden Liebe, die kein Mensch je entwickeln kann, egal, wie lange wir mit ihm im Himmel sind.

Er lächelte und zog die Augenbraue in die Höhe. Ich legte meine Hand in seine, und er drückte sie. „Nun, T–?"

„Also gut." Mit meiner anderen Hand berührte ich seine Wange. „In Ordnung."

Offen gestanden, trotz seiner heiligen Zärtlichkeit hob sich mein Magen, und ich hätte mich am liebsten übergeben. Die Sonne strömte durch das Fenster, das ich ein paar Zentimeter geöffnet hatte, um die Morgenbrise hereinzulassen. Ich stellte mir das Bild vor, das ich jetzt durch mein Fenster in St. Mary sehen würde: Die Fischerboote wären schon lange ausgelaufen und in der Ferne drehte sich das Licht des Leuchtturms am Bethlehem Point, ohne stillzustehen.

„Mir hat es dort immer gefallen, Jesus", sagte ich. Ich wusste, dass ich meine Gedankengänge nicht zu erklären brauchte. „Ich hoffe, ich kann dorthin zurückkehren, dort unterrichten, dort leben. Das ist alles, was ich mir je gewünscht habe. Außer dir."

„Ja, ich weiß. Es liegt an dir, ob du langfristig auf die Insel zurückkehren wirst oder nicht. Aber für den Augenblick … wirst du mir folgen?“

„Ja, Herr. Ich folge dir, wohin du mich auch führst.“

Er legte die Arme um mich und zog meinen Kopf an seine Brust. Ich spürte die Geschmeidigkeit des himmlischen weißen Gewandes und hörte erneut den Schlag seines Herzens, das von Liebe für die ganze Welt angetrieben wurde.

„Ich möchte, dass du Jude Keller heiratest.“

16

Es ist erstaunlich, wie man ein Projekt, das einem so viel bedeutet, hintenanstellen und monatelang unbeachtet lassen kann. Wir haben jetzt Dezember 2001, und wieder einmal verbringe ich die Weihnachtsferien in Florida. Noch immer habe ich mich nicht um Bruder Joes Verbleib nach seiner Zeit in der Mission im Rotlichtviertel von Baltimore gekümmert. Und ich habe auch immer noch nicht Judes Blumenzwiebeln gepflanzt. Wisst ihr, vor Jahren hätte ich euch genau sagen können, welche Blumenarten sie hervorbringen würden, aber jetzt kann ich mich einfach nicht mehr daran erinnern.

In diesem vergangenen Sommer habe ich mich wieder einmal vergeblich um eine Ausstellung bemüht, und ich schwor mir, keine Anstrengungen mehr in diese Richtung zu unternehmen. Dieser Galeriebesitzer hat Vorbehalte gegen mich, denn er stellt alle möglichen Meereslandschaften aus, deren Wellen so wenig leuchten wie ein Braten, und sogar Skulpturen, die aus Teilen eines alten Rasenmähers gefertigt sind, aber meine Werke sind, in seinen Worten: „Langweilig, Mary. Absolut langweilig." Wenn ich als Künstlerin unbeachtet in der Versenkung verschwinde, dann ist das eben so.

Im Juni habe ich Morpheus für zwei Wochen besucht, im Juli verbrachte ich eine Woche im Einkehrhaus in Virginia und musste dann zwischen Blumensteck- und Perlenknüpfkursen mein Budget für das kommende Jahr aufstellen. Ich wurde mit der Notwendigkeit konfrontiert, den Zeichenkurs für Fortgeschrittene zu erweitern, denn unter den Teilnehmern waren auch zwei Frauen, die großes Talent hatten. Außerdem bot ich einen Kurs für ein paar Männer an, die lernen wollten, wie man Köder schnitzt. Der Rest des Sommers war angefüllt mit meiner Suche nach einem Lehrer und preiswertem Material, außerdem machten wir Anfang August einen Ausflug ins Museum.

Das waren alles wundervolle, angenehme Gründe, um die Suche nach meinem Vater aufzuschieben.

Nach einem Trip zu den Niagarafällen mit Gerald und Hattie verschlechterte sich Hatties Gesundheitszustand wieder. Man hatte ihre Pflegestufe reduziert, und die beiden waren in ein wunderhübsches Apartement mit einer niedlichen kleinen Küchenzeile, einem Schlafzimmer, einem Bad und einem Wohnzimmer gezogen. Am 11. September erlitt sie einen Schlaganfall, kurz nachdem sie im Fernsehen mit angesehen hatte, wie das zweite Flugzeug in das *World Trade Center* flog. Seither liegt sie im Wachkoma. Wir können nicht sagen, ob der terroristische Anschlag den Schlaganfall ausgelöst hat oder ob das nur ein Zufall war. Ich schätze Letzteres; Angie natürlich behauptet, die Veränderungen in der Welt hätten Hattie vielleicht größere Angst gemacht, als sie sich hat anmerken lassen. Eine Frau, die während eines Hurrikans ganz allein mehrere Leute aus Seenot gerettet hatte? Das glaube ich einfach nicht.

Wie auch immer, Gerald kommt schlecht damit zurecht, vorsichtig ausgedrückt, darum hatte ich es einfach nicht übers Herz gebracht, mich davonzumachen, um meinen Vater zu suchen. Tante Elfis Schule wirkt nach. Hatties jüngster Schwester gelang es aber schließlich, Gerald zu überreden, dass er sie über Weihnachten in Hagerstown besuchte, und ich redete ihm zu, hinzufahren.

„Es kann sein, dass Hattie noch monatelang im Koma liegt. Aber falls sie aufwacht – und das wäre schon ein Wunder, Gerald! –, wäre sie bestimmt froh, dass du zu Adele gefahren bist. Meinst du nicht? Ganz ehrlich?“ Wir saßen im Speisesaal des Pflegeheims und aßen Sagopudding mit Vanillewaffeln aus blütenförmigen Glasschälchen.

„Vermutlich hast du recht. Aber was ist, wenn sie stirbt, während ich fort bin?“

„Dann kommst du aus Hagerstown zurück, und ich komme aus Florida zurück, und wir beide werden gemeinsam dieses Tal durchschreiten. Ich werde bei jedem Schritt an deiner Seite sein. Ich verspreche es, Gerald. Okay?“

Nach dem, was Jesus mir über die Reihenfolge unseres Abscheidens gesagt hatte, konnte ich das voller Gewissheit versprechen. Jesus lügt nicht.

Er zog ein weißes Taschentuch aus seiner Hosentasche und betupfte seine Augen. Hatties Krankheit hatte ihn um Jahre altern lassen. „Du bist mir all diese Jahre eine gute Freundin gewesen, MM."

„Ich habe mir Mühe gegeben. Und du hast es mir immer leicht gemacht, Gerald." Ich zwickte ihn spielerisch in seinen abgemagerten Unterarm. „Also fang jetzt nicht an, mir Schwierigkeiten zu machen."

„Aye, aye."

Später umarmte ich ihn, als wir an Hatties Bett saßen, so wie Jesus mich immer in seine Arme nahm. Gerald sagte: „Also gut, MM. Ich werde fahren."

Ich muss zur Missionsstation. Vielleicht nach den Ferien. Aber im Augenblick grabe ich meine Zehen in den Sand, trage einen riesigen Hut auf dem Kopf und halte dieses Notizbuch in den Händen. Und so werde ich mit meiner Geschichte fortfahren.

Der letzte Brief von meinem Sohn John aus Afrika brachte gute Nachrichten. Leider war es ihm im vergangenen Jahr nicht möglich gewesen, zur Fortbildung in die Vereinigten Staaten zurückzukehren. Er musste seine Fortbildungsstunden in Johannesburg ableisten.

Liebe Mama,

ich vermisse dich sehr und sehne mich wie gewöhnlich nach einem Teller mit deiner Krabben-Quiche. Bitte sag mir, dass du die mindestens einmal im Monat isst. In letzter Zeit habe ich großen Appetit auf die guten alten Meeresfrüchte aus Maryland.

Hier in Swaziland ist der Dezember immer der schlimmste Monat, da alle Rituale rund um den König begangen werden. Ich bleibe hier in Big Bend und verschiebe meine Reise nach Mbabane bis nach Neujahr.

Die Kirche von Colorado hat ihr Gebäude draußen an der nahe gelegenen Mission fertiggestellt, und wir konnten mit dem Unterricht für die älteren Kinder beginnen, die sich das Schulgeld nicht leisten können. Wir unterrichten 30 Schüler im Alter von 14 bis 18. Du würdest sie lieben. Ich denke, einige von ihnen werden ihren Weg in dieser Welt machen. Mindestens ein Drittel von ihnen ist bereits HIV-infiziert.

Das mit Tante Hattie tut mir so leid. Die Arme! Ich weiß, ihr beiden seid nicht nur Schwägerinnen, sondern auch gute Freundinnen. Sag Onkel Gerald, dass die Brüder und ich für sie beten.

Leider habe ich keine Zeit für einen ausführlicheren Brief, da die Dürre in diesem Sommer schrecklich gewesen ist und ein steter Strom an Patienten in die Klinik kommt. Aber ich möchte dich bitten, für ein Mädchen mit Namen Tengetile zu beten. Sie ist 14, führt einen großen Haushalt, und ihr Onkel vergewaltigt sie regelmäßig. Wir tun für sie, was wir können, aber in dieser Kultur werden solche Mädchen einfach nicht geschützt. Bete dafür, dass ihr Herz und ihr Verstand bewahrt bleiben und dass wir ihr ein wenig Freundlichkeit im Namen des Herrn zeigen können. Ich bin sicher, dass sie mit AIDS infiziert ist, und wenn sie nicht bereits schwanger ist, wird sie es bald sein. In dieser Sache fühle ich mich so hilflos, wie du dir sicher vorstellen kannst.

In meinen Gedanken und Gebeten bist du immer bei mir. Ich hoffe, dass du im nächsten Sommer herkommen kannst. Wir könnten deine Hilfe sehr gut gebrauchen und ich würde mich so sehr freuen, dich wiederzusehen.

In Liebe
John

Falls John noch am Leben ist, wenn ihr dies lest, Schwestern, betet doch bitte für ihn.

Also gut. Gehen wir zurück zu dem Zeitpunkt, als Jesus diese ungeheuerliche Bitte ausgesprochen hatte.

Ich sollte Jude heiraten? Du meine Güte!

Gleich nach meiner Ankunft auf der Insel telefonierte ich mit

Angie. Ich war noch vollkommen schockiert über den Marschbefehl, den ich von Jesus bekommen hatte. Sie wohnte nach wie vor in Bainbridge, obwohl das Schuljahr bereits zu Ende gegangen war.

„Das passt gar nicht zu dir, Mary“, erwiderte sie. „Überhaupt nicht. Was ist denn in dich gefahren?“

„Gott hat es mir aufgetragen.“

„Wie denn?“

„Er hat da so seine Mittel und Wege.“ Wieder mal legte ich die Füße auf den Schreibtisch der Sekretärin. Ein Wunder, dass diese Frau mich nicht aus ihrem Büro verbannte. Aber Patty war sehr nett, und sie belauschte immer die Gespräche, die ich von ihrem Telefon aus führte, das kann ich euch jetzt ja verraten. Die Tatsache, dass sie solche Gespräche so interessant fand, zeigt, wie langweilig das Leben in St. Mary sein konnte.

„Willst du es mir erzählen?“

„Das kann ich nicht. Du musst dich damit zufriedengeben, dass ich mir ganz sicher bin. Denkst du wirklich, ich würde so etwas aus eigenem Antrieb tun, Angie? Ausgerechnet Jude Keller? Die Testosteron-Waffe, wie du ihn so gern genannt hast?“

Sie lachte. „Das war nicht sehr nett von mir, nicht? Aber ich schwöre, Mary, nie hätte ich damit gerechnet, dass er irgendwann mal dein verflixter Ehemann würde.“

„Sei nicht zu vorschnell. Vielleicht will er das ja nicht.“

„Spinnst du? Der Junge ist doch schon immer verrückt nach dir.“

Der klobige schwarze Hörer wurde schwer in meiner Hand. Ich seufzte. „Du hast recht. Ich hatte mich nur an die Hoffnung geklammert, er könnte denken, ich sei zu gut für ihn.“

„Nun, damit hätte er ja auch recht!“, schnappte sie.

„Du klingst nicht besonders glücklich.“

„Warum sollte ich? Wir hatten Pläne, Mary! Große Pläne, und jetzt sagst du mir, Gott hätte dir aufgetragen, alles aufzugeben, was du dir je gewünscht hast, dein ganzes Leben lang, praktisch von der Wiege an …“

„Nicht von Mutterleib an?“

„Wie du magst. Von Mutterleib an. Und jetzt willst du einen der absolut … abscheulichsten Männer suchen, die je auf dieser Erde gelebt haben, und ihn heiraten? Hat Gott irgendetwas zum Thema Sex mit diesem Mann gesagt?"

„Nein."

„Na ja, wenigstens das."

„Angie!" Junge, Junge, da bekam Patty aber diesmal was zu hören! „Die Kirche befürwortet Sex in der Ehe, und du weißt genauso gut wie ich, dass es als Sünde gilt, sich nicht fortzupflanzen, wenn es möglich ist."

Sie ließ scharf die Luft entweichen. „Ja, ja. Ich weiß, ich weiß."

„Entschuldige. Ich will das eigentlich gar nicht. Ich meine ..."

„Du liebst ihn aber doch, oder nicht?"

„Ja, aber nicht so, wie eine Frau ihren Mann lieben sollte."

„Aber, äh – wie soll ich das nur ausdrücken ... er *gefällt* dir doch, oder?"

„Na ja, ja ... früher schon, aber das war ..."

„Vom Teufel? Das hast du schon einmal gesagt, aber ich bin mir da nicht sicher. Also, er gefällt dir und du empfindest so etwas wie Liebe für ihn."

Ich musste es aussprechen. „Es ist eher Mitleid, Angie! Was soll denn das für eine Ehe sein, deren Grundlage *Mitleid* ist?"

„Offensichtlich deine."

Offensichtlich.

„Und vermutlich ist das in mehr Ehen so, als wir ahnen", schnaubte sie. Sie hielt inne. „Okay, was sollen wir darum herumreden, Mary. Es ist nicht nur Mitleid, und das weißt du auch. Keine Ahnung, was es ist. Ich glaube nicht einmal, dass dir das klar ist. Der Himmel weiß, dass diese Angelegenheit wirklich verworren ist. Aber wird es reichen?"

„Wirst du für mich beten?" Mir fiel nichts ein, worum ich sie sonst bitten könnte.

„Natürlich. Vermutlich mehr, als ich im Augenblick Zeit habe, also vielen Dank dafür. Hast du das den Oberen schon erzählt?"

„Nein. Ich habe zuerst dich angerufen."

...

„Angie?"

...

„Mehr wollte ich nicht hören, Mary. Melde dich, wenn du etwas brauchst, und ich lasse sofort alles stehen und liegen. Okay?"

„Okay."

Ich legte auf und ging zum Friedhof von St. Francis. Eine Blume, die ich auf das Grab meiner Mutter legen könnte, hatte ich nicht, keine weiße Rose als Ausdruck der Trauer, die ich empfand, weil ich ihren und meinen Traum nicht erfüllen konnte. Meine Loyalität ihr gegenüber lag in Scherben auf dem Gras, unter dem sie lag, aber meine Loyalität Jesus gegenüber war größer. Das würde sie bestimmt verstehen. Ich versuchte mir vorzustellen, wie sie die Arme ausstreckte, um mich zu trösten, aber es gelang mir nicht.

Im Schneidersitz blieb ich neben ihrem Grab sitzen, während der Tag in den Abend überging, bis Schwester Thaddeus mich fand und sich neben mir niederließ, als die Dunkelheit hereinbrach.

Nachdem ich aus dem Orden der Schulschwestern von St. Mary ausgetreten war (eine Erinnerung, die immer noch so wehtut, dass ich es hasse, überhaupt daran zu denken), weinte ich in den Armen von Schwester Thaddeus. Visionen von meiner Mutter, deren Träume durch die Übeltat jenes Seminaristen zu Bruch gingen, suchten mich heim ... und meine Träume wurden jetzt von Jesus persönlich zunichtegemacht. Die Ironie war für jeden offensichtlich. Ich dachte, ich wüsste, was Jesus gemeint hatte, als er mir sagte, ich sei seine Braut.

Offensichtlich hatte ich die falschen Schlüsse gezogen. Aber darüber konnte ich nicht mit Schwester Thaddeus sprechen.

Sie drückte mich auf einen Stuhl und kochte mir eine Tasse Tee. In ihrer grauen Tracht mit dem weißen Schleier, dem langen Rock und dem perfekt gebügelten Oberteil wirkte sie so frisch und sauber. Ihre Tracht war immer viel ordentlicher als meine, die ständig zerknittert war und unter den Achseln allzu leicht Schweißränder aufwies.

„Ich möchte dir erzählen, was ich zurückließ, um den Weg zu gehen, den Gott für mich vorgesehen hatte, Mary Margaret." Ächzend ließ sie sich auf einen Holzstuhl sinken. Mit geradem Rücken saß sie da, wie eine Dame und doch bequem. Trotzdem, ihre Finger waren immer in Bewegung, ein Zeichen von Nervosität. „Mein

Vater war ein sehr reicher Mann. Und sehr beschäftigt. Ihm gehörte eine der Werften von Baltimore."

„Du meine Güte."

„Ja. Er ermöglichte mir eine gute Ausbildung hier in St. Mary. Sein Plan war es, mich zur Universität zu schicken und mir eines Tages die Firma zu übergeben." Sie nahm ihre Teetasse und starrte in die rotbraune Flüssigkeit. „Er war sehr fortschrittlich in seinem Denken."

„Und Sie haben auf ein Leben in Reichtum und Wohlstand verzichtet?"

„Oh nein! Mehr als das. Das Geld hatte keine Bedeutung für mich. Ich freute mich darauf, an der Seite meines Vaters zu arbeiten, ihm eine Hilfe zu sein und ihn beruhigt sein Lebenswerk in meine Hände legen zu lassen. Aber vor allem wollte ich einfach bei ihm sein. Du hättest ihn kennen müssen, um mich zu verstehen. Ich hatte keine Geschwister, und meine Mutter war ständig krank. Sie war wundervoll, aber sehr zart."

„Haben Sie Ihre Entscheidung je bereut?"

„Nicht bereut." Ihr Blick wurde weich. „Aber ich war lange traurig über das, was hätte sein können. Es ist schwer, das, was wir lieben, zurückzulassen, selbst wenn es die besten Gründe dafür gibt."

„Verstehen Sie mich, Schwester Thaddeus?" Ich beugte mich vor, und die Tischkante bohrte sich wie ein Messer in meinen Bauch.

„Ich glaube dir, wenn du sagst, dass Gott dir das aufgetragen hat. Wenn du das ganz sicher weißt, dann musst du es auch tun."

„Es tut mir so leid." Ich schüttelte den Kopf. Zum ersten Mal im Leben verstand ich, was die Leute meinen, wenn sie von einem gebrochenen Herzen reden. Meins fühlte sich genau so an.

Danach betrachtete ich mich mindestens 30 Minuten lang kritisch im Spiegel. Anschließend packte ich erneut meinen Koffer, nahm die Fähre zum Festland, sprang in den Bus nach Salisbury, wechselte in den Greyhound und begab mich auf die wichtigste Pilgerfahrt meines Lebens. Ich wollte Gottes Lamm suchen, und ich hoffte, dass ich ihn noch im Rotlichtviertel von Baltimore antraf und nicht in Europa suchen musste.

Es war, als wäre ich in eine andere Welt eingetreten. Unsere Mutter Oberin verstand mich überhaupt nicht, genau wie Angie, und das war nur verständlich. Denn warum sollte Gott einen Menschen, der eine klare Berufung in seinen Dienst bekommen hatte, in eine Ehe mit dem Abschaum der Erde schicken?

Nur hat sie das natürlich sehr viel netter ausgedrückt. Und ich wusste, sie wollte nur das Beste für mich.

Eine Ehe mit dem Abschaum der Erde.

War das nicht der Auftrag, den Jesus von Gott bekommen hat?, hätte ich am liebsten erwidert. Aber ich hielt den Mund. Trotz allem drückte sie mich an sich, und ich schniefte und heulte und sie legte segnend ihre olivbraune Hand auf meinen Kopf. Sie versprach mir, für mich zu beten, und dieses Versprechen hat sie gehalten.

In Baltimore angekommen sprang ich in eine Straßenbahn, und ich weiß noch, dass ich mir wünschte, ich könnte in diesem Augenblick irgendetwas anderes tun, als ins Rotlichtviertel zu gehen. Egal was. Aber es hatte keinen Zweck, das Unausweichliche aufzuschieben. Vielleicht bekam ich dort ja zumindest irgendwelche Informationen über Judes Aufenthaltsort in Europa.

Ich erinnerte mich, dass er eine Frau erwähnt hatte, eine Freundin, die unter dem Künstlernamen „LaBella" auftrat. Also stieg ich Arm in Arm mit dem Geist Gottes in unauffälliger Straßenkleidung, einem wadenlangen schwarzen Rock und einer gelben Bluse, an der Baltimore Street aus. Die flachen Schuhe hatte ich behalten. Ich schätze, damals war mir gar nicht klar, dass ich mit diesem „Nonnen-Schick", wie Jude es genannt hätte, meiner Zeit voraus war, denn heutzutage gibt es ja einige Orden, deren Angehörige normale Kleidung statt der Tracht tragen. Der Gedanke bringt mich zum Lächeln, während ich dies schreibe.

Ich mochte die Tracht. Angie dagegen hätte sich nach dem Zweiten Vatikanischen Konzil gefreut, wenn die alten Trachten in einem Freudenfeuer in Flammen aufgegangen wären. Ich sagte euch ja, sie war wild.

Gegen alle Wahrscheinlichkeit hoffte ich, ich müsste nicht zu viele Clubs und Peepshows mit diesen widerlichen Aufreißern vor der Tür absuchen. Also ging ich zum ersten Türsteher, dem ich über den Weg lief, meine Handtasche fest an meine Brüste gedrückt. Ich denke, jetzt ist ein passender Zeitpunkt einzugestehen, dass mein Vorbau recht üppig geraten ist. Nicht riesig, aber doch so, dass man ihn als „voll" einordnen konnte. Bis zu diesem Augenblick vor dem Etablissement namens „Gayety" hatte ich nie viel über meine weiblichen Attribute nachgedacht.

„Ich suche nach einer ... äh, Tänzerin. Sie nennt sich LaBella?"

„Ist sie nun eine Tänzerin oder nicht?", fragte der Türsteher mit leiser und nasaler Stimme. Er war ein Bär von einem Mann; allerdings bestand er weniger aus Muskeln, sondern mehr aus Fett, das er durch zu viel Alkohol, zu viel Herumsitzen und zu viel Essen angesetzt hatte.

„Ich nehme meine Frage zurück und formuliere sie anders. Ich bin auf der Suche nach einer Tänzerin mit Namen LaBella. Sagt Ihnen der Name etwas?"

Er nickte und schob seine Kappe ein Stück zurück. „Ja, sicher. Sie arbeitet unten im *Two O'Clock Club*. Der Club von Blaze."

Blaze Starr. Damals kannte ich den Namen noch nicht. Sie würde später durch ihre berüchtigte Affäre mit dem Gouverneur von Louisiana in die Schlagzeilen kommen; vielleicht hatte diese Affäre damals auch bereits begonnen. Das genaue Datum weiß ich nicht mehr. Welche Überraschung.

„Danke."

„Äh, wenn ich mal fragen darf, was macht ein Mädchen wie Sie in diesem Viertel? Sie müssen vorsichtig sein!"

Ich machte mich auf den Weg zu dem Club. „Ich bin nicht allein!", rief ich über die Schulter zurück.

„Wie Sie meinen!"

Es gibt kaum etwas Traurigeres als ein Abendlokal, das bei Tageslicht nackt und grau daliegt. Alle Macken sind zu sehen, der Dreck, die Flecken, die Graffiti. Niemand macht sich die Mühe, es präsentabel herzurichten wie die Büros von Rechtsanwälten, die Banken, die Kleidergeschäfte, die Supermärkte. Am Tag können sich diese Lokale nicht in der Dunkelheit oder hinter der Neonbeleuchtung und den blinkenden Lichtern verstecken. Man sieht sie ganz bloßgestellt. Ich glaube, darum geschieht so viel Sünde im

Dunkeln: Man kann ohne Licht nicht so genau erkennen, womit man es zu tun hat.

Blaze Starr war beim Friseur, als ich ihren Club betrat – was für ein Glück! – und wurde erst in gut einer Stunde zurückerwartet.

Ordensschwestern und Stripperinnen haben, wie ich finde, durchaus einige Gemeinsamkeiten. In erster Linie tun sie etwas, wofür die meisten anderen Frauen kein Verständnis aufbringen und nie aufbringen werden. Ich fragte den Türsteher, einen dürren Kerl mit stechenden schwarzen Augen und dunkelbraunen Haaren, ob LaBella da sei. Er erklärte mir, sie käme gewöhnlich erst gegen 21:00 Uhr her.

„Könnten Sie sie vielleicht anrufen?", fragte ich ihn. „Ich möchte wissen, ob ich sie besuchen und ihr ein paar Fragen über einen gemeinsamen Freund stellen kann."

Ein wissender Ausdruck trat auf sein Gesicht. Aber er *konnte* ja gar nicht wissen, worum es ging.

„Ich bin gleich wieder da."

„Sein Name ist Jude."

„Jude!" Er schnippte mit den Fingern. „Ich erinnere mich an ihn. War ein netter Junge, als er herkam. Aber – Mann, er hat wirklich schnell gelernt."

„Ich warte draußen." Offen gestanden, ich wollte gar nicht wissen, wie es da drin aussah.

„Wie heißen Sie, Mädchen?"

„Mary Margaret."

„Das passt."

Während ich draußen wartete, wurde ich tatsächlich von zwei Männern angemacht und gefragt, wie teuer meine Dienste denn seien. „In diesen Schuhen?", rief ich ihnen zu. Sie saßen in ihrem Wagen. „Sie machen wohl Witze!"

„Was ist denn dein spezieller Ansatz?", fragte der Beifahrer, ein Mann in einer gelben Sportjacke.

„Ich bin Nonne! Gott liebt euch!"

Sie ergriffen eiligst die Flucht, und ich lachte laut.

Hatte ich gelogen? Nein. In meinem Herzen war ich noch immer eine Ordensschwester. Und irgendwie würde ich das immer bleiben. Es ergab überhaupt keinen Sinn, aber so war es nun einmal. Im Grunde war ich immer nur mit Jesus verheiratet. Wenn das nicht so gewesen wäre, hätte ich diese Ehe mit Jude, die er mir aufgetragen hatte, gar nicht erst in Betracht gezogen.

Der Türsteher kehrte mit einem Zettel zurück und hielt ihn mir hin.

„Highland Avenue?", fragte ich. „Das muss ja eine Spitzen-Stripperin sein, die in der Highland Avenue wohnt, um Himmels willen."

„Sie ist anders, als Sie denken. Sie werden erstaunt sein."

Und warum auch nicht? Schließlich hatte mich das Unerwartete ja bereits fest im Griff.

„Ihr richtiger Name ist übrigens Rosalie."

„Danke."

Er kippelte auf seinem Hocker zurück. „Seien Sie vorsichtig da draußen. Dies ist nicht der richtige Ort für ein Mädchen wie Sie."

„Ich weiß. Warum sind Sie so nett?"

„Meine Schwester hat rote Haare. Was soll ich da noch sagen?"

Ich fragte ihn, ob er mir erklären könnte, mit welcher Buslinie ich diese Adresse erreichte, und er sagte, mit der 8. Dann zeigte er mir noch die Bushaltestelle, die nur ein paar Meter entfernt war. „Der Bus fährt immer kurz vor der vollen Stunde. Ich werde auf Sie aufpassen."

So wartete ich dort, wie festgeklebt am Pflaster. Ich blickte zum Himmel auf und dachte: *Jesus, was hast du nur getan?*

Es war mir unangenehm, in Judes Welt einzudringen, und mein Herz war eingehüllt in eine Wolke des Zweifels. Natürlich wusste Jesus sehr genau, was er von mir verlangte. Aber *ich* hatte keine Ahnung, was ich hier tat. Wobei ich keinen Zweifel daran hatte, dass ich Jude finden würde. Das Problem war, mir vorzustellen, wie ich ihm einen Heiratsantrag machte. Wie um alles in der Welt sollte das vonstattengehen?

Und ich würde ihn nicht brauchen. Ich wäre zwar mit ihm verheiratet, und ich würde ihn lieben, wie der Hirte das verlorene Lamm liebt. Vielleicht würde er mich sogar erregen, falls ich jemals vergessen konnte, dass er bereits mit so vielen Männern und

Frauen geschlafen hatte (und das bezweifelte ich), aber ich würde ihn nie brauchen. Ich war nur bei ihm, weil ich ihn retten wollte, und ich wollte ihn nur retten, weil Jesus mir den Auftrag dazu gegeben hatte.

Das stank zum Himmel, um ganz ehrlich zu sein.

Vielleicht war ich tatsächlich verrückt, Jesus war nur ein Produkt meiner Einbildung, und ich gab meinem Irrsinn nach, oder schlimmer noch – da war er schon wieder –, dem Teufel. Vielleicht war diese ganze Sache mit dem Glauben ja tatsächlich nur eine weltweite Täuschung, das Wirken des Heiligen Geistes nichts als Zufälle und Geschehnisse, die wir uns so zurechtdrehten, dass sie uns als Eingreifen Gottes erschienen.

Und trotz alledem stieg ich in den Bus der Linie 8.

Rosalie öffnete die Tür ihres Reihenhauses, eines zweistöckigen, schmalen Gebäudes in der Straße zwischen Eastern Avenue und Fleet Street.

Ich vermute, dass sie für ihre Auftritte eine dicke Schicht Make-up auflegte, aber als sie dort hinter der Fliegengittertür stand, sah sie aus wie 16. Ihre braunen Haare fielen ihr locker auf die Schultern und rahmten ein blasses Gesicht mit rosigen Wangen ein. In ihren grünen Augen, von der Seite durch die Sonne beleuchtet, funkelten goldene Punkte. Ein Kleinkind saß auf ihrer Hüfte.

„Mary Margaret!", sagte sie mit einem strahlenden Lächeln und zeigte ihre etwas schiefen Zähne, die mich an Audrey Hepburn erinnerten. „Der Club rief an und teilte mir mit, dass Sie mich aufsuchen wollen. Kommen Sie doch herein!"

„Danke." In ihrer Gegenwart fühlte ich mich plump und ungelenk. Ich bin nicht dick, ganz und gar nicht, aber Rosalie hatte etwas Elfenhaftes, und es hätte mich nicht gewundert, wenn unter ihrem rosa Pullover ein Paar schimmernde Flügel gesessen hätten. „Unirdisch" war ein viel zu schwaches Wort für sie.

Doch ihr Zuhause war im Gegensatz dazu sehr irdisch. Eine schwere alte Couch mit Holzrahmen und einem golden-weiß gemusterten Damastbezug, die vermutlich einmal ihrer Großmutter gehört hatte, stand an einer grün gestrichenen Wand. Drucke von üppigen Blumensträußen in bauchigen Vasen vor dunklem Hintergrund, wie man sie in Billigläden bekommt, zierten die Wände. Morpheus nennt den Stil „beinahe flämisch".

„Kommen Sie, leisten Sie mir Gesellschaft, während ich das Abendessen vorbereite."

Ich trat um das riesige Fernsehgerät herum – sie musste sehr gut verdienen, wenn sie sich bereits damals ein solches Gerät leisten konnte – und folgte ihr in die Küche, während sie über Jude redete.

„Ich bin jetzt schon fast zehn Jahre mit ihm befreundet, und er hat mir so viel von Ihnen erzählt, Mary Margaret! Ich habe das Gefühl, Sie schon lange zu kennen!"

Wir hätten zwei normale Frauen sein können, die sich im Park oder in der Kirche trafen.

Sie setzte das Baby, das ein hellblaues Kleid trug, in einen Hochstuhl aus Mahagoni. „Einen kleinen Augenblick, Alice. Du bekommst sofort was zu essen."

Alices Kopf war noch fast kahl, und sie hatte strahlende blaue Augen – ein Abbild verletzlicher Unschuld. Ich fragte mich, ob sie wohl je erfahren würde, womit ihre Mutter ihren Lebensunterhalt verdiente, oder ob Rosalie ihren Job aufgeben würde, wenn Alice alt genug war, um zu begreifen, dass etwas bei ihnen zu Hause nicht so ganz normal war. Manche Menschen wahren ja Geheimnisse weitaus länger, und ein Doppelleben ist gar nicht so ungewöhnlich, wie man vielleicht denkt.

Rosalie deutete auf einen Chromstuhl, der mit weißem Vinyl bezogen war. „Setzen Sie sich doch, wenn Sie mögen. Wir essen gleich zu Abend. Ich esse so früh, damit ich noch eine Weile mit Alice zusammen sein kann, bevor ich zum Club aufbreche."

„Wer passt auf die Kleine auf, wenn Sie arbeiten?"

„Oh, mein Mann Jack. Er kommt gleich. Sie können gern mitessen, wenn Sie Zeit haben."

Ich schüttelte den Kopf. Sie lachte über meinen verblüfften Gesichtsausdruck. „Das zu erklären würde die ganze Nacht dauern, und ich denke, dazu haben wir beide keine Zeit." Sie wischte sich die Hände an ihrer schwarzen Hose ab und strich ihren Pony aus der Stirn. Auch wenn ihr Tag sicher anstrengend gewesen war und sie ein wenig erschöpft wirkte, strahlte sie doch eine sorglose Natürlichkeit aus. Sie war bezaubernd, und ihr Bühnenkostüm und ihr Make-up konnten ihre Schönheit nur unterstreichen. Ihr Körper, schlank und drahtig, schien mir nicht typisch für eine Stripperin zu sein, und ihre Brüste waren eher klein. Sexappeal, so wie ich ihn verstand, strahlte sie nicht aus. Sie wirkte eher stilvoll und gediegen, wie eine Ballerina. Vielleicht regte dies aber auch die Fantasie dummer Männer an, die niemals Gelegenheit haben würden, eine Frau von solcher Anmut und Eleganz in ihr Bett zu bekommen.

Ich war mir schmerzlich meiner klobigen Schuhe bewusst, denn es ist eine Sache, als Ordensschwester solche Treter zu tragen, aber als normaler Mensch ... na ja, es sagt mehr über dich aus, als andere wissen sollten. Vielleicht. Oder vielleicht sagen solche Schuhe auch nur, dass du unter Schwielen und Hühneraugen leidest. Was bei mir nicht der Fall war.

Oh Mann.

„Dann haben Sie Jude also kennengelernt, als er in die Stadt kam?"

„Oh ja! Er war jung und zornig. Wollte sich beweisen und hatte doch nichts vorzuweisen und wenig konkrete Vorstellungen für die Zukunft. Zumal er aus einem so abgelegenen Ort wie Abbeyville kam. Typen wie er sind unten auf der Baltimore Street keine Seltenheit. Aber ich mochte Jude gleich gern. Wir nahmen ihn für ein paar Wochen bei uns auf, bis er Fuß gefasst hatte. Ich versuchte, ihm ein wenig Anleitung zu geben, riet ihm, nicht alles ernst zu nehmen, weil es ihn sonst umbringen würde."

„Dazu ist Jude gar nicht in der Lage."

„Das stimmt." Sie beugte sich vor und nahm eine Dose Erbsen aus dem unteren Schrank, zog eine Schublade auf und griff nach dem Dosenöffner. „Erbsen!" Sie hielt Alice die Dose hin. „Deine Lieblingsspeise, meine Süße!"

Ich konnte das alles kaum verarbeiten. Rosalie – LaBella, tagsüber Ehefrau und Mutter, Striptease-Tänzerin bei Nacht. Wie um Himmels willen fand sie sich in beiden Welten zurecht? Glotzende Männer und eine schmierige Bühne auf der einen Seite; Erbsen,

Windeln und meergrüne Schränke auf der anderen … Sie hatte eine Essecke, du meine Güte!

„Ich kann das nicht so richtig einordnen, was ich hier sehe."

Sie stach den Dosenöffner in den Deckel der Dose. „Ach, wissen Sie, ich zeige denen doch nur meine Brüste. Mehr nicht."

„Aber es sind *Ihre* Brüste."

„Ich weiß, das ist nicht der tollste Job, aber ich mache das jetzt seit vielen Jahren. Ich bin früh von zu Hause ausgerissen. Können wir über Jude reden, Mary Margaret? Ich glaube nicht, dass Sie mich jemals verstehen könnten."

Sie hatte recht. „Natürlich. Entschuldigen Sie bitte."

„Nichts für ungut. Also, Jude und ich sind über die Jahre hinweg befreundet geblieben. Allerdings waren wir nie miteinander intim. Ich fand ihn nicht besonders attraktiv."

„Ach, tatsächlich?", platzte ich heraus.

„Ha, so wie Sie reagieren die meisten Frauen, wenn es um ihn geht, das kann ich Ihnen sagen."

Meine Wangen wurden feuerrot, und sie lachte.

„Wann haben Sie ihn das letzte Mal gesehen?", fragte ich.

„Vor etwa einer Woche. Er hatte vor, nach Europa zu gehen, aber dann fuhr er nach Hause, um noch etwas zu erledigen. Was, weiß ich nicht. Er erzählte, er sei auf der Insel gewesen und hätte Sie gesehen, aber er könnte es einfach nicht mehr ertragen, Sie noch tiefer in sein verkorkstes Leben hineinzuziehen. Dann suchte er einen Arzt auf, weil er unter Fieber, Kopfschmerzen und einem Ausschlag auf dem Bauch litt. Ich warnte ihn, das könnte etwas Ernstes sein und er solle das nicht auf die leichte Schulter nehmen. Nun, die Diagnose lautete Syphilis."

„Oh nein!"

Sie schaltete die Flamme unter dem Topf mit Erbsen ein und nahm ein Pfund Hackfleisch aus dem Kühlschrank. „Es gibt Hamburger", erklärte sie. „Mit Stampfkartoffeln und Soße. Möchten Sie wirklich nicht bleiben?"

Ich schüttelte heftig den Kopf. Sie hatte mir gerade erklärt, dass mein Freund Syphilis hatte, und im nächsten Satz lud sie mich zum Abendessen ein. Was für eine verrückte Welt.

Mein Wissen über Syphilis war begrenzt, und ich nahm mir vor, mich in der Bibliothek zu informieren.

„Ja, vielen Dank, ich bin ganz sicher. Was hat er denn vorgehabt nach der Diagnose?"

„Er hat seine Pläne geändert. Er meinte, jetzt könne er nicht mehr nach Übersee gehen." Sie drückte dem Baby einen Zwieback in die Hand. Alice lutschte daran und strahlte.

„Aber er hatte doch einen Haufen Probleme am Hals wegen seiner Drogengeschäfte …"

„Er ist überraschend zu Geld gekommen. Vielleicht hat er eine wichtige Persönlichkeit erpresst."

„Das passt eigentlich nicht zu Jude."

„Nein. Sie haben recht. Er ist trotz allem immer sehr geradlinig gewesen. Auf jeden Fall habe ich nicht gefragt, woher das Geld stammte. Jude vertraut sich sowieso keinem Menschen wirklich an."

Mir hatte er sich immer anvertraut, dachte ich.

Rosalie formte das Hackfleisch zu Frikadellen. „Die Wahrheit ist, Mary Margaret, sein Lebensfunke ist erloschen. Ich weiß nicht, wie ich es beschreiben soll, aber irgendetwas geschieht in diesem Viertel. Wenn das hier dein ganzes Leben ist, stirbt jeden Tag ein Stückchen mehr von dir ab. Das zumindest habe ich beobachtet. Ich weiß nicht, ob es möglich ist zu merken, wann das mit einem selbst geschieht. Ich schätze, die meisten Leute dort unten würden behaupten, sich nicht verändert zu haben. Aber das stimmt nicht. Und wenn der größte Teil abgestorben ist, schleichst du dich entweder davon oder endest in der Missionsstation."

„In welcher Missionsstation?"

„In der von Bruder Joe. Der katholische Priester im Viertel. Er ist das Herz der Stadtmission. Kümmert sich um die Alkis und die Penner und die Gestrandeten. Irgendwann nach dem Krieg hat er mit der Arbeit begonnen. Er ist ein guter Mann. Auf jeden Fall fand sich Jude irgendwann auch dort wieder, und das hat ihm Angst gemacht. Dann bekam er die Diagnose … ", sie seufzte und legte eine Frikadelle auf die anderen beiden, die sie bereits geformt hatte, „… und das war es für ihn."

„Und wo ist er dann hingegangen?“

„Ich weiß es nicht genau. Er deutete an, er wolle zu dem Ort zurückkehren, den er erst gar nicht hätte verlassen sollen. Wie ich bereits sagte, das war vor etwa einer Woche.“

„Hat er je von seiner Kindheit erzählt? Dass er draußen auf dem Leuchtturm aufgewachsen ist?“

„Er hat nur einmal davon gesprochen. Und auch nur sehr oberflächlich. Als ich ihn später noch mal danach fragte, erwiderte er, er wolle nicht so gern darüber reden.“

Ich nickte und erzählte ihr Judes Kindheit in Kurzfassung. „Ich weiß nicht, was aus ihm geworden wäre, wenn er geblieben wäre.“

„Jude hat einen wilden Zug an sich. Er muss immer tun, was er will. Der Ort hätte daran nichts geändert, Mary Margaret. Es ist, als wäre er dazu geboren, gegen den Strom zu schwimmen.“

Sind wir das nicht alle?, hätte ich am liebsten gefragt. Ich erhob mich. „So, ich gehe jetzt besser, denke ich. Vielen Dank, dass Sie sich Zeit für mich genommen haben. Und danke, dass Sie Jude eine so gute Freundin sind.“

Sie stellte eine Pfanne auf den Herd und schaltete die Gasflamme an. „Ach, Sie kennen ja Jude. Trotz seiner Ecken und Kanten ist er sehr liebenswert. Er hat etwas an sich, das Mitgefühl für ihn in einem weckt.“

Jesus brauchte mir gar nicht zu sagen, wo ich Jude finden konnte. Wie er im Leuchtturm hatte unterschlüpfen können, ohne dass es jemand erfuhr, war mir unerklärlich. Vielleicht hatte er jemanden gebeten, ihn überzusetzen, und ihm sein Stillschweigen bezahlt. Obwohl es mittlerweile Mai war, wäre das Wasser immer noch zu kalt gewesen, um zu schwimmen, und in seinem geschwächten Zustand, mit Fieber und allen anderen Symptomen, hätte er die halbe Meile keinesfalls schwimmend zurücklegen können.

Was hatte Hattie wohl gedacht, als er auftauchte?

Diese Gedanken gingen mir durch den Kopf, als ich wieder im Bus saß und zurück zur Insel fuhr. Die großen Reifen rollten über die Bay Bridge, und der Anblick an jenem Morgen, wie die Sonne die Wasseroberfläche durch ihre funkelnden Strahlen zum Glitzern brachte, tröstete mich. Wasser tröstet mich immer. Reinigendes Wasser. Heiliges Wasser.

Gott liebt Wasser. Davon bin ich fest überzeugt. Wir taufen mit Wasser. Das Volk Israel vollzog seine Reinigungsrituale mit Wasser, und etwas Heiliges geschah. Ich gebe nicht vor zu verstehen, warum Gott die Dinge dieser Erde für heilige Handlungen seines Volkes einsetzt, warum er zulässt, dass das Gewöhnliche zu etwas Heiligem wird, aber wenn ich im Alten Testament von den Ritualen lese, die er selbst für Israel festgelegt hat, kann ich nicht umhin zu sehen, dass er seine Schöpfung heiligt, um sein Volk zu segnen.

An diesem Morgen, als ich staunend über die Weite des Wassers hinwegblickte, das sich unter dieser kilometerlangen Brücke erstreckte, wurde mir wieder einmal die Macht des Geistes bewusst. Ich erinnerte mich an die Umstände meiner Taufe vor langer Zeit. Ich dachte über die Liebe Gottes zu mir nach. Ich rief mir meine Antwort am Pfingstsonntag 1941 ins Gedächtnis, als der Heilige Geist meine Seele erfüllt hatte und ich Ja sagte zu einem Leben in den Fußstapfen von Jesus. Ich dachte an die Weite des Meeres, an dessen Strand ich unzählige Stunden gesessen und zum Leuchtturm hinübergestarrt hatte. Es war dieselbe Weite, dasselbe Wasser, das Jude nun von seiner Braut trennte.

Seiner Braut.

Mir.

Mir wurde wieder übel. In letzter Zeit fühlte ich mich häufig elend.

Diese Sache mit der Syphilis half mir da auch nicht gerade weiter. War er in Behandlung? Musste ich mit ihm schlafen, auch wenn er sich weigerte, medizinische Hilfe zu suchen? Gab es überhaupt eine Möglichkeit, diese Krankheit zu behandeln? Ich wusste es nicht. Ich würde später die Bibliothek aufsuchen müssen.

Doch das Wichtigste für diesen Tag war, Jude zu finden. Ich hoffte nur, dieses kleine Haus auf dem Wasser, dessen Licht sich immerzu drehte, war nicht zu seinem Grab geworden und würde es auch nie werden.

Gegen 11:00 Uhr stieg ich aus dem Greyhound. Der Fahrer eines Lieferwagens nahm mich mit. Ich kannte ihn flüchtig, es war ein stiller Junge mit Namen Patrick. Seiner Familie gehörte der Supermarkt auf der Insel.

Während der Fahrt war er recht schweigsam. Ich sagte auch nicht viel. Eine peinliche Situation entstand, als ich anbot, mich an den Benzinkosten zu beteiligen, aber er wollte keinen Cent von mir nehmen.

Patrick meldete sich später zum Militär und starb 1968 in Vietnam. Seine Frau unterrichtet auf der Insel in der Grundschule und engagiert sich sehr in der Kirche. Sie hat noch einmal geheiratet und sechs Kinder bekommen, aber in ihrem Sonntagsgebetbuch bewahrt sie immer noch ein Bild von Patrick auf.

Als ich zum ersten Mal überlegte, wo ich unterkommen sollte, wurde mir klar, dass ich die Schwestern in St. Mary's nicht um ein Zimmer bitten konnte. Ich hatte mich gerade erst von ihnen abgewandt, von all den Jahren und Stunden, die sie in mich investiert, mich geliebt, mich erzogen und ermutigt hatten. Oh, wie froh bin ich, dass ich damals keine Ahnung davon hatte, dass Schwester Thaddeus meine Wohltäterin war. Und wenn ich daran denke, wie sie meine Entscheidung unterstützt hatte, wie sehr sie mir vertraut hatte, erstaunt mich das noch mehr.

Mr und Mrs Bray. Sie würden mich bestimmt aufnehmen. Und vielleicht würden sie auch verstehen, was passiert war – doch der Herr wusste, dass niemand es wirklich verstand, ich am allerwenigsten.

Mit dem Koffer in der Hand marschierte ich über die Main Street, vorbei an der Schule und dem Gemischtwarenladen, und bog in den von Bäumen gesäumten Kiesweg zum Haus der Brays ein. Jetzt, wo ich dies schreibe, ist das Haus in einem ganz zarten, cremigen Gelb gestrichen, aber damals hatten die Brays ein schreiendes Blau gewählt, das die Farben des Himmels und der Bucht widerspiegelte. Die kunstvoll geschnitzte Holzleiste über der Tür war, so weit ich mich erinnere, immer weiß gewesen. Es ist sehr angenehm, wenn ganz offensichtlich ist, was man mit einem bestimmten Teil zu tun hat.

Regina Bray öffnete die Tür, und als ich mit dem Koffer in der Hand vor ihr stand, weiteten sich ihre Augen. „Mary Margaret? Was machst du denn hier, Kind?"

„Ich bin in einer geheimen Mission unterwegs."

„Mit diesem Koffer? Komm herein."

Ich folgte ihrer in gelben Chiffon gehüllten Gestalt, trotz ihrer vielen Kinder schlank und rank, in ihr Wohnzimmer. Mr Bray schneiderte die hübschesten Kleider für seine Frau. Sie war die bei Weitem am besten gekleidete Frau auf der Insel. Und sie ließ ihr Haar jede Woche im Schönheitssalon für schwarze Frauen frisieren. Die weichen Wellen legten sich in einer Innenrolle auf ihre Schultern, die bei jedem Schritt wippte. An den Füßen trug sie farblich passende Schuhe mit niedrigen Absätzen. Perfekt.

Ich nahm mir vor, Mr Bray zu fragen, ob er mir das Nähen beibrachte, damit ich etwas Sinnvolles zu tun hätte.

Und dann traf mich ein Gedanke wie ein Keulenschlag: Wovon sollten Jude und ich eigentlich leben? Er war ein Stricher, der mit Drogen dealte, und ich eine ehemalige Ordensschwester. Vielleicht wurde in der Grundschule am Ort ja eine Kunstlehrerin gebraucht. Aber ich bezweifelte es.

Nachdem ich mein ganzes Leben lang im Schutz der Kirche gelebt hatte, ängstigte mich der Gedanke, „hinaus in die Welt zu ziehen", wie alle anderen es taten, fast zu Tode. War mein Glaube wirklich so degeneriert? War er für mich nur ein Schutzwall, hinter dem ich mich vor der Welt, vor möglichem Schmerz, vor Verletzlichkeit verstecken konnte?

Nein.

Aber selbst wenn es so wäre, wer wollte mir das vorwerfen? Ich wurde von Anfang an nur herumgereicht.

„Mach dir deswegen keine Gedanken", flüsterte Jesus mir ins Ohr. „Du warst genau dort, wo ich dich haben wollte, meine Liebe."

Danke, mein Freund.

Mrs Bray deutete auf ihr braunes, verschlissenes Samtsofa, das, nach den schimmernden Streifen zu urteilen, gerade abgesaugt worden war. Regina Brays Haus war immer sauber und aufgeräumt – die Kissen an ihrem Platz, die Fransen am Teppich gekämmt, die

Wände frei von Spinnennetzen (nicht einmal auf dem Dachboden gab es welche, vermutete ich) – ich glaube, sie putzte jeden Tag. Und dazu noch in so hübschen Kleidern. Eine wahrhaft moderne Hausfrau, wie in der Werbung.

Irgendwie schaffte Regina das, was sich andere Frauen nur wünschten.

Bei dem Gedanken, dass ich einen Haushalt führen müsste, unterdrückte ich ein Lachen. Überall würden Kunstmaterialien herumliegen, zum Abendessen gäbe es immer nur Sandwichs, und gebügelt würde nur nach Aufforderung, Wäsche gewaschen erst dann, wenn die Unterwäsche zur Neige ging, und mit dem Rasenmähen würde ich vermutlich warten, bis man eine Machete brauchte, um noch einen Weg zum Haus zu bahnen.

Das wird ein Albtraum, Herr, ein absoluter Albtraum.

Er antwortete mir nicht, aber ich hatte die kurze Vision eines bunten Blumengartens.

„Möchtest du etwas Eistee oder Limonade?", fragte sie. „Vielleicht eine Tasse Kaffee?"

„Sind Sie denn durstig?", fragte ich.

„Nicht wirklich. Ich habe gerade eine Tasse Tee getrunken."

„Dann auch nichts für mich." Ich stellte meinen Koffer ab und setzte mich auf die Couch.

„Sieht so aus, als hättest du einiges zu erzählen." Mrs Bray nahm auf einem senfgelben Sessel mit Rattanlehne Platz. Sehr anmutig schlug sie die Beine übereinander. Ich habe beobachtet, dass schlanke Menschen das häufig so machen, und es sieht sehr elegant aus. Ihr Rückgrat trug den ganzen Körper wie eine Säule.

Ich hatte meinen linken Fuß hinter meinen rechten Knöchel verkreuzt, wie die Nonnen es uns beigebracht hatten, weil es anständig war, und faltete meine Hände im Schoß. „Ich habe den Orden verlassen."

Ihre Hand fuhr an ihr Herz. „Mary Margaret, nein! Mit so etwas hätte ich nie gerechnet! Bist du dir ganz sicher?"

„Leider ja."

„Ist dies Gottes Wirken?"

„Glücklicherweise ja."

„Oh, Liebes. Ach du meine Güte. Du musst mir alles ganz genau erzählen. Aber zuerst einmal, brauchst du eine Unterkunft?"

Ich nickte. „Ja. Es tut mir leid."

„Du bist ins richtige Haus gekommen. Unser Gästezimmer ist zwar winzig, aber ich denke, ihr Ordensleute seid an kleine Zimmer gewöhnt, nicht?"

„Allerdings."

„Natürlich. Dann mag dir dieses Zimmer sogar sehr groß vorkommen!" Sie lachte, ein herzliches Lachen, das mich umfing wie eine warme Brise.

„Danke."

Sie erhob sich. „Also, erzähl mir den Rest der Geschichte, und ich helfe dir so lange beim Auspacken."

Ich habe immer wieder festgestellt, dass Methodisten gute Zuhörer sind.

Zwei Stunden später, nachdem wir eine Tasse Tee getrunken und einige frisch gebackene Kekse verspeist hatten, fuhr sich Mrs Bray über die Augen, faltete ihr Taschentuch und steckte es in eine verdeckte Tasche in ihrem Kleid. „Ach, meine Süße, ich kann nicht verstehen, wie Gott so etwas von dir verlangen kann, aber ich weiß, du würdest es aus keinem anderen Grund tun, als weil er es dir gesagt hat. Es ist zu verrückt, so etwas kannst du dir nicht selbst ausdenken."

Wir saßen nebeneinander auf dem Sofa, und sie ergriff meine Hand.

„Ich habe keine Ahnung, wo und wovon wir leben werden. Das ist mir auf der Busfahrt hierher klar geworden."

„Da gibt es eine nette kleine Zweizimmerwohnung über dem Laden für Angelbedarf, du weißt doch, wo die Touristen immer hingehen?"

Ich nickte. „Ron Purnell's?"

„Das Haus gehört meiner Schwester. Ihr Mieter will nächsten Monat ausziehen. Ich kann sie bestimmt überreden, sie dir für einen guten Preis zu überlassen."

„Ich muss mir auch einen Job suchen. Vielleicht finde ich ja bei der Grundschule eine Anstellung."

„Kunst?" Sie tippte mit dem Finger an ihre Oberlippe. „Ich weiß nicht. Aber an unserer Schule für Farbige könnten wir ab dem Herbst einen Englischlehrer gebrauchen. Wärst du vielleicht daran interessiert?"

Ein Traum, der in Erfüllung ging!? „Natürlich! Das wissen Sie doch."

In aller Kürze erzählte ich ihr, was in Bainbridge geschehen war.

„Herr, erbarme dich!", rief sie. „Gott möge ersetzen, was die Heuschrecken gefressen haben. Wir können morgen zum Direktor gehen und mit ihm reden."

Mr Bray begegnete mir sehr freundlich und liebevoll. Wie die meisten Menschen verstand er meine Entscheidung nicht, aber er vertraute mir. „Mary Margaret, ich habe nie erlebt, dass du dumm oder übereilt handelst. Ich glaube, dass du es ernst meinst. Aber ich frage mich natürlich, was geschieht, wenn Jude dich wegschickt."

„Wie bitte?" Ich legte meine Gabel ab und griff nach meinem Wasserglas. „An diese Möglichkeit habe ich ja noch gar nicht gedacht."

„Oh, das solltest du aber! Dieser Mann hat bereits einiges mitgemacht, und ihm fehlt jegliches Selbstwertgefühl. Wie es scheint, will er von hier weggehen, wenn er wieder auf die Beine gekommen ist. Vielleicht möchte er dich nicht in sein armseliges Leben mit hineinziehen. Ich könnte mir denken, dass das für ihn ziemlich kompliziert ist. Wenn er dich wirklich liebt, wie du sagst, wird er dich rundweg abweisen."

„Du meine Güte!", keuchte ich. „Das ist mir nie in den Sinn gekommen. Aber, nun, Sie könnten recht haben."

„Oh, ich bin sicher, dass es so kommen wird." Regina reichte ihrem Mann den Teller mit den gebratenen Krabben. „Johnson hat in Bezug auf Menschen den sechsten Sinn. Wirklich."

An diesem Abend ging ich zum Bethlehem Point und setzte mich unter den Baum meiner Mutter. Ich sprach mit Gott, gestand ihm meine Ängste, meine Qual und auch meinen Zorn, aber auch, dass ich ihm trotzdem vertraute, und schließlich kam Jesus und blieb vor mir stehen und versperrte mir somit den Blick auf den Leuchtturm.

„Ich bin das Licht der Welt, T–."

„Ja, Herr, das bist du."

„Der Weg wird offen vor dir liegen. Das tun wir nicht bei jedem, wie du sehr wohl weißt. Aber du kannst dich darauf verlassen. Du wirst wissen, was du wissen musst, *wenn* du es wissen musst. Hab keine Angst."

Und dann breitete er seine Hände weit aus und überschüttete mich mit seiner Herrlichkeit. Seine Haut leuchtete wie geschmolzener Stahl, seine Augen wie weiß glühende Kohlen. Er schob sein Gewand zur Seite und zeigte mir sein flammendes Herz, und ich war sprachlos über all die Schönheit und fiel vor ihm nieder und freute mich darüber, dass er, der voller Majestät und Macht und Liebe war, mich so vollständig liebte. Ich betete seine Heiligkeit an, fühlte mich klein, doch umfassend geborgen in dem Licht seiner Gnade.

Ich muss eingeschlafen sein, denn ich erwachte gegen 23:00 Uhr und kehrte, meinen Stuhl unter den Arm geklemmt, zum Haus der Brays zurück. Jesus war nun noch tiefer in meinem Herzen verankert als zuvor. Ein Licht erhellte das Fenster, und auf dem Tisch im Esszimmer lag ein Zettel, auf dem stand: „Du kannst dir gern noch Milch warm machen. Wir freuen uns, dass du hier bist."

Am folgenden Morgen antwortete Mr Cinquefoil (der Vater von Shrubby, der Mann, mit dessen Boot ich Gerald zum Leuchtturm gebracht habe) auf meine Bitte: „Es tut mir leid, Mary, aber ich habe keine Zeit, dich heute zum Leuchtturm zu bringen. Ich muss Austern fangen."

„Bitte! Ich bezahle Sie auch."

Ich dachte an meine Barschaft. Ganze 50 Dollar.

„Ich brauche dein Geld nicht. Ich habe nur wirklich keine Zeit." Mr Cinquefoils drahtige Haare standen in alle Richtungen ab und schwankten in der Inselbrise wie Seegras. Seine Hände waren so schwielig wie die Schalen der Austern, mit denen er seinen Lebensunterhalt verdiente. Er war ein Einzelgänger, aber er grüßte immerhin zurück, wenn man ihn zuerst grüßte. Abends saß er immer auf seiner Veranda und rauchte eine Pfeife, während seine Frau im Haus telefonierte.

„Wie wäre es, wenn Sie mich auf dem Weg zu den Austern hinbrächten?"

Ich zog meinen Pullover fester um mich. Um 5:00 Uhr morgens im Mai kann es in der Chesapeake Bay noch ziemlich kühl sein.

Er strich sich mit der Hand über den Kopf. „Ich kann dich auf dem Rückweg aber nicht abholen."

„Ich bitte dann einfach Gerald, mich zurückzubringen."

„Also gut. Spring an Bord. Hattie weiß, dass du kommst?"

„Nein, leider nicht."

Ich starrte auf das Licht des Leuchtturms, das sich in der Dunkelheit unablässig drehte, und fragte mich, ob ich richtig handelte.

Ja. Ich musste das jetzt einfach hinter mich bringen.

„Ist es nicht ziemlich früh für einen Besuch?"

„Ein wenig."

„Na ja, es ist deine Beerdigung."

Wenn ich nur so viel Glück hätte.

Natürlich hörte Gerald das Tuckern von Mr Cinquefoils Motor, als er sich dem Leuchtturm näherte. In Morgenmantel und Pantoffeln eilte er auf die Plattform. „Wer ist da?", rief er, und im Verandalicht erkannte ich den Umriss seines Gewehrs.

„Nimm diese Erbsenschleuder runter, Gerald!", rief Mr Cinquefoil zurück. „Ich bin es, Randy. Und ich habe Mary Margaret dabei. Sie wollte euch so dringend besuchen, dass sie praktisch das Kommando über mein Boot übernommen hat!"

Ich unterdrückte ein Lachen.

Gerald schirmte seine Augen ab und blinzelte in die Dunkelheit. Seine Silhouette hob sich verschwommen von der weißen Seitenwand des Leuchtturms ab. „MM? Was ist los?"

„Ich wollte Jude besuchen. Und anders kam ich nicht zu euch herüber. Ich wünschte, ihr hättet ein Telefon."

„Er ist sehr krank."

„Ich weiß. Darum bin ich gekommen."

„Nun, wie du willst. Obwohl ich keine Ahnung habe, wie du davon erfahren hast." Er stellte sein Gewehr an die Hauswand. „Soll ich hinausrudern und dich abholen?"

„Ich wäre dir sehr dankbar, wenn du das tun würdest", erwiderte Mr Cinquefoil. „Ich bin nicht versessen darauf, mein Rettungsboot heute zu verlieren. Ich meine, in dieser Bucht weiß man nie."

„Gib mir fünf Minuten."

Mr Cinquefoils Boot war viel zu groß, um den Anlegesteg des Leuchtturms zu erreichen, darum wartete ich, bis Gerald sich angezogen hatte, in sein kleines Boot gestiegen war und den Außenbordmotor angelassen hatte, um mich abzuholen. Mit jeder Minute steigerte sich meine Nervosität ins Unermessliche.

Was für ein Mist!, dachte ich. Die Menschen missachteten ständig Gottes Willen, und Gott war trotzdem barmherzig. Solche Menschen hatten sogar oft die besten Geschichten zu erzählen. Wäre er auch mir gegenüber barmherzig?

Geralds Gesicht tauchte im Lichtschein von Mr Cinquefoils Lampen auf. Ein strahlendes Lächeln begrüßte mich.

Oh, aber ich wollte Gott vollkommen gehorsam sein. Nicht das Zweitbeste oder Erbarmen trotz des Ungehorsams. Ich wollte frisch gepflückte Gnade von ganz oben, reif und erfrischend. Ich musste glauben, dass Gehorsam etwas bewirkte; dass diejenigen, die Gott ehrten, ohne zuvor in die Irre zu gehen, mit etwas Besonderem bedacht wurden, mit etwas, das Bedeutung hatte. Wenn ich das nicht mit jeder Faser meines Herzens geglaubt hätte, meine Schwestern, hätte ich Mr Cinquefoil gebeten, auf der Stelle das Boot zu wenden und mich zu den Brays zurückzubringen. Am folgenden Morgen wäre ich nach Baltimore und ins Mutterhaus zurückgekehrt und hätte mein Leben durch den Orden und die heilige katholische Kirche Gott geweiht.

Und ich hätte den abwegigen, offensichtlich völlig verrückten Plan aufgegeben, den Jesus sich für mich ausgedacht hatte und der ungefähr so viel Sinn machte wie hochhackige Tennisschuhe.

Gegen 8:30 Uhr hatte ich Jude noch nicht gesehen. Nachdem ich auf der Couch noch ein wenig gedöst hatte, bekam ich Hatties berühmtes Frühstück, bestehend aus Brötchen, gebratenem Speck und Rührei, vorgesetzt. Danach las ich noch ein leidenschaftliches Kapitel aus einem von Hatties Groschenromanen – na ja, so leidenschaftlich, wie sie damals halt waren. Schließlich holte mich Gerald in die Küche und setzte sich mit mir an den Tisch mit der gelben Tischdecke mit den gestickten Stiefmütterchen. Darüber lag durchsichtiges Plastik, dessen Ecken einem die Oberschenkel blutig stechen konnten, wenn man nicht aufpasste.

Gerald setzte sich mir gegenüber auf die Sitzbank und strich sich die Haare zurück, die, wie mir auffiel, an den Schläfen bereits grau geworden waren. Auch er sah sehr gut aus, genau wie sein Bruder. Er war nur etwas zurückhaltender.

„Du wirkst müde, Gerald."

„Ich bin mehr als müde, MM. Am liebsten würde ich Jude verprügeln." Er hatte die Ärmel seines blauen Hemdes hochgekrempelt und verteilte eine Salbe auf seinen Armen. Der arme Gerald hatte schon lange schreckliche Ekzeme an seinen Gliedmaßen, und sein Job trug auch nicht gerade zur Linderung bei. „Er sagt, er will dich nicht sehen."

„Wirklich?" Die Antwort lag auf meiner Zunge wie eine Briefmarke, die ich befeuchten wollte und dann dort vergessen hatte. Meine Brust versuchte, die Last seiner Worte zu tragen, aber das gelang nicht. Ich sank in mich zusammen. „Damit hatte ich nicht gerechnet. Zumindest … "

„Wir auch nicht." Er schüttelte den Kopf. „Verflixt, MM! Ich weiß nicht, was in ihn gefahren ist. Er fragte, ob wir uns um ihn kümmern könnten, bis er wieder gesund wäre, aber er liegt jetzt schon seit einer Woche da drin und es scheint nicht besser zu werden mit ihm."

„Hat er denn Penicillin genommen?"

„Gegen die Grippe?"

Oh Mann!

„Nicht einmal Hattie kann ihn überzeugen?"

„Sie versucht es." Er erhob sich. „Ich habe solchen Hunger. Ich weiß, ich weiß, wir haben gerade erst gefrühstückt, aber wenn ich nervös bin, könnte ich immerzu essen." Er öffnete den Kühlschrank, inspizierte seinen Inhalt und holte einen Teller mit geschnittener Salami und ein in braunes Papier gewickeltes Päckchen heraus.

Den Teller stellte er auf die Küchentheke, und als er das Papier aufpackte, kamen mehrere Scheiben Schweizer Käse zum Vorschein.

„Kann ich ein Stück zum Knabbern haben?", fragte ich.

„Ja. Hier, bitte." Er nahm eine Scheibe herunter und reichte sie mir.

Eigentlich mag ich Schweizer Käse nur auf Brot, aber genau wie Gerald esse ich aus Nervosität. Man steckt etwas in den Mund und hofft, dass dieser Akt weiterwandert, hinaus ins Universum, und eine Lösung für dein Problem bringt, wie immer die auch aussehen mag.

Ich biss in den Käse, und sein strenger Geruch stieg mir in die Nase, sein scharfer Geschmack stach mir auf der Zunge.

Gerald strich Senf auf ein Stück Graubrot. „Er war bereit, mit dir zu sprechen, bis ich ihm erzählte, dass du bereits um halb sechs hergekommen bist. Da wurde er misstrauisch. Woher wusstest du, dass er hier ist?"

Ich erzählte ihm von meinem Besuch bei Rosalie „LaBella". Bis auf die Sache mit der Syphilis natürlich. Jude hatte ein Recht auf seine Scham, und es lag an ihm, anderen davon zu erzählen. Das war nicht meine Sache.

Hattie kam in die Küche und schnappte sich ein Stück Salami. Sie rollte es zusammen und biss hinein. Jeder konnte merken, dass auch sie ein nervöser Esser war. „Ich verstehe es nicht. Es ist mir ein Rätsel, warum er dich nicht sehen will."

„Wie sieht er aus?", fragte ich.

„Nicht gut. Seit seinem letzten Besuch bei uns hat er stark abgenommen." Sie steckte die andere Salamihälfte in den Mund, lehnte sich an die Theke und kaute hingebungsvoll. Die Arme hatte sie vor der Brust verschränkt. „Ich vermute, dass es nicht nur eine Grippe ist, denn seine Haare ..."

„Seine Haare?" Ich beugte mich vor.

„An einigen Stellen sind sie ausgefallen. Und sie sind so dünn geworden. Er sieht aus wie ..."

„Wie ein Halloween-Gespenst", ergänzte Gerald, immer noch angewidert. „Aber mit Hautausschlag."

„Was für ein Ausschlag ist das?"

Hattie schnappte sich noch eine Scheibe Salami. „Er zieht sich über seinen ganzen Bauch. Und auch die Handflächen und Fußsohlen sind befallen."

Ich musste unbedingt in die Bibliothek gehen und mich besser über diese Krankheit informieren.

Hattie rollte ein zweites Stück Salami auf. „Ich glaube, er ist krank geworden, weil er mit dem Boot untergegangen ist. Das Wasser ist noch so kalt, dass einem die Luft wegbleibt."

„Was ist passiert?", fragte ich.

„Er ist hergerudert, und das Boot – ich glaube, er hat es einem der älteren Leute gestohlen. Du weißt doch, irgendwo auf den Grundstücken der Leute verrottet immer ein Boot."

„Allerdings."

„Es hatte wohl ein Leck, und er musste die letzten hundert Meter schwimmen, krank, wie er war. Als ich ihn aus dem Wasser zog, sagte ich zu ihm: ‚Das war die Taufe der Dummheit, Jude Keller.'"

„Was hat er geantwortet?"

„Er lachte und erwiderte: ‚Na ja, irgendwann musste ich ja mal untergehen. Warum nicht jetzt?'"

„Vielleicht könnt ihr ihn überreden, morgen mit mir zu sprechen."

„Besitzt du ein Fernglas?", fragte Hattie.

„Ja." Jeder, der in der Bucht aufwächst, nennt ein Fernglas sein Eigen.

„Ich hänge ein Laken über das Geländer, wenn er bereit ist, mit dir zu reden. Es hat ja keinen Sinn, den armen Randy zu zwingen, dich jeden Tag herauszurudern. Nicht, dass er das nicht tun würde."

„Ist gut. Gerald, würdest du mich zur Insel zurückbringen?"

„Natürlich, MM."

Hattie sagte: „Ich frage mal nach, ob du Jude etwas mitbringen kannst."

Gerald verdrehte die Augen, während seine Frau die Küche verließ. „Sie verwöhnt ihn! Das sage ich dir. Der gute Herr hat uns ein Kind versagt, und ich glaube, sie denkt, er hätte uns stattdessen Jude gegeben. Was meiner Meinung nach absolut kein gleichwertiger Ersatz ist."

Ich lachte und aß meinen Käse auf.

Wenige Minuten später kehrte Hattie zurück. „Er lässt sich nicht bewegen. Aber Folgendes, Mary Margaret: Wenn er sich auch weiterhin weigert, mit dir zu sprechen, musst du eben einfach in sein Zimmer gehen. Wie will er sich dagegen wehren? Will er dich vielleicht vom Leuchtturm stoßen?“ Sie zuckte zusammen und legte die Hand auf Geralds Arm. „Ach, Schatz, es tut mir leid.“

„Ist schon in Ordnung, Hattie. Das ist schon lange her. Mach dir deswegen keine Gedanken.“ Er blickte mich an. „Bereit, zurück an Land zu fahren?“

Ich nickte.

Es war höchste Zeit, mich über diese Geschlechtskrankheit zu informieren. Manchmal stelle ich fest, dass ich die seltsamsten Dinge tue.

Was dachte Jude, als ich an diesem Tag fortfuhr? Ich habe ihn nie danach gefragt, aber ich glaube, dass etwas in ihm weicher wurde, vielleicht sogar zerbrach oder sich vielleicht ein wenig verdrehte. Möglicherweise war es der Anfang der zweiten Phase seiner Reise ... oder das Ende seiner gegenwärtigen Spur. Manchmal ist das ein und dasselbe.

Wie auch immer, ich verbrachte zwei Tage in der Bibliothek und las alles, was ich über Syphilis finden konnte, und schaute mir die Bilder in medizinischen Zeitschriften an. Zum Glück würde eine hohe Dosis Penicillin den Verlauf lindern. Vermutlich hatte Jude das Medikament bereits von seinem Arzt bekommen und wartete jetzt darauf, dass es Wirkung zeigte. Vorbei war die Zeit, wo man an dieser Krankheit starb oder erblindete, wenn sie die Augen angriff, oder dement wurde, wenn sie aufs Gehirn überging. Und über die Leber wollen wir gar nicht reden. Nur in etwa einem Drittel der Fälle, die sich das Virus eingefangen haben, schreitet Syphilis bis zum Tertiärstadium fort. Jude würde davon vielleicht sogar verschont bleiben.

Die drei Stadien der Krankheit sind:

Primärstadium: dauert vier bis acht Wochen nach der Infizierung.

Sekundärstadium: ein bis zwei Jahre.

Tertiärstadium: bis der Patient behandelt wird oder stirbt.

Das Primärstadium beginnt mit einem Schleimhautgeschwür, normalerweise schmerzlos und manchmal nicht sichtbar. Es kann sich auf dem Penis, in der Nähe des Anus, des Mundes oder an anderer Stelle bilden, an der das Virus in den Körper gelangt ist. Ich sah auch das Bild einer Frau, die ein Geschwür auf dem Daumen hatte.

Ich weiß, ich weiß. Als ehemalige Ordensschwester beschäftigte ich mich mit Sex auf eine Weise, wie ich mich noch nie damit beschäftigt hatte. Aber dies sind medizinische Fakten, nichts weiter, Schwestern. Ich will euch nicht bewusst schockieren oder euch Übelkeit bereiten, ich möchte nur, dass ihr besser versteht, womit ich mich konfrontiert sah. Ganz ehrlich, diese Information war ganz und gar nicht dazu angetan, Vorfreude auf eine Ehe mit Jude in mir zu wecken.

Syphilis, Jesus? Ist das dein Ernst? Wusstest du das, als du mir diesen Auftrag gegeben hast?

Natürlich wusste er es. Doch als ich dort in der Bibliothek saß, war ich ein wenig verschnupft. Ich liebte die kleine Bibliothek in der Talbot Street, zwischen dem Eisenwarenladen und der Druckerei. Als Kind hatte ich viele Stunden dort verbracht und mir Bilderbücher angeschaut in dem U, das die beiden parallelen Regalreihen bildeten, die auf die Wand trafen. In der Nähe der Toiletten stand noch immer die Vitrine mit ausgestopften Vögeln, die ein Mann aus dem Ort dort ausgestellt hatte. Die Wasserfontäne spritzte einem das Wasser immer noch zuerst in die Nase, bevor es in den Mund gelangte. Die Tische waren noch dieselben, dicke Holzbeine und eine polierte Oberfläche, mit den eingeritzten Namen von Menschen, die ich nie kennengelernt hatte, und von Menschen, die ich kannte.

Natürlich hatte sich Jude auf dem Tisch am Fenster verewigt, der den größten Teil des Tages mitten im Sonnenschein stand. „Meiner" dagegen stand auf der Unterseite eines Tisches in der hintersten Ecke, wo die Handbücher für Automechaniker zu finden waren.

An diesem Tisch saß ich jetzt; Bilder von sehr privaten, mit Geschwüren und Läsionen übersäten Körperteilen starrten mich an und bestärkten mich in dem Entschluss, den ich vor Jahren gefasst hatte: keusch zu bleiben. Wer ging schon ein solches Risiko ein, wenn so etwas dabei herauskommen konnte? Mein psychologisches

Verständnis war einfach nicht groß genug, um das zu begreifen. Es konnte nicht daran liegen, dass die Menschen einfach nur dumm waren. Ich kenne kluge Menschen, die sich sexuell nicht unter Kontrolle haben. Ich konnte nur annehmen, dass die Sexualität bei ihnen einen Raum einnahm, der bei mir schlichtweg nicht vorhanden war. Herr, erbarme dich, am liebsten hätte ich mich übergeben.

Ihr habt vielleicht den Eindruck gewonnen, ich hätte ein Problem mit Übelkeit. Aber stellt euch vor, ich übergebe mich nur ganz selten.

Die Fotos waren wirklich sehr anschaulich. Ich fragte mich, an welcher Stelle Judes Infektion wohl begonnen hatte und wer der Überträger war. Jede Stelle war schlimm, aus den unterschiedlichsten Gründen. Und die Leute, die Jude mit dieser Krankheit angesteckt hatten! Ach du meine Güte! Um meinetwillen und um aller derer willen, die dies vielleicht lesen werden – vielleicht entscheide ich ja noch, dass ich alles verbrenne, sobald ich es aufgeschrieben habe –, überlasse ich das eurer Fantasie. Manche Dinge möchte ich lieber nicht noch einmal durchleben, vielen Dank.

Mir wurde klar, dass ich einen Weg finden musste, seine Vergangenheit gänzlich auszublenden, und ich hoffte und betete, dass auch er seine Vergangenheit überwinden konnte. Falls ihm das nicht gelang und er immer wieder darüber reden wollte ... das wäre wirklich schlimm.

Falls ich ihn überzeugen könnte, mich überhaupt zu heiraten.

Mich heiraten?

Es wäre schon ein guter Anfang, wenn er überhaupt bereit wäre, mit mir zu reden.

Ich las weiter. Ja, er befand sich offensichtlich im Sekundärstadium. Ausschlag am ganzen Körper, den Handflächen und Fußsohlen, und er könnte noch eine andere Art Ausschlag haben, gräuliche Beulen an seinen intimsten Stellen. Und ... ach, du meine Güte! Das war zu viel!

Jesus!, schrie mein Herz. *Bitte sag mir, dass das zu viel verlangt ist und du deine Anweisung zurücknimmst. Hörst du mich? Riechst du den Geruch dieser muffigen Zeitschrift? Siehst du diese Bilder? Kannst du auch nur annähernd verstehen, was ich gerade fühle?*

Andere Symptome der Sekundärphase der Syphilis sind Halsschmerzen, geschwollene Gelenke, Fieber, schmerzende Muskeln und Haarausfall. Mal abgesehen von dem Haarausfall – war es ein Wunder, dass Jude glaubte, an einer Art Grippe zu leiden? Rosalie, die gewissenhafte Mutter, hatte die Symptome mithilfe eines medizinischen Fachbuchs für Kinderkrankheiten als Masern identifiziert.

Ich erinnere mich, diese Kinderkrankheit bekommen zu haben, als ich sechs war. Diese kleinen, juckenden Pusteln auf meiner Brust und meinem Bauch und, oh, erst diese Halsschmerzen. Außer Eiswürfel und kalten Getränken konnte ich kaum etwas schlucken. Drei Tage lang saß ich entweder auf Großmutters oder Tante Elfis Schoß.

Am folgenden Morgen würde ich erfahren, ob Jude mich sehen wollte. Ich kannte ihn. Er war klug. Er hatte sich bestimmt über seine Krankheit informiert, zumindest ein wenig. Und dabei hätte er erfahren, dass die Symptome auftauchten und auch wieder verschwanden und sich dann bei einigen Menschen unbemerkt festsetzten. Vielleicht wartete er, bis er zumindest äußerlich wieder auf dem Weg der Besserung war. Ich beschloss, ihm diese Zeit zu geben.

In den folgenden zwei Wochen, als der Sommer langsam in Fahrt kam, stand ich jeden Tag mindestens dreimal am Tag am Bethlehem Point und hob mein Fernglas an die Augen. Aber da war kein Laken am Geländer des Leuchtturms.

Mr Bray brachte mir bei, einfache Kleidungsstücke zu nähen. Ein gerader Rock mit einem Reißverschluss, einfache Tageskleider mit Gürtel. Ich bat Mrs Bray, die Stoffe für mich auszusuchen. Sie wählte weiche Blumenmuster und seidiges, feminines Grün und Gelb und Rosa. Zu meinem Geburtstag schenkten sie mir ein Paar Lackschuhe mit einem kleinen Absatz. Sehr hübsche Schuhe.

Bis Hattie das Laken hinaushängte, hatte ich vermutlich eine ganze Garderobe zusammen und war bereit für das Leben als Ehefrau.

Das Hochzeitskleid war noch einmal eine ganz andere Angelegenheit. Aber das konnte warten, bis sich die Zukunft etwas mehr geklärt hätte.

Jesus, wenn Jude bei deinem Plan nicht mitmacht, bedeutet das, dass ich versagt habe? Oder aufgeben darf?

Er antwortete nicht. Ich hatte auch nicht damit gerechnet. Ein Teil von mir wünschte sich, dass sich Jude auch weiterhin hartnäckig weigerte, ein Leben mit mir in Betracht zu ziehen – ein großer Teil von mir, muss ich gestehen. Aber dafür konnte ich nicht beten. Das wäre, als würde man für einen Mercedes beten, wenn man wüsste, dass die Kinder nicht nur in Afrika oder China oder wo auch immer, sondern in der eigenen Heimatstadt hungerten.

In jenen Tagen des Wartens versuchte ich, mir Judes gute Eigenschaften in Erinnerung zu rufen. Er war ehrlich, sah auffällig gut aus, konnte hart arbeiten (ja, das gibt einen anderen Blickwinkel, je nachdem, welche Arbeit man im Blick hat, aber er hatte ja jahrelang auf dem Krabbenboot geschuftet), er war loyal (auf eine seltsame Weise) und beständig. Sicherlich hätte ich die Angelegenheit vorantreiben und Mr Cinquefoil bitten können, mich noch einmal zum Leuchtturm zu bringen, aber ich hatte es ja schließlich nicht so eilig. Wenn wir ein weißes Laken brauchten, um weiterzumachen, verflixt noch mal, dann musste eben ein weißes Laken nach draußen gehängt werden! Der Kapitulationsaspekt dabei war auch nicht so ganz unwichtig.

Ich hatte so viel Zeit, wie es eben dauern würde, und was mich betraf, war je länger, desto besser.

Die Brays besorgten mir den Job an der Schule für farbige Kinder. Ich sollte in allen Klassen Englisch und in den siebten und achten Klassen Kunst unterrichten. Der Lohn, den ich ab September bekommen würde, war erbärmlich gering, doch Regina Brays Cousine bot an, mich und eines Tages vielleicht auch Jude mietfrei in der Wohnung über dem Geschäft für Angelbedarf wohnen zu lassen. Auch die Nebenkosten würde sie übernehmen, und ein Telefon brauchten wir nicht, da würden also auch keine Kosten entstehen.

Und wenn Jude nicht auf der Insel leben wollte?

Nun, das war natürlich möglich, aber ich würde einfach abwarten und sehen, wie sich der Weg vor uns zeigte. Er konnte gerade verlaufen, vielleicht auch in eine Richtung abknicken und uns anderswohin bringen. Aber bis Jesus mir andere Anweisungen gab, würde ich in der Nähe des Leuchtturms bleiben, in meiner Heimat.

Allerdings bat ich Jesus, meiner Mutter zu sagen, dass es mir leidtat, ihren Traum nicht für sie erfüllt zu haben. Er meinte, ich solle mir keine Gedanken machen; Mary Margaret die Erste sei durchaus einverstanden mit seinen Plänen für mich.

An einem ziemlich stürmischen Tag Mitte Juli – ich half gerade bei den Vorbereitungen für den jährlich stattfindenden Jahrmarkt in St. Francis und war natürlich außerdem damit beschäftigt, meinen Lehrplan für das kommende Schuljahr zu entwerfen – flatterte endlich das weiße Laken am Geländer des Leuchtturms. Weiße Schaumkronen tanzten auf dem Wasser in der Bucht, und ich kam zu dem Schluss, dass Jesus bestimmt nichts dagegen hatte, wenn ich wartete, bis das Wasser ruhiger war.

„Nein, das habe ich nicht", flüsterte er. Das bestärkte mich in meiner Meinung, dass er zwar unverbrüchlichen Gehorsam erwartete, aber keine Unbesonnenheit oder Waghalsigkeit. Das war ein Trost. Es ist ein großer Unterschied, ob man in einem Kriegsgebiet Dienst tut oder mitten im Kugelhagel über die Straße läuft. Und es gibt einen Ort, wo sich Glaube und Besonnenheit sogar in Gefahrenzonen treffen können.

Den Tag verbrachte ich lesend am Aussichtspunkt. Das Buch hatte ich mir aus der Bibliothek ausgeliehen. Oh, ich würde mit den Kindern auch Dinge tun, die Spaß machten, aber in erster Linie mussten meine Schüler Künstler, Stilrichtungen, Farbenlehre und Techniken kennenlernen. Wir würden bei den Ägyptern und Phöniziern beginnen. Ein Projekt mit Hieroglyphen käme bestimmt gut an. Sie könnten ihre Namen auf Pergament schreiben; das war dem Papyrus noch am ähnlichsten. Natürlich würden wir uns auch intensiv mit der afrikanischen Kunst beschäftigen. Wir könnten Masken, Schalen und Körbe herstellen und die Batiktechnik an Textilien ausprobieren.

Oh weh! Dafür brauchte ich viel Geld. Ich musste weiterbeten.

„Ja, T–, tu das."

Ich schaute zur Seite. „Du bist gekommen!"

„Es ist lange her."

„Ich habe dich so vermisst!"

„Die Zeit für dich und Jude ist jetzt bald gekommen. Hast du dir eigentlich schon überlegt, wie du es anstellen willst, meine Liebe?" Er blickte über das Wasser hinweg zum Leuchtturm.

„Ich habe keine Ahnung." Ich seufzte so tief, dass es direkt in sein Herz traf, dessen bin ich sicher. „Ich habe keine Erfahrung in solchen Dingen."

„Und das ist auch gut so. Jude will nicht noch mehr Erfahrung, meinst du nicht auch?"

„Ja." Ich fühlte mich ein wenig besser. „Kann ich ihm von uns erzählen?"

„Nein, meine Liebe."

„Aber wie soll ich ihn überzeugen, mich zu heiraten, wenn ich ihm nichts von deiner Idee erzähle?"

Jesus legte den Kopf in den Nacken und lachte, lang und dröhnend und mit großem Genuss. Ich blickte mich um. Bestimmt hörte die ganze Insel sein Gelächter. „Oh T–. *Das* würde Jude nun wirklich am allerwenigsten überzeugen."

„Das stimmt." Ich lächelte und legte meine Hand auf seine Schulter. Er bedeckte meine Hand mit seiner.

„Herr, wie lautet Judes Name im Himmel?"

„Nun, normalerweise ist das eine Sache zwischen ihm und mir, aber du hast dich bisher in Bezug auf Geheimnisse als sehr vertrauenswürdig erwiesen, darum werde ich es dir verraten: Sein Name im Himmel ist ebenfalls Jude."

„Du meine Güte!"

„Ja. Manchmal geben die Menschen ihren Kindern den richtigen Namen. Ist das nicht interessant?"

Ich nickte.

Wir blickten hinaus auf das Wasser, beobachteten den Sonnenuntergang und das unablässig kreisende Licht des Leuchtturms.

„Ich liebe Leuchttürme", sagte er.

„Ich auch."

17

Du meine Güte, schon wieder ist die Zeit verflogen, und da sitze ich wieder mit diesem Notizbuch. Es war ein hektischer Winter.

Hattie ist am Valentinstag verstorben. Wir begruben sie auf dem Friedhof der presbyterianischen Kirche. Nachdem alle gegangen waren, standen Gerald und ich noch am Grab und hielten uns an den Händen. Wir sprachen wenig. Seufzten nur. Ein Seufzer nach dem anderen, bis die Sonne unterging und das unentwegt kreisende Licht des Leuchtturms am Bethlehem Point zu sehen war.

„Sieh nur, wie es über ihren Grabstein streicht, Gerald."

„Das ist schön."

Schließlich, als in der Dunkelheit die Kälte in meine Knochen drang – so fühlte es sich zumindest an –, durchdrang seine Stimme die von dem kreisenden Licht unterbrochene Dunkelheit. „Ich denke, ich könnte einfach aufgeben, aber die Wahrheit ist, MM, ich lebe jetzt schon eine ganze Weile ohne sie."

„Ja, das tust du."

„Und ich habe es überlebt."

„Allerdings."

„Und ich hasse dieses Heim für betreutes Wohnen. All diese alten Menschen, die immerzu um einen sind. Das geht mir allmählich auf die Nerven."

„Wir holen dich morgen aus diesem Heim und suchen eine andere Unterkunft für dich."

„Gut. Je eher, desto besser." Er kniete nieder. „Also, Hattie, meine Süße, ich sehe dich morgen." Er drehte sich zu mir um. „Wie gut für mich, dass Abbeyville so klein ist."

Er küsste seine Fingerspitzen und drückte sie auf ihr Grab.

Oh, Hattie.

Am folgenden Morgen während eines Morgenspaziergangs mit Blanca am Hafen – am Neujahrstag hatten wir beide beschlossen, dass wir häufiger spazieren gehen sollten –, wo die Leute ihre Segel- und Motorboote überwintern, fiel mir ein Segelboot ins Auge, das zum Verkauf stand. Zwölf Meter lang, noch relativ neu.

„Gerald!" Ich stürmte in sein Zimmer. „Wie würde es dir gefallen, wieder auf dem Wasser zu leben?"

Und am Ende des Monats war es dann schließlich so weit.

Ich sitze draußen am Bethlehem Point. Es ist schrecklich heiß, und es geht kein Lüftchen. Aber im Mercy House ist es noch stickiger.

Vor zwei Tagen bekam ich wieder einen Brief von John.

6. Juni 2002
Big Bend, Swaziland

Liebe Mama,

da dieser Praktikant für den Sommer deine Arbeit übernommen hat, wäre es vielleicht eine gute Gelegenheit, nach Afrika zu kommen und mich und die Brüder hier in der Missionsstation zu besuchen. Wir haben einen kleinen Jungen hier, Samkela, der ein außerordentliches künstlerisches Talent besitzt. Da ich in dieser Hinsicht leider nichts von dir geerbt habe, kann ich ihn nicht fördern und die anderen sind, offen gestanden, auch nicht besser.

Nicht nur das, wir alle haben Bohnen und Papp so satt. Dein Gemüseeintopf wäre für uns eine große Freude, besonders für mich. Ich vermisse dich mehr, als ich sagen kann. Im vergangenen Monat haben wir so viele wundervolle Menschen verloren, dass auf unserem Friedhof kaum noch Platz ist. Bitte bete für uns. Wir müssen bald größere Flächen auf unserem Grundstück roden. Mein einziger Trost ist meine feste Überzeugung, dass sie jetzt bei Gott sind.

In Liebe,
John

PS: Setz endlich diese Blumenzwiebeln in die Erde!

Nun, um nicht zu weit in den Rückstand zu geraten mit dem, was hier in der Gegenwart geschieht, muss ich euch einfach erzählen, dass ich die Mission im Rotlichtviertel *The Block* besucht habe. Vor einigen Wochen hatte ich die Gelegenheit, hinzufahren. Angie begleitete mich. Das war mir klar, denn sie ist sehr neugierig und weiß gern über alles Bescheid. Und auch sie hat Bruder Joe gemocht.

Wir fuhren noch vor Tagesanbruch los, denn ich wollte in Pasadena frühstücken, im *Tall Oaks Restaurant*, das noch ein Überbleibsel aus der Vergangenheit ist, wie man sich erzählt.

Umgeben von hohen Eichen, wie der Name des Restaurants bereits vermuten lässt, sieht es aus, als hätte jemand Wachstumspulver daraufgestreut und als wären die Zimmer auf wundersame Weise angefügt worden wie ein Wurzelsystem. Durch die großen Fensterscheiben schaut man auf den Zufahrtsweg, und eine große, helle Lampe beleuchtet die langen, glänzenden Holztische, an denen mindestens 8 Personen Platz finden. Am Kopf eines jeden Tisches, neben der Wand, wirft eine Tischlampe einen warmen, heimeligen Schein auf die polierte Oberfläche.

Das *Tall Oaks* nimmt seinen Status als Familienrestaurant sehr ernst, und wenn man die Größe der Tische ansieht, könnte man vermuten, dass tatsächlich viele Katholiken in diesem Gebiet leben!

Ich bestellte das Spezial-Frühstück: zwei Eier, Kartoffelplätzchen und Toast. Roggen ist meine Lieblingssorte.

Angie ist mehr für Pfannkuchen. Sie schlug völlig über die Stränge und bestellte dazu noch Würstchen, weil sie die so gern in den Ahornsirup taucht, bevor sie ein Stück abbeißt. Im Mercy House essen wir nicht viel Fleisch, das war also ein besonderer Leckerbissen.

Wenn wir zum Mittagessen hier gewesen wären, hätte ich Krabbenquiche bestellt, da könnt ihr sicher sein. Die Kellnerin füllte unsere Kaffeetassen nach, während wir uns zurücklehnten und warteten, bis sich das Essen gesetzt hatte.

„Ich kann kaum glauben, dass wir jetzt hier sitzen", sagte sie. „Es ist so aufregend! Hast du in den zurückliegenden Jahren jemals damit gerechnet, dass du eines Tages erfahren könntest, wer dein Vater war?"

„Nein. Bisher habe ich mich mit dem zufriedengegeben, was ich wusste.“

Angie schüttelte den Kopf. „Etwas passt da nicht zusammen, Mary Margaret. Wenn er deine Mutter tatsächlich vergewaltigt hat, warum hat sie ihn nicht angezeigt? Das wäre doch das Richtige gewesen, wenn man bedenkt, dass er Priester werden wollte und sie ihr Gelübde abgelegt hatte!“

„Was Menschen tun sollten und was sie im Endeffekt tatsächlich tun, sind manchmal zwei ganz verschiedene Dinge, Angie.“

„Ich weiß. Was meinst du, was passiert ist?“

„Ich denke, dass er sie vielleicht wirklich vergewaltigt hat. Aber ich räume ein, dass hinter der Geschichte vielleicht etwas mehr steckt.“

Die Kellnerin reichte uns die Rechnung, woraufhin wir uns wieder auf den Weg machten, um unsere Nachforschungen fortzusetzen.

Angie erhob sich und strich ihre Khakihose glatt. Ich zerrte an meiner dunkelblauen Hose, damit sie bequemer saß. Unsere Blusen waren verrutscht, und wir lachten. „Wir sind schon zwei komische alte Schachteln, Angie.“

„Erzähl mir was, was ich noch nicht weiß. Aber ich finde, wir haben uns ziemlich gut gehalten.“

Angie trug ihr Haar immer lang, an den Seiten von zwei Haarspangen gehalten, eine über jedem Ohr. Ihre kleine Nickelbrille war wieder in Mode gekommen, und durch ihre Leidenschaft für das Stricken, der sie an jenem Tag während der gesamten Fahrt in die Stadt frönte, kamen wundervolle Pullover zustande. Wir wirkten irgendwie modern auf unsere altmodische Art. Im Sommer trugen wir Blusen, die ich aus selbstgewebtem Stoff schneiderte, in einem einfachen Schnitt, wie Tuniken. Ich konnte meine Haare im Nacken und über den Ohren nicht mehr ertragen, und darum ließ ich sie mir im Mai extrem kurz schneiden. Arty versuchte noch, mir das auszureden. Er bot mir sogar einen kostenlosen Haarschnitt an, doch ich war fest entschlossen. Leider habe ich viele Wirbel, und so steht mein Haar neuerdings in alle Richtungen ab. Ich sehe aus, als hätte ich sie nicht mehr alle, was vielleicht sogar stimmt, wenn ich das lese, was ich über Jesus geschrieben habe.

Aber das macht mir nichts aus.

Ich bin sicher, ihr habt eure eigene Meinung zu alledem, und auch das ist in Ordnung. Ich bin jetzt ja tot, und es berührt mich weder in die eine noch in die andere Richtung. Und jetzt weiß ich auch, ob das alles real war oder nicht. Ihr jedoch müsst das erst noch herausfinden.

Der Gedanke, dass die Begegnungen, die mir so viel Trost gegeben haben, vielleicht mein größter Irrtum gewesen sind, falls es sie gar nicht gegeben hat, ist interessant.

Als wir die Stadtmission betraten, bemerkte ich sofort, dass das Gebäude seit meinem letzten Besuch einen neuen Anstrich erhalten hatte. Die Wände waren moosgrün. Mary Francis saß nach wie vor an dem Empfangstisch, wo Gäste auch gern das Telefon benutzen durften, wenn es nötig war. Ihre Locken waren gewachsen, und sie trug eine weite schwarze Hose und ein langes schwarzes T–Shirt. An einem Lederband an ihrem Hals hing ein Kruzifix, in Zinn gearbeitet, wie es aussah.

„Schwester Mary Margaret!“ Sie erhob sich und umarmte mich. „Ich habe mich schon gefragt, ob du noch mal wiederkommst.“

„Wie kommt es, dass du dich an meinen Namen erinnerst?“ Ich konnte es nicht fassen.

„Oh, ich lege Wert darauf, mich an jeden zu erinnern, der diese Missionsstation betritt.“

Ich war eine alte Freundin für sie, das spürte ich sofort, und ich freute mich darüber wie über den Brief einer Schwester. Ich machte sie mit Angie bekannt, die sie bat, uns im Haus herumzuführen. Dieser Bitte kam Mary Francis nur zu gern nach.

Ich hörte zu und erfuhr einiges über meinen Vater und seine Vision für dieses Haus. „Er wünschte sich in erster Linie einen sicheren, warmen Ort für die Leute. Diejenigen, die intensive Pflege benötigten, schickten wir hinunter zum *Hotel.* Habt ihr schon mal vom *Hotel* gehört? Schwester Jerusha leitet es. Sie gehört zu den Barmherzigen Schwestern.“

„Ich habe von ihr gehört“, sagte ich.

Schwester Jerusha war stadtbekannt, weil sie ständig im Rathaus vorstellig wurde wegen irgendwelcher Verordnungen bezüglich der Obdachlosen. Ich hatte sie in den Nachrichten gesehen, als man Studenten aus Loyola verbieten wollte, selbst gemachte Sandwichs an die Obdachlosen zu verteilen, weil die Obdachlosen sich ja vor dem Essen nicht die Hände waschen konnten. Ich erinnere mich, dass sie immer wieder betonte, das sei doch alles „Quatsch".

Wir erfuhren, dass Bruder Joe bis zum Jahr 1962 in der Mission tätig gewesen war, noch etwa zwei Jahre, nachdem ich ihn kennenlernte. (Diesen Teil der Geschichte werdet ihr etwas später erfahren.)

„Was wurde aus ihm, nachdem er fortgegangen ist?"

„Nun, er wurde Arzt und dann schließlich Jesuitenpriester. Das dauerte eine Weile. Sie fackeln nicht lange."

Ach so … die Mission war dann also eine Strafe?

„Tatsächlich?"

„Allerdings. Wisst ihr, parallel zu seiner Arbeit hier studierte er Medizin. 1967 ging er, glaube ich, nach Afrika. Mit zweiundsechzig. Der Mann hatte einen langen Weg zurückzulegen, aber er blieb treu."

Ich spürte, wie mir heiß wurde. „Weißt du zufällig, in welches Land?"

„Swaziland, glaube ich." Sie verschränkte die Arme, blickte zur Decke hoch und nickte. „Ja, ganz bestimmt. Es war Swaziland."

Angie legte die Hand auf meinen Arm. Sie schien meine Aufregung zu spüren. „Wann hast du das letzte Mal von ihm gehört?"

„Vor etwa fünf Jahren."

Er war bestimmt tot. Ich würde lügen, wollte ich euch weismachen, dass ich keine Erleichterung darüber verspürte. Und etwas in mir war froh darüber, dass er den Glauben bewahrt und Gutes getan hatte, obwohl er das nicht verdient hatte. Ich kannte Jesus besser und wusste, dass er Bruder Joe nicht für den Rest seines Lebens als untaugliches Mitglied der Herde betrachtet hätte.

Wir umarmten Mary Francis und dankten ihr für die Führung.

„Ich habe Hunger", sagte ich, als wir in den Wagen stiegen. Wir hatten einen Parkplatz vor dem *Gayety* gefunden. Einen anderen gab es nicht. Das *Gayety* existiert immer noch, und vermutlich wird dort immer noch eine „Pariser Kunstnacht“ angeboten. Vielleicht auch nicht. Diese Etablissements geben sich heutzutage keine Mühe mehr, einen noblen Eindruck zu erwecken.

Und warum, ach, warum nur nennt man diese Nachtlokale „Herrenclubs“? Könnte mir mal jemand erklären, inwiefern das Anschauen einer nackten oder halbnackten Frau, die sich zum Objekt der Begierden macht, den Betrachter automatisch zum „Herrn“ macht? Das habe ich nie begriffen. Also gut, ich bin ja schon still.

„Aber lass uns nicht hier in der Nähe essen.“ Angie deutete zu dem übel aussehenden Türsteher hinüber, der auf einem Hocker vor der Eingangstür des Clubs saß. Er trug eine hautenge Jeans und weiße Tennisschuhe, die an Marshmallows mit Spitze und Sohlen erinnerten.

„In Ordnung. Das will ich sowieso nicht.“

„Du bist aufgeregt.“

„Ja. Und du weißt, dass ich dann immer essen muss.“

„Das ist in Ordnung. Wir sollten zum Hafen fahren und uns eine Krabbenquiche gönnen. Wir könnten draußen sitzen und die Boote und Wassertaxis beobachten.“

Die gute Seele; sie versuchte es zumindest.

Swaziland. Du meine Güte.

Zu Hause würde ich als Allerserstes einen Brief an John schreiben.

Nach einer Zeit des Nachdenkens und des Gebets nicht nur von mir, sondern meinen Schwestern, und natürlich nachdem der Orden mir die Erlaubnis erteilt hatte, schickte ich John eine E-Mail, *nachdem* ich die Flugtickets bereits reserviert hatte. Einmal die Woche fährt er nach Manzini, um in der Kathedrale eine Messe zu lesen und seine E-Mails abzurufen.

Lieber John,

ich denke, ich nehme deine Einladung an, nach Swaziland zu kommen. Und zwar schon nächste Woche! Ich treffe am kommenden Dienstag, den 3. Juli, um 7:30 Uhr in Johannesburg ein. Leider war nur ein Flug über Heathrow zu bekommen. Mit einem achtstündi-

gen Aufenthalt. Vielleicht nehme ich den Expresszug nach London und trinke mit der Queen Tee, um die Zeit rumzubringen! Vielleicht nehme ich aber auch ein gutes Buch mit, setze mich in eines der Restaurants und trinke Espresso, bis ich hinausgeworfen werde. Ja, das werde ich wohl tun.

Ich hoffe, dass du mich abholen kannst. Es wäre schön, wenn ich dich auf der Fahrt nach Swaziland ein paar Stunden lang ganz für mich allein hätte.

Ich liebe dich.
Deine Mama

PS: Erinnere mich doch kurz vor meinem Heimflug in die Staaten noch einmal daran, dass ich die Blumenzwiebeln setze. Vielleicht gelingt es mir ja in diesem Herbst.

Oh, diese verflixten Blumenzwiebeln! Wie kann einen etwas so beschäftigen, und man fühlt sich so machtlos, es in Angriff zu nehmen? Ich hasse das.

Aber zurück zur Geschichte, Schwestern. Zurück zum Leuchtturm. Zurück zum vermutlich schlimmsten Fall des Werbens um einen Mann, der je auf Papier festgehalten wurde.

Also, das weiße Laken hing am folgenden Tag immer noch am Geländer, flatterte nur ganz sacht über einer heiteren Wasserfläche, wie eine ruhige Hand, die mich heranwinkte und sagte: „Komm. Komm!"

Und dann dachte ich an das Lied, das Mr Bray so gern sang, über eine kleine Kirche im Wald. Manchmal begleitete Regina ihn mit einem „Komm, komm!"-Rhythmus im Hintergrund. Nach etwa drei Zeilen brachen sie dann immer in Gelächter aus.

Das wünsche ich mir, dachte ich, als ich an jenem Tag, nachdem das Laken am Geländer flatterte, in Mr Brays Boot zum Leuchtturm hinausruderte. Das Lied der Brays war der Rhythmus für meine Ruder. Ich wünschte mir eine Ehe, in der man ausgelassen sein konnte, in der es Insider-Witze gab, in der man sich miteinander wohl fühlte. Ich konnte mir einfach nicht vorstellen, dass das mit Jude möglich sein konnte. Er hatte schon zu viel durchgemacht; ich wusste zu wenig über die Dinge Bescheid, die er erlebt hatte. Und offen gesagt, durch meine Lehrtätigkeit hatte ich ganz andere Erfahrungen gemacht als er. War *er* vielleicht beinahe vom Ku-Klux-Klan umgebracht worden? Wie könnte er mich verstehen? So ganz tief? Der Mensch, der ich eigentlich war?

Ich bezweifelte es.

Sei es, wie es sein mochte, meine Zweifel türmten sich mit jedem „Komm" höher, das an der Liedmühle in meinem Kopf abprallte, und ich ruderte und ruderte und dachte, dass ich noch nie so schnell, so ökonomisch gerudert war. Wie hatte ich den Leuchtturm so schnell erreichen können? Der Atem des Himmels trieb mich vermutlich an, verflixt.

Sie hatten mich nicht kommen sehen. Ich weiß nicht, wie das geschehen konnte, bis Hattie mich ins Wohnzimmer schob, und dort saß Gerald in Mr Kellers altem Sessel und schnarchte wie ein alter Hund. Während des Sturms hatte er in der Nacht die Scheiben der Laterne sauber halten müssen. Bei dieser Arbeit sind schon einige Leuchtturmwärter ums Leben gekommen.

Hattie hatte Jude veranlasst, ihr beim Einsortieren ihrer Fotos in die Alben zu helfen. Als sie mich in die Küche schob, versuchte er gerade fluchend, ein Foto in zwei Fotoecken zu stecken, die er auf die Seite des Albums geklebt hatte.

„Ver****, Hattie! Warum habe ich dich ..." Dann entdeckte er mich. Er stand stocksteif da, und ich kann nur sagen, wenn Liebe und Furcht und Reue sich in den Augen einer Person vermischen, dann ist das ein überwältigender Anblick. Zum zweiten Mal in meinem Leben brach er mir das Herz.

Ich trat einfach in seine Arme.

Er legte beide Arme fest um mich und streifte mit seinen Lippen ganz leicht meine Haare, und mir war klar, er hoffte, dass ich es nicht spürte. Aber ich spürte es, federleichte Liebkosungen seines Herzens, das so zerbrochen, seines Lebens, das so durchlöchert war, dass es Regen und Wind nicht mehr standhalten konnte. Es konnte die Hagelkörner und Feuerfunken nicht mehr abwehren.

Ich ließ zu, dass meine Arme seinen Rücken heraufwanderten und meine Hände sich um seine Schultern legten. Seine Schlüsselbeine stachen so weit heraus, dass ich beinahe meine Finger darunter einhaken konnte, und seine Schulterblätter bewegten sich unter seiner Haut wie Flügel, als er mich fester an sich zog.

Hattie verließ das Zimmer; ich merkte das daran, dass Geralds Schnarchen um einige Dezibel leiser wurde, nachdem sie die Tür geschlossen hatte.

„Jude“, flüsterte ich, und sein Name war wie süßer Honig in meinem Mund.

„Warum bist du hier?“

„Ich wünschte, ich wüsste es“, erwiderte ich und meinte jedes Wort so. „Warum bist *du* hier, das ist vielleicht die bessere Frage.“ Ich atmete den Duft seines Hemdes ein. Hattie war sehr gewissenhaft mit der Wäsche. Das hellblaue Hemd roch nach Meerwasser, und ich nahm auch einen leichten Zigarettengeruch wahr. „Hattie lässt dich nur draußen rauchen?“

Er lachte. „Was denkst du wohl?“

Ich löste mich von ihm und musterte sein Gesicht. Mit der Hand strich ich eine Locke zurück, die ihm über seine linke Augenbraue fiel. Seine Augen waren immer noch so blau wie das Meer. Ein Meer der Traurigkeit, eingerahmt von einem verwelkten Leben.

Was fehlte?

Ich musterte seine Augen eindringlicher, legte meine Hände um seine Schultern und drückte. „Jude?“

Er schloss die Augen.

„Jude, was ist geschehen?“

„Ich war nur ein bisschen krank.“ Er öffnete die Augen erneut und zwang ein Lächeln auf seine Lippen.

Zorn!

Der Zorn war verschwunden.

Oh nein. Kein Wunder, dass er so leer wirkte.

„Nein. Du bist anders.“

Ich wollte nicht sagen: geschlagen. Aber genau das war es. Er entsprach genau dem Bild aus jenem Vers aus dem Epheserbrief. Er wirkte „tot in seinen Übertretungen und Sünden“.

„Dein Stolz ist verschwunden“, bemerkte ich.

Er ließ mich los, zuckte die Achseln und stopfte die Hände in seine Hosentaschen. „Mary Margaret ...“ Dann räusperte er sich. „Ach, vergiss es. Möchtest du Kaffee? Hattie hat gerade welchen gekocht.“

„Das wäre schön.“ Ich dachte, es sei besser, sich möglichst normal zu verhalten, genau wie die Mary Margaret von dieser seltsamen katholischen Schule. „Hat sie zufällig auch Kekse gebacken?“

„Nein. Aber es sind noch ein paar Brötchen vom Frühstück übrig.“

Ich war nervös. „Ich hätte gern eins.“

„Ich hole es dir.“

Mein erster Gedanke war: mit *Syphilis*? Und mir wurde klar, dass es lange, lange Zeit dauern würde, bis ich mich in der Nähe dieses Mannes wirklich wohlfühlen würde, falls das überhaupt jemals so sein würde. Es bestand die Gefahr, dass ich mich bei ihm ansteckte, genauso krank wurde wie er. Und trotz allem würde ich immer Schwester Mary Margaret bleiben.

Er strich Butter auf das Brötchen und stellte es für etwa eine Minute unter den Bratrost. Es war das beste Brötchen, das ich je gegessen habe. Bis zu diesem Tag.

Und mir wurde klar, dass ich, das Waisenkind, das dies in den 29 Jahren seines bisherigen Lebens oft erfahren hatte, nehmen würde, was ich kriegen konnte.

Jude war kaputt und ausgebrannt, nachdem er immer wieder gekauft worden war, um dann doch wieder zurückgegeben und weiterverkauft zu werden. Aber ich würde ihn dieses Mal behalten.

Er bestrich auch für sich ein Brötchen mit Butter und noch eines für mich.

„Möchtest du Traubensaft?“, fragte er, während er den Kühlschrank öffnete. „Ich glaube, ich hätte gern ein Glas.“

„Okay.“

Nachdem er ein Glas vollgegossen hatte, holte ich tief Luft. „Wir können doch aus einem Glas trinken. Wir brauchen nicht noch eins dreckig machen.“

„Ach, das ist doch kein Problem. Hattie hat nichts –“

„Nein, Jude. Ich möchte es. Weißt du noch, wie wir uns früher immer einen Milchshake im Gemischtwarenladen geteilt haben, weil wir nicht genug Geld für zwei hatten? Komm schon, um der alten Zeiten willen. Es wird uns schon nicht umbringen oder so etwas."

Ich erinnerte mich, wie er immer gesagt hatte: „Wenn ich dich schon nicht küssen darf, dann bekomme ich wenigstens deine Keime vom Strohhalm." Bis ich mich von ihm küssen ließ ...

Oh, Jude. Sein Name flog immer durch meinen Kopf wie ein Seufzer. Manchmal angenehm, manchmal müde, manchmal beides.

„Du hast den Orden verlassen, wie ich höre." Er stellte das Glas auf den Tisch.

„Wer hat dir das denn erzählt?" Ich trank einen Schluck und reichte es ihm.

Er trank einen Schluck, ich glaube, ohne darüber nachzudenken. „Neuigkeiten verbreiten sich schnell. Ich habe es von einem Besucher aus der Stadt."

„Von wem?"

„Das verrate ich nicht, Mary Margaret. Du kennst mich doch."

„Ja, das stimmt." Ich ergriff seine Hand. „Ich möchte, dass du in der Stadt lebst. In der Nähe der Docks steht eine Wohnung zur Verfügung."

„Ich habe kein Geld."

„Sie kostet nichts."

„Und wo ist der Haken?"

„Du musst mich heiraten, Jude."

Er erstarrte. Offen gestanden, es war, als erstarre die Bucht, die Insel und die ganze Welt vor Staunen. Nicht über mein Erbarmen, sondern über meine Dummheit. Das war in seinem Gesicht zu lesen.

„Ich glaube, du gehst jetzt wohl besser", flüsterte er.

Nun ja, wenigstens hatten wir den Becher geteilt.

Ich streckte die Hand aus, nahm sein Brötchen und biss hinein. Dann reichte ich es ihm zurück. Er biss ebenfalls hinein.

„Also gut, dann gehe ich jetzt."

Wenigstens hatten wir das Brot geteilt.

18

So, hier sitze ich also im Flughafen Heathrow, und die glatten, polierten Fußböden, die kalte Deckenbeleuchtung und die vielen Chromteile laden nicht gerade zu einem Nickerchen ein.

Eigentlich bin ich davon überzeugt, dass Bruder Joe nicht mit John zusammengearbeitet hat. Bestimmt hätte John ihn erwähnt. Und ich würde nie erfahren, ob er sich noch in Swaziland aufhielt oder nicht – immerhin wäre er mittlerweile 97. In Manzini würde ich gern zuerst die Kathedrale der Swaziland-Diözese aufsuchen. Vielleicht könnte ich John überreden, dort einen Zwischenstopp einzulegen.

Ich kaufte ein Buch mit Lebenserinnerungen, die lustig und herzerwärmend sein sollten, auf keinen Fall tragisch, aber vermutlich bin ich eher in der Stimmung, meine eigene Geschichte zu erzählen, die nicht tragisch und auf keinen Fall herzerwärmend im üblichen Sinne ist. Also schreibe ich.

Ordensschwester heiratet an Syphilis erkrankten Stricher. Das ist abgefahren. Einfach nur vollkommen abgefahren. Wer will schon so etwas lesen?

Auf so etwas kann auch nur Jesus kommen, oder?

„Tja, das stimmt wohl."

Du bist wieder da!

Er setzte sich neben mich. „Ich dachte, du könntest vielleicht moralische Unterstützung gebrauchen. Du befindest dich auf einer höchst ungewöhnlichen Reise."

Was werde ich erfahren? Ich weiß ja schon, wer mein Vater ist. Ist er noch am Leben? Werde ich ihn persönlich kennenlernen?

„Aber meine Liebe, denkst du wirklich, ich würde darauf antworten?" Er lächelte.

Jesus legte den Arm um meine Schultern. Wäre ich nicht in Heathrow gewesen, hätte ich mich an ihn gekuschelt wie ein Kind.

Wenn er bei mir ist, fühle ich mich immer noch wie die kleine Mary Margaret.

Dann wird dies also ein Geheimnis bleiben?

„Du weißt doch, dass es meine Art ist, T–, die Einzelheiten eher zurückzuhalten. Doch du bist daran nur nicht so gewöhnt wie die meisten Menschen. Ich habe dir ja schon versichert, dass du genau das an Informationen bekommst, was du brauchst, wenn der Zeitpunkt gekommen ist."

Wird es gefährlich sein?

„Nein. So viel kann ich dir sagen. Du wirst dich nicht in körperlicher Gefahr befinden."

In geistlicher?

„Das liegt natürlich immer auch an dir." Er zuckte die Achseln. „Aber wir tun, was wir können …"

Ich lachte. *Ich liebe dich so sehr. Aber das weißt du ja. Du weißt alles.*

„Trotzdem kann ich das gar nicht oft genug von dir hören, meine Liebe."

Er blieb noch eine Weile neben mir sitzen und bat mich, für mehrere Menschen zu beten, die vorbeigingen, nachdem er mir winzige Einblicke in ihr Leben gegeben hatte. Wieder einmal neu empfand ich den kollektiven Schmerz der Menschheit, die Last, die Jesus zu tragen hatte, weil er seine Schöpfung so sehr liebte und zusehen musste, wie wir uns gegenseitig zerstörten.

Ich bin traurig. Ich weiß, dass du den Tod überwunden hast, aber manchmal, Herr, spürt man es einfach nicht.

„Ich weiß, T–. Aber eines Tages wird alles erlöst werden."

Das hoffe ich doch, dachte ich. Ach du meine Güte!

Er lachte. „Nein, meine Liebe. Du hast vollkommen recht. Oder mein Wort ist nicht wahr." Und damit war er verschwunden.

So, ich denke, ich werde jetzt dieses Buch lesen und vielleicht hinüber zum *Duty-free-Shop* gehen und mir einen Schokoriegel von der Größe eines Platzdeckchens kaufen. Mit ein wenig Glück ist davon noch etwas übrig, wenn das Flugzeug in Johannesburg landet.

Als mein Flug endlich aufgerufen wurde, flüsterte Jesus mir ein letztes „Ich werde immer bei dir sein" zu. Am Gate schaute sich die Flugbegleiterin mein Ticket an und sagte: „Warum sind Sie denn nicht schon viel früher an Bord gegangen, Madam? Sie fliegen doch erster Klasse."

„Was?"

Sie deutete auf die Worte *Erste Klasse* auf dem Ticket.

Solche Ereignisse sagen mir, dass ich nicht verrückt bin. Aber andererseits kommen ja auch immer wieder Computerfehler vor.

Jetzt sitze ich also auf meinem luxuriösen Platz, und es ist an der Zeit, mit meiner Geschichte fortzufahren, solange ich noch wach bin.

In Liebesdingen war ich nicht so geübt; das wäre aber von Vorteil gewesen, wenn ich Jude überzeugen wollte. Doch andererseits wusste Jesus ja, wo meine Grenzen lagen. Eines Tages Mitte Juli jedoch gelang es mir endlich, Jude aus diesem Leuchtturm zu holen. Jeden Tag war ich hinausgerudert und hatte ihn bearbeitet. Wenn er nicht schließlich nachgegeben hätte, hätte ich bestimmt bald Muskeln gehabt wie eine Bodybuilderin. Ich tat so, als hätte es meinen Heiratsantrag nie gegeben, und auch er mied das Thema.

Wir ruderten in der Bucht und ließen uns manchmal einfach treiben. Wir ließen sogar vom Leuchtturm aus Drachen steigen. Wir hielten Händchen, und er ließ sich von mir vorlesen. Ich hatte *Der Menschen Hörigkeit* ausgewählt.

„Das ist ein tolles Buch, Mary Margaret, aber dieser Typ hätte sie über Bord werfen sollen, nachdem sie ihn das erste Mal sitzen gelassen hatte."

Mitte Juli zog ich in die Wohnung über dem Geschäft für Angelbedarf ein. Die gebrauchte Einrichtung stammte von Gemeindemitgliedern von St. Francis, die sich wirklich große Mühe gaben, meine Entscheidung zu verstehen, was ihnen aber nicht recht gelang. Doch sie liebten mich trotzdem. Und Schwester Thaddeus trank donnerstags trotzdem weiter Tee mit mir und freute sich über meinen Posten in der Schule. Jude und ich fuhren nach Baltimore, um Material für meinen Kunstunterricht zu kaufen. Ich hatte genaue Vorstellungen, wo ich hingehen würde, nämlich in meinen

Lieblingsladen für Künstlerbedarf und zu meinem Lieblingsladenbesitzer Carl.

Jude begleitete mich unter einer Bedingung. „Wir kommen nicht in die Nähe des *Blocks*, Mary.“

Gerald lieh uns sein Motorboot aus. An Land nahmen wir den Wagen von Regina Brays Schwester. Sie war gern bereit, ihn uns zu leihen, wenn auf diese Weise die Schule Material für den Kunstunterricht bekam.

Ich starrte ihn verblüfft an. „Jude, warum um alles in der Welt sollte ich dorthin gehen wollen?“

Und ich glaube, zum allerersten Mal wurde Jude bewusst, ich meine, wirklich und wahrhaftig *bewusst*, dass die meisten Menschen *nicht* regelmäßig das Rotlichtviertel aufsuchen; dass nur diejenigen, die am Rand der Gesellschaft leben, sich regelmäßig dort aufhalten und diejenigen, die gern mal einen Abstecher in dieses Milieu machen, nur für ein paar Stunden Lokale wie das *Gayety* oder den *Two O'Clock Club* aufsuchen.

Eine Autofahrt bietet eine gute Möglichkeit zum Gespräch. Wenn man mehrere Stunden zusammen in einem Wagen sitzt, kann alles Mögliche zur Sprache kommen. Dieses Mal hatte ich eine ganze Menge zu sagen, und Jude konnte sich mir nicht entziehen, einen Rückfall vortäuschen oder im Bad verschwinden. Das hatte ich bei meinen Besuchen draußen im Leuchtturm immer wieder erlebt, vor allem, wenn ich nach Einzelheiten zu seiner Krankheit fragte. Zum Glück wuchsen seine Haare allmählich nach.

Wir waren bereits eine Weile in dem weißen Kombi unterwegs. Salisbury lag gerade hinter uns, als ich den Eindruck hatte, dass jetzt ein guter Zeitpunkt sei zu sagen, was ich zu sagen hatte.

Ich umklammerte das Lenkrad und warf Jude einen Seitenblick zu. Er schaute zum Fenster hinaus auf die Farm, an der wir gerade vorbeikamen. Hoch aufgerichtet und mit geradem Rücken saß er auf dem hellen Vinylsitz, als wäre er aus Eichenholz. Die Ostküste Marylands ist flach und für den Ackerbau gut geeignet. Die Landschaft ist wunderschön; nicht atemberaubend, aber sanft und fruchtbar. Aber, liebe Schwestern, ich vergesse immer wieder, dass ihr ja auch hier lebt. Im Sommer, wie an jenem Tag, als ich mit Jude unterwegs war, sind unzählige Stände mit frischem Obst und Gemüse am Straßenrand aufgebaut.

Also, ich will nicht prahlen, aber der weiße Mais aus Maryland – wir nennen ihn Silver Queen – ist vermutlich der beste Mais, den ihr je essen werdet. Vollkommen gleichmäßige Körner, so süß, dass der Zuckersaft herausquillt, mit Butter und Salz verfeinert ... wenn man den Maiskolben nicht in der Hand halten müsste, würde man vor Begeisterung applaudieren. Beim ersten Bissen würde man ihm vermutlich stehende Ovationen zuteilwerden lassen. Leider kann man danach keine andere Maissorte mehr essen. Andere Maiskolben sind dagegen nur fade Träger für die geschmolzene Butter.

Unsere Fleischtomaten sind auch nicht zu verachten. Als Kind durfte ich, bevor ich zu den Schwestern kam, bei Großmutter und Tante Elfi immer so viele essen, wie ich wollte. Und das tat ich auch. Ich habe die dicken, roten Früchte aufgeschnitten, mit Salz bestreut und mich auf der Hintertreppe, die zu unserer Wohnung führte, darüber hergemacht. Die Spätjulisonne brannte auf mich herab, während ich ein Stück nach dem anderen in den Mund schob und der Saft sich auf dem Teller sammelte und mir über das Kinn lief.

Leider bekam ich einen Ausschlag am Mund von der vielen Säure. Aber das war es wert.

Dann und wann kommt man auch an einem Stand mit Meeresfrüchten vorbei. Beim Gedanken an gedämpfte Krebse, die für das Mercy House und seine Bewohner zu teuer sind, möchte ich am liebsten weinen, weil ich einen solchen Heißhunger darauf habe. Und wenn einem der würzige Duft aus den Töpfen in die Nase steigt, möchte man am liebsten losrennen, um einen Krug Bier und eine Krebszange zu holen, und den Tisch mit alten Zeitungen auslegen.

Genug des Nachsinnens über Gemüse und Krebse. Ich glaube, es fällt mir einfach schwer, den nächsten Teil der Geschichte zu erzählen, und darum will ich das aufschieben, aber ich mache jetzt endlich weiter.

„Jude, ich weiß, dass du Syphilis hast."

Er drehte sich zu mir um. „Das soll wohl ein Witz sein. Hast du das die ganze Zeit gewusst?"

„LaBella hatte es mir erzählt, bevor ich dich im Leuchtturm fand."

„Und warum tust du das alles dann, Mary Margaret? Warum hast du mich gefragt, ob ich dich heirate, wenn du das wusstest?"

„Ich ..." Ich suchte nach einer Antwort, die keine Lüge wäre. „Ich glaube, du brauchst jemanden, Jude, der für dich da ist. Und ich möchte diejenige sein."

Das kam der Wahrheit ziemlich nahe.

„Ach so ... dann bin ich für dich also eine Art Projekt oder so etwas? Das ist ja wirklich toll."

„Nein. Ich ...", vielleicht habe ich ein paar Sekunden zu lange gezögert und meine Aussage damit noch unglaubwürdiger gemacht, „ich liebe dich."

„Ja, klar! Du bringst die Worte ja kaum über die Lippen. Mary Margaret, ich bin kein Dummkopf. Die Krankheit hat mein Gehirn noch nicht vernebelt."

„Dann hast du dich also darüber informiert?"

„Ich habe alles gelesen, was ich in die Finger bekam."

„Ich auch."

„Das erstaunt mich nicht. Wie kam es, dass du mit Rosalie gesprochen hast?"

„Ich bin zu ihr gefahren."

„Das musst du mir erzählen."

Wir fuhren über die Route 50 in Richtung Easton, und ich berichtete. Das sumpfige Wasser der Meeresarme flimmerte in der Sommerhitze, und die Trockenheit saugte das Grün aus dem Schilf, das in der Nähe der Straße wuchs.

„Du musst dich auch wirklich überall einmischen, nicht wahr, Mary Margaret?"

„Ja, das stimmt. Aber du machst doch seit Jahren ständig Andeutungen, dass du ... na ja ..."

„Dass ich dir an die Wäsche will?"

„Hm, ich wollte es etwas weniger platt ausdrücken, aber ... ja. Das. Also, jetzt bekommst du von mir sozusagen die offizielle Einladung dazu." Ich stellte mir den Ausschlag vor, und mir wurde etwas schwummerig, aber ich lächelte trotzdem.

„Aber der Preis ist ziemlich hoch."

Ich schnaubte. „Ach komm, Jude. Als hättest du so viele andere Angebote."

Er schaute wieder zum Fenster hinaus, und seine Hand umklammerte den Türgriff.

„Versuch nur, die Flucht zu ergreifen. Ich schwöre, ich hole dich ein", warnte ich ihn.

Zu meiner Erleichterung lachte er. „Mir kam gerade der Gedanke, wie seltsam das Leben manchmal doch spielt. Wenn du mir dieses Angebot gemacht hättest, als wir noch jünger waren, hätte es mein Leben vielleicht in eine andere Bahn gelenkt. Aber jetzt – nun, ich weiß nicht … es scheint unmöglich."

„Warum? Ich meine, du hast doch das Penicillin genommen, oder?"

„Mary Margaret, fahr bitte bei der nächsten Gelegenheit von der Straße ab, ja? Ich muss dir etwas erzählen. Du wirst es nicht verstehen, und es wird dir ganz bestimmt nicht gefallen."

Mir kam der Gedanke, dass einige Gespräche vielleicht tatsächlich Auge in Auge geführt werden müssen, nicht Seite an Seite. So fuhr ich auf die nächste Tankstelle und hielt unter einem großen Ahorn am hinteren Ende des Parkplatzes an. Ich schaltete den Motor aus, wir drehten die Fensterscheiben herunter, und der Teergeruch mischte sich mit dem Duft von frisch gemähtem Gras auf den Feldern zu unserer Linken. Eine Mutter, die einen kleinen Jungen hinter sich herzerrte, verschwand in der Toilette.

Ich schaute ihn an. „Also dann, was ist los, Jude?"

Er legte seine Hände auf die Oberschenkel, unmittelbar über seinen Knien, und knetete sie. Seine Beine erinnerten jetzt, wo er so viel abgenommen hatte, beinahe an die eines alten Mannes. Die Knie stachen scharf unter dem Stoff seiner Hose hervor. Angesichts seines massiven Gewichtsverlusts hätte ich am liebsten geschrien.

„Ich nehme keine Medikamente gegen die Syphilis, darum kann ich dich nicht heiraten."

„Herr, erbarme dich!", flüsterte ich.

Falls unser Herz bei einer schlechten Nachricht aufhören würde zu schlagen, dann wären wir vermutlich alle schon längst tot. Doch meines schien tatsächlich stehen zu bleiben. Nur für ein paar Sekunden. Ich streckte den Arm aus und klammerte mich an das Armaturenbrett. „Aber du weißt, dass du das nicht durchziehen kannst, nicht wahr?"

„Ich kann, Mary Margaret. Und ich werde."

„Aber warum?"

„Ich bin es einfach so müde." Seine Stimme schleppte das Gepäck von drei Jahrzehnten mit sich, in denen er sich auf Händen, Knien und manchmal auch auf dem Bauch fortbewegt hatte, drei Jahrzehnte des Hungers und Durstes, die auf der langen Reise nie gestillt worden waren.

„Aber das … das bedeutet den Tod! Ist dir klar, wie qualvoll das werden wird? Nicht nur für dich, sondern auch für diejenigen, die dich pflegen werden? Vermutlich Hattie und Gerald, nehme ich an."

Seine Augen blitzten, und ich freute mich darüber. „Wie kommst du auf den Gedanken, dass ich jemanden bitten würde, mich zu pflegen, Mary Margaret? Nein, ich werde lange vorher tot sein."

„Nein! So etwas kannst du nicht machen. Das ist eine Todsü-"

„Ich bin kein verrückter Papist wie du!"

„Ist doch egal, ob du das bist oder nicht. Es ist trotzdem …"

„Halt den Mund, Mary Margaret! Halt einfach den Mund!" Er riss die Tür auf und sprang aus dem Wagen. „Du glaubst, so viel zu wissen, dabei bist du doch nichts weiter als ein Papagei deines Papstes." Er knallte die Tür hinter sich zu und marschierte zum Stamm des Ahornbaumes. Mit dem Rücken lehnte er sich dagegen, sank in sich zusammen und raufte sich mit beiden Händen die Haare, die früher so schön gewesen waren. Ein gequältes Stöhnen kam ihm über die Lippen, das in mir nachklang, bis die Sonne unterging, die Dunkelheit sich über das angetrocknete Heu legte, die Hitze ein wenig nachließ und die Grillen ihren krächzenden Chor formierten, der keinen Trost vermitteln konnte. Nur der Anblick der Boote draußen in der Bucht, deren Lichter sich auf der dunklen Wasseroberfläche spiegelten, tröstete mich, als wir nebeneinander auf der Motorhaube des Wagens saßen und er mich in den Armen hielt, während ich meinen Tränen freien Lauf ließ.

Nicht du auch noch, schrie ich innerlich. *Nicht Jude.*

Die Vorstellung, er könnte sterben, weckte unendliche Verzweiflung und Einsamkeit in mir, weil mir klar wurde, dass niemand mich je wieder so aufrichtig lieben würde. Zumindest nicht so tief, dass es durch Mark und Bein ging. Angie liebte mich, wie es eine beste Freundin tut, die einem beinahe so nahesteht wie eine Schwester. Für Schwester Thaddeus war ich immer noch das kleine Mädchen – nicht dass ich etwas dagegen gehabt hätte.

Aber niemand musste mich lieben, außer Jude.

„Ich werde nicht zulassen, dass du Selbstmord begehst", sagte ich, während ich hinauf zu den Sternen blickte. „Tu das nicht."

„Es gibt keinen anderen Weg."

„Heirate mich, Jude. Lass mich für dich sorgen. Ich will es wirklich."

„Ich will kein Missionsprojekt für dich sein."

Ich packte seinen Arm und spürte wieder, wie mager er geworden war. „Ich brauche dich! Mein Leben hat sich nicht annähernd so entwickelt, wie ich es gedacht hatte. Jude, bitte. Würdest du es für mich tun? Ich brauche deine Liebe. Kein Mensch auf der Welt liebt mich so wie du. Und ich will lernen, auch so zu lieben."

Und ich stellte fest, dass jedes Wort, das über meine Lippen kam, ernst gemeint war. Ohne meinen Orden, meinen Lebensplan war ich nichts. Ich brauchte ihn. Ich brauchte Jude Keller.

Ich konnte es selbst kaum glauben.

Natürlich ging er an jenem Tag nicht darauf ein, auch in der folgenden Woche nicht. Aber wir hatten eine schöne Zeit miteinander beim Materialeinkauf in dem Laden für Künstlerbedarf. Ich schlenderte an den Regalen entlang und fragte mich, ob ich Wasserfarben oder Farbtuben kaufen sollte, die auf Paletten aus Plastik gegeben werden konnten.

„Die Paletten kannst du jedes Jahr wieder verwenden, Mary Margaret." Jude nahm einen Pinsel zur Hand und drehte ihn zwischen Zeigefinger und Daumen. Jude hatte wunderschöne Hände mit langen, schlanken Finger, die Fingernägel rechteckig und ebenmäßig. „Ich würde darauf achten, möglichst dauerhaftes Material zu nehmen."

„Das ist ein guter Rat."

Die Bedeutung seiner Worte schien ihm nicht klar zu sein, und ich dachte an Jesu Worte: „*Wer Ohren hat zu hören, der höre.*"

Dann schenk Jude doch bitte diese Ohren, Jesus. Denn er wird bald sterben, und niemand sollte sterben, ohne zu wissen, wirklich zu wissen, dass du ihn liebst. Das wäre die größte Schande überhaupt.

Dieses Gebet wiederholte ich in den kommenden Monaten sehr häufig. Die Leute auf der Insel amüsierten sich über mich. *Mary Margaret hat den Orden verlassen, um diesem missratenen Keller-Jungen hinterherzulaufen! Ist sie verrückt geworden? Wer würde denn etwas so Unbesonnenes, so Lächerliches tun? Sie war doch früher immer so vernünftig. Sieht sie gar nicht, was sie da tut?*

Ehrlich, ich glaube, ich habe es wirklich nicht gesehen. Das war definitiv ein Punkt zu meinen Gunsten.

19

Ich sitze vor der Zollstation im Flughafen von Johannesburg. Hier wird kein Wert auf elegante Kleidung gelegt. Normalerweise gebe ich mir Mühe, möglichst sparsam zu packen, aber da ich fast sechs Wochen fort sein würde, hatte ich eine Menge Blusen und Unterwäsche in meine Tasche gestopft, außerdem einiges an Material für meine Arbeit mit Samkela.

Und so sitze ich hier mit meinem kleinen Notizbuch und schreibe weiter, während ich auf John warte. Er hatte mich gewarnt, er hätte in der Klinik viel zu tun und könnte sich ein wenig verspäten. Ihr müsst wissen, dass John sich auf die Behebung von Missbildungen bei Säuglingen spezialisiert hat; er ist ein sehr guter plastischer Chirurg. Einmal im Monat führt er einen Tag lang solche plastischen Eingriffe durch. Er ist auch ein allgemeiner Chirurg, und diese Fähigkeiten sind für seine Arbeit in der Klinik viel nötiger, da werdet ihr mir sicherlich zustimmen. Er leistet wirklich Außergewöhnliches. In den Vereinigten Staaten wäre es unmöglich, Eingriffe wie diese unter solchen unzureichenden Bedingungen vorzunehmen. Aber wie John immer sagt: „Ich bin Jesuit. Wir bitten um Vergebung und nicht um Erlaubnis."

Und so sitze ich also hier und schreibe. Ich bin übrigens ziemlich müde. Im Flugzeug habe ich noch nie gut schlafen können, und außerdem saß ich neben einem Schnarcher. Ich versuche, euphorisch zu sein, aber nach sechs Stunden neben diesem rasselnden Gedudel fällt es schwer, positiv zu denken. Weiter mit der Geschichte. Ich will das jetzt endlich zum Abschluss bringen.

Den ganzen Sommer über weigerte sich Jude, eine Heirat auch nur in Betracht zu ziehen, aber wenigstens bot er mir seine Hilfe an. Er strich meine Wohnung, schliff die Böden ab und brachte Brister Purnell dazu, mir ein provisorisches Atelier auf dem Schulgelände zu bauen. Gemeinsam hämmerten und sägten sie, und das Ergebnis war ein Gebäude aus Holz, etwa 20 Quadratmeter groß. Ein Blechdach schützte mich vor dem Regen, und für den Winter bauten sie zwei Holzöfen in den gegenüberliegenden Ecken ein. Jude versprach mir, dafür zu sorgen, dass ich im Winter genügend Holz haben würde.

„Ich komme mir vor wie Laura Ingalls Wilder, als sie loszog, um in der Prärie zu unterrichten. Das ist aufregend. Jetzt brauche ich nur noch jeden Tag eine Brotbox mitzunehmen." Ich gab Vanilleeis für uns beide in ein Schälchen. Einen Löffel, ein Schälchen. Er sollte sich daran gewöhnen, dass ich seine Keime teilte. Nach einer Weile fragte er nicht mehr nach einer eigenen Portion.

„Wer ist Laura Ingalls Wilder?"

Ich erklärte es ihm. Wie traurig, dass er *Unsere kleine Farm* nicht kannte. „Hast du als Kind denn nicht gelesen?"

„Nicht viel."

„Nicht einmal *Unsere kleine Farm*? Dieses Buch habe ich geliebt. Immerzu wurde gekocht und gebacken und gegessen."

Er schaufelte das Eis in seinen Mund. „Ich weiß nicht, Mary Margaret. Das klingt irgendwie langweilig. Wurde in diesen Büchern denn keiner umgebracht?"

„Nicht wirklich. Doch, Jack, der Hund, ist gestorben. Daran erinnere ich mich. Ich habe damals so geweint, dass ich befürchtete, mich übergeben zu müssen."

„Tote Hunde. Hmmm."

Jude las gern über wahre Verbrechen.

„Also, übermorgen fängt die Schule an", sagte er. „Freust du dich? Bist du nervös?"

„Natürlich. Was ist, wenn die Kinder mich nicht mögen? Wenn sie den Eindruck haben, ich wollte nur ein gutes Werk an ihnen tun, um ein gutes Gefühl zu haben?"

„Ist das denn so?"

„Nein! Ich brauche diesen Job!" Ich nahm ihm den Löffel ab und grub ihn tief in meine Kugel Eiscreme.

„Da siehst du es. Kinder sind in der Regel sehr wohl in der Lage dazu, die Wahrheit zu erkennen. Du wirst prima mit ihnen klarkommen."

Mittlerweile waren Judes Syphilis-Symptome abgeklungen. Er hatte das erste Stadium überwunden und befand sich im zweiten. Wir beide fragten uns, wann das Tertiärstadium wohl einsetzen würde. Tatsächlich war es so, dass er in diesem latenten Stadium bis zu 25 Jahre überleben konnte. Sein Sterben könnte sich über viele Jahre hinziehen. Aber natürlich konnte er auch in relativ kurzer Zeit tot sein. Ich wusste, dass er sich das wünschte. Doch für den Augenblick hatte ich ihm zumindest den aktiven Selbstmord ausgeredet, und ich betete, dass ich ihn noch lange Zeit lieben und lieben und lieben könnte.

Am folgenden Abend stellte ich das Material für meine Schüler zusammen. Ich hatte alte, ausrangierte Männerhemden als Schutzkittel besorgt. Zusammen mit diesem Kittel bekam jedes Kind einen Malkasten mit Wasserfarben, zwei Pinsel, ein Stück Zeichenkohle, einen Radiergummi, zwei Bleistifte, ein Fläschchen Tusche und eine Tuschefeder. Ich packte alles in Schuhkartons. Die erste Aufgabe der Kinder sollte es sein, ihre Schuhkartons zu bemalen. Auf diese Weise würde ich eine Vorstellung von der Fantasie eines jeden Kindes bekommen, ihrer Fingerfertigkeit und ihrem persönlichen Stil.

Durch mein Küchenfenster drangen die Geräusche der Insel, die sich zur Nachtruhe begab, zu mir herein. Aus dem Wohnzimmerfenster des Nachbarhauses hörte ich Gemurmel, manchmal das Fernsehgerät, manchmal Sprachfetzen von dem älteren Mann, der mit seiner an den Rollstuhl gefesselten Frau über alles plauderte, was er gerade tat: „Weißt du, Myra, ich glaube, ich hole mir ein Glas Milch." Oder: „Das Schlagloch unten auf der Straße ist immer noch nicht repariert."

Und sie antwortete dann mit leiserer Stimme. Das, was sie sagte, konnte ich nie verstehen, ich hörte nur den beruhigenden Klang ihrer Stimme. Er setzte sie immer sehr sanft in ihren Rollstuhl, und nach den Gerüchen aus ihrer Küche zu urteilen aßen sie häufig gebratenes Frühstücksfleisch. Und Kohl.

Der kreisende Lichtschein vom Leuchtturm huschte über die Falten der Gardine, die vom Wind sacht gebläht wurde, und es war beinahe so, als würde das Licht selbst mit dem zarten Stoff spielen.

Ich beschloss, mir trotz der Hitze eine Tasse Tee zu kochen, füllte Wasser in den Kessel und drehte die Gasflamme an.

„Mach auch für mich einen!“

„Jesus!“ Ich lachte beim Klang seiner Stimme auf und wandte mich um, um noch etwas Wasser in den Kessel zu füllen.

„Du meine Güte, Mary Margaret. Ich habe noch nie gehört, dass du den Namen des Herrn missbrauchst.“

Ich wirbelte herum. „Jude!“

Er trat vor. „Wen hast du denn erwartet?“

„Ach, niemanden.“

Er blieb stehen und verschränkte die Arme. „Doch bestimmt nicht Jesus!“

„Natürlich nicht! Er hätte mich im Übrigen viel höflicher um einen Tee gebeten.“ Ich lachte, um ihn abzulenken. „Was machst du denn hier?“

„Ich habe nachgedacht. Kann ich mich setzen?“

Er hatte wieder ein wenig zugenommen, und seine Haare waren fast wieder so wie früher. Ich muss gestehen, dass mir der Gedanke durch den Kopf schoss, dass eine körperliche Vereinigung mit ihm vielleicht doch nicht ganz so abstoßend wäre, wie ich befürchtet hatte. Sogar die Pusteln an seinen Armen und Beinen waren wieder gut abgeheilt, und nur kleine Narben waren zurückgeblieben, die hoffentlich im Laufe der Zeit vollkommen verblassen würden. Wie es in seinem Körper allerdings aussah … Herr, erbarme dich!

„Natürlich. Setz dich.“ Ich drehte die Flamme hoch und setzte den Kessel auf. „Worüber hast du nachgedacht?“

„Dieses Stadium, in dem ich mich gerade befinde, dieses latente Stadium, könnte Jahre andauern.“

„Ja, das habe ich auch gelesen.“ Ich setzte mich und machte mich daran, die Stifte, Bleistifte und Pinsel für jeden Schüler mit einem Gummiband zusammenzubinden.

Jude half mir dabei. „Also, wie auch immer. Vielleicht ist dies die Chance für einen neuen Anfang, wenn auch möglicherweise nur für kurze Zeit. Bis das letzte Stadium einsetzt.“

„Was meinst du?“ Ich verkniff mir den Vorschlag, dass er diese Hoffnung, die in ihm aufkeimte, doch nutzen und endlich

Antibiotika nehmen sollte. Doch diesen Entschluss musste er selbst fassen. Jude musste seine Entscheidungen immer selbst treffen.

„Ich meine, dass ich dein Angebot gern annehmen würde. Möchtest du mich immer noch heiraten, Mary Margaret?"

„Machst du mir etwa einen Antrag?" Ich legte die Stifte, die ich gerade zusammengebunden hatte, auf den Tisch.

Der Teekessel begann zu pfeifen. Ich fuhr zusammen.

Schnell schaltete ich den Herd aus, schnappte mir einen Topflappen und legte ihn um den Metallgriff des Kessels.

Während ich den Tee aufgoss, spürte ich, wie sich seine Hände auf meine Schultern legten.

„Ja", flüsterte er mir ins Ohr. „Genau das tue ich."

Dieses Prickeln, das ich bei seiner Berührung bereits in meiner Jugendzeit gespürt hatte, rutschte von meinem Ohr hinunter zu meinen ganz intimen Körperteilen. Entschuldigt, dass ich das so unumwunden zugeben muss, aber genau so war es, und ich war genauso wenig darauf vorbereitet, wie ihr, die ihr dies lest, es vermutlich seid.

Er drehte mich zu sich um. „Wenn ich keinen guten Grund habe, hierzubleiben, dann werde ich zu meinem alten Leben zurückkehren. Und das kann ich nicht. Ich habe dich immer geliebt, Mary Margaret. Das weißt du."

„Ja, das weiß ich."

„Entschuldige. Ich denke … ich will sagen … es tut mir leid, dass ich nicht wusste, wie ich damit umgehen sollte. Ich wusste es einfach nicht."

„Das ist schon in Ordnung. Ich wusste es ja auch nicht." Ich legte meinen Kopf an seine Brust, und gemeinsam lauschten wir auf das leise Murmeln der alten Leute, und durch das Fenster strich immer wieder das kreisende Licht über uns hinweg.

„Und wie lautet nun deine Antwort?"

„Ja, natürlich."

„Aber eins muss klar sein: Wir können keinen Sex haben. Ich habe nicht vor, diese Krankheit auf dich zu übertragen."

„In Ordnung."

Jesus hatte mir nur gesagt, ich solle ihn heiraten. Er hatte nichts davon gesagt, dass wir Kinder bekommen sollten. Ich meine, nicht einmal der Papst könnte darauf bestehen, dass man Geschlechtsverkehr mit einem Mann hat, der an Syphilis erkrankt ist.

Jude war kein Romantiker. Er drückte mich kurz an sich, ließ mich dann los, und ich goss den Tee auf. Als ich mit ihm am Tisch saß, sagte er: „Wir sollten es uns zur Gewohnheit machen, eine Tasse Tee zusammen zu trinken. Jeden Abend. Damit wollen wir den Tag beschließen."

Ich trinke immer Tee mit Jesus, wollte ich ihm erklären, doch dann wurde mir eins klar: Jude war Jesus.

Ich begleitete ihn zum Dock, wo er Geralds Boot festgebunden hatte. Wir hielten uns an den Händen. „Weiter wird es nicht gehen", beeilte er sich, mir zu versichern. „Und vielleicht Umarmungen. Aber nicht einmal Küsse. Und ich werde auch nicht mit dir im selben Bett schlafen, Mary Margaret."

Wir standen auf dem Dock, und das Wasser schwappte gegen die Pfähle. „Dann schläfst du eben auf der Couch", erwiderte ich.

„Abgemacht."

„Weißt du, ich brauche ohnehin meinen Schlaf, wenn ich den ganzen Tag Unterricht geben muss. Und wenn ich zu wenig schlafe, werde ich missmutig."

Er stieg ins Motorboot. „Ich werde wieder mit Brister hinausfahren."

„Aber Jude, er-"

„Er ist nicht mehr so aufbrausend wie früher und scheint sich mit seinem Leben abgefunden zu haben. Meine Mutter hat diesen Prozess eher behindert. Er sagte, es sei in Ordnung. Ich bin einunddreißig, Mary Margaret. Ich würde ihn windelweich prügeln, wenn er versuchen sollte, mich wieder zu schlagen."

„Da bin ich sicher."

Ich blickte ihm nach, wie er zum Leuchtturm zurückruderte. Sein Boot schnitt durch die Spiegelung des Mondes auf dem Wasser.

Ach ja. Diese Erinnerungen kommen mir so leicht ins Gedächtnis, doch ab und zu kommt auch der Stachel wieder zum Vorschein. Ich hatte ganz vergessen, dass ich in Afrika war! Judes Tod lag schon so lange zurück. Unsere Anfangsschwierigkeiten als Ehemann und Ehefrau und der Schmerz, ihn an jenem Tag zu verlieren, haben diesen alten grauen Kopf so weit gebeugt, dass mein Kinn beinahe meine Brust berührt.

Und jetzt habe ich einen Krampf im Nacken.

Ach, John, wo bleibst du nur?

Ich sehe auf die Uhr. *Noch drei Stunden, Mary Margaret, dann ist er da.*

Es gibt Tage, an denen ein Waisenkind seine Mutter stärker vermisst als an anderen. Doch ganz besonders schmerzlich bewusst wird einem das Fehlen der Mutter an seinem eigenen Hochzeitstag. Da vermisst ein Kind sie am meisten.

Jude wollte möglichst schnell heiraten, solange er noch bei guter Gesundheit war. Ich natürlich auch. Und so setzten wir den 30. September als Hochzeitsdatum fest. Die Blätter fingen gerade an, sich zu verfärben, und das Blau des Wassers und des Himmels würde sich durch die nachlassende Hitze des Sommers vertiefen. Wir würden am Bethlehem Point heiraten, unter dem Ahorn, mit Blick auf den Leuchtturm.

So zumindest stellte ich mir unsere Hochzeit vor. Bis ich die Idee bei unserer abendlichen Tasse Tee Jude gegenüber äußerte. Meine erste Schulwoche lag gerade hinter mir, und ich fühlte mich in die Vergangenheit zurückversetzt.

„Nein!“, widersprach er, die Kinnmuskeln so fest angespannt, dass ich befürchtete, seine untere Gesichtshälfte könnte sich einrollen.

„Warum nicht?“

„Nein, Mary Margaret. Ich werde dich nicht mit Blick auf diesen Leuchtturm heiraten. Das kann ich nicht.“

Für mich war dies ein Hinweis darauf, dass in diesem Leuchtturm irgendetwas geschehen war, von dem keiner von uns etwas wusste. Nicht Hattie, nicht Gerald. Ich auch nicht. Und es bestätigte, was Angie seit Jahren über mich sagte und was ich immer vehement abgestritten hatte: Ich besaß keinerlei Menschenkenntnis.

„Kannst du mir den Grund dafür nennen?“

„Ich will nicht schlecht über andere Menschen reden. Du kannst mir viel nachsagen, Mary Margaret, aber ich tratsche nicht."

„Das stimmt. Hat es mit deinem Vater zu tun?"

„Ja, unter anderem."

„Ist gut." Ich schob ihm den Teller mit Keksen hin.

„Ich habe keinen Hunger."

„Ich auch nicht."

„Was wäre denn für dich eine Alternative?", fragte er.

„St. Francis, denke ich."

Er verzog sein Gesicht. „Eine *Kirche*?"

„Ja." In meiner Antwort lag eine Endgültigkeit, die anscheinend zu ihm durchdrang, denn er nickte nur und sagte: „In Ordnung."

Ich liebte den Unterricht in der Gemeinschaftsgrundschule. Mein kleiner Kunstraum erregte, ich sage es nur ungern, den Neid aller anderen Lehrer. Ich stellte eine Herdplatte und eine Kaffeemaschine hinein, und schon bald trafen wir uns nach der Schule alle dort auf eine Tasse Kaffee. Wenn man andere an dem teilhaben lässt, was man selbst hat, dann hilft das, dem Neid die Kraft zu nehmen. Nach der ersten Woche brachten die anderen Lehrer Kekse zum Kaffee mit.

Bei diesen Gelegenheiten fühlte ich mich so schrecklich *weiß*.

Ich weiß nicht, ob es politisch korrekt ist, das zu sagen, aber so war es. Und ich fragte mich häufig, was sie wohl hinter meinem Rücken über mich redeten. Dachten sie, dass ich mich toll dabei fühlte, bei ihnen zu unterrichten? Ich hoffte nicht. Denn sie waren ja diejenigen, die *mir* einen Gefallen taten. Ich hoffte, Regina Bray hatte ihnen klargemacht, dass ich mich in einer Notlage befand. Zum Glück wussten sie über Jude und mich Bescheid. Vermutlich hielten sie mich einfach für verrückt.

In ruhigen Momenten wünschte ich mir, dass nicht ganz Abbeyville darüber Bescheid wüsste, was Jude in den vergangenen Jahren getrieben hatte.

Fast jeden Abend aß Jude mit mir zu Abend. Jetzt tranken wir nicht mehr nur abends eine Tasse Tee miteinander, sondern er begleitete mich nach einem Tag auf dem Boot von der Schule nach

Hause und blieb dann noch bis etwa 21:00 Uhr. Wie versprochen machte er keinerlei Anstalten, mich auch nur zu küssen. Und wenn er aus meinem Badezimmer kam, frisch und immer noch nach Wasser und Wind duftend, seine Haut jetzt gebräunt und seine Augen leuchtend wie das Blau der Vergissmeinnicht-Blüten im Garten der Brays, dann hätte ich ihn am liebsten geküsst. Ich vermisste diese gestohlenen Lippenbekenntnisse unserer Jugendzeit und machte mir beinahe Vorwürfe, weil ich sie früher nicht mehr genossen hatte. Es war so schön gewesen; ich hätte das mehr auskosten müssen. Für Reue wäre später noch genug Zeit gewesen.

„Mary Margaret", sagte er etwa zwei Wochen vor unserer Hochzeit. „Setz dich. Heute Abend werde ich den Tee kochen."

Ich legte mein Kinn in die Handflächen und stützte die Ellbogen auf die Tischkante. Meine Arme pressten meine Brüste gegeneinander, und ein seltsames Prickeln erfasste mich, als ich mir meiner körperlichen Wünsche bewusst wurde.

Jude legte seine Hand auf meine. „Ich kenne die Anzeichen nur zu gut, Mary Margaret. Ich weiß, dass du mich willst."

Ich richtete mich auf. „Du bist wohl verrückt."

„Du siehst hübsch aus, wenn du errötest." Seufzend setzte er sich zu mir an den Tisch. „Du bist das süßeste Ding, das ich je gesehen habe. Das warst du schon immer. Es fällt mir beinahe schwer mit anzusehen, dass du dich jetzt wie eine Frau verhältst. Ich habe dich immer gewollt, aber jetzt ... die Art, wie du mich zufällig berührst, obwohl du das wirklich nicht müsstest, und mir zeigst, dass du Brüste hast ..."

Ich konnte nicht mehr an mich halten und brach in Gelächter aus. Er stimmte mit ein.

„Das ist peinlich!", sagte ich eine halbe Minute später, nachdem der Teekessel gepfiffen und er das Wasser in die Teekanne gegossen hatte. „Aber du hast recht. Es ist, als wären die Rollen gewissermaßen vertauscht."

„Aber nur ein bisschen. Deine Annäherungsversuche sind süß, Mary Margaret. Sehr viel schöner, als ich es vom *Block* kenne. Ehrlich und natürlich. Du kannst dir nicht vorstellen, wie verdreht Sex werden kann, wenn man allen seinen Wünschen nachgibt. Glaub mir, von der ganz normalen Annäherung zweier Körper wären die Leute da draußen innerhalb von dreißig Sekunden zu Tränen gelangweilt."

„Oh. Du wirst das jetzt doch nicht weiter ausführen, oder?"

„Nein. Ich habe bereits zu viel gesagt. Aber ich meine Folgendes: Da ich auf der anderen Seite des Sexgeschäftes stand, der Seite derer, die bedienten, habe ich viel erlebt."

„Ich weiß", flüsterte ich. *Ich will es nicht wissen*, jammerte mein Herz.

„Die Leute denken immer, noch einen Kick, noch eine Erfahrung, noch ein größeres Risiko, dann finden sie es."

„Was ist *es*?"

Er zuckte die Achseln. „Ich denke, das ist bei jedem anders." Er stellte die Kanne auf den Tisch.

„Du weißt, was ich dazu sagen muss, Jude."

„Ich würde dir ja zustimmen, wenn ich nicht erlebt hätte, dass die Kirche dieselben Dienste anbietet wie ich."

„Wie kannst du so etwas sagen?!"

Er nahm die Zuckerdose von der Arbeitsfläche. „Die Menschen, die in die Kirche gehen, wirken jedenfalls nicht glücklicher als die Leute, die Stammgäste in den Clubs sind."

„Aber ohne Jesus ist die Kirche nichts. Siehst du ihn als jemanden, der im Sexgeschäft tätig ist?"

„Nein. So weit würde ich nicht gehen."

„Du darfst Jesus nicht mit seiner Institution auf der Erde verwechseln. Die Kirche wird am Ende keinen Bestand haben, weißt du. Und sie ist voller fehlerhafter Menschen."

„Und warum bist du ihr dann so zugetan?"

„Weil sie alles ist, was wir haben, so unvollkommen sie auch ist. Ich bin dort immer zufrieden gewesen. Ja, auch in der Kirche findet man viele Halunken, das ist richtig, aber der Heilige Geist scheint die Dinge doch irgendwie immer wieder in Ordnung zu bringen."

„Wie zum Beispiel bei den Kreuzzügen?"

Aus irgendeinem Grund zuckte ich bei solchen Anschuldigungen nie zusammen. „Genau! Jesus liebte seine Kirche zu sehr, um zuzulassen, dass sie mit solchen Dingen weitermachte!"

Wie die Sexskandale in der heutigen Zeit.

„Du bist ein seltsamer Vogel, Mary Margaret. Ein seltsamer Vogel mit wunderschönen Brüsten. Mir gefällt es sehr, wie du dasitzt."

Ich lehnte mich zurück. „Du bist unmöglich."

„Ich fühle mich mehr als geschmeichelt. Ich habe dich immer gewollt, das weißt du, und ich wünschte, ich könnte dein Angebot annehmen."

„Ich habe nichts angeboten", flüsterte ich und dachte daran, wie die Krankheit unbemerkt in ihm weiterwütete, höchstwahrscheinlich in seiner Leber und den inneren Organen und vielleicht sogar in seinem Gehirn. *Lieber Jesus, hilf mir, ihn nicht zu wollen. Es wäre nicht gut.*

„Du hast recht." Er löffelte Zucker in meine Tasse und rührte für mich um. Sein Atem strich sanft über meine Wange. „Ich bin einfach jahrelang darauf trainiert, auf kleine Zeichen zu reagieren. Und bei dir nehme ich diese Zeichen wahr."

„Das tut mir leid."

„Das muss es nicht."

Er goss Tee in seinen Becher. „Ich will dir erzählen, was ich in den vergangenen Jahren erlebt habe, Mary Margaret. Alles, woran ich mich erinnere."

„Bist du sicher?" Ich starrte ihn verblüfft und mit offenem Mund an. Noch heute wundere ich mich, dass meine Unterlippe nicht in meiner Teetasse landete. War *ich* sicher, das war wohl die bessere Frage. Bestimmt war die Wahrheit besser, als Vermutungen darüber anzustellen, wie er gelebt hatte, oder? Doch die groben Züge der Geschichte kannte ich ja. Reichte das nicht?

Ich erinnere mich, während des Studiums für ein Seminar über Kirchengeschichte etwas über die Urgemeinde gelesen zu haben. Die Beichte geschah anfangs vor der gesamten Gemeinde. Man stelle sich das vor! Das würde uns von vielem abhalten, nicht? Damals, in jener kleinen Küche, als wir bei Tee und wehenden Vorhängen am Tisch saßen und die alten Leute nebenan sich immer noch leise unterhielten, wusste ich, dass Jude Keller wohl einfach seine Sünden bekennen musste.

Das geht uns allen so. Es ist wie die Desinfektion einer Wunde:

Es tut höllisch weh, aber danach fühlt man sich, als sei man aus einer Grube der Verzweiflung aufgestiegen.

Als er begann, sah ich Jesus in einem Sessel im Wohnzimmer sitzen, sein Gesicht mir zugewandt. Er nickte mir aufmunternd zu. Der Hohepriester war gekommen, um persönlich Judes Beichte anzuhören, und er würde ihm die Absolution erteilen. Ich lebte seit 22 Jahren damit, dass Jesus mich ab und an besuchte, aber dieses Mal war es anders. Dieses Mal leuchtete seine Gnade mit solcher Klarheit um ihn, dass ich mich fragte, ob er unsere kleine Wohnung vielleicht hinauf zu den Toren des Himmels getragen hatte. Wenn ich zum Fenster hinausschauen würde, würde ich dann das endlose Universum und nicht das kreisende Licht des Leuchtturms sehen?

Und dann sagte Mr Plumber nebenan (ich hatte mich nach ihrem Namen erkundigt): „Myra, heute habe ich wirklich üble Blähungen!"

Und Jude, Jesus und ich lachten.

„Wie passend!", bemerkte ich. „Also los, Jude. Wollen wir uns ins Wohnzimmer setzen, wo es bequemer ist?"

„Okay."

Wir nahmen unsere Teetassen und setzten uns auf die Couch. Jesus blieb in seinem Sessel sitzen.

„Soll ich die Augen schließen?"

„Wenn du möchtest. Ja, vielleicht wird es dadurch etwas leichter. Wo fange ich an?"

„Wo du willst."

Was er mir erzählte, war unvorstellbar. „Meine Mutter fing an, an mir herumzufummeln, als ich vier war. Zumindest erinnere ich mich seit dieser Zeit daran."

„Oh, Jude!"

„Schließ die Augen, Mary Margaret. Bitte. Bisher habe ich noch mit keiner Menschenseele darüber gesprochen."

Er hielt inne und ergriff meine Hand. Ich spürte die Wärme seiner Haut in der Dunkelheit meiner geschlossenen Augen und versuchte, meine Kraft durch die Berührung auf ihn zu übertragen.

„Die Verwirrung und der Hass töteten jedes Gefühl in meinem Herzen, bis auf einen kleinen Bereich – den Bereich, der dem kleinen rothaarigen Mädchen gehörte, das ich, als ich fünf und sie drei war, an Land entdeckte, wo es mit seiner Tante unter einem Baum saß."

Jesus setzte sich neben mich, und ich spürte seine Hand auf meiner Schulter. Sie bebte, weil er weinte. Wenn nur Jude hätte sehen können, wer die ganze Zeit mit ihm geweint hatte!

„Warum bist du mit ihr vom Leuchtturm weggegangen?"

„Mein Vater hat mich dazu gezwungen. Er sagte, es sei nicht richtig, dass sie allein ginge. Ich sei ihr Sohn. Sie sei meine Mutter. Kinder gehörten zu ihrer Mutter."

„Wusste er ... davon?" Erneut öffnete ich meine Augen.

„Ich habe es angedeutet, aber er ging nicht darauf ein. Er wollte es wohl nicht wissen, wollte lieber so tun, als wäre alles in Ordnung, als hätte nichts Böses unser Leben dort auf dem Leuchtturm vergiftet."

„Kein Wunder, dass du ihn gehasst hast!", flüsterte ich.

„Jetzt, wo du Bescheid weißt, verstehst du mich vielleicht besser."

„Es ist so schrecklich. Ich fand deine Mutter eigentlich immer sehr nett. Irgendwie ... wild, sicher, aber doch ein guter Mensch. Es tut mir leid, dass ich das nicht erkannt habe, Jude."

„Ach, Mary Margaret." Er drückte meine Hand, und ich bildete die Brücke zwischen ihm und Jesus. „Ich wundere mich nur, dass du weißt, was Befummeln ist!" Er lachte. Ich nicht. „Na ja, also, ich tat ... *Dinge* mit ihr. Ich dachte, ich hätte Mitschuld daran, weil ich ... es tun konnte. Weil mein Körper ..."

Das Bild von Jude mit seiner Mutter drängte sich in mein Gehirn, und ich kniff die Augen zu, um mich davor zu schützen. „Es tut mir so leid", flüsterte ich.

„Meine Mutter stützte sich auch emotional auf mich. Sie nannte mich immer ‚den Mann im Haus' und behandelte mich wie ihren Ehemann, aber gleichzeitig war ich auch ihr Sklave. Und diese verfluchte Insel ... ich fühlte mich so machtlos. Als ich älter wurde, hatte ich ein ziemliches Geschick auf diesem Gebiet entwickelt, und ich merkte, dass ich endlich Macht ausüben konnte, wenn ich mit Mädchen zusammen war. In der Highschool und so. Und dann später, im *Block*, stellte *ich* die Bedingungen."

„Du brauchst nicht weiterzuerzählen."

„Doch, ich möchte es aber. Bristers Vorstellungen davon, was einen Mann ausmacht, und dann die Sache mit meiner Mutter ... nun, für mich war Sex wohl immer etwas weniger bedeutungsvoll als in deiner Vorstellung."

Er trank einen Schluck Tee und fuhr fort. Jetzt konnte ich seine vorzeitige sexuelle Aktivität und Ausstrahlung besser einordnen. Leider.

„Ich verlor meine Jungfräulichkeit dann endgültig, könnte man sagen, als ich dreizehn war."

„Mit deiner Mutter?"

Er nickte. „Falls ich Rache gewollt hätte, hätte ich keinen Finger zu rühren brauchen, als wir bei Brister einzogen. Der Zorn auf meine Mutter reichte so tief, dass ich nichts dagegen unternahm, als Brister anfing, sie zu schlagen. Ein Schlag und sie parierte", bemerkte Jude kopfschüttelnd. „Ich hatte immer Schuldgefühle, weil ich nicht eingegriffen habe."

„Wirklich?" Ich empfand auf einmal kein bisschen Mitleid mehr mit ihr. Wenigstens war Jesus da, und er hatte Mitleid genug für uns beide.

Ja, T–, das stimmt. Weißt du, auch Petra hat ihre Geschichte. Und sie bricht mir das Herz genauso wie Judes Erlebnisse. Vor langer Zeit war sie ein unschuldiges kleines Mädchen. Dann kam ihr Onkel, verstehst du ...

Jude fuhr fort und erzählte seine Erlebnisse aus der Schule, und ich fand das alles nur zu verständlich angesichts dessen, was er zu Hause erlebt hatte.

Schließlich erhob er sich und spülte seine Tasse ab. „Ich denke, wir sollten es für heute genug sein lassen. Vielleicht kann ich den Rest morgen erzählen."

Ich konnte ihm nur zustimmen. Mittlerweile hatten wir schon sieben Sexualpartnerinnen durch.

„Mary Margaret, bist du sicher, dass du das verkraftest?"

Jesus drückte erneut meine Schulter und flüsterte mir zu: „Ja, das kannst du."

„Ja."

Er beugte sich vor, küsste mich auf die Wange – ein schneller, brüderlicher Kuss –, schnappte sich seine Jacke und ging zur Tür. „Nacht."

Ich lief in die Arme meines Jesus und vergoss so viele Tränen, dass die Bucht beinahe über die Ufer getreten wäre. Er weinte mit mir; seine Tränen durchnässten meine Bluse; heiliges Wasser, das das segnete, was ich bald tun würde.

„Du musst ihn lieben, T–. Ganz und gar."

„Auch körperlich?"

„Ja."

„Aber warum?"

„Du bist seine Braut, er ist dein Bräutigam. Du musst dich ihm ganz hingeben und ihr müsst eins werden. Nur dann kann er heil werden."

Ich schaute in seine Augen. Sie waren warm und von so unendlicher Liebe erfüllt, dass ich es nicht beschreiben kann. Oh, wir Sterblichen wollen so gern das Unendliche erfassen, aber das gelingt uns nicht.

„Du hast nichts zu befürchten", sagte er. Dann drückte er mir einen Kuss auf die Haare und ging.

20

Ich habe gerade auf die Uhr gesehen. John müsste in etwa einer Stunde hier sein, ich habe also noch reichlich Zeit zu schreiben. Das Erzählen dieser Geschichte hat eine unendliche Flut von Gefühlen zurückgebracht, und ich bin erstaunt, dass sie nicht sämtliche Koffer auf dem Gepäckband mit fortgespült haben.

Heutzutage kennen wir das Problem des sexuellen Missbrauchs nur zu gut, aber damals gab es nicht einmal eine Bezeichnung dafür, abgesehen von dem Wort Inzest, das beinahe auf ein gegenseitiges Einverständnis schließen lässt. Und damals wie heute sind männliche Opfer noch eher geneigt, nicht darüber zu reden. Aber, meine Schwestern, ihr sollt wissen, dass es Jesus ernst ist, wenn er uns auffordert, keine Angst zu haben. Die Syphilis war nur eine von Judes vielen Problemen, und doch stand Jesus die ganze Zeit an meiner Seite.

Durch diese Geschichte möchte ich euch so vieles klarmachen, aber vielleicht wäre es besser, wenn ihr einfach eure eigenen Schlussfolgerungen zieht und Gott sprechen lasst, wie er will. Fühlt euch frei, über mich zu urteilen, wenn ihr die letzte Seite umgeblättert habt.

Am folgenden Tag holte Jude mich von der Schule ab. Er wollte da weitermachen, wo wir am Abend zuvor aufgehört hatten. Doch ich hatte einen anderen Vorschlag. „Komm, wir gehen zum Schnellimbiss, holen uns zwei Hamburger und machen ein Picknick."

Gemeinsam schlenderten wir über die Main Street zum Burger-Restaurant. Ich schob meinen Arm durch seinen und schritt hoch erhobenen Hauptes dahin, weil der schönste Mann, den es auf der Insel je gegeben hatte, an meiner Seite ging. Mir machte es nichts aus, dass niemand verstand, warum ich mein Schicksal mit seinem verknüpfte. Es war mir egal. Jude liebte mich, und ich liebte ihn.

Ich habe nie begriffen, warum oder wie, aber als wir draußen auf den Docks in der Nähe von Bristers Boot saßen, unsere Hamburger verspeisten und die Füße über das Wasser baumeln ließen, nahm ich jedes Wort des Bekenntnisses, das aus seinem Mund kam, in mich auf, deckte es mit meiner Unschuld zu, ertränkte es in meiner Jungfräulichkeit, bis alles, was er getan hatte oder woran er sich erinnerte, seinen letzten Atemzug in meinem Herzen getan hatte.

„Es ist vorbei", sagte ich zu ihm.

Er seufzte, und sein Atem mischte sich mit dem Wind und flog hinaus über das vom Mond beschienene Wasser. Ich legte meinen Kopf an seine Schulter. „Ich liebe dich, Jude."

Er zog mich an sich, drückte meinen Kopf an seine Brust und strich mir über die Wange. „Und beim besten Willen kann ich das nicht glauben oder verstehen. Aber ich wäre ein Narr, wenn ich es nicht mit beiden Händen ergreifen würde."

„Darin bist du schon immer gut gewesen."

Um Judes Privatsphäre zu schützen und aus Respekt vor den Toten werde ich die Einzelheiten aus Judes Leben im *Block* eurer Fantasie überlassen. Ich denke, eure Fantasie wird geprägt sein von euren eigenen Erfahrungen, aber lasst euch sagen, ihr könnt es vermutlich nicht einmal erahnen, wenn ihr nicht in den Schuhen gelaufen seid, die Jude getragen hat. Aber bitte verurteilt ihn nicht. In meinen Augen war er wunderschön. Innerlich wie äußerlich.

Erstaunlicherweise gab es einen Menschen auf der Insel, der Jude für verrückt hielt, weil er *mich* heiratete! Eine jungfräuliche Beinahe-Nonne für verrückt zu erklären, weil sie einen Mann heiratet, der seinen Körper und seine Seele an Fremde verkauft hatte, fällt nicht schwer. Bestimmt nicht. Welche Frau, die recht bei Verstand war, heiratete einen ehemaligen drogenabhängigen Stricher? Die Drogen, nun, die sind nicht so sensationell. Aber hinter der Prostitution steckt mehr. Viele Menschen blickten wegen seiner Vergangenheit auf Jude herab, obwohl sie aus praktischen Gründen genau dasselbe getan hatten wie er. Sie wurden nur nicht dafür bezahlt. Beim besten Willen kann ich eine solche Kleingeistigkeit nicht begreifen. Jude hat zumindest nie so getan, als wären seine

Dienste etwas anderes als geschäftliche Transaktionen ohne Bedeutung gewesen.

Einige von Judes wilden Kumpels aus Highschooltagen jedoch waren der Meinung, dass sie seine „Hochzeit mit einer Nonne" (obwohl das ja gar nicht stimmte) zum Totlachen fänden. Jude hätte sie am liebsten verprügelt.

„Na ja, wenigstens bekommst du einen Rotschopf!", rief ein Freund uns etwa eine Woche vor unserer Hochzeit hinterher. „Wie ich höre, sind die ganz schön wild im Bett."

Jude hob nur die Hand und ging weiter. Im Vergleich zu anderen war dies noch eine relativ zahme Bemerkung. Doch dann drehte er sich auf dem Absatz um und ging zu seinem alten Schulfreund, einem gewissen Ben Cropper, hinüber.

„Ben, kann ich dich einen Augenblick sprechen?"

„Darauf kannst du wetten. Das wird gut."

Alle lachten.

Sie zogen sich zur Straßenecke zurück, und ich wartete neben der Bar, in der sich die Gruppe traf. Ich wollte nicht so tun, als hätte ich etwas anderes zu tun, darum lehnte ich mich an das Gebäude und beobachtete das Gespräch. Verstehen konnte ich allerdings kein Wort. Einige Frauen in engen T-Shirts und Röcken starrten mich an, und ich lächelte zurück, aber sie trauten mir nicht. Ich konnte ihnen das nicht verübeln, trug ich doch einen mit Rosen bedruckten Rock und eine rosa Bluse, ein beinahe nonnenhaftes Outfit. Die Kirche hat so etwas Jenseitiges an sich, etwas, das bei Außenstehenden immer ein gewisses Misstrauen erregt. Und der Glaube ist, na ja, noch mehr Grund für Misstrauen. Alles Überirdische ist Menschen, die keine Antenne dafür haben, anscheinend ein wenig unheimlich.

Das Gespräch schien höflich zu verlaufen, es gab wenig Gesten, bis Ben sich mit der Hand durch die Haare strich und den Kopf schüttelte. Ich hörte ihn sagen: „Ach, Mann, Jude!"

Eine Minute später reichten sie sich die Hand, und Jude kam wieder zu mir. Er zog meinen Arm durch seinen und wir gingen weiter.

„Worüber habt ihr gesprochen?"

„Ich habe ihm die Wahrheit gesagt. Dass ich Syphilis habe und du mich heiratest, um mich zu pflegen, wenn ich im Sterben liege."

„Warum hast du ihm das erzählt?"

„Weil das nun mal der Grund ist. Die Leute sollten es erfahren. Das hast du verdient, Mary Margaret."

„Aber das geht doch niemanden etwas an, Jude. Das brauchte doch niemand zu erfahren."

„Es ist doch egal. Ich bin sowieso bald tot."

„Das war nicht, was ich hören wollte."

Er drückte mir einen Kuss auf die Schläfe, und wir gingen zu meiner Wohnung zurück, die bald auch seine sein würde.

Am folgenden Tag stand er 15 Minuten vor Beginn der Messe in St. Francis vor meiner Tür. Er trug einen Anzug und eine Krawatte und mied meinen Blick, als ich fragte: „Willst du mit mir zur Kirche gehen?"

„Kann ich hereinkommen?"

„Aber natürlich. Ich wollte gerade meinen Schal und meine Tasche holen. Möchtest du eine Tasse Kaffee oder so?"

„Nein, danke."

Das Unbehagen schien wie Ameisen in seiner Kleidung herumzukrabbeln. Ich nahm einen rosa Schal von der Garderobe und nahm meine Tasche. Regina Bray hatte mir ein rosa Kleid mit Jacke für die Kirche genäht und passende Schuhe und eine Handtasche dazu gekauft. Ich fand, dass ich recht gut aussah, aber da ich keinerlei Sinn für Mode habe, kann ich schlecht beurteilen, ob ich tatsächlich vielleicht wirkte wie ein Trampel in einer Audrey-Hepburn-Aufmachung. Ich besaß nur wenig Kleidung, aber Regina achtete darauf, dass alles zusammenpasste.

„Du siehst sehr hübsch aus, Mary Margaret. Hübsch und frisch."

„Danke. Ich bin immer noch ein wenig schockiert, dich hier und heute zu sehen."

„Es gibt noch einiges, was du über mich nicht weißt. Nicht alles ist schlecht."

Er nahm meine Hand, und gemeinsam gingen wir durch die Straßen zur Kirche.

Wir verfolgten die Wortliturgie und lauschten Pater Thomas' Predigt, an die sich die Eucharistiefeier anschloss. Jude konnte das Glaubensbekenntnis mitsprechen, kannte das Gloria, er wusste, wann er sich setzen, sich erheben und niederknien musste. Alles. Als das Abendmahl ausgeteilt wurde, blieb er auf seinem Platz sitzen, aber ansonsten schien er sich in der Kirche ganz zu Hause zu fühlen.

Ich hob den Blick zum Himmel und sagte zu Jesus: *Du hast mir wohl einiges zu erklären, mein Freund.*

Ganz ehrlich, ich habe nie von meinem Hochzeitstag geträumt. Als kleines Mädchen verschwendete ich keinen Gedanken an eine Hochzeit, plante kein Hochzeitsessen, überlegte nicht, wer meine Brautjungfern werden sollten. Eine Puppe besaß ich nie, darum habe ich ihr auch nie ein Brautkleid angezogen. Mintgrüne, rosa oder himmelblaue Brautjungfernkleider? Wen interessierte das schon? Ich hatte in meinem Leben nur an einer einzigen Hochzeit teilgenommen, und das war Angies gewesen. Ein großartiges Erlebnis! Angie war eine so schöne Braut.

Jude und ich wollten ganz ohne Aufsehen heiraten und wünschten uns eine einfache Zeremonie. Die besten Dinge geschehen leise. Johnson Bray schneiderte mir ein Kleid, ein knöchellanges Satinkleid mit kleinen Rosetten auf dem Rock. Zu dem schlichten Oberteil gehörte eine kurze Jacke mit Dreiviertelärmeln. Außerdem trug ich den Schleier meiner Großmutter. Die feine Spitze zerfiel beinahe unter dem Druck meiner Finger. Regina Bray steckte mir meine Haare hoch und legte mir Make-up auf – Dinge, an die ich nicht gewöhnt war.

„Du siehst wunderschön aus, Mary Margaret", sagte sie, als sie mich umdrehte, damit ich mich in dem großen Spiegel in ihrem Schlafzimmer betrachten konnte.

Das stimmte. Atemberaubend? Nein. Aber weitaus eleganter als sonst? Ja.

Angie kam ins Zimmer. Sie trug Reginas gelbes Chiffonkleid, und in den Händen hielt sie einen Strauß gelber Rosen. „Du siehst ja toll aus!"

„Wirklich?“

Seht ihr? So etwas hatte bisher niemand außer Jude zu mir gesagt. Und ehrlich, damals hatte ich ihm nicht geglaubt. Ich dachte, dass er mich nur dazu bringen wollte, mit ihm ins Bett zu gehen.

Ich betrachtete mich im Spiegel, schaute mich einmal wirklich an, und mir wurde klar, dass ich keinerlei Ähnlichkeit mit meiner Mutter hatte. Meine Haare hatte ich von dem Vergewaltiger geerbt, aber mir hatte die Farbe immer gefallen.

„Wirklich. Bist du bereit? Dein Bräutigam wartet.“

Mrs Bray lächelte und reichte mir meinen Brautstrauß, einen ganzen Arm voll Callas.

Nein, ich hatte diesem Tag nicht entgegengefiebert. Den leichten Stich der Traurigkeit verdrängte ich. Für mich würde es nur einen Hochzeitstag geben, das stand fest! Nachdem dieser Tag überhaupt nur durch Gottes Eingreifen zustande gekommen war, hatte ich keinen Zweifel daran, dass ich in dieser Richtung keine weiteren Schritte unternehmen würde, nachdem Jude an der Syphilis gestorben war.

„Kann ich noch ein paar Minuten allein sein?“, fragte ich die Damen. Sie verstanden mich und stiegen die Treppe hinunter, um vor der Trauung noch schnell eine Tasse Kaffee zu trinken.

Ich setzte mich auf die Kante des Betts und stellte mir vor, wie ich mit Jude darin lag, und ich war fast sicher, dass sein süßer Atem über meine Wange strich, als ich mich schließlich erhob und mich der Hochzeit stellte, die sicherlich die seltsamste war, die je gefeiert wurde.

„Nur du, Jesus.“

Ich legte meine Hand auf den Türknauf und öffnete langsam die Tür. Meine Zukunft lag im Ungewissen. Ich heiratete jetzt also diesen Mann, aber ich hatte keine Ahnung, wie es danach weitergehen würde. Und wie sollte ich ihn dazu bringen, mit mir zu schlafen?

Aber immer eins nach dem anderen. *Jetzt heirate den Mann erst mal, Mary Margaret.* Die Worte, die meine Großmutter jetzt ganz sicher gesagt hätte, kamen mir in den Sinn, und ich konnte nicht anders – ich lachte laut auf.

Gott, hilf mir, betete ich. So fühlte es sich also an, wenn man kalte Füße bekam. Vielleicht war es noch nicht zu spät, mich wieder in die Arme von Schwester Thaddeus zu flüchten?

Aber wäre ich tatsächlich geflüchtet? Das ist eine Frage, auf die ich keine Antwort weiß, und zum Glück empfand ich in all diesen Jahren nach unserer Hochzeit nie den Wunsch, sie zu finden.

21

Ich schweife schon wieder ab. Später komme ich bestimmt noch einmal auf die Hochzeit zurück, aber jetzt muss ich euch zunächst von meinem ersten Tag in Swaziland erzählen.

Pater John Keller, mein Sohn, ist jetzt 41 Jahre alt, eine Tatsache, die mich immer wieder erstaunt. Er sieht mir überhaupt nicht ähnlich, abgesehen von der blassen Haut und den roten Haaren, aber seine sind nicht karottenrot wie meine, sondern dunkler, wie Rost im Regen. Sie werden an den Schläfen bereits grau, und leider hat er die Veranlagung meiner Großmutter zum Dickwerden geerbt, obwohl er sich nur von Reis und Bohnen ernährt. Allerdings hat er die Augen und die Nase seines Vaters, und wenn die Sonne auf sein Profil fällt und sich beim Lächeln seine Augenwinkel in diese wunderbaren Fältchen legen, sehe ich seinen Vater vor mir. Und er trägt einen Bart. Einen wunderschönen roten Bart!

Als er am Flughafen von Johannesburg auf mich zukam, wunderte ich mich, dass er noch seine OP-Kleidung trug. Zwar ist bei den Jesuiten keine Ordenstracht oder so etwas vorgeschrieben, aber ich weiß nicht – man erwartet zumindest einen Priesterkragen und ein schwarzes Hemd.

„Mama!" Er eilte auf mich zu, und sein Gesicht leuchtete auf wie eine Fackel. Drei Jahre lang hatte ich meinen Sohn nicht mehr gesehen. Die Falten in seinem Gesicht hatten sich durch die afrikanische Sonne vertieft, und ich vermute, dass auch die Probleme und traurigen Erlebnisse im Zusammenhang mit seiner Arbeit ihre Spuren hinterlassen hatten. Er sieht so viel Elend und Tod.

Oh, es tat so gut, ihn in den Armen zu halten. Na ja, bei seiner Größe lag ich wohl mehr in seinen Armen. Das hat er vermutlich von Bruder Joe geerbt. John ist, vorsichtig ausgedrückt, ein Bär von einem Mann. 1,95 Meter misst er, und dabei war er ein so winziges Baby, das nach seiner Geburt nur ganz kurz schrie.

Und erst sein Lachen! So klangvoll. Ich kann nicht sagen, von wem er das hat. Er meint, er hätte es im Seminar gelernt. Da hieß es entweder Lachen oder Weinen.

Wieder zog er mich in seine Arme. „Ich kann kaum glauben, dass du wirklich hier bist, Schwester Mary Margaret."

„Ich auch nicht, Pater John." Als ich dann doch endlich mein Gelübde abgelegt hatte, fingen wir an, uns scherzhaft mit unseren Titeln anzureden. „Dein Onkel Gerald war ganz außer sich, als er mich zum Flughafen fuhr."

„Aber er kann doch kaum noch etwas sehen!" Und sein Lachen dröhnte so laut durch das Gebäude, dass viele Leute am Gepäckband zu uns herübersahen. Die meisten dieser Leute lächelten. Und manche stimmten in sein Gelächter mit ein.

„Die Fahrt war ein Albtraum!" Ich nahm meinen Rucksack, und er schnappte sich meine Reisetasche. „Mindestens fünfmal lief mein Leben wie ein Film vor meinen inneren Augen ab. Ich habe fünf Barmherzigkeitsrosenkränze für ihn gebetet, damit er lebend wieder auf der Insel ankommt!"

In der Nähe meines Sohnes fühle ich mich einfach wohl.

Im Augenblick sitze ich vor Johns Klinik. Im Juli ist hier Winter. Zum Glück war mir das gerade noch rechtzeitig eingefallen, und ich hatte mir eine Jacke mitgebracht. Trotzdem scheint die Sonne, und die Erde ist staubig unter meinen Füßen. Heute sind es 18 Grad hier. Heute Nacht wird die Temperatur vermutlich unter 10 Grad fallen.

Diebstahl ist hier keine Seltenheit. In viele der Lehmhütten wird eingebrochen, und die Decken werden gestohlen. Als wir in Manzini waren, habe ich Angie eine E-Mail geschickt und sie gebeten, bei den Schulschwestern um Spenden zu bitten, damit ich Decken kaufen und verteilen kann.

Nachdem John mich am Flughafen abgeholt hatte, fuhren wir direkt ins Nazarener-Hospital in Manzini, wo er operiert. Doch zuerst mussten wir Johannesburg hinter uns lassen, das mit der höchsten Kriminalitätsrate der Welt einen fragwürdigen Rekord innehat. Zäune mit Stacheldrahtrollen als Krone sind hier ein gewohnter Anblick, und der Beton fühlt sich unter deinen Füßen irgendwie härter an. Schwarze und Weiße halten sich immer noch fern voneinander, mehr noch als in den Vereinigten Staaten.

Bei meinem letzten Besuch vor ein paar Jahren hatte ich eine andere Schulschwester von St. Mary's kennengelernt, eine Frau aus Nigeria. Wir aßen in einem kleinen Restaurant zu Mittag, und ich bekam ein Glas Wasser hingestellt. Sie nicht, bis sie darum bat. Meine Bestellung wurde sofort entgegengenommen. Sie musste sich bemerkbar machen und mehrmals sagen, was sie essen wollte. Der Kellner legte ein unverschämtes Auftreten an den Tag, und sein Verhalten zeigte deutlicher, als Worte es ausdrücken könnten, was er von der Aufhebung der Rassentrennung hielt.

Ich empfand einen solchen Zorn, dass ich mich beschweren wollte, doch meine Mitschwester legte beschwichtigend ihre Hand auf meine und sagte: „Jesus wurde auch von den Menschen verachtet und zurückgewiesen."

Na ja, das stimmt schon.

Auf der Schnellstraße hat man beinahe das Gefühl, dass die Stadt einen auf das afrikanische Land ausspuckt. Die Landschaft weitet sich, und Büsche und Gräser gedeihen am Wegrand. Inseln aus Leben sprießen aus der Erde hervor. Die Kohleminen, deren Abraum an ein Endzeitszenario erinnert, weichen zurück. Und dann kommen die kleinen Hügel, die sich in Wellen fortsetzen, die ihre Muskeln strecken und langsam immer höher und zu Bergen werden, zu herrlichen, grünen Bergen. Swaziland raubt einem einfach den Atem.

Das geht mir jedes Mal so.

Im Krankenhaus angekommen schlossen wir den alten braunen Landrover ab, und John nahm meinen Arm. Das Krankenhaus ist ziemlich heruntergekommen; mehrere Gebäude sind durch ein Labyrinth von Gängen und Höfen miteinander verbunden. Das Gebäude mit der Betonfassade ist in einem warmen Goldton gestrichen, die asphaltierten Wege sind von den vielen Füßen, die seit der Erbauung des Krankenhauses durch ein schottisches Ehepaar 50 Jahre zuvor über diese Wege gelaufen waren, ganz glänzend und glatt geworden.

„Wie wäre es, wenn du auf die Frauenstation gehst?", schlug John vor. „Ich brauche vermutlich noch ein paar Stunden. In der hinteren Ecke des Krankensaals auf der rechten Seite liegt eine Freundin von mir. Kein Mensch kümmert sich um sie. Ihr Name ist Precious. Wenn ich hier bin, füttere ich sie, aber das ist leider nur einmal in der Woche." Dieses Mal lachte er nicht. „Ich weiß ehrlich nicht, ob sie außerdem überhaupt etwas zu essen bekommt, Mama. Ich hoffe, sie ist noch am Leben."

„Ich werde sie finden, wenn sie noch hier ist."

„Du kannst sie nicht übersehen. Sie sieht aus wie ein Skelett. Ich hole dich ab, wenn ich fertig bin."

Ich blickte ihm nach, als er sich entfernte, seine große Gestalt ein wenig gebeugt. Vermutlich, weil er immer auf seine Patienten herabblicken musste. Oder, wie er sie nennt, auf seine Freunde.

John nennt jeden „Freund". Wie Jesus.

Ich habe so viel aufgegeben, um dieses Kind zur Welt zu bringen. Anstatt in meinem Leben Kinder an exotischen oder zumindest weit entfernten Orten zu unterrichten, bereitete ich zahllose Thunfischsandwichs zu, las unzählige Bücher vor, ging mit ihm am Strand spazieren, ließ Drachen steigen und liebte ihn, als wäre er Wein und ich eine Alkoholikerin, die sich nicht unter Kontrolle hat.

Kann ich euch sagen, dass es das wert war? Definitiv! Denn so war es. Jeder Moment, in dem ich meine Schwestern vermisste, wurde wettgemacht durch seine Liebe. Und ich trauerte dem Leben, das ich aufgegeben hatte, tatsächlich nach. Es war nicht so, als hätte Jesus mir alle diese Sehnsüchte abgenommen. Ich vermisste es, mich zu den seltsamsten Stunden in die Kapelle zu stehlen, um zu beten. Mir fehlten die täglichen Messen. Mir fehlte die Heiterkeit des Zusammenseins mit meinen Schwestern. Das nimmt viel Druck von einem, ist es nicht so?

Wie auch immer, ich schweife schon wieder ab. Und ich greife der Geschichte vor. Verzeiht mir, aber das liegt bestimmt am Alter.

Die Zustände auf der Frauenstation sind unbeschreiblich. So etwas wäre in den Vereinigten Staaten undenkbar. Es ist ein langer Raum, in drei Bereiche aufgeteilt. Etwa 30 Frauen liegen hier. Viele sterben an AIDS, obwohl ihre Familien das nie zugeben würden. In einem Land mit einer der höchsten HIV-Rate der Welt wundert man sich, dass niemand offiziell an AIDS erkrankt ist, dass Menschen in den Häusern verschwinden und nicht mehr gesehen werden. Wirklich.

Als ich durch die Station ging, kam ich mir ziemlich blass vor. Es ist gut, wenn man sich blass vorkommt, nachdem man sich die ganze Zeit zu Hause so normal gefühlt hat. Blickkontakt herzustellen war schwierig, denn ehrlich gesagt, ich bin eine Betrügerin. So gut ich es auch meine, ich gehöre nicht dorthin. Aber manchmal muss man an einen Ort gehen, an den man nicht gehört, wenn es das ist, was Jesus einem aufträgt. Ich verstehe es nicht, aber aus eigener Erfahrung kann ich sagen: Wenn ich ganz am Boden lag, dann habe ich Jesus ganz besonders deutlich gesehen; wenn ich aus meiner vertrauten Umgebung gezerrt und an einen Ort voller Unsicherheit geführt wurde, dann fühlte ich mich getragen von seinen Armen.

Precious stach mir sofort ins Auge.

Es gibt ein Bild aus der Zeit der sudanesischen Hungersnot, das sich jeder in Amerika anschauen sollte, wenn er sich darüber beschwert, dass das Abendessen eine Stunde zu spät auf den Tisch kommt und sagt: „Ich bin halb verhungert." Ehrlich.

Der Mann auf dem Bild ist ein kriechendes Skelett. An seinem Körper scheint nichts mehr dran zu sein außer Knochen und Haut. Wie kann er noch am Leben sein?

Ständig höre ich Menschen über die Wahrheit reden, Menschen, die überhaupt keine Ahnung haben von der eigentlichen Wahrheit über die Welt, in der sie leben. Solange die Wahrheiten, an denen sie sich festhalten, sich in einer ordentlichen kleinen Reihe aneinanderfügen, glauben sie, sie zu kennen. Aber die Wahrheit ist, dass sie bei Picknicks und Banketten Unmengen an Essen in ihre Münder schaufeln, während andere Kinder Gottes Hunger leiden, während sich ihre Haut wie ausgetrocknetes Leder über ihre spitzen Knochen zieht.

Und ich? Wie viele Mahlzeiten habe ich gegessen, ohne darüber nachzudenken? Brauchte ich wirklich diesen fünften Rock oder das Paar Schuhe? Gott helfe mir, wenn ich mich von der Wahrheit und seiner Lehre abgewandt habe. Gott helfe mir, wenn ich es versäumt habe, meinen Nächsten zu lieben wie mich selbst. Auf dieser Station wurde ich an meine eigene Selbstsucht erinnert und an mein Versagen, jeden Augenblick für den Herrn zu leben.

Liebt Gott mich trotzdem? Oh ja. Hatte ich dort auf jener Station das Gefühl, dass ich Gott noch mehr lieben könnte? Auch das muss ich bejahen.

Precious lag in ihrem Bett und starrte an die Decke, die Zähne entblößt. Ihre Haut zog sich so straff über ihren Schädel, dass die Knochen unter ihren spärlichen Haarbüscheln hervorstachen. Die Ränder der Knochenplatten zeichneten sich ab wie Dehnungsfugen.

Verlust und Tod waren viel zu früh gekommen, und Jesus, der in Precious' Gestalt im Bett lag, zog mich an sich, die ich mir noch Augenblicke zuvor solche Vorwürfe gemacht hatte. Mein Herz verband sich mit ihrem, weil auch ich meine Familie verloren hatte: meine Mutter, Großmutter, Tante Elfi und zahlreiche andere, die ich nie kennengelernt hatte oder von denen ich nie gehört hatte. Ich spürte die Leere und Einsamkeit der Verlassenheit in einer Zeit der Not. Und dann, bei Judes Tod ...

Ich schloss kurz die Augen, öffnete sie wieder und streckte die Hand aus. „Precious."

Sie wandte mir ihr Gesicht zu. „Ja", flüsterte sie auf Englisch.

Ich legte ihr die Hand auf die Schulter. Harte Knochen. „Ich bin Pater Johns Mutter."

Ihr Lächeln war grausam anzusehen. Aber für mich war es wunderschön. „Wie geht es meinem Freund, Pater John?" Ihre Stimme war hoch und klangvoll, wenn auch etwas rau.

„Er operiert gerade. Er hat mich gebeten, dich zu besuchen. Ich bin Mary." Mir wurde bewusst, dass ich Precious' Mutter Maria und ihr Johannes und ihre Maria Magdalena war, die gekommen waren, um sie an ihrem Kreuz zu trösten.

„Schwester Mary Margaret." Ihre Augen setzten ein Ausrufezeichen.

„Er hat dir von mir erzählt?"

Sie schloss die Augen. „Er erzählt mir immer Geschichten."

Auf dem Nachttisch bemerkte ich einen Becher Orangensaft und eine Scheibe Toast. Ich sah auf meine Uhr. 16:00 Uhr. „Frühstück?"

Precious hob die Hand.

„Kommt denn keiner, um dich zu füttern?"

„Meine Familie ... alle tot."

Sie hatte so wenig Kraft, dass ich beschloss, John nach dem Schicksal ihrer Familie zu fragen und nicht sie. Ich nahm den Becher mit Saft. Ameisen tummelten sich am Becherrand, und bei dem Toast sah es nicht besser aus. Diese Frau verhungerte, während es sich die Insekten gut gehen ließen.

Hier ist alles so anders, Schwestern. Hier ist es üblich, dass die Familie ins Krankenhaus kommt und die Angehörigen pflegt und ihnen zu essen gibt. Die Schwestern versorgen die Kranken nicht wie in unseren Krankenhäusern. Die Zustände hier sind einfach beispiellos. Das muss man erlebt haben, um es zu begreifen.

Während ich die Ameisen von dem weich gewordenen Brot schnippte und ein Stück abbrach, betrat eine Gruppe die Station. Sie sangen ein altes Heilslied „Was kann meine Sünden abwaschen ..."

Oh, gut, dachte ich, *vielleicht helfen sie ja einigen dieser armen Menschen beim Essen.*

Ich kratzte die Ameisen von dem Becherrand und fischte die toten mit dem Daumennagel aus dem Saft, während sich die Gruppe in der Mitte des Raums aufstellte. Die Patienten starrten sie an. Einige der Angehörigen richteten sich auf ihren Stühlen auf, als die Gruppe verstummte.

Ich schob den Arm unter Precious' Rücken – ihre Schulterblätter bohrten sich in meinen Oberarm – und zog sie zum Sitzen hoch. Precious' Kopf fiel kraftlos zurück, und ich beugte mich vor, um ihn mit meiner Schulter zu stützen.

Die Gruppe stimmte das nächste Lied an, „Stütze dich auf die ewigen Arme". Und wenn man Musik hört, fühlt man sich doch immer gleich besser, nicht?

Precious stöhnte, als ich sie aufrichtete. Ihre Knie stachen hervor, und ihre Beine lagen wie ein *V* aus dürren Ästen auf der Matratze.

Die Gruppe, Frauen in wadenlangen bunten Kleidern, die einen schönen Kontrast zu ihrer braunen Haut bildeten, und die Männer, in Anzügen mit Krawatten, sangen so schön und melodisch, dass ich eine Gänsehaut bekam.

„Das ist schön, nicht?“, fragte ich und hoffte, Precious würde zuhören. Sie nickte und öffnete den Mund, als ich ihr den Becher an die Lippen hielt. Ein wenig Saft tropfte aus ihrem Mundwinkel, und ich putzte ihn mit dem Saum meiner Bluse ab. Ich war schon so viele Stunden unterwegs, da machte der Orangensaft auch nichts mehr aus!

Ein Mann aus der Gruppe, etwa Mitte 30, würde ich schätzen, begann auf siSwati zu predigen, seine Bibel in der Luft schwenkend.

Einige der Frauen in den Nachbarbetten zogen sich ihre Decken höher, auf jedem Bett eine andere. Manche brachten ihre Decken von zu Hause mit. Viele Augenpaare wurden glasig, als seine Worte immer schneller und schneller sprudelten und seine Stimme sich zu einem verblüffenden Crescendo steigerte. Was redete er da wohl?

Ich konnte nur hoffen, dass es Worte des Erbarmens und der Hoffnung waren, nicht der Verdammnis. Diese Menschen lagen im Sterben. Erzählte er ihnen von einem Gott der Hoffnung und der Liebe, von einem Gott, der Mensch geworden war und sich in unsere Dimensionen begeben hatte? Oh ja, das hoffte ich.

Als er fertig war, hatte Precious eine halbe Scheibe Brot gegessen und die Hälfte des Saftes getrunken. Als ich ihr ein weiteres Stück anbot, schüttelte sie den Kopf.

Die Gruppe zerstreute sich, folgte dem Pastor, der an jedes Bett trat, den Patientinnen die Hand reichte und dann weiterzog. Er drückte Precious' Schulter und wandte sich schnell ab.

Ich legte Precious behutsam zurück und zog ihre Nachttischschublade auf. Dort fand ich eine Bürste. Sie hatte kaum noch Haare auf dem Kopf, aber vielleicht wirkte es beruhigend auf sie, wenn ich sie bürstete. In der Schublade fand ich auch eine Ausgabe von *The Imitation of Christ* und ein kleines Gebetbuch.

Oh Jesus! Das ist viel besser als eine Bürste.

Ich beugte mich vor und flüsterte ihr ins Ohr: „Gib es an Jesus ab, Precious. Gib dein Leiden ab.“

Also, meine Theologie sagt mir, dass Leiden einem bestimmten Zweck dienen kann, wenn wir es zulassen. Precious hatte kaum noch Kraft zum Sprechen. Ich werde also nie erfahren, ob es bei ihr zum Ziel geführt hat.

Aber wieder nickte sie, und als sie einschlief, während ich ihr sanft die Haare bürstete, bewegten sich stumm ihre Lippen. Im Gebet? Ich hoffte es. Ich glaube es.

Die Kirchengruppe hatte inzwischen alle Hände geschüttelt und verschwand.

Ich betete auch für sie. Wer wusste schon, welches Leid es in ihren Familien gab? Vielleicht hatten sie nicht mehr zu geben als ein Lied und eine Predigt. Es war nicht meine Aufgabe, sie zu richten.

John hatte bis nach 22.00 Uhr zu operieren. Ich gab Precious noch ihr Abendessen, zumindest einen kleinen Teil davon, und half auch noch drei anderen Patientinnen beim Essen. Viele wurden von Angehörigen versorgt. Familienbande sind bei den Swazi stark wie Ankerketten; man kann sich sicher vorstellen, wie schön ich als Waisenkind das finde.

Ich fing an, über meinen Vater nachzudenken und was ich wohl über ihn in Erfahrung bringen würde. Zuerst würde ich John nach ihm fragen. Ich wollte das persönlich tun, deswegen hatte ich in meinem Brief nichts davon erwähnt. Nachdenklich zog ich die Fotos von meinem Vater aus meinem Rucksack. Das eine stammte aus der Akte im Seminar. Darauf ist er noch so jung. Und das andere ist ein Schnappschuss von unserer Hochzeit. Auf dem Foto sitzt er neben Jude auf einem Gartenstuhl, die Köpfe zusammengesteckt und in ein ernstes Gespräch vertieft.

Dies war der Augenblick, wo ich, die ich umgeben war von Tod, AIDS, sinnlosem Hunger, herumkrabbelnden Ameisen und den von zu Hause mitgebrachten Decken, erkannte, dass ich meinem Vater zwei der schönsten Glücksmomente meines Lebens verdankte: meine Ehe und meinen Sohn. Und den dritten kann ich jetzt ausleben.

Schwester Mary Margaret, in der Tat!

Ich wünschte mir, dass er noch am Leben wäre.

Ich denke, es ist an der Zeit, dass ich euch von der Hochzeit erzähle.

Ich stand neben den Eingangstüren der Kirche und spähte ins Kirchenschiff, das Mrs Bray wunderschön geschmückt hatte. Die

Brays saßen neben Schwester Thaddeus, und meine Freunde von der Schule bevölkerten die Bänke. Auch die alte Riege von St. Francis, die täglich die Messe besuchte, war gekommen. Insgesamt vielleicht 30 Personen. Eine nette, überschaubare Gruppe, Menschen, die, wie ich wusste, kein Aufhebens machen würden. Als Rosalie „LaBella“ dann schließlich mit einem Mann in einer braunen Ordenstracht die Kirche betrat, wurde ich doch ein wenig nervös, weil hier in der Vorhalle der Kirche zwei Welten aufeinanderprallten. Ich hoffte nur, dass Jude damit klarkam.

LaBella trat mit besorgtem Gesicht neben mich. „Jude hat angerufen und uns eingeladen. Ich hoffe, Sie haben nichts dagegen.“

Ich seufzte erleichtert auf. „Nein! Das ist doch wunderbar.“

„Und er hat mich gebeten, beim Empfang zu singen. Ich hoffe, Sie sind auch damit einverstanden.“ Ich zögerte. „Sie brauchen keine Angst zu haben, es ist ein sehr passendes Lied. Ich spreche mit dem Priester, wenn Sie möchten.“

Sie hatte sich auf jeden Fall angemessen gekleidet und machte den Eindruck einer ganz normalen Hausfrau aus einem Reihenhaus im Vorort. Sie trug einen dunkelroten Hosenanzug mit einem schwarzen Gürtel, einen kleinen schwarzen Hut und Schuhe mit mittelhohen Absätzen. Ihre dichten, dunklen Haare legten sich in Locken um ihr Gesicht und ihr Make-up war sehr dezent. Bestimmt kam niemand auf die Idee, dass sie als Stripperin arbeitete. Ich danke Gott für die kleinen Wohltaten.

„Ich vertraue Ihnen“, sagte ich und umarmte sie schnell.

„Das ist Bruder Joe“, stellte sie vor.

Bruder Joe hielt mir die Hand hin. Seine Stimme war leise, aber sehr warm und freundlich. „Wie schön, Sie kennenzulernen, Mary Margaret. Ich wusste immer, dass eines Tages jemand diesen jungen Mann zähmen würde. Und ich dachte, der Herr wird schon dafür sorgen, dass er ihn kennenlernt.“

Ja, es stimmt. Das war mein Vater. Doch damals hatte ich noch keine Ahnung davon. Seine Haare loderten so rot wie meine, seine Augen funkelten wie meine. Er war hager wie ich. Aber damals hatte ich keinen Blick für die Ähnlichkeit, die mir später ins Auge stach, als ich das Foto aus dem Seminar anschaute.

Bei unserer Hochzeit war er 54 Jahre alt, das grobe Tuch seiner braunen Franziskanertracht betonte die Sanftheit seiner Gesichtszüge. Wenn ich mir sein Bild ins Gedächtnis rufe, kann ich einfach nicht glauben, dass er meine Mutter vergewaltigt haben soll.

Oh ja, bestimmt kann ich mir einreden, in seinen Gesichtszügen quälende Schuldgefühle erkannt zu haben, doch zu jener Zeit dachte ich nur: *Dieser Mann liebt die Sünder.* Und es lag auf der Hand, dass seine Liebe zu Jude, seine offenen Türen entscheidend dazu beigetragen hatten, Jude von den Toten zurückzuholen.

Bruder Joe, der lächelnde, rothaarige Franziskaner, der eine Missionsstation leitete. Nichts an ihm hätte etwas anderes vermuten lassen.

Es wurde keine Messe gelesen, da Jude nicht zur katholischen Kirche gehörte. Aber Pater Thomas, immer noch mit dem Gesicht eines Engels – wenn auch nicht mehr so jung wie zu der Zeit, als er meine Mutter beerdigte –, verlieh dem Traugottesdienst eine allumfassende, heilige Freude, und wir knieten nieder, wurden gesegnet und sprachen unser Ehegelübde, und Jude hielt sanft meine Hand in seiner.

Und im Namen des Vaters, des Sohnes und des Heiligen Geistes wurden wir vor dem Angesicht Gottes, der Kirche und unserer Freunde, unserer Familie und uns selbst miteinander vereint. Ich schaute Jude an, und tiefe Liebe sprudelte aus meinem Herzen hervor. Seine Augen strahlten mich an, und ich strich mit der Hand über seine Wange.

Ich hatte nie hier stehen wollen, und doch wurde plötzlich die Freude dieses Augenblicks in mir übermächtig. Freude über das, was war, und doch auch Schmerz über das, was nie sein würde.

Fürchte dich nicht. Fürchte dich nicht.

Er zog mich an sich und hielt mich so fest, dass ich beinahe keine Luft mehr bekam.

„Du liebst mich, Mary Margaret“, flüsterte er an meinen Hals.

„Ja, das tue ich.“

Ich glaube, erst in diesem Augenblick wagte Jude, es zu glauben.

Selbst jetzt noch versuche ich, mich genauer an diese erste Begegnung mit Bruder Joe zu erinnern. Nach der Trauung verließen wir die Kirche. Auf der Rasenfläche vor der Kirche sollte die Feier stattfinden, ein bodenständiges Picknick. Mr Bray hatte die ganze Nacht hindurch ein Schwein gebraten. Er hatte eine Grube gegraben und Wache gehalten, bis das Fleisch von den Knochen fiel. Mit dem Fleisch und seiner berühmten Soße, Mrs Brays gebackenen Bohnen und vielen Schüsseln mit Salaten und Kartoffeln, Süßkartoffeln, Maiskolben und, sehr zu unserer Überraschung, auch einem riesigen Topf dampfender Krabben als kleinen Gruß von Brister, der nach der Trauung zu uns stieß, feierten und aßen wir, bis wir alle das Gefühl hatten, platzen zu müssen.

Jude aß nur ungefähr halb so viel wie ich, aber er saß lachend dabei und sah mir zu, wie ich genüsslich eine Unmenge von Krabben in mich hineinstopfte. „In der Klosterschule haben wir nur selten Krabben bekommen", erklärte ich, während ich das köstliche Fleisch in meinen Mund schaufelte.

„Bei uns gab es ständig Krabben. Ich kann sie nicht mehr sehen."

Das Rauchen hatte Jude sich noch nicht abgewöhnen können, und als Bruder Joe sich zu uns setzte, um ein wenig mit uns zu plaudern, entschuldigte er sich für eine Minute, um eine Zigarette zu rauchen.

„Ich habe Gott gebeten, mich diesen Tag noch erleben zu lassen, aber ich habe nie so recht verstanden, warum ich so viel Sehnsucht danach empfand. Jetzt kenne ich den Grund." Bruder Joe lächelte. „Sie wissen ja, wir in der Missionsstation geben uns große Mühe, und wir erleben auch manche Erfolge, wenn auch eher bei den Frauen als bei den Männern. Aber dieser Tag ist die Krönung meiner Arbeit."

„Essen Sie doch ein paar Krabben." Ich legte ein Stück Zeitung neben mich auf den Picknicktisch, drei Seiten dick, und einen kleinen Holzhammer.

„Ich denke, das mache ich. Vielen Dank."

Natürlich ist euch klar, dass dieser Dialog nicht wortwörtlich so stattgefunden hat und ich ihn nur sinngemäß wiedergebe. Ich erinnere mich vage an die Themen, aber die genauen Worte? Nun, während ich hier sitze und über Bruder Joe, meinen Vater, nachdenke, wünschte ich wahrhaftig, ich könnte mich an jedes einzelne Wort erinnern.

Aber leider erinnere ich mich nur an einen stillen, zufriedenen Menschen, der mit mir Krabben aß, jeden Bissen genoss und einen Krug Bier dazu trank. Ich erinnere mich, wie weich sein braunes Gewand war, offensichtlich vom häufigen Waschen. Ich erinnere mich, dass ich gedacht habe, diese Leute unten im *Block* könnten sich äußerst glücklich schätzen, dass sich jemand für sie einsetzte, ohne eine Gegenleistung dafür zu erwarten. Ich erinnere mich, dass ich dankbar war, dass er da gewesen war, als Jude jemanden brauchte, der ihn am Leben erhielt.

Judes Drogenmissbrauch habe ich in meiner Geschichte nur am Rande erwähnt. Diesen Teil seines Lebens hasste er noch mehr als das, was er sonst getan hatte. Den Grund dafür habe ich nie erfahren. Vielleicht hatte es damit zu tun, dass er die Kontrolle über sich verlor. Was während dieser Zeit geschah, behielt er für sich, und ich fragte nicht nach. Natürlich gab es einen Zusammenhang zwischen seiner Heroinabhängigkeit und dem Verkauf seines Körpers. Eines Abends fand Bruder Joe ihn mitten im Winter bewusstlos auf der Straße. Eine Nadel steckte in seinem Arm. Er holte ihn in die Missionsstation.

Jude hat mir nie erzählt, was danach geschah, er sagte nur dies: „Ich blieb zwei Wochen dort, Mary Margaret, und als ich wieder clean war, ließ ich die Finger von den Drogen.“

Bis heute weiß ich nicht, wie es Bruder Joe gelang, Jude dabei zu helfen, seine Abhängigkeit von einer so starken Droge zu überwinden, aber er schaffte es. Und vielleicht erzählt er es mir ja, falls ich ihn hier in Afrika finde. Und vielleicht erzählt er mir auch, woher Jude alle Gebete und Glaubensbekenntnisse der Liturgie kannte, als wäre er von klein auf Katholik gewesen. Auch das wollte er mir nicht verraten.

Rosalie erhob sich und sang *a cappella*:

Die Glocken von St. Mary,
ach hör nur, sie rufen
die jungen Liebenden, die wahren Liebenden,
die kommen vom Meer
und so, mein Geliebter,
wenn rote Blätter fallen
die Liebesglocken schallen, schallen
für dich und mich.

Jude hatte auf Bristers Boot gearbeitet und etwas Geld gespart für eine zweitägige Hochzeitsreise nach Ocean City. In Bristers Wagen machten wir uns am Tag nach der Hochzeit auf den Weg, die Ostküste entlang. Es war Sonntag. In Salisbury besuchten wir die Messe in St. Francis de Sales. Jude blieb auf seinem Platz in der Bank sitzen, als ich nach vorn ging, um das Abendmahl zu empfangen. Als ich zurückkehrte und zum Beten niederkniete, kniete er ebenfalls nieder und ergriff meine Hand.

Zur Mittagszeit trafen wir im *Plim Plaza Hotel* ein, einem wunderschönen alten Haus, das schon bessere Tage gesehen hatte. Den Rest des Nachmittags faulenzten wir in den Schaukelstühlen auf der vorderen Veranda mit Blick aufs Meer. Die Saison war zu Ende, und es war sehr ruhig in der Stadt. Ein paar Besucher radelten auf grellbunten Rädern, einige gingen spazieren oder joggten.

Ich erzählte Jude Geschichten aus meinem Leben, die ich selbst fast vergessen hatte, und er lachte über Angies Possen und hörte sehr aufmerksam zu, als ich meine Lieblingsschüler beschrieb, darunter auch meinen Freund Morpheus aus Georgia. Als ich ihm von der Nacht erzählte, in der ich beinahe getötet worden war, wich alle Farbe aus seinem Gesicht, und er wurde so blass wie die Zirruswolken über uns am Himmel.

„Siehst du?“, sagte ich. „Du bist nicht der Einzige, der ein aufregendes Leben geführt hat!“

„Na ja, wenigstens weiß ich jetzt, dass du weißt, wie es ist, wenn man denkt, dass man sterben wird.“

„Ich hatte solche Angst. Nicht so sehr vor dem Tod, aber vor den damit verbundenen Schmerzen.“

„Körperliche Schmerzen hast du noch nie gut aushalten können."

Das stimmte. Ich lag früher ständig wegen irgendwelcher Wehwehchen auf der Krankenstation. Aber Jude – sein Motto lautete seit früher Jugend: „Wenn das Blut nicht mit dem Lappen aufgewischt werden muss, ist kein Arzt nötig."

Wir aßen im Restaurant des Hotels zu Abend, wo ein Mann im Frack am Klavier saß und spielte, genossen noch ein wenig Livejazz drüben im *The Commodore*, und wie geplant verbrachte Jude die Nacht auf dem Sofa im Wohnzimmer unserer Suite.

Ich weiß nicht, warum ich glaubte, er würde seine Meinung, nicht neben mir im Bett schlafen zu wollen, noch ändern. Doch das tat er nicht, und eine große Enttäuschung machte sich in mir breit, eine Enttäuschung, die sehr viel größer war, als ich erwartet hatte.

Den ganzen folgenden Tag über ergriff ich bei jeder Gelegenheit seine Hand, klammerte mich an seinen Arm und zeigte ihm auf jede erdenkliche Weise meine Zuneigung. Er reagierte zärtlich, aber ohne weiter darauf einzugehen. Mir wurde klar, dass es an mir lag, unsere Beziehung auf dieser Ebene weiterzuführen. Er hatte die Autoschlüssel einer Frau übergeben, die nur die Grundlagen des Fahrens aus einem Buch kannte.

In unserer zweiten und letzten Nacht unserer Hochzeitsreise wurde mir diese Verantwortung zu schwer. Das und all das Neue, das dieses Leben mit Jude mit sich brachte, dass ich meine Schwestern verlassen hatte und keine Familie mehr hatte; es wurde mir alles zu viel, und ich konnte meine Tränen nicht mehr zurückhalten. Ich weinte in der Dunkelheit. Zwar bemühte ich mich, möglichst wenig Lärm dabei zu machen, aber, Schwestern, ich kann nicht leise weinen. Meine Nase setzt sich zu, und meine Tränen strömen wie ein Wasserfall. So lag ich also im Bett und schnaufte wie eine Lokomotive.

Die Matratze neigte sich nach rechts, und Jude kroch neben mir ins Bett. Er zog mich fest an sich, und wir schliefen so ein, aneinandergekuschelt, und unser Atem vermischte sich. Als ich mitten in der Nacht aufwachte, lag er wieder auf der Couch.

Ich schnappte mir die Tagesdecke und legte mich auf den Boden neben das Sofa. Am nächsten Morgen wachte ich auf, als Jude mich auf die Arme nahm und wieder ins Bett trug. Seine Lippen drückten sich auf meine Schläfe, und seine Hand lag auf meinem Kopf. Ich tat so, als schliefe ich noch weiter.

„Ach, Mary Margaret. Du dummes, dummes Mädchen." Eine große Zärtlichkeit schwang in seinen Worten mit, die ich, wie er dachte, nicht hörte.

Er suchte seine Kleider zusammen und zog seinen Schlafanzug aus. Ich beobachtete durch winzige Augenschlitze, wie er nackt dastand, der Oberkörper muskulös, seine Beine lang und schlank, die Hüften schmal. Seine Arme und sein Hals waren viel stärker gebräunt als sein restlicher Körper. Am liebsten hätte ich losgelacht. Aber an seinen Beinen waren noch die Narben des Sekundärstadiums seiner Krankheit zu sehen, das er erst vor wenigen Monaten hinter sich gelassen hatte. Und unter seiner Haut, seinen Haaren und Muskeln griff die Krankheit vermutlich langsam auf seine Organe über.

„Es bräuchte nicht viel", sagte ich.

Er drehte sich um, stand vor mir, ohne ein Kleidungsstück am Leib, kein bisschen unbehaglich, und hatte vergessen, dass er sich nackt fühlen sollte. „Ich wusste nicht, dass du wach bist. Entschuldige. Vielleicht hätte ich dich besser aufgedeckt liegen lassen sollen."

„Alles bestens."

„Warum hast du überhaupt auf dem Boden geschlafen?"

„Ich wollte bei dir sein. Darum habe ich dich schließlich geheiratet."

Er fuhr sich mit den Fingern durch seine Locken. „Was meintest du, als du sagtest: ‚Es bräuchte nicht viel'?"

„Nur Penicillin."

„Oh." Er nahm eine Boxershorts von der Kommode und streifte sie über. Am liebsten hätte ich ihm gesagt, er solle das lassen. Ich weiß, das mag seltsam klingen, aber er gehörte doch mir. Er wurde mir geschenkt, und es machte mir Freude, ihn zu betrachten.

Als er sein Hemd vom Bügel riss, sagte ich: „Hör auf."

„Womit denn? Ich wollte schnell hinuntergehen und uns Kaffee aus dem Restaurant holen."

„Ich weiß, dass du nichts … machen willst. Aber mir gefällt es, dich anzusehen."

„Dir und tausend anderen Menschen."

Eine Ohrfeige hätte mich nicht tiefer verletzen können. Aber ich hatte es ja verdient. Was dachte ich mir bloß dabei? Ich klang bestimmt wie diese schrecklichen Frauen und Männer, die sich seinen Körper gekauft hatten.

„Oh, Jude! Es tut mir so leid!"

Es war dieser Augenblick, Schwestern, in dem ich wirklich und wahrhaftig erkannte, dass Jude nicht irgendein Perverser war, der gedankenlos seinen Begierden nachgab und dem alles andere auf der Welt egal war. Er gehörte zu den Zerbrochenen, den ernstlich Zerbrochenen, die niedergebeugt waren durch die Sünde, die ihre Nägel in ihn, seinen Körper und seine Seele bohrte, die Muskeln durchstach, die Knochen zermalmte und das Mark umrührte. Seine Mittäterschaft konnte das nicht mindern, machte seine eigenen Entscheidungen nicht weniger verletzend.

„Es tut mir leid", wiederholte ich. „Zieh dich an. Ich mache mich auch schnell fertig, und dann frühstücken wir unten im Restaurant."

Ich ging mit meinen Kleidern ins Bad und zog mich dort an, wo er mich nicht sehen konnte.

„Danke", sagte er, als ich wieder herauskam. „Entschuldige, dass ich dich angefahren habe. Du konntest es ja nicht wissen."

Das zumindest stimmte.

Er verschränkte seine Finger mit meinen, und wir gingen zum Frühstück.

Wir wohnten über dem Geschäft für Anglerbedarf, und Jude schlief auf der Couch, ich im Bett. Wann immer ich mich neben ihn auf den Boden legte, hob er mich hoch und trug mich wieder ins Bett zurück.

„Gestern Nacht hast du wieder *Plim Plaza* gespielt, nicht?", sagte er dann am nächsten Morgen.

Die Wahrheit war, ich wollte in seiner Nähe sein. Mit 29 Jahren war ich eine Frau. Ich war gern mit ihm zusammen, an seiner Seite, ich genoss es, ihn zu berühren, aber es ging nicht weiter, als dass er mich in den Armen hielt, mich sanft küsste, mein Gesicht streichelte.

„Ich möchte in deinen Armen liegen, Jude."

„Ich kann das nicht. Ich weiß nicht, was geschehen würde, wenn ich bei dir bliebe."

„Wäre das denn so schlimm?"

„Mary Margaret! Ich würde dich mit der Syphilis anstecken. Warum um alles in der Welt willst du ein solches Risiko eingehen?"

Und da ich ihm nicht sagen konnte, dass Jesus mir den Auftrag dazu gegeben hatte, schwieg ich einfach.

22

Ich bin nun schon seit zwei Wochen in Swaziland. Es gibt so viel zu tun, dass ich gar nicht die Zeit fand, an diesem Ding hier weiterzuschreiben. Aber wenn ich die Geschichte aufschreibe, ist es, als wäre ich wieder mit Jude zusammen, und das ist wundervoll. Und es gibt auch so vieles über meinen Aufenthalt hier zu berichten.

John holte mich gegen 22:15 Uhr an jenem Abend von der Frauenstation des Krankenhauses ab. Er beugte sich zu Precious herunter, um sie zu umarmen, und hatte auch für die anderen Patienten ein tröstendes Wort. Diejenigen, die er persönlich kannte, berührte er, strich ihnen über den Arm oder segnete sie. Jede der Frauen nannte er Freundin. Viele der Patientinnen setzten sich auf, mit entblößter Brust. Meinen Sohn störte das nicht. Ich war so stolz auf ihn.

In Manzini hielten wir bei einem Supermarkt an und kauften die süßeste Cola, die ich je getrunken hatte, bevor wir uns auf den Weg nach Big Bend machten. Ich war nervös, darum waren die Kalorien willkommen.

Nachts in Swaziland mit dem Auto unterwegs zu sein ist sehr gefährlich. Kühe laufen über die Straße, Menschen gehen nebenher, manchmal stockbetrunken, und es kann durchaus passieren, dass Männer wegen einer Lappalie eine Schlägerei vom Zaun brechen.

Nachdem wir die Stadt hinter uns gelassen hatten, lag das Land in tiefer Dunkelheit. Es war nichts mehr zu erkennen, aber ich wusste natürlich, dass rechts und links der Straße Farmen angesiedelt waren. Ab und zu konnte ich einen Kraal in der Dunkelheit erkennen. Kraals sind Einzäunungen, in denen das Vieh gehalten wird und Dorfversammlungen stattfinden. Diese Pferche sind hochinteressant. Große Stöcke werden in den Boden getrieben und mit Draht oder einem anderen Material befestigt. Kraals sind wunderschön, wie eine organische Skulptur oder eine riesige Krone. Die Stöcke ragen in hübschen Kurven und Winkeln in die Höhe. Ein Kraal darf nicht fotografiert werden, weil es ein öffentliches Gebäude ist. Das Fotografieren öffentlicher Gebäude ist in Swaziland verboten.

In einem Kraal können natürlich auch dunkle Entscheidungen fallen, aber darum geht es in dieser Geschichte nicht. Ich bin nicht lange genug in Swaziland, um so etwas mitzuerleben! Also, wenn Angie mitgekommen wäre, dann weiß ich allerdings nicht, was passiert wäre. Oh, ich hoffe nur, um euretwillen, liebe Schwestern, dass sie ihre Abenteuer aufgeschrieben hat.

Durch die Gnade Gottes kamen wir unbeschadet in Big Bend an.

Johns Klinik wurde von einer nackten Glühbirne an einem Pfosten beleuchtet, deren spärlicher Schein auf ein Blechdach über einem Gebäude aus Zementblöcken fiel. Hinter der Klinik stand ein kleineres Gebäude mit nur vier Zimmern. Und außerdem gab es noch die Kirche, eine kleine, weiß getünchte Kapelle am Straßenrand. Nur zwei Prozent der Einwohner von Swaziland sind katholisch.

John schloss die Tür zu seinem Quartier auf. „Die anderen sind schon zu Bett gegangen. Ich habe ein Feldbett für dich aufgestellt. Dieses Mal müssen wir in einem Zimmer schlafen."

„Habt ihr noch einen zweiten Arzt bekommen?", fragte ich.

„Noch nicht. Aber es kommt noch jemand. Einer unserer Priester aus Mbabane. Er ist auch Arzt."

Mbabane ist die Hauptstadt im Nordwesten.

„Du erinnerst dich doch, dass ich in den vergangenen Jahren von Pater Ignatius erzählt habe, richtig?"

„Ja."

„Gerade heute Morgen habe ich das Zimmer für ihn eingerichtet. Er ist alt und krank und möchte nicht in die Staaten zurück. Er will in Afrika sterben, und darum werden wir uns um ihn kümmern. Ich meine, ihm habe ich es überhaupt zu verdanken, dass ich hier bin. Das ist das Mindeste, was ich tun kann."

„Erzähl mir mehr über Pater Ignatius", bat ich, während ich mir das Feldbett mit frischen Laken bezog und eine Decke darauflegte. „Er ist schon lange hier, nicht?" Pater Ignatius hatte John für den Orden angeworben.

„Ja."

„Wo ist er noch mal zur Schule gegangen?"

„Er hat damals in den Dreißigerjahren am St. Mary's studiert."

„Wo war er, bevor er nach Afrika kam?"

„Er hat eine Mission für Prostituierte in Baltimore geführt. Unten im *Block*."

„Wurde er damals Bruder Joe genannt?"

„Ja! Kennst du ihn etwa?"

Irgendwie wurden meine Knie weich. Ich ließ mich auf die Kante meines Feldbetts sinken. „Pater Ignatius war früher ein Freund deines Vaters. Er war auch bei unserer Hochzeit. Aber dann haben wir ihn aus den Augen verloren." Offensichtlich hatte *er uns* nicht aus den Augen verloren. Ich zog meinen Schnappschuss aus dem Rucksack. „Sieh mal. Ist er das?"

John hielt das Foto unter die Lampe. „Er ist jetzt so alt, Mama, ich kann wirklich nicht sagen, ob er das ist oder nicht. Als ich vor elf Jahren hier ankam ... doch, ich denke, das könnte er sein. Natürlich war er damals schon weit über achtzig und ziemlich klapprig. Nichts für ungut."

„Hey, ich bin doch erst zweiundsiebzig!"

Wenn Jesus mir ins Ohr gelacht hätte, es hätte mich nicht überrascht. Ich fühlte mich sehr beachtet und geliebt. Jesus brachte meinen Vater sogar höchstpersönlich zu mir. Trotzdem, meine Nerven lagen blank.

Ich zerrte meine Reisetasche auf mein Bett und nahm meinen Schlafanzug heraus. Meine innere Uhr war vollkommen durcheinandergeraten. Zu Hause war es erst halb sieben, und trotzdem, da ich im Flugzeug nicht schlafen konnte, drang die Erschöpfung durch meine Knochen in meine Muskeln und Haut. „Du musst mir morgen alles über ihn erzählen." Im Augenblick war ich einfach noch nicht bereit, mehr zu hören.

„Du kannst mich begleiten, wenn ich ihn abhole."

Er schnappte sich seinen Pyjama und verschwand in dem kleinen Bad. Das Wasser für das Haus wurde in einer großen, grünen Plastikzisterne auf dem Dach gesammelt. Ein Tanklaster mit Wasser füllte sie regelmäßig auf. Mit dem Wasser wurde hier sehr sparsam umgegangen. Man nahm nur ein wenig, wenn nur ein wenig nötig war.

Ich schlüpfte schnell in meinen Pyjama und zog meinen Morgenmantel darüber. Die Zähne putzten wir zusammen. Er beugte sich vor, und sein Arm berührte meinen, als wir unsere Zahnbürsten auf dieselbe Weise bewegten – kein Wunder, denn schließlich hatte ich ihm ja das Zähneputzen beigebracht.

Habe ich euch erzählt, wie viel mir solche kleinen Rituale bedeuteten?

In Johns Zimmer fühlte ich mich sofort zu Hause. An der nackten Betonwand hingen Ikonen, ein Kruzifix aus unbehandeltem Holz mit einem Korpus aus Zinn an der Wand über seinem Bett. Der Teppich vor seinem Bett war an den beiden Stellen abgewetzt, wo seine Knie sich beim Beten unzählige Male hineingebohrt hatten.

John betete viel für seine Freunde. Einmal erzählte er mir: „Ich kann ihnen so viel Medikamente geben, wie ich will, so viel operieren, wie ich kann, das alles wird wenig bewirken, wenn die Behandlung nicht durch das Gebet begleitet wird. Gebet ist wichtiger als die Medizin. Es ist sogar die eigentliche Medizin, denke ich."

Ich legte meine Zahnbürste auf das Waschbecken. „Wieso kommt Bruder Ignatius eigentlich morgen?" Ich versuchte, meiner Stimme einen beiläufigen Klang zu geben.

„Er begleitet mich schon seit Jahren, Mama. Ich schulde ihm mehr, als ich sagen kann, also dachte ich, jetzt sei der Zeitpunkt für mich gekommen, ihm etwas zurückzugeben. Er ist ein ungewöhnlicher Mann."

Der Vergewaltiger. Ein ungewöhnlicher Mann.

Pater Ignatius. Ja, der Pater Ignatius, von dem John schon seit Jahren erzählte. Der Vergewaltiger.

Nun ja, das war er, allem Anschein nach.

23

Heute habe ich mit dem Kunstunterricht mit Samkela begonnen! Wir können die Sprache des anderen nicht verstehen, aber Linien sind Linien und Farben sind Farben und Formen sind Formen. John hatte recht: Er ist sehr begabt! Er griff sofort zu dem mohnblumenroten Prismacolor-Stift, und ich kann ihn ja so gut verstehen. Das war auch die Lieblingsfarbe meiner Mutter, wie Tante Elfi erzählte. Eines der wenigen Dinge, die ich von ihr geerbt habe, ist ein Schal in dieser Farbe.

An einem Samstag kurz nach unseren Flitterwochen habe ich meine alte Truhe durchgesehen. Zwischen Großmutters Tischtuch und der Zeichnung meiner Tante Elfi stach mir dieser rote Schal ins Auge.

Die Trauer um meine Mutter wurde so übermächtig, dass ich den Schal an mich drückte, und ein leises Stöhnen kam über meine Lippen. Ich vermisste sie so sehr! Ich war traurig darüber, dass ich nicht ihre Tochter sein konnte und dass ich, falls Jude sich durchsetzte, nie eine eigene Tochter haben würde.

„Mary Margaret!" Jude eilte ins Zimmer und fiel neben mir auf die Knie. Er legte die Hand auf meinen Rücken. „Alles in Ordnung? Bist du krank?"

Ich schüttelte nur den Kopf. „Das hier habe ich gerade gefunden. Ich hatte ihn so lange nicht mehr gesehen. Er gehörte meiner Mutter."

Ich erzählte ihm ein paar Begebenheiten über Mary Margaret die Erste, an die ich mich aus den Erzählungen meiner Großmutter noch erinnerte – nicht, dass er sie nicht bereits gehört hatte. Aber er war sehr geduldig. „Sie wäre sicher eine wundervolle Mutter gewesen."

Er erwiderte nichts, hielt mich einfach fest und küsste mein Gesicht, immer und immer wieder, dann meinen Mund, und mit einem Stöhnen vertiefte sich sein Kuss, zum ersten Mal, seit wir Teenager waren, und ich presste mich an ihn. Es war, als würde er sagen: „Ich bin alles, was du hast, und ich möchte dir gern genug sein."

Nach diesem Tag küsste er mich häufiger, und ich fühlte mich wie der Teenager, der ich nie gewesen war. Er vielleicht auch. Ein Teenager, der jemanden gefunden hat, den er lieben kann, der sich nicht an fordernde Frauen vergeuden musste, keine Erfahrungen sammelte und sich dann betäubte, um das Gewünschte leisten zu können. Es war vielleicht das erste Mal, dass er eine Frau küsste, die er liebte und die ihn auch liebte.

Dieser Gedanke war wie frisches Wasser für mich. In gewisser Weise war Jude so unwissend und unerfahren im Aufbau einer liebevollen Beziehung, einem gemeinsamen Leben, wie ich.

Ich behielt diesen Schal und legte ihn auf das Fensterbrett in unserem Schlafzimmer. Ich habe euch ja gesagt, dass ein Waisenkind das Bedürfnis hat, mit einem anderen Menschen verbunden zu sein, zu wissen, dass das eigene Blut auch in den Adern eines anderen fließt. Ich bin sicher, dass viele Menschen ihre Eltern, ihre Brüder und Schwestern, vielleicht sogar ihre eigenen Kinder, als selbstverständlich hinnehmen. Aber wenn man allein auf der Welt ist, wenn man keine Angehörigen mehr hat, dann trifft einen der Satz „Blut ist dicker als Wasser" wie ein Keulenschlag durch Brust und Rippen mitten ins Herz.

Wenn ich ein eigenes Kind hätte, argumentierte ich, *könnte ich diese Einsamkeit vielleicht zum Teil überwinden.*

Aber das lag natürlich in Judes Hand.

Das erste Jahr unserer Ehe ging ins Land, ein neues Jahrzehnt begann, und mit ihm boten sich uns ganz neue Möglichkeiten. Unser Land bekam den ersten katholischen Präsidenten, und, was noch mehr einem Wunder gleichkam: Jude trat zu Ostern in die Kirche ein, ohne großes Aufhebens und beinahe ohne es mit mir zu besprechen, außer dass er sagte: „Ich bin jetzt bereit, diesen Schritt zu wagen, denke ich. Vielleicht ist der Glaube doch kein Hokuspokus, wie ich immer gedacht habe. Und außerdem ist es dir wichtig, also ..."

„*Dir* muss es wichtig sein, Jude“, erwiderte ich, als wir hinaus zum Leuchtturm fuhren, um Gerald und Hattie zu besuchen.

„Das ist es ja.“

„Nun, dann ist es ja gut.“ Und dabei beließ ich es. Ich hütete mich, eine große Sache daraus zu machen. Seit Thanksgiving hatte er sich jede Woche mit Pater Thomas getroffen; allerdings dachte er, ich wüsste nichts davon.

Ich stand an seiner Seite, als das Taufwasser über seinen Kopf floss. Ich stand an seiner Seite, als das nach Oliven und Myrrhe duftende Chrisamöl in Form eines Kreuzes auf seine Stirn aufgetragen wurde. Sein Duft wehte durch die Luft und hüllte uns ein. *Cum Spiritu Sanctu*, betete ich immer und immer wieder, und der Geist kam zu uns, und seine Gegenwart war spürbar in der kleinen Kirche. Ich beobachtete, wie sich Judes Nackenhaare aufrichteten. Er spürte es auch!

Ich betete, als er zum ersten Mal in seinem Leben das Abendmahl nahm, und ich kniete neben ihm auf dem Betschemel, als die Messe vorbei war und die Kirche sich geleert hatte, weil die Gottesdienstbesucher zu ihrem Osteressen und ihren Familienfeiern eilten.

Jude blieb endlos in dieser Haltung, wie es schien, mit geschlossenen Augen, und seine Lippen bewegten sich im stummen Gebet.

„Bleib, solange du willst“, flüsterte ich nach einer Stunde. „Ich gehe schon mal nach Hause.“

Auf Zehenspitzen schlich ich zur Eingangstür, bekreuzigte mich mit heiligem Wasser und trat hinaus in den April-Sonnenschein. Eine unbeschreibliche Freude erfüllte meine Seele, eine Freude, die seit fast 2.000 Jahren in den Herzen der Gläubigen lebt. Es war kühl draußen, eines jener Osterfeste, an dem keiner auf die Idee käme, weiße Schuhe anzuziehen und einen Strohhut aufzusetzen. Die sanfte Brise vom Wasser spielte mit meinem Kleid und meinen Haaren, während ich über die Straße zu unserer Wohnung ging.

Als ich eintrat, saß Jesus da.

„Du bist auferstanden!“, rief ich.

„Das stimmt.“

Und er streckte mir die geöffneten Arme entgegen. Es war schon so lange her.

Ich blieb eine ganze Weile in seinen Armen, denn ich wusste ja, dass ich seiner Zeitplanung in Bezug auf Judes Rückkehr vertrauen konnte.

„Du hast ihn nach Hause geführt", sagte Jesus. „Das ist ein großartiger Tag, Mary Margaret. Deine Treue ist Gesprächsthema im Himmel, das kann ich dir sagen."

Ich umarmte ihn noch fester. „Ich bin so glücklich."

Ich kuschelte mich noch eine ganze Weile an ihn, während seine Liebe mich einhüllte, und spürte ein wenig von der Freude, die er empfinden musste, weil das verlorene Lamm nach Hause gefunden hatte.

Und doch ... Jude hatte sich immer noch nicht bereit erklärt, Penicillin zu nehmen.

Schließlich hob ich den Kopf. „Ich gebe mir solche Mühe, Herr. Aber ich kann ihn einfach nicht davon überzeugen, dass das Leben sich lohnt."

„Er ist immer noch ein Mensch, der sich im Grunde genommen nur um sich selbst dreht."

„Warum will er sterben, wo ich doch nun bei ihm bin und das Leben so viel zu bieten hat?"

„Das werde ich dir nicht sagen. Ein Schritt nach dem anderen. Aber hab Geduld, T–, ich arbeite an ihm. Nach und nach. Eines Nachts wird er einen Zusammenbruch erleben. Und dann wird er dich brauchen, wie er nie zuvor einen Menschen gebraucht hat. Ich bezweifle, dass er sich dann auch nur an seine Krankheit erinnert. Wirst du ihn dann annehmen?"

„Natürlich."

„Gut. Ich wusste, dass ich ihn dir anvertrauen kann. Jude ist mir sehr wichtig."

„Das freut mich."

„Im Grunde genommen ist auch er ein Waisenkind. Und du weißt, wie sehr ich Waisenkinder liebe."

„Auch Witwen."

„Ja."

„Ich möchte keine Witwe sein", bemerkte ich trocken.

Er lachte. „Warte nur ab, T–."

Als Jude seinen Schlüssel ins Schloss steckte und die Tür aufstieß, nahm ich gerade das Blech mit den Schinkenscheiben aus dem Ofen. Der braune Zucker blubberte oben drauf.

„Das riecht gut." Er legte seinen Hut auf den Telefontisch neben der Tür.

„Warte nur, bis du die Kartoffeln siehst." Ich holte die überbackenen Kartoffeln aus dem Ofen, die schön braun geworden waren. Ein Rezept von Schwester Thaddeus' Mutter.

„Ich decke den Tisch."

Jude war sehr hilfsbereit. Als wir jünger waren und er uns Mädchen nachpfiff und obszöne Gesten machte, hätte ich diese Seite an ihm nie vermutet. Ich wartete darauf, dass er die Erlebnisse des Tages ansprach, aber er sagte nichts. Nach dem Essen schlug er vor, mit einer Decke hinaus zum Bethlehem Point zu gehen.

„Bist du sicher, Jude? Ich dachte, du magst den Blick auf den Leuchtturm nicht."

„Es ist an der Zeit, dass ich mich dem stelle, Mary Margaret. Oder es zumindest versuche. Ich lege den Kopf in deinen Schoß, und du kannst mir vorlesen."

„Dann suchst du aber das Buch aus."

Er ging zum Bücherregal und nahm das Buch *An Introduction to the Devout Life* von St. Francis de Sales heraus. „Ich glaube, ich brauche so etwas hier."

„Eine kluge Wahl."

Wir spülten das Geschirr, nahmen einen Quilt und eine Decke, streiften uns dicke Pullover über und spazierten zum Aussichtspunkt.

„Du liest vor." Jude breitete die Decke aus und ließ sich darauf nieder. Ich legte mich auf den Rücken, Jude bettete seinen Kopf auf meinen Bauch.

Ich begann die Worte von Francis de Sales zu lesen, des „Gentleman-Predigers", wie er genannt wurde, ein Mann, der von dem Wunsch beseelt war, den Frauen und Männern, die nicht in Klöstern oder Einsiedeleien lebten, sondern einen ganz normalen Alltag zu bewältigen hatten, eine enge Beziehung zu Gott nahezubringen. Kurz gesagt, voller Entsetzen musste ich feststellen, dass er sich an

Menschen wie *mich* wandte! Als ich das Buch das letzte Mal gelesen hatte, hatte ich noch auf der anderen Seite gestanden. Jude war die Bedeutung seiner Wahl nicht bewusst gewesen.

„Lieber Leser, ich bitte dich, dieses Vorwort zu lesen, zu deiner Zufriedenheit und zu meiner.

Das Blumenmädchen Glycera war so geschickt im Arrangieren und der Zusammenstellung ihrer Blumen, dass sie aus denselben Blumensorten die unterschiedlichsten Sträuße binden konnte, sodass der Maler Pausias, der den Wunsch empfand, mit der Vielfältigkeit ihrer Kunst zu konkurrieren, resigniert aufgeben musste, denn es gelang ihm nicht, seine Gemälde so vielfältig zu variieren wie Glycera ihre Blumensträuße. Gleichermaßen arrangiert und ordnet der Heilige Geist Gottes die strenggläubige Lehre, die er durch die Lippen und Stifte seiner Diener mit solcher unendlichen Vielfalt weitergibt, dass, obwohl die Doktrin immer gleich bleibt, ihre Anwendung oft variiert, je nach den Menschen, die diese Lehre hören. Ganz gewiss habe ich nicht vor, in diesem Buch etwas zu schreiben, das nicht bereits ein anderer vor mir niedergeschrieben hat, und das ist auch gut so. Ich biete dir dieselben Blumen, lieber Leser, aber der Strauß wird etwas anders aussehen als der eines anderen, weil er ganz anders zusammengestellt ist.“

„Er schreibt so demütig“, bemerkte Jude.

„Ja.“

„Davon könnte ich auch eine Portion gebrauchen.“

„Das könnten wir alle.“

Ich las, bis die Sonne so tief stand, dass ich die Worte nicht mehr erkennen konnte. „Bereit?“ Ich klappte das Buch zu.

Er setzte sich auf und legte sich neben mir wieder hin, breitete die zweite Decke über uns und nahm mich in die Arme. Und er küsste mich zärtlich – mein Gesicht und meine Lippen, meine Haare und meine Schultern –, während das Licht des Leuchtturms über uns hinwegstrich, wieder und wieder.

24

Wieder ist ein Tag in Afrika angebrochen und zu Ende gegangen. Ich besuchte Precious, fütterte sie und las ihr vor. Sie stirbt langsam. Jetzt schläft sie meistens.

Vor zwei Wochen, an dem Abend, bevor wir Pater Ignatius abholten, hätte ich alles dafür gegeben, wenn ich Schlaf hätte finden können. Auch wenn mein Körper nach Ruhe schrie und meine Augen, die ganz ausgetrocknet waren von zwei Tagen Schlafmangel, danach flehten, mein Gehirn war noch zu sehr damit beschäftigt, die Pfade der Erinnerungen abzuschreiten, hier über ein Gespräch nachzudenken und dort eine Beobachtung noch mal durchzuspielen. Vielleicht hatte Morpheus recht gehabt. Vielleicht war mein Vater gar kein Vergewaltiger. Vielleicht hatte meine Großmutter mich angelogen.

Oder vielleicht kannte meine Großmutter die Wahrheit gar nicht. Und warum hatte Jude mir nie davon erzählt? Er hatte von „der Wahrheit über meine Mutter" gesprochen. Ich hatte jedoch keine Ahnung, was das sein könnte.

Schließlich stand ich auf und ging nach draußen. Doch als ich im Schein des afrikanischen Mondes saß und über das flache, ausgedörrte Land hinwegblickte, wurde mir klar, dass Gott diesen armen Mann vermutlich die ganzen Jahre am Leben erhalten hatte ... für diesen Augenblick. Er schien ein Heiliger zu sein, jemand, der höchstwahrscheinlich längst bereit war für die Herrlichkeit des Himmels. Und doch war er mit 97 immer noch am Leben. Man stelle sich das vor! Der arme Mann.

Um mich herum standen Hütten an der Straße, einfache Gebäude mit einem oder zwei Räumen, die aus Ästen, Steinen und Lehm gebaut wurden. Ich zog die Decke fester um mich, denn ich spürte die Kälte des nahen Winters, und ich fragte mich, wie ich das Thema mit meinem Vater ansprechen sollte.

Jesus saß neben mir. „T–."

Ich lehnte mich an ihn. „Mein lieber Freund. Du hast mich in diesem Leben auf einige verrückte Reisen geschickt, aber diese hier – also, diesmal hast du es mir wirklich leicht gemacht."

„Manchmal tue ich das. Du wirst auch nicht jünger, weißt du."

Wir lachten.

„Ich wollte einfach bei dir sein", sagte er. „Morgen ist ein großer Tag für dich. Für John. Für Jude. Für deine Familie."

„Die meisten von ihnen sind tot."

„Oh nein, meine Liebe. Sie freuen sich alle über das, was geschehen wird. Aber bitte mich nicht, mehr zu verraten."

„Nein." Ich seufzte. Er legte den Arm um mich.

„Lass es los, T–. Lehn dich an mich. Lass mich dich hier lieben. Ich habe Arbeit für dich, während du hier bist. Du wirst meine Kraft brauchen. Ist Samkela nicht wundervoll?"

„Oh ja! Seine Haut ist beinahe rabenschwarz, sie saugt die Sonne auf und ist trotzdem weich. Und seine Augen betrachten die ganze Welt als ein großes Kunstprojekt, nicht? Wir haben so viel Spaß miteinander; wir lachen, malen, bauen, modellieren, weil wir uns anders nicht verständigen können, doch das ist herrlich."

„Allerdings. Im Leben dieses kleinen Jungen wird das noch von großer Bedeutung sein, meine Liebe."

Ich hatte so meine Zweifel daran.

Wir brachen früh auf, gegen 6:00 Uhr morgens, um Pater Ignatius abzuholen, oder Bruder Joe, oder Brendan Connelly. In Manzini hielten wir an, um gebackene Teigbällchen zum Frühstück zu kaufen. Die Bäcker bestreuen sie mit Puderzucker und verkaufen sie für umgerechnet 10 Cent. Mit einem Espresso saßen wir im Landrover und verspeisten jeder drei Stück.

„Wie kamst du darauf, dass Pater Ignatius Bruder Joe ist?" John trank einen Schluck Kaffee.

„Das Seminar, an dem er studierte. Und die Mission im *Block*."

„Wieso war er auf eurer Hochzeit?"

Von Judes Vergangenheit hatten wir John nie etwas erzählt. Wir waren einfach der Meinung, dass ein Kind, egal, wie reif und liebevoll es auch war, mit einer solchen Information über seinen Vater, zu dem es aufblickte, nicht umgehen könnte. Jude wollte einen Schlussstrich unter seine Vergangenheit ziehen. Der Mann, der er einmal gewesen war, sollte für immer tot sein.

Und jetzt hatte ich nicht den Eindruck, dass ich John nun etwas anderes erzählen sollte.

„Ach, du weißt ja, dass wir Katholiken uns überall finden. Damals hielt ich ihn für einen Franziskanerpriester, aber jetzt weiß ich, dass er zu der Zeit sein Gelübde wohl noch gar nicht abgelegt hatte."

„Er sagte, er wäre etwas später in seinem Leben Priester geworden."

„War er ein guter Arzt?"

„Ja, einfach großartig. Ein ausgezeichneter Diagnostiker. Er hat sich sehr dafür eingesetzt, uns gute Medikamente zu beschaffen. Bevor er krank wurde, Mama, hat er einen Plan entwickelt, um das Gesundheitswesen im Land zu reformieren. Hier in Swaziland gibt es doch tatsächlich nur einen einzigen Psychologen!"

„Du meine Güte!"

Er fädelte sich wieder in den Verkehr ein. „Ja, allerdings. Aber seine ganze Basisarbeit wird wohl wieder in Vergessenheit geraten. Es gibt einfach niemanden, der seinen Platz einnehmen könnte, zumindest niemanden, den wir kennen. Wir anderen können uns nicht noch mehr Arbeitslast aufladen. Wir sind bereits überfordert."

„Das glaube ich dir gern."

John erzählte mir, wie viele Kinder traumatisiert waren, wie viel Missbrauch die Mädchen erleben mussten. „Der Leiter eines Kinderheimes in der Nähe von Piggs Peak hat angeordnet, dass die Mädchen in seinem Heim Hosen tragen müssen."

„Verstößt das nicht gegen die einheimische Kultur?"

Er nickte. „Allerdings. Aber er sagt, ihm sei es wichtiger, eine physische Barriere gegen Vergewaltigung zu errichten."

„Herr, erbarme dich."

„Allerdings. Kannst du dir vorstellen, solche Entscheidungen in Amerika treffen zu müssen?"

„Ganz bestimmt nicht."

„Angesichts der Häufigkeit von sexuellem Missbrauch kannst du dir sicher vorstellen, wie dringend wir hier psychiatrische Hilfe brauchen."

„Das ist irgendwie unfassbar."

Er bog auf die Hauptstraße nach Mbabane ab. Zu beiden Seiten der Straße ragten die wunderschönen, grünen Berge auf, alt und vielleicht auch ein wenig unversöhnlich. Ganz anders als die flache Landschaft um Big Bend. „Frauen haben hier keinerlei Bedeutung."

Damit hatte er recht, Schwestern. Als ich ihn und meinen Vater, nachdem wir ihn abgeholt hatten, zum Mittagessen einlud, wurden die Männer zuerst bedient. Und auf dem Bürgersteig musste ich den Männern ausweichen.

Seltsam, wie viel wir als gegeben hinnehmen. Mein Glaube und mein Wissen aus der Bibel sagten mir, dass Frauen vor Gott den gleichen Wert besitzen wie Männer, und es lässt sich nicht leugnen: Unsere Tradition sagt uns, dass die wichtigste Christin, die je gelebt hat, eine Frau war.

Mein Vater saß auf einem alten schwarzen Koffer vor dem Haus, das er sich mit drei anderen Jesuitenpatern teilte, die in der *Mater Dolorosa*-Schule in der Stadt unterrichteten.

Ich hätte ihn nicht erkannt, doch als er sich erhob und sich fast zu seiner vollen Größe aufrichtete (sein Rücken war nur ein wenig gebeugt), erinnerte mich seine Haltung an früher. Seine weißen Haare schimmerten in dem etwas ungewöhnlichen Roséton, der bei Rothaarigen, die ergrauen, häufig zu finden ist.

Ich vergaß, dass die Jahre auch mir meine Jugend gestohlen hatten. Aber ich war immerhin nur alt, nicht uralt. Trotzdem, er wirkte wie 80, nicht wie 97.

„Das ist Pater Ignatius", stellte John uns vor.

„Mary Margaret!", sagte er wie aus der Pistole geschossen. „Es ist so lange her. Damals war ich noch Bruder Joe."

Und, Gott helfe mir, ich konnte es nicht verbergen. Ich wollte ihn kennenlernen, wollte ihm die Wahrheit sagen, doch dann merkte ich, dass er sie bereits kannte. Es war nicht alles nur ein großer Zufall. Er wusste genau, wer ich war, wer John war. Darum hatte er immer so großes Interesse an John gezeigt, seine Berufung als Priester und Arzt begleitet.

Die teuren Studiengebühren für sein Studium am Mount St. Francis und dann am Johns Hopkins waren von einem Spender übernommen worden, der anonym zu bleiben wünschte. Wir vermuteten immer, es sei eines der Mitglieder unserer Gemeinde auf Locust Island gewesen, oder vielleicht Gerald und Hattie, die, da sie kinderlos geblieben waren, John schrecklich verwöhnten, wenn er in den Ferien bei ihnen im Leuchtturm war.

Jetzt erkannte ich auf einen Schlag die Wahrheit. Mein Vater war Johns persönliche „Schwester Thaddeus". Oh, das Muster auf Gottes Webstuhl kann so kompliziert sein! Es ist ein Wunder, dass es nicht als ein Haufen Knoten herauskommt!

Ich ging langsam auf ihn zu. „Ich weiß es", sagte ich. „Ich weiß, wer du bist."

„Woher?" Seine blasse Haut wurde noch eine Spur bleicher.

„Jude hat Papiere hinterlassen. Ich habe sie vor ein paar Jahren gefunden."

Er rieb sich das Kinn.

„Worüber redet ihr?", fragte John.

Mein Vater hob die Hand und deutete auf mich, als wollte er sagen: „Es liegt an dir, ob du es ihm erzählen willst."

Ich drehte mich zu meinem Sohn um und drückte seine Schulter. „Ich bezweifle, dass ich dir das schonend beibringen kann, John. Also nehmen wir den direkten Weg: Pater Ignatius ist dein Großvater. Er ist mein Vater."

Entgeistert schaute John zuerst meinen Vater an, dann mich. „Das müsst ihr mir erklären."

„Das ist nicht leicht und auch nicht schnell getan. Außerdem habe ich selbst eine Menge Fragen", erwiderte ich.

„Das glaube ich gern", erwiderte mein Vater. „Jude hat mir nie verraten, wie viel du weißt."

„Wie hat er herausgefunden, dass du es bist?", fragte ich.

„Es war auf eurer Hochzeit, als du und ich zusammen Krabben gegessen haben. Da hat er die Ähnlichkeit erkannt." Er blickte John an. „Vielleicht sollten wir uns dieses Gespräch für später aufheben."

So viele Jahre war ich zornig gewesen auf ihn, den Vergewaltiger, aber als ich neben diesem uralten Mann stand, schaffte ich es einfach nicht, ihn diesen Zorn spüren zu lassen. Der Augenblick der Wahrheit und schließlich auch der Versöhnung war gekommen.

Das war Jesu letztes Gebet, bevor er in den Himmel auffuhr, und wer war ich, dass ich darüber entschied, mit wem ich mich versöhnte oder nicht. Und dann kamen mir natürlich diese dummen Verse in den Sinn, dass wir uns um die Kranken und Armen kümmern sollen, und wenn jemand krank war, dann war es mein Vater. In letzter Zeit hatte er offensichtlich viele Haare verloren. Früher hatte er volle, dichte rote Haare gehabt, selbst noch mit Mitte 50. Und seine Gelenke schlackerten wie bei einer alten Puppe.

„Also gut. Ich bin ja noch eine Weile hier."

John nahm den einen Griff des Koffers, ich den anderen. Wir hoben ihn an und verstauten die irdischen Besitztümer meines Vaters im Kofferraum des Landrovers.

„Hast du drinnen noch mehr Taschen?", fragte ich.

„Nein. Alles passt gut in den einen Koffer."

„Wie kann das sein?" Ich öffnete die Beifahrertür für ihn.

„Oh nein, ich sitze hinten."

Wir argumentierten noch eine Weile hin und her, aber er ging als Sieger aus unserem Disput hervor. Also half ich ihm auf den Rücksitz.

„Während meiner Arbeit in der Mission im *Block* habe ich gesehen, was Besitz und das Bedürfnis danach aus Menschen machen kann. Ich nahm mir vor, nur das Notwendigste zu behalten, wenn ich dort wegging."

John schien komplett die Sprache verloren zu haben.

Schließlich, nach einer Viertelstunde, drehte er sich kurz nach hinten und blickte meinen Vater an. „Warum hast du das geheim gehalten?"

„Oh, es war nicht an mir, darüber zu reden. Vor vielen Jahren betete ich, dass wir uns eines Tages finden mögen, aber angesichts der Umstände von Mary Margarets Empfängnis wollte ich den Zeitpunkt dem Herrn überlassen. Ich ließ es in seinen Händen. Das ging nicht anders."

John richtete den Blick wieder auf die Straße. „Nun, ich muss sagen, dass mir vieles jetzt klarer wird, aber ich wünschte doch, ich hätte früher darüber Bescheid gewusst." Er hupte und winkte einer Gruppe Schulkinder zu, die die Straße überquerten, und rief: „*Ye-bo!*" Sie winkten zurück. Ihre Gesichter strahlten.

Mein Vater umklammerte die Lehne meines Sitzes und beugte sich vor. „Dein Sohn ist hier in der Gegend eine Berühmtheit, nach dem Winken zu urteilen. Auf siSwati nennen sie ihn den *Weißen Vater*."

John lachte. „Hast du je so hübsche Kinder gesehen?"

„Nein", erwiderte ich. „Na ja, abgesehen von dir. Obwohl du manchmal ganz schön anstrengend warst."

Johns Lachen erfüllte den Wagen.

„Das haben Rothaarige wohl so an sich", meinte mein Vater.

„Ja", stimmte ich zu.

„Wohl wahr", sagte John.

Drei Generationen von Rothaarigen saßen in diesem Wagen. Alle schneeweiß, alle Mitglieder eines religiösen Ordens. Und in ihren Adern floss dasselbe Blut.

John hupte und winkte einer anderen Gruppe Kinder zu, während er sagte: „Leider habe ich nicht das Aussehen meines Vaters geerbt."

„Du hast seine Augen", flüsterte ich.

„Ja, allerdings", bekräftigte mein Vater. „Das habe ich auch immer gedacht."

Wie kann ein Herz wehtun, eine schmerzliche Sehnsucht empfinden und gleichzeitig vor Freude überfließen?

25

Zurück zu mir und Jude. Hier wird es jetzt etwas schwierig.

Das erste Schuljahr ging erfolgreich zu Ende, und mein Vertrag wurde verlängert. Wir hatten uns auf ein Leben in Kameradschaft und zärtliche, doch leidenschaftslose Liebe eingestellt. Aber wir beide empfanden eine tiefe Sehnsucht nacheinander. Und unsere Küsse erzählten die wahre Geschichte.

Am ersten Ferientag saßen wir gemeinsam auf den Docks. „Und, ist das Leben jetzt wirklich so schlimm?“, fragte ich ihn. Ich hatte seine Hand genommen und in meinen Schoß gelegt.

„Nein. Das Leben ist schön.“

„Hast du dir je vorgestellt, ein solches Leben zu führen?“

„Nein. Du?“

Ich lachte. „Was meinst du wohl?“

„Nun“, er kratzte sich am Kinn, „wenn ich jetzt Penicillin nähme und am Leben bliebe, müsstest du bei mir bleiben, bis ich sterbe. Dann kannst du nicht mehr ins Kloster zurück.“

„Ich war keine Nonne, Jude, ich war eine-“

„Du weißt schon, was ich meine. Das ist das Leben, das du eigentlich führen wolltest, ich weiß es doch. Also wäre es für dich auf Dauer wirklich besser, wenn ich keine Medikamente nähme.“

„Aber-“

Er legte einen Finger auf meinen Mund. „Aber du willst ein Baby. Auch das weiß ich.“ Er ließ seinen Finger sinken. „Habe ich recht?“

Ich konnte nur nicken.

„Doch wenn ich das Zeug nehme und dir dieses Baby schenke, wirst du mich nicht mehr los und kannst nie in den Orden zurückkehren.“

„Ich will dich jetzt.“

„Du meinst, wenn ich eines Tages sterbe, wirst du nicht wieder zurückkehren?“

„Das habe ich nicht gesagt. Aber ich wünsche mir ganz sicher nicht deinen Tod, Jude. Das musst du wissen. Ich möchte, dass du wieder gesund wirst."

Er seufzte. „Ich weiß. Aber ich will das Beste für dich. Und vielleicht bin ich einfach nicht gut für dich."

Ich spielte mit meinem Ehering. „Für solche Überlegungen ist es jetzt ein bisschen zu spät."

„Vielleicht." Er blickte über das Wasser hinweg. „Ach, ich weiß es einfach nicht."

Ich vertraute auf das, was Jesus gesagt hatte. Irgendetwas musste geschehen, das ihm einen Schubs in die richtige Richtung versetzte, das wusste ich, aber natürlich hätte ich nie erraten, was das schließlich sein würde. Offen gestanden, ich war ziemlich wütend auf Jesus, weil es auf diese Weise geschehen musste.

Monatelang sah ich ihn nicht mehr. Doch endlich begriff ich es. Jude musste noch eine raue Fahrt über die aufgewühlte Bucht seiner Vergangenheit unternehmen. Ich konnte nur da sein und ihn lieben, während der Sturm, der Feuer und Hagel brachte, über ihn hinwegfegte.

Es war ein besonders heißer Julitag, als Brister die Treppe zu unserer Wohnung hochgestürmt kam und an die Tür klopfte. Wir waren gerade von der Messe nach Hause gekommen, und ich kochte Tee.

„Du meine Güte, Brister!", sagte ich, nachdem ich die Tür aufgerissen hatte. „Was ist denn los?"

„Wo ist dein Mann?"

„Im Schlafzimmer. Er sortiert Wäsche."

Er stürmte weiter, während er vor sich hin murmelte: „Weiberarbeit."

„Du wirst es nicht glauben", rief er. „Sie ist wieder da. Verdammt! Petra ist auf die Insel zurückgekommen."

Die darauffolgende Stille zog brüllend über mich hinweg. Mir wäre es lieber gewesen, er hätte einen Schwall Flüche ausgestoßen. Ich schnappte mir einen Besen, gab vor zu fegen und trat dabei näher an die Schlafzimmertür heran, um das Gespräch zu belauschen.

„Wo ist sie?"

„In meinem Haus. Sie will, dass ich sie zum Leuchtturm bringe."

„Mach es. Wirf sie mitten in der Bucht über Bord, mir ist es egal."

„Du willst sie nicht sehen?"

„Nein."

„Mary Margaret?", rief Brister. „Wie ist es mit dir?"

„Nein, danke."

Ich hörte, wie die Badezimmertür geschlossen und die Dusche aufgedreht wurde.

Brister kam in die Küche zurück, die Hände in die Hüften gestemmt. „Ich hätte nie gedacht, dass ich sie je wiedersehen würde."

„Wie sieht sie aus?"

„Noch genau wie früher. Nur älter."

„Wirst du sie wieder bei dir aufnehmen?"

„Nach allem, was sie ihrem Sohn angetan hat?"

„Du wusstest es?"

„Nicht die ganze Zeit. Aber nachdem er weggelaufen war, habe ich zwei und zwei zusammengezählt. Dann habe ich sie rausgeworfen, na ja, zumindest ihre Sachen vor die Tür gestellt. Da verprügele ich Jude vor lauter Eifersucht, und sie tut ihm so etwas an!"

Ich goss eine Tasse Tee ein und hielt sie ihm hin.

Er nahm sie. „Ich dachte, sie wäre einfach weggegangen, so wie sie vom Leuchtturm verschwunden ist, warum auch nicht? Aber sie war auf der Suche nach ihm. Ich denke, sie hat nie herausgefunden, in welche Kreise er geraten war. Auf einen solchen Gedanken wäre sie nie gekommen. Sie hielt diesen Jungen für vollkommen, und in ihrer Nähe verhielt er sich auch so. Wie der perfekte Sohn. Wie der Mann, den sie ihrer Meinung nach brauchte." Er trank einen Schluck Tee. „Petra hatte kein Händchen für die Auswahl ihrer Männer. Schließlich hat sie mich ausgesucht, und ich bin ja nun wirklich kein Prachtstück."

Wenn die Sache nicht so ernst gewesen wäre, hätte ich laut losgelacht.

Er trank die Tasse leer, und die heiße Flüssigkeit schien seinem Mund und seiner Kehle nicht zu schaden. „Ich sehe jetzt mal zu, dass ich sie da wegbekomme. Ich habe ihr nicht erzählt, wo Jude ist, und auch nichts von dir. Ich habe gesagt, ich müsste schnell mal zum Laden. Wenn sie erfährt, dass er geheiratet hat, bringt sie das um."

Gut, dachte ich. „Ist in Ordnung, Brister. Danke für die Warnung. Aber rede mit mir, bevor du noch einmal mit Jude über sie sprichst. Ich werde ihn fragen, ob er mehr darüber erfahren will, und wenn nicht, lasse ich es dich wissen. Er hat das Recht, selbst darüber zu entscheiden."

„Da kann ich dir nicht widersprechen."

Brister ging.

Die Dusche lief immer noch. Ich legte meine Kleider ab und trat zu Jude unter den Wasserstrahl. Er hatte sich zu einer Kugel auf dem Boden zusammengekrümmt und weinte. Ich nahm ihn in die Arme, so gut ich konnte, und wiegte ihn auf den harten Fliesen, und der Dampf hüllte uns ein, bis das Wasser kalt wurde und ich es abdrehte. Ganz langsam gingen wir zum Bett, und ich streichelte ihm den Rücken, bis er einschlief.

Gegen 2:00 Uhr nachts wurde ich wach. Ich lag zum Wecker gedreht auf der Seite, und sein oranges Licht fiel auf mein Gesicht. Jude küsste meine Schulter, und seine Hand liebkoste meine Hüfte und meine Taille. Jeder Kreis, den er beschrieb, wurde weiter und schloss einen größeren Bereich meines Körpers mit ein.

Ich drehte mich zu ihm um, legte meine Arme um seinen Hals und zog sein Gesicht an meines. *Das ist es jetzt*, dachte ich.

Es gab keine Tricks von Jude, er zog keine raffinierten Stellungen aus dem Hut. Er liebte mich einfach mit seinem Körper, und ich liebte ihn mit meinem. Trotz all seiner Erfahrung hatte er sich nie wirklich verschenkt, doch das tat er jetzt. Ich hatte das natürlich auch nicht getan, und so standen wir in diesem Punkt auf einer Ebene.

An seine Krankheit vergeudete ich keinen Gedanken.

Später fragte ich ihn nach jener Nacht, ob er die Krankheit auch vergessen hätte. Er bejahte das, und er konnte beim besten Willen nicht sagen, warum; er hätte mich einfach da liegen gesehen und gedacht: *So sollte Liebe sein. Du bist ein Narr, wenn du sie nicht an-*

nimmst, und da hätte er die Gelegenheit beim Schopf gepackt. Ich sagte ihm nicht, dass manchmal Wunder klein seien und für das bloße Auge auch ein wenig verrückt erschienen.

Am folgenden Morgen machte ich zum Frühstück Rührei für uns. Jude schaltete die Kaffeemaschine aus und goss uns Kaffee ein. Mir war klar, dass ich alle Trümpfe in der Hand hielt.

„Ich bin zu dem Schluss gekommen: Was gut für den Gänserich ist, ist auch gut für die Gans."

„Ich habe beinahe Angst zu fragen, was das heißen soll", erwiderte er.

„Wenn du kein Penicillin nimmst, nehme ich auch keins."

Er stellte seine Tasse ab. „Mary Margaret, sei nicht dumm."

„Nein. Es ist mir ernst damit, Jude." Ich nahm die Pfanne von der Flamme und stellte sie auf eine Kochstelle, die nicht angeschaltet war. „Wenn ich die Medizin nehme und du nicht, werde ich wieder auf dem Boden neben der Couch schlafen. Aber ich will bei dir sein." Ich drückte meinen Körper an seinen.

Er seufzte, nahm mein Gesicht in die Hände und küsste mich zart auf den Mund. „Ich bin selbst daran schuld, nicht?"

„Ja. Gott sei Dank", bemerkte ich trocken.

Er legte zwei Scheiben Brot in den Toaster. „Ich kenne dich ja und versuche deshalb erst gar nicht, dir deinen Plan auszureden."

Das erstaunte mich. „Willst du etwa behaupten, ich sei starrsinnig?"

„Ganz genau. Denk doch mal nach, Mary Margaret. Hast du im Leben nicht immer alles bekommen, was du haben wolltest? Du hast immer getan, was du wolltest. Irgendwie hast du mich sogar überredet, dich zu heiraten, obwohl ich wusste, dass es gar nicht gut für dich ist."

Wenn er wüsste! Er hatte ja gar keine Ahnung von meinen Gesprächen mit Jesus. Das hatte ich ihm gegenüber niemals auch nur angedeutet. Sollte er mich ruhig für eigensinnig halten. Damit hatte ich kein Problem. Andere Leute dachten Schlimmeres über mich und tun das noch immer. Zumindest dachte er nicht, ich hätte Hörner! Und wenigstens gefiel ihm meine Kunst.

„Ich habe es nur getan, weil ich davon ausging, dass ich in ein paar Jahren tot sein werde."

„Wirklich, Jude? Wirklich? Du weißt doch, dass ein Mensch bis zu zwanzig Jahren mit Syphilis leben kann."

„Ich dachte, meine nähme einen schnelleren Verlauf."

„Ich glaube dir nicht. Es war mehr als das, und das weißt du ganz genau."

Er stellte unsere Becher auf den Tisch und kratzte sich an der Schläfe. „Ich glaube, mein größter Fehler war es, an jenem Tag zu dir auf den Schulhof zu kommen", sagte er.

„Dann wirst du also auch Penicillin nehmen?" Ich schaltete die Flamme ab und stellte die Pfanne mit den Eiern beiseite.

„Willst du wirklich den Rest deines Lebens mit mir verbringen, Mary Margaret? Wirklich? Und wenn ich wieder Heroin nehme oder zu meinem alten Leben zurückkehre?"

„Wirst du das denn?"

Er deutete mit dem Kopf zum Leuchtturm hinüber. „Wirst du sie von mir fernhalten?"

„Ja."

„Ich bin schon lange clean, Mary Margaret. Ich habe keinen Anlass, das zu ändern."

„Warum hast du mich denn nun geheiratet, Jude?"

„Weil ich dir einfach nicht mehr widerstehen konnte. So einfach ist das."

„Ich habe dich also mürbe gemacht?"

Der Toast sprang nach oben.

„Mary Margaret, dir ist es gelungen, mich zu etwas zu überreden, zu dem ich dich schon seit Jahren überreden wollte."

Ich strich mit der Hand über seinen Arm. „Du wolltest doch nur mit mir schlafen."

Er zog eine Augenbraue nach oben. „Ich wusste einfach nicht, wie ich dir sonst zeigen sollte, dass ich dich liebte. Und ehrlich, damals hatte ich beinahe den Eindruck, dass es auf diese Weise sicherer war."

Ich ergriff seine Hand. „Das scheint mir der Wahrheit schon näher zu kommen."

Er drehte seinen Kopf und blickte zum Fenster hinaus. „Also, okay, vereinbare einen Termin beim Arzt für mich. Lass uns diese Sache zu Ende bringen."

Am folgenden Morgen stand Petra im Flur und trommelte drei Stunden lang gegen unsere Tür. „Judey! Mein Liebling!" Und andere Nettigkeiten, bei denen ich eine Gänsehaut bekam. „Lass dich doch von deiner Mami in den Arm nehmen!"

Wir haben nie erfahren, woher sie wusste, wo er war. Brister schwor hoch und heilig, von ihm hätte sie es nicht.

Nachdem sie endlich gegangen war, bat Jude mich, zu Brister zu gehen und ihm mitzuteilen, dass er ein paar Tage nicht aufs Boot käme. Ich erklärte Brister die Situation, und er hatte keine Einwände. Das war gut, denn wenn er welche gehabt hätte, hätte ich ihm die Meinung gesagt, und das wäre bestimmt nicht schön gewesen.

Sie kam immer wieder. Jude wirkte ausgezehrt und erschöpft, wanderte in unserer Wohnung herum, setzte sich, stand wieder auf, versuchte zu lesen, übernahm das Kochen und rauchte doppelt so viele Zigaretten wie sonst. Nachts fuhr er im Bett hoch und starrte in die Dunkelheit, bis er vor Erschöpfung wieder einschlief. Zum Glück verschlief er auf diese Weide Petras Morgenbelagerung.

Am dritten Tag hatte ich die Nase voll.

„Das ist einfach lächerlich." Ich zog das kurze Nachthemd an, das LaBella mir zur Hochzeit geschenkt hatte, und zerzauste meine Haare. Mit beiden Händen klatschte ich mir auf die Wangen, um sie zu röten, und zwickte mir in die Lippen, bis sie ganz geschwollen waren. Mittlerweile war Jude aufgewacht und richtete sich auf. Er war weiß wie ein Altartuch.

Ich blickte ihn an, zog die Decke über ihn und küsste ihn. „Ich werde sie für dich abwimmeln. Vielleicht nicht für immer, aber hoffentlich wird sie uns dann erst mal in Ruhe lassen."

Ich war fest davon überzeugt, dass es für Jude das Beste war, Petra so lange wie möglich von ihm fernzuhalten. Ich war nicht naiv und rechnete durchaus damit, dass sie den Weg zu ihm schon wieder finden würde, so wie sich das Böse immer wieder in unser Leben einschleicht, egal, wie gut wir sind. Mir war auch klar, dass er sich ihr eines Tages selbst stellen müsste, aber schließlich war unsere Liebe noch jung und wuchs endlich der Sonne entgegen. Wir durften nicht zulassen, dass Petra sich in unser Leben drängte.

Hätte ich mich um sie kümmern sollen? Nun, Schwestern, ich weiß es nicht. Vielleicht. Ich überlasse es euch, darüber zu urteilen. Aber ich machte mir größere Sorgen um Judes Seelenheil als darum, dass Petra zur Buße geführt wurde. Und auch wenn sie und Jude beide in Gottes Hand waren, so war allein Jude mir als mein Partner an die Seite gestellt, meine heilige Berufung. Ich nahm mein Ehegelübde sehr ernst.

Also riss ich die Tür auf, stemmte den Arm gegen den Türrahmen und lehnte mich hinein. „Kann ich Ihnen helfen?", fragte ich und tat so, als würde ich mir die Haare richten. Meine Stimme ließ ich bewusst leicht verschlafen und ein wenig rau klingen, aber natürlich hatte ich darin keine Übung. Ich schätze, es gelang mir nicht besonders gut.

„Mary Margaret?"

„Und Sie sind?"

„Mrs Keller."

„Sie meinen Petra Purnell? *Ich* bin Mrs Keller."

Gebt mir einen Augenblick, um Petra zu beschreiben. Ihre Haare sprangen immer noch in Locken um ihren Kopf, und jetzt erkannte ich, dass sie sich bewusst mädchenhaft gab und sich jünger machte, als sie tatsächlich war, und zwar nur, um die Aufmerksamkeit ihres Sohnes auf sich zu lenken.

Das machte mich krank.

Sie trug ein eng anliegendes Kleid, tief ausgeschnitten, sodass ihr Brustansatz zu sehen war. Ihre Augen hatte sie stark geschminkt und einen rosa Lippenstift aufgelegt.

Trotzdem kam sie gegen meine Jugend und mein jadegrünes Satinnachthemd nicht an. Ich hasse es, mit meinen roten Haaren anzugeben, aber ich spürte genau, wie lebendig ich auf sie wirkte. LaBella wäre stolz auf mich gewesen.

„Ich habe den Namen meines früheren Ehemannes wieder angenommen", erklärte sie, und ihr Blick fiel auf meine Brust. Endlich kamen meine großen Brüste mal gelegen.

„Ich möchte Sie freundlich bitten, nicht mehr tagaus, tagein an unsere Tür zu trommeln. Wenn *Judey* Sie sehen wollte, dann hätte er Sie mittlerweile hereingebeten, meinen Sie nicht?"

Sie zuckte zusammen, und plötzlich wanderte ihr Blick flackernd nach oben und über meine Schulter. Ihr verblüffter Aufschrei sagte mir alles, was ich wissen musste.

Er stand dicht hinter mir, und ich spürte, wie sich seine Finger auf meine Schultern legten und er sich an mich drückte.

„Mutter."

Sie zog einen Schmollmund. „Oh, Judey, ich bin deine Mama. Warum ignorierst du mich?"

Jude schob mich zur Seite und drängte seine Mutter zum Treppenabsatz zurück, als wollte er mit ihr sprechen, und als er wieder zurückwich und sie allein auf dem Treppenabsatz stehen ließ, sagte er: „Ich habe dir vergeben, belassen wir es dabei. Wenn du noch einmal herkommst, werde ich dich für den Rest meines Lebens hassen."

Er verriegelte die Tür und lehnte sich dagegen, den Blick auf den Fußboden gesenkt. „Ich wollte sagen: ‚... dann bringe ich dich um', aber ich glaube nicht, dass ich das tun würde. Manchmal ist mir allerdings sehr danach zumute. Manchmal träume ich davon." Er schüttelte den Kopf.

Ich trat auf ihn zu, legte meine Arme um ihn und meinen Kopf an seine Brust. Er war verschwitzt, und gleichzeitig fror er.

Petras Absätze klackerten auf den Metallstufen, und ihr verzweifelter Aufschrei erfüllte die Nachbarschaft.

Sie kehrte nicht mehr zum Leuchtturm zurück. Niemand wusste, was aus ihr geworden war, und erst 10 Jahre später erzählte Brister uns, ein Freund von ihm hätte ihre Todesanzeige in der *Baltimore Sun* entdeckt. Sie hatte in Dundalk gelebt und einen gewissen Forrest Blanchette geheiratet, keine Kinder. Ich dankte Gott, dass sie endgültig aus unserem Leben verschwunden war.

26

Gerade habe ich Samkelas Unterricht beendet. Ich hatte ihm wieder die Wasserfarben mitgebracht, und er strahlte über das ganze Gesicht. Am liebsten würde ich ihn mit nach Hause nehmen!

Heute gehe ich hinunter zur Siphewes Hütte. Ich werde ihr ein Stück Wäscheseife, einen Sack Reis, einen Sack Bohnen und andere Lebensmittel aus dem kleinen Supermarkt etwa eine Meile entfernt mitbringen.

Über Siphewes Geschichte musste ich lachen, als ich sie hörte, aber eigentlich ist sie gar nicht lustig.

Mir drängte sich der Vergleich zu Jude als jungem Mann auf, glaube ich, obwohl sie im Gegensatz zu ihm sehr gewalttätig veranlagt war. John hatte sich ihrer angenommen und sie zur Sonntagsmesse in die kleine Kapelle auf dem Gelände der Mission eingeladen. Sie war mit einem jungen Mann liiert; es war eine ziemlich wilde Beziehung. Schließlich brachte sie ihn zur Kirche mit, weil sie, wie sie erklärte, die Stille und den weichen Gesang von Pater Luke liebte.

Während der Woche dagegen war sie kaum zu bändigen und lieferte sich schreckliche Auseinandersetzungen mit ihrem Freund. Es gab Faustkämpfe und Messerattacken, und hinterher kamen sie dann wieder zusammen und taten all die Dinge, die sie nicht hätten tun sollen. Zum Glück wurde sie nicht schwanger.

Schließlich hatte ihr Freund die Nase voll und beendete die Beziehung. Sie war darüber so zornig, dass sie zu seinem Haus stürmte und mit einer Machete auf seine Beine einhackte. Ich sage ja, sie war eine Furie!

Jetzt kann der arme Kerl kaum noch laufen. Er kann nicht arbeiten, und zu allem Unglück gab es vor etwa einem Monat einen heftigen Sturm, und Siphewes Haus, etwa 50 Jahre alt und in keinem besonders guten Zustand, verlor sein Dach und die linke Hauswand. Sie lebt jetzt in einem Zelt, das ihr das Rote Kreuz zur Verfügung gestellt hat.

Natürlich haben die Priester der Mission ihr über diese Zeit hinweggeholfen, ihr Nahrungsmittel gebracht und ihre Wunden versorgt, die sie sich während des Sturmes zugezogen hatte.

Ihr Freund ist wütend auf John und die anderen und kommt nicht mehr zur Kirche. Aber Siphewe, nun, sie hat sich verändert. Sie hat tätige Liebe erlebt, fand zum Glauben, bereute ihre Sünden, wurde getauft und wird in der nächsten Woche, nachdem sie die Firmung erhalten hat, das erste Mal das Abendmahl nehmen. Das ist ein großer Tag für John, Luke und Amos. Und natürlich für Pater Ignatius.

Ich bin wieder zurück von Siphewes Zelt. Sie hat sich über die Nahrungsmittel gefreut und mir eine Tasse Tee gekocht und ein Stück grobes, aber köstliches Maisbrot vorgesetzt. Wenn man hier Essen angeboten bekommt, darf man nicht ablehnen. Das habe ich bei einer meiner früheren Reisen gelernt. Siphewe spricht zwar kein Englisch, aber irgendwie haben wir uns verständigt. John weiß noch nichts davon, aber sie hat drei Waisenkinder aufgenommen, deren Mutter vor ein paar Tagen gestorben ist, vermutlich an AIDS. Der Vater ist bestimmt schon zwei Jahre tot. Ich werde es John erzählen, wenn er seine Visite bei den Patienten beendet hat.

Hier gibt es so viel zu tun. Dieses Land kommt nur langsam voran, und sein Fortschritt ist der harten Arbeit seiner Frauen zu verdanken. Aber vielleicht ist das auch eine andere Geschichte. Der Abend ist herrlich, und der Himmel sähe noch viel schöner aus, wenn ein bunter Drachen dort seine Kapriolen drehen würde.

Drachen waren für Jude und mich von großer Bedeutung. Besonders nachdem wir uns gemeinsam der Behandlung gegen die Syphilis unterzogen und unsere Medikamente genommen hatten.

In der Nähe des Krankenhauses in Salisbury, in dem wir unsere Penicillin-Injektionen bekamen – sieben für mich, zehn für Jude –, hatten wir uns ein billiges Hotel gesucht. Mit jeder Injektion schien sich sein emotionaler Zustand zu bessern. Der Tod verließ ihn in Phasen, und ich weinte ihm keine Träne nach. Tagsüber unternahmen wir lange Spaziergänge und fingen an zu träumen, wie unser Leben aussehen würde, nachdem wir die Vergangenheit endgültig hinter uns gelassen hätten.

Natürlich wollten wir Kinder haben, je früher, je besser. Schließlich waren wir keine Teenager mehr.

Abends aßen wir Eis und träumten laut. „Was würdest du am liebsten tun?", fragte er mich.

„Ich wäre gern Künstlerin. Einfach nur Künstlerin. Ich würde wieder an meinen verrückten Skulpturen arbeiten, und zwar an größeren als früher. Installationen im Freien. Ich würde auch gern einmal eine Bronzeskulptur gießen. Und ich möchte so etwas machen wie Bruder Joe, aber vielleicht mit jugendlichen Ausreißern oder so. Was ist mit dir? Was macht dich glücklich?"

„Du wirst das für verrückt halten, Mary Margaret. Aber ich liebe es, Drachen steigen zu lassen. Als Kind habe ich tolle Drachen gebaut. Erinnerst du dich?"

Ich nickte; ich hatte ihn früher manchmal von meinem Fenster in der Schule aus beobachtet, draußen am Aussichtspunkt. Und auf dem Leuchtturm, als er kleiner war.

„Ich hatte dabei immer das Gefühl, als täte ich etwas ganz Außergewöhnliches. Warum ist das wohl so?"

„Weil du den Drachen in der Hand hältst und er fliegt und schwebt und du ihn festhältst. Das ist beinahe so, als würdest du selbst fliegen, obwohl du noch auf der Erde stehst."

Er schloss die Augen. Wir saßen auf einer Bank in der Stadt und schleckten unser Eis.

Schließlich sagte ich: „Magst du den Strand? Das Meer?"

„Allerdings. Um ein Haar hätte ich meine Sachen gepackt und wäre nach Ocean City gefahren und nicht nach Baltimore. Ich wünschte, ich hätte es getan … aber wie auch immer, das ist jetzt vorbei."

„Denkst du, Brister würde dir das Grundkapital für ein Geschäft leihen?"

„Woran denkst du?"

„An einen Laden auf der Strandpromenade. Ein Drachengeschäft. Der Strand ist der richtige Ort, um Drachen steigen zu lassen. Und ich könnte die Drachen selbst bauen, gute Drachen, nicht diese billigen Dinger, wie man sie in den Läden bekommt."

Ich nahm einen Notizblock und einen Stift aus meiner Tasche. „Lass uns planen."

Er notierte seine Ideen, was er an Material brauchen würde und was wir noch zusätzlich in dem Laden verkaufen könnten. Am Ende der Reise stand die Planung. Diese Seite von Jude hatte ich bisher nicht gekannt.

Ich wusste nur eines: Menschen wie Jude mussten fliegen; man musste ihnen nur die richtige Richtung zeigen. Unser Plan klang nach einem guten Leben. Und das war es auch.

Ich reichte meine Kündigung bei der Schule ein. Sie ließen mich zwar nur ungern gehen, aber wie fast alle anderen auf Locust Island, die uns gut kannten, fanden sie, es sei der richtige Schritt.

Im folgenden September, knapp ein Jahr nach unserer Hochzeit, mieteten wir in Ocean City eine möblierte Wohnung auf der Wicomico Street, die unseren Ansprüchen genügte, und ein Ladenlokal auf der Strandpromenade in unmittelbarer Nähe des *Plim Plaza*, wo wir unsere Flitterwochen verbracht hatten.

Hinter dem Wohnhaus baute ich meine Flaschenzüge und Ketten auf und betete, dass ich irgendwo Holz auftreiben konnte. Wir besaßen keinen Laster, und auf der Landzunge zwischen dem Atlantik und der Assawoman Bay wuchsen nicht viele Bäume.

Jude bestellte das Material, das er für den Drachenbau benötigte: Schilfrohr und Hartholz, Leisten, Krepppapier und Nylon, Kleber, Garn und Farbe, damit ich die Drachen bemalen konnte. Er bestellte auch fertige Drachen, damit er gleich mit dem Verkauf beginnen konnte. „Ich werde Drachen bauen, die die Menschen aneinanderbinden können. Familiendrachen oder so etwas. Und wir werden zivile Preise verlangen." Ich fand das eine gute Idee.

Wir nannten unseren Laden *Die Drachenhütte*. Ich hatte mir alle möglichen Wortspiele ausgedacht: Hochfliegende Hoffnungen, Die Welt am Faden und so etwas, aber Jude war dafür nicht zu begeistern. „Wir wollen es einfach halten, Mary Margaret. Der Name soll den Leuten in Erinnerung bleiben."

Den ganzen Winter über baute er Drachen, und ich half ihm, da das Holz, das ich brauchte, noch nicht vor unserer Tür gelegen hatte. Ich fragte Jesus danach, aber er schwieg. Na gut. Dann also Drachen.

In diesem Winter malte ich einige wunderschöne Schmetterlinge, Libellen und Vögel, Stachelrochen und bunte, fantasievolle Fische. Auch Pfauen. Die Pfauendrachen würden sich bestimmt am besten verkaufen, dachte ich, und so war es auch.

Im Dezember wurde ich schwanger und freute mich auf ein September-Baby. Gute Dinge erlebe ich immer im September. Wir beide setzten große Hoffnungen auf dieses Baby. Bei mir war es die Vorstellung, einen Menschen zu haben, der blutsverwandt mit mir war; für Jude die Chance, den dunklen Schatten des Missbrauchs in seiner Familie zu durchbrechen.

Und während wir gemeinsam Drachen bauten, ließ Gott unser Baby in mir wachsen, Zellen, die sich unentwegt teilten und dieses winzige Kind formten. Natürlich gab es damals noch keinen Ultraschall, aber wir beide hatten das Gefühl, dass das Kind ein Junge werden würde. Und nein, Jesus hatte es mir nicht vorher verraten. Aber eines Abends erzählte er mir, auf John warte eine große Aufgabe. „Er wird mithelfen, ein ganzes Volk zu retten."

Das klang in meinen Ohren ziemlich groß, und ich konnte mir nicht recht vorstellen, wie er das bewerkstelligen sollte.

Zwanzig Jahre lang lebten wir in Ocean City, und Jude baute und verkaufte Drachen. Zusammen mit einem Jesuitenpater gründeten wir eine Missionsstation. Wir beide schlossen uns dem *Jesuit Volunteer Corps* an. Unsere „Oase" kümmerte sich in erster Linie um Prostituierte.

Jude ließ sich zum Streetworker ausbilden. Er war sanft und liebevoll, aber er konnte auch energisch werden: „Ich weiß, was du erlebt hast. Wir sollten uns also nichts vormachen, okay?"

Nachdem wir ein kleines Haus auf der anderen Seite des Ocean Highway erworben hatten, das letzte Haus auf der linken Seite, gab es bei uns viele ungewöhnliche Tischrunden. Und erst die Sonnenuntergänge, die wir über dem Wasser der Bucht ansehen konnten!

Die Segelschiffe, scharf abgesetzte Silhouetten vor dem flammenden Himmel, als hätte jemand sie mit Tusche gezeichnet. Die Boote zogen vorbei und schienen ihren Segen für den Tag auszusenden. Und wir saßen da mit dem Abschaum der Stadt, lachten und puhlten Krabben, die Jude in seinen Fallen gefangen und dann selbst gekocht hatte, oder genossen den Duft von gegrillten Hamburgern oder Hotdogs. Dort am Strand dauerte der Sommer immer viel länger. Aber vielleicht bogen wir es uns auch nur so hin.

Gott schenkte mir 27 Jahre mit Jude. Manchmal fragte ich mich, ob ich zu Jude oder Jude vielleicht zu mir geschickt wurde, oder ob wir beide einander geschenkt wurden, damit John entstehen konnte. Aber Gott Grenzen zu setzen ist nie gut. So, wie ich ihn kenne, hatte er für uns drei noch etwas in seinem allmächtigen Ärmel. Er ist ziemlich gerissen, müsst ihr wissen.

Jesus hatte es sich angewöhnt, mich an meinem Geburtstag zu besuchen, früh am Morgen, bevor alle anderen aufstanden, nur um mir zu sagen, wie froh er war, dass ich da bin.

Als ich John auf die Welt brachte, wurde mir bewusst, dass bei der Geburt nicht nur ein Mensch einem anderen das Leben schenkt. Es war eine heilige Berufung, genauso heilig wie der Ruf zur Ordensschwester. Ja, ich kannte die traditionelle Lehre der Kirche, aber als ich zum ersten Mal diesen kleinen Jungen im Arm hielt, erlebte ich es am eigenen Leibe.

Die Geburt war schrecklich, die Blutung so stark, dass ein Chirurg in einer Notoperation meine Gebärmutter entfernen musste. Es hätte durchaus zu einer Situation wie bei meiner eigenen Geburt kommen können, aber wir hatten zum Glück vorher beschlossen, das Baby im Krankenhaus zu bekommen.

Am Tag von Johns Taufe schenkte Jude mir eine Tüte Blumenzwiebeln. Oh ja! Jetzt erinnere ich mich daran, es waren weiße Narzissen als Symbol für einen Neuanfang, eine Erneuerung. Eine Auferstehung.

„Ich werde sie für dich setzen, Mary Margaret." Aber wie das oft so ist – sie landeten unter einem alten Blumentopf in der Garage und wurden in eine Ecke geschoben, dann mit irgendwas zugestellt, und dort blieben sie, bis ich sie wieder ausgrub, als ich aus Ocean

City wegzog. Ich werde sie in die Erde stecken, sobald ich auf die Insel zurückkomme. Neues Leben ist wichtig. Man sollte nicht immer alles auf die lange Bank schieben.

So, gerade habe ich wieder *Blumenzwiebeln setzen* in meine Handfläche geschrieben! Hoffen wir, dass es dieses Mal klappt. Ich werde die Worte immer wieder nachziehen, bis ich wieder in den Staaten bin.

Ich wusste von Anfang an, dass John etwas Besonderes war. Schon sehr früh begriff er die Bedeutung unseres Glaubens und sprach so vertraut mit Gott, bezeichnete sich nicht nur als Christ, sondern als Freund Gottes. Damit fing er im Alter von 5 Jahren an, und ich habe keine Ahnung, wo er diesen Ausdruck mitbekommen hatte. Vielleicht erscheint Jesus auch John, und auch er darf es niemandem erzählen? Manchmal frage ich mich das wirklich.

Jude hat nie viel über seine Beziehung zu Gott gesprochen; doch er zeigte sie durch sein Handeln unten in der Missionsstation und auch sonst. Im Laden lagen immer einige Drachen, die er aus Resten gefertigt hatte. Die schenkte er Kindern, die kein Geld hatten, um sich einen zu kaufen. Und Jude besaß die untrügliche Fähigkeit, diese Kinder zu erkennen. Seine Menschenkenntnis war sehr viel besser als meine, und er spürte sofort, wenn jemand niedergedrückt war.

Kein Wunder, dass Jesus ihn für sich haben wollte!

Eines Abends kam John zu mir, als ich auf dem Anlegesteg hinter unserem Haus saß und den Sonnenuntergang genoss. Er ließ sich neben mir nieder. Mittlerweile war er schon fast 1,90 Meter groß und bestand nur aus Ellenbogen und Knien. „Ich wollte es dir zuerst erzählen, Mom."

„Hast du deine Englischarbeit verhauen?"

„Nein, ich habe eine Drei."

„Nicht schlecht."

Mathematik und die naturwissenschaftlichen Fächer lagen ihm mehr.

„Ich habe das Gefühl, dass Gott mich in die Priesterschaft beruft."

Wenn sich der Himmel geöffnet und sein Licht auf uns hätte scheinen lassen und wenn die Engel selbst das *Gloria* gesungen hätten, der Augenblick hätte nicht heiliger sein können.

„Und ... ich glaube, er möchte, dass ich Missionar werde."

„Also kein Priester in der Diözese?"

„Ich glaube nicht."

„Wir werden beten, dass Gott es dir genauer zeigt."

Als ob das eine Frage wäre! Aber manchmal scheint Gott bis zur letzten Minute zu warten und das, Schwestern, kann ganz schön frustrierend sein, nicht?

27

Ach du meine Güte, ich wollte doch gestern über meine Mutter schreiben, und ob ihr es glaubt oder nicht, John kam mit dem Rover zur Mission gerast und sprang ganz aufgeregt aus dem Wagen. Precious war im Krankenhaus verstorben, und da sie keine Familie mehr hatte, hatte er sich bereit erklärt, sie mitzunehmen und hier auf dem Gelände der Mission zu begraben.

In den vergangenen zwei Wochen war ich zweimal in der Woche mit John nach Manzini gefahren, um sie zu füttern, und wir sorgten dafür, dass eine Frau, die zur katholischen Gemeinde in der Stadt gehörte, sie einmal am Tag aufsuchte, um ihr Abendessen zu geben. Sie wurde von Tag zu Tag schwächer, und außer „Amen" konnte sie nichts mehr sagen. Ich las ihr aus der Bibel vor, insbesondere aus den Psalmen, sowie aus ihrem *The Imitation of Christ*. Einige Zeilen aus Thomas Mertons Buch tun der Seele immer gut. Mein Vater versorgte mich mit Schriften, die einem Sterbenden Mut machen, und John leistete ebenfalls seinen Beitrag. Und ich konnte ihr sogar das Abendmahl reichen.

„Sie hatte definitiv AIDS, Mom", erklärte John, als wir unterwegs waren und er wie üblich hupte und den Kindern zuwinkte. „Aber wenigstens brauchte sie in den letzten Wochen ihres Lebens nicht mehr zu hungern."

„Ich könnte heulen, wenn ich daran denke, dass so etwas überhaupt möglich ist."

„Dann zieh nicht hierher, Mama."

Keine Sorge, dachte ich. Ich war glücklich bei meinen Leuten auf Locust Island. Obwohl ich sicher auch gern mit den Menschen dieses Volkes leben würde.

Ich hätte John gern gefragt, ob sich sein Gottesbild in der Zeit seines Aufenthalts in diesem Land verändert hätte, aber der Geist hielt mich zurück. Vielleicht ein anderes Mal. Und mir scheint sein

Glaube fest zu sein wie ein Fels. Johns Geschichten und Gedanken sollte er selbst erzählen.

Wir holten Precious' sterbliche Überreste also zu uns, und Luke und Amos bauten einen Sarg aus dem ungenutzten Holz in der Hütte. Ich bemalte ihn mit den Farbresten, weil ich irgendwie das Gefühl hatte, dass Precious bunte Farben gemocht hatte.

Wir lasen eine Messe für sie und ließen den Sarg dann an Seilen in ein Loch hinab, das John und einige Nachbarjungen gemeinsam gegraben hatten. Frauen, die sie nicht einmal gekannt hatten, traten weinend an ihr Grab. Sie kannten ihre Geschichte. Es war ihre Geschichte. Oder würde es bald sein.

28

Es ist spät geworden. Gerade habe ich meinem Vater ins Bett geholfen, und ich glaube, ich erzähle euch das, weil mein Vater zu dem Zeitpunkt, wo ihr das lest, vermutlich tot ist (und ich auch). Er hat ebenfalls AIDS. Wenn man hier im medizinischen Bereich tätig ist, scheint das unausweichlich zu sein. Krankenschwestern sterben zu schnell weg, um ersetzt werden zu können. Ich habe Angst um John, aber da es ihn nicht zu beunruhigen scheint, behalte ich meine Sorgen für mich.

Wir hatten eine gute Zeit im vergangenen Monat, mein Vater und ich. Ich nenne ihn einfach Joe. In unserem Alter erscheint es doch ein wenig töricht, ihn noch „Papa" zu nennen. Ich habe mein ganzes Leben lang einen Vater gehabt, und er ist einfach wundervoll zu mir gewesen. Das erkenne ich jetzt.

Aber Jesus sagte mir, in unserem Inneren lebt eine tiefe Sehnsucht nach der Wahrheit. Das kann ich nur bestätigen. Und ich habe mir im Laufe der Jahre in Bezug auf meinen Vater eigentlich immer etwas vorgemacht. Natürlich wollte ich die Wahrheit erfahren.

Und hier ist nun die Geschichte – das, was tatsächlich geschehen ist, damals im Jahr 1929, so wie mein Vater es mir erzählte. Mary Margaret Fischer (meine Mutter) verließ Locust Island nach ihrem Schulabschluss und studierte am *College of Notre Dame*. So hat es meine Großmutter mir erzählt. Sie hatte eine Stelle als Lehrerin an einer Schule im Süden Baltimores bekommen und bereitete sich darauf vor, ihr Gelübde abzulegen. Darauf war meine Großmutter sehr stolz, besonders angesichts der Tatsache, dass sie ihre Tochter unehelich geboren hatte und sie deshalb ihr Studium am College nicht hatte beenden können. Wer hätte das gedacht?

Und eine Ordensschwester? Noch besser.

Aber meine Mutter legte kein Examen ab. Sicher, ihr Plan war es, Lehrerin zu werden, und sie hatte auch vor, in einen Orden einzutreten, aber sie hielt nur einen Monat durch, nachdem ein junger Mann sie auf den „falschen Weg" geführt hatte, wie man es im Volksmund so schön nennt.

„Das war der Zeitpunkt, wo sie Bekanntschaft mit dem Opium machte", erklärte Joe.

Mein Vater und ich saßen in der Kapelle der Mission. Wir hatten einen Teller meines Gemüseeintopfs gegessen, etwas Wein getrunken und ein Viertel des Schokoriegels verspeist, den ich aus Manzini mitgebracht hatte.

Während ich schreibe, sitze ich an seinem Bett. Er schläft. John wollte rüber zu Siphewe gehen, um nachzusehen, ob sie genug zu essen hat, nachdem sie nun schon drei Waisenkinder aufgenommen hat. Nur Jesus weiß, was aus dieser zusammengewürfelten kleinen Familie werden wird.

Wie auch immer, zurück zu meiner Mutter.

Mein Vater legte seinen Arm hinter mich auf die Rücklehne der Bank, berührte mich aber nicht. Er seufzte abgrundtief. „Von da an ging es bergab mit ihr. Man kennt das ja, die alte Geschichte. Je mehr Opium sie rauchte oder zu sich nahm, desto mehr wollte sie. Ihr Freund kam in den Knast, und sie fing an zu stehlen, auf der Straße zu betteln, erfand Geschichten, sie brauche das Geld für ihre Tracht, und sie magerte immer mehr ab. Schließlich endete sie in unserer Missionsstation."

„Warst du zu dem Zeitpunkt nicht mehr im Seminar?"

„Doch. Es war mein drittes Jahr. Sozialarbeit hatte mich schon immer interessiert. Eine Art Erste-Hilfe-Raum für soziale Gerechtigkeit, könnte man sagen."

Draußen war die Sonne beinahe ganz untergegangen, die großen Wolken hatten sich golden verfärbt, die Bergspitzen schimmerten purpurn in der Dämmerung und schienen mit einbrechender Dunkelheit immer kleiner zu werden.

Die Stimme meines Vaters war kaum noch lauter als ein Flüstern, ein wenig rau, trotzdem besaß sie immer noch eine kehlige Wärme, der man abspürte, dass er niemanden absichtlich verletzen würde. Hatte meine Mutter das auch so empfunden, als sie in der Mission Hilfe suchte?

„Sie kam also an einem Winterabend in die Mission. Jemand hatte ihr den Mantel und ihre Tasche gestohlen, und sie war stark angeheitert."

„Du kannst ruhig betrunken sagen, Joe. Es macht mir nichts aus."

„Oh, ich möchte sie nicht so diffamieren."

Er sprach diese Worte mit solcher Aufrichtigkeit, dass mir sofort klar war: Von diesem Mann würde ich eine ganz neue Version der Geschichte hören, die ganz anders war als die, die meine Mutter und meine Großmutter erzählt hatten, und der Rest, den ich mir zusammengereimt hatte.

Und trotzdem … Da saß ich in all meiner Menschlichkeit, nachdem ich gezeugt, empfangen und geboren worden war. Etwas Ungebührliches war auf jeden Fall zwischen ihnen geschehen, denn ich bezweifle, dass sie vorher geheiratet hatten.

Er räusperte sich, drückte die Faust an den Mund. „Ich möchte dies so vorsichtig wie möglich ausdrücken, Mary Margaret. Du bist meine Tochter …"

„Und du bist ein Priester", scherzte ich.

„Ja, das auch. Deine Mutter wusste nicht, wo sie unterkommen sollte. Sie war nur noch Haut und Knochen, ihr Blick flackerte hierhin und dorthin. Und sie war schreckhaft. Aber trotzdem noch wunderschön. Hast du Fotos von ihr gesehen?"

Ich nickte. „Wir besaßen einige."

„Dann weißt du es ja. Also stellten wir ein Feldbett für sie im Schlafsaal der Frauen auf, und sie fing mit dem Entzug an. Weißt du über Opium Bescheid?"

Ich schüttelte den Kopf.

„Nun, die Abhängigkeit fängt ganz langsam an. Zuerst ist da nur ein schönes Gefühl der Euphorie. Aber dem Körper gefällt das, und er verlangt bald immer mehr von dem Zeug, das du als Rauch oder in fester Form zu dir nimmst, um dieses Gefühl zu erleben. Du kannst dir sicher vorstellen, was dann geschieht. Eine Abhängigkeit entsteht. Auf der Haut bildet sich Ausschlag, und als sie zu uns kam, hatte sie ihre Haut fast am ganzen Körper bereits blutig gekratzt, manchmal sogar mit einem Metallkamm."

„Ach du meine Güte!"

„Sie war in einem schrecklichen Zustand. Pater Frank, der die Mission damals leitete, meinte, sie müsse ins Krankenhaus, aber bei dieser Vorstellung rastete sie aus. Pater Frank war ziemlich kaltschnäuzig, ohne Mitgefühl. Für ihn war die Angelegenheit damit erledigt. Er machte sich nicht die Mühe, einem Menschen zu helfen, der so darauf versessen war, sein Leben wegzuwerfen. Mir blieb nur eine Möglichkeit: Ich ging mit ihr in ein Motel, wo ich mich während ihres Entzugs um sie kümmern konnte."

Er erzählte mir von einem kleinen Motel an der Route 40. „Ich hatte etwas Geld von meiner Familie bekommen und konnte ein Zimmer für uns mieten. Hast du schon einmal einen Menschen begleitet, der auf Entzug ist?"

„Nein. Du hast dich ja für mich um Jude gekümmert."

„Oh ja. Er war einer der schlimmsten, die ich je erlebt habe."

„Wirklich?"

„Ganz bestimmt. Gott vergebe mir meinen Kleinglauben, aber ich hätte nicht damit gerechnet, dass er es tatsächlich schaffen könnte. Ich glaube, manchmal ist auch wichtig zu wissen, *warum* eine Person überhaupt zu Drogen gegriffen hat, wenn man ihr helfen will. Hat Jude bereits in der Schule Drogen genommen?"

„Nein. Er ist viel draußen in der Bucht gerudert."

„Hmm."

Der Mond warf seine schmalen Strahlen durch das durchsichtige Glas des kleinen Fensters auf seine schlanken Hände, die ein wenig runzlig waren, sicher, aber immer noch geschmeidig und ausdrucksstark. Ich fragte mich, wie sie sich wohl angefühlt hätten, wenn sie mir geholfen hätten, Fahrradfahren zu lernen oder Schnürsenkel zuzubinden. Ich wette, er hätte sogar ein kleines Mädchen frisieren können.

„Wenn du es gewusst hättest, hättest du für mich die Priesterschaft aufgegeben?"

Die Worte kamen über meine Lippen, ehe mein Gehirn überhaupt realisiert hatte, dass sie sich irgendwo in den dunklen Rillen seiner Masse gebildet hatten.

„Ja", erwiderte er, ohne zu zögern. „Aber bis zu deinem Hochzeitstag hatte ich keine Ahnung, dass du überhaupt existiertest."

„Du bist so plötzlich verschwunden. Hat Jude das damals nicht auf die Krabben geschoben?"

„Allerdings."

„Du warst sehr blass."

„Na ja, du kannst dir ja jetzt vorstellen, was ich zu diesem Zeitpunkt durchmachte."

„Das tut mir leid."

„Nein. Nein, Mary Margaret. Solche Worte will ich nie wieder aus deinem Mund hören. Wenn jemand unter dieser Situation gelitten hat, dann warst du es. Du hattest das nicht verdient. Ehrlich, mir ist es unbegreiflich, dass du so gut geraten bist. Wenn man die Gnade Gottes mal außer Acht lässt", fügte er schnell hinzu.

Ich lachte. Ich würde es ihm nicht erzählen. Aber er hatte natürlich recht. In meinem Leben hatte es tatsächlich wenig Spannungen und Menschen gegeben, die mir Böses wollten, aber nur, weil ich beschützt worden war. Sicher, ich hätte mich gegen den göttlichen Plan auflehnen können, aber offen gestanden wusste ich tief in meinem Inneren, dass ich ihm nicht entkommen konnte.

Darf ich euch etwas eingestehen, das ich noch nie einem Menschen gegenüber zugegeben habe? Ich hatte *Angst*, mich dagegen aufzulehnen. Ich hatte meine Mutter verloren, war ohne Vater aufgewachsen, hatte keine Familie mehr. Was sonst noch könnte Gott mir wegnehmen, um mich wieder auf den richtigen Weg zurückzuführen? Meine Beine? Meine Kunst? Nein, ein solches Risiko wollte ich nicht eingehen.

Jesus hat viel von mir verlangt, ja, aber am Ende ist alles gut geworden, nicht? Und über diese Zeit möchte niemand etwas hören. Aber ich erzähle euch dies, meine Schwestern, weil es manchmal Jahrzehnte dauert, bis wir manche Dinge verstehen. Wenn ich diese Geschichte direkt nach Judes Tod aufgeschrieben hätte oder nach meiner Totaloperation im Anschluss an Johns Geburt, wäre der Grundton ganz anders gewesen.

Mein Leben war nicht perfekt, Schwestern, aber hier sitze ich und erzähle euch, was ich erlebt habe. Es gibt immer etwas, das gesagt werden muss, Einzelheiten sind dabei nicht so wichtig.

Aber ich bin wieder ins Schwafeln gekommen. Nach der Beerdigung bin ich ein wenig müde. Und so traurig. Seit Jahren habe ich nicht mehr so geweint. Gott hat Precious und mich in ihrem aufmerksamen Schweigen zusammengeknüpft.

Mein Vater brachte die Geschichte zu Ende. „Ich blieb bei ihr in diesem Zimmer und wischte ihr Erbrochenes und ihren Durchfall auf, kühlte ihr die Stirn, wenn das Fieber wütete. Und ich liebte sie. Vielleicht lag es daran, dass ich so geschwächt und müde von ihrer Pflege war, aber in der Nacht, bevor wir fortgingen, nahm sie mich in die Arme, und du warst das Ergebnis. Das wusste ich damals allerdings noch nicht." Er räusperte sich.

„Meine Vergangenheit hatte ich erst wenige Jahre zuvor hinter mir gelassen. Glaube mir, es ist leichter, dahin zurückzugehen, wo man bereits gewesen ist, als an einen Ort zu gehen, den man nicht kennt."

Ich nickte. „Was geschah danach?"

„Ich war überglücklich! Ich liebte sie aufrichtig und hatte so viele Pläne. Die ganze Nacht lag ich in meinem Bett und träumte davon, mit ihr davonzulaufen. Natürlich würde ich das Seminar verlassen. Ich besaß ein wenig Geld. Es hätte uns über die erste Zeit geholfen, und vielleicht konnte ich ja Theologie studieren und irgendwo an einem Seminar unterrichten. Das waren natürlich voreilige Gedanken eines Menschen, dessen Bestimmung es war, Leben zu retten. Schließlich hatte ich ja auch ihres gerettet. Wer weiß, ob das so überhaupt funktioniert hätte. Schließlich konnte ich ja nicht allein entscheiden. Ehrlich, ich hatte nicht viel Zeit, weiter in die Zukunft zu denken."

Seine Stimme gewann an Kraft, und seine geschlossenen Augen hielten die Erinnerungen fest umschlossen.

„Was hat meine Mutter zu alledem gesagt?"

„Dazu kam es gar nicht mehr. Ich erinnere mich, bei Tagesanbruch eingeschlafen zu sein. Ich war so aufgeregt und erschöpft zugleich, verstehst du, und fiel in einen tiefen Schlaf, nachdem ich fast die ganze Nacht wach gelegen hatte." Er umklammerte die vor ihm stehende Bank. „Sie ging weg, Mary Margaret. Als ich aufwachte, war sie fort. Ich machte mich auf die Suche nach ihr. Aber ich kannte nur ihren Vornamen, und in Maryland ..."

„Das ist ein ziemlich katholischer Staat", meinte ich mit leiser Stimme.

„Allerdings. Weißt du, was danach mit ihr geschehen ist? Jude hat nicht viel dazu gesagt, wie zu erwarten war."

Ich zog scharf die Luft ein. „Als sie auf die Insel zurückkam, war sie schwanger, aber ich weiß nicht, wie weit ihre Schwangerschaft bereits fortgeschritten war. Großmutter kümmerte sich um sie, und bei meiner Geburt ist sie in dem Bett, in dem sie mich auf die Welt brachte, verblutet. Meine Großmutter hat mich großgezogen, aber sie starb, als ich sieben war. Ich kam dann zu den Schwestern von St. Mary's."

„Das hat John mir erzählt, als ich sein geistlicher Begleiter wurde. Ich fragte ihn nach seinem Großvater mütterlicherseits, und er erklärte, seine Großeltern seien alle tot."

„Das habe ich ihm erzählt. Ich dachte, es sei einfacher so. Zu viele Geheimnisse ..." Ich legte meine Hand auf seine, mit der er die Bank umklammert hielt. „Ich wusste nicht, was ich sonst hätte sagen sollen. Und es hätte ja auch stimmen können. Ich wusste es einfach nicht."

„Hat deine Großmutter dir nicht erzählt, was geschehen ist?"

„Ich glaube nicht, dass sie es wusste. Sie hatte so ihre Vermutungen. Meine Mutter hatte sie wohl häufig angelogen, wie du dir sicher vorstellen kannst."

„Kamen diese Vermutungen der Wahrheit denn nahe? Wenigstens in Bezug auf mich?"

„Ich wusste nur, dass du am Seminar studiertest. Sie hat mir erzählt, meine Mutter hätte ihr Gelübde ablegen wollen."

„Ach du meine Güte", erwiderte er.

„Sie sagte, du hättest sie vergewaltigt."

Obwohl es dunkel war, sah ich, wie alle Farbe aus seinem Gesicht wich.

Ich streckte die Arme aus und zog ihn an mich, als die Worte ihre volle Wirkung entfalteten, als uns klar wurde, welches große Unrecht die Lüge uns beiden angetan hatte. Er war ein guter Mann, er wäre ein guter Vater gewesen, und jetzt waren sieben Jahrzehnte vergangen. Sieben Jahrzehnte, die wir ohne einander verbracht hatten.

„Aber du sitzt jetzt hier, T–." Jesus nahm auf der Bank vor uns Platz.

Ich umarmte meinen Vater. „Wir haben viel aufzuholen, und wir sind beide alt."

Er küsste mich auf die Stirn und wischte meine Tränen fort, danach seine eigenen.

Wer war Mary Margaret die Erste wirklich gewesen? Ich glaube, das ist der traurigste Teil dieser Geschichte. Meine Großmutter hatte sie gar nicht wirklich gekannt, und Tante Elfi auch nicht. Vielleicht werde ich es eines Tages erfahren. Und vielleicht sollte ich die liebe Seele auch besser zur Ruhe betten, eine Frau, die betteln ging für Drogen und die Menschen belog, die sie liebten. Aber sie hatte mir auch das Leben geschenkt und ihres dabei geopfert.

Ruhe in Frieden, Mary Margaret die Erste.

Und ruhe in Frieden, Mary Margaret die Zweite, du hast deinen Vater gefunden und einen Sohn zur Welt gebracht und bist mit deinen Schwestern alt geworden.

Ruhe in Frieden.

29

Ich kann kaum glauben, dass ich langsam zum Ende meiner Geschichte komme, und ich denke, es ist nur fair, wenn ich euch erzähle, wie Jude uns verlassen hat.

Am Ende gab er sein Leben für einen Menschen, der schlecht war, wie wir alle, und der ein solches Opfer gar nicht verdient hatte. Ich schätze, von uns allen, die wir Christus nachfolgen, wird irgendwann ein solches Opfer verlangt, vielleicht nicht im wahrsten Sinne des Wortes, aber möglicherweise auf eine andere Art. Vielleicht müssen wir uns einem aggressiven, selbstsüchtigen Partner unterordnen oder undankbare Kinder oder Eltern versorgen. Vielleicht engagieren wir uns in einer Kirche, in der zu viel von uns erwartet und das, was wir tun, nur kritisiert wird. Vielleicht streicht unser Chef das Lob für unsere harte Arbeit ein. Ich weiß es nicht. Aber wie eine kluge Freundin von mir, eine orthodoxe Nonne, einmal sagte: „Nimm dieses Kreuz auf dich und halte still."

Nicht unbedingt ein Spruch für einen Aufkleber!

Aber wahr.

Wenn wir die Worte des Apostels Paulus beherzigen, dass wir mit Jesus Christus gekreuzigt sind, dann würde ich schon sagen, dass meine Freundin recht hat.

Die Nacht, in der Jude starb, lag in der Nebensaison. Anfang Dezember ist es ruhig in Ocean City. Die Touristen waren verschwunden, aber für uns war es eine Zeit des Nachdenkens, des kreativen Schaffens und der Erneuerung. Wir bauten die Drachen für die kommende Saison. Mittlerweile hatten wir im Garten auch ein Atelier für mich errichtet. Platz für größere Skulpturen war nicht vorhanden, und außerdem hatte Morpheus unten in Georgia den Markt für Skulpturen aus gebogenem Holz bereits komplett für sich erobert. So fing ich an, mit Ton zu arbeiten, und entdeckte auch meine Freude an Kohlezeichnungen auf selbst hergestelltem

Papier – klumpiges Papier mit gezackten Rändern, gut acht Millimeter dick.

St. Francis auf Locust Island brauchte neue Kreuzwegstationen, und so entwarf ich Bronzereliefs, von denen Kopien an mehrere Kirchen verkauft wurden. Die Jahre waren freundlich zu mir und meiner Arbeit. Noch immer gab es keine Anerkennung oder Ausstellungen, aber Jesus saß häufiger bei mir in meinem Atelier und sagte mir, wie sehr ihm meine Arbeiten gefielen.

Jude kümmerte sich ganz allein um das Drachengeschäft, außer in der Zeit vor dem Labor Day, wo ich im Laden aushalf. Wir befestigten Drachen an langen Pflöcken, die wir tief in den Sand trieben. Einige der Drachen machten ihre Kapriolen und Sturzflüge, andere schwebten einfach am Himmel und suchten den Horizont des Atlantiks ab. An einigen befestigte Jude auch Drehkreisel; andere gaben beim Fliegen pfeifende und kreischende Geräusche von sich.

Wir hatten gar nicht geahnt, wie viele begeisterte Drachenflieger es am Strand gab, und Jude nahm Sonderbestellungen entgegen, an denen er in den Monaten der Nebensaison arbeitete. Oh, der Laden in dem kleinen Haus von 1902 war einfach wunderschön. Wir strichen die aus Schindeln bestehenden Seitenwände himmelblau und die Einfassung, das Verandageländer und die Pfosten limonengrün an. Jedes Jahr malte ich ein neues Ladenschild, und nach fünf Jahren hatten es sich die Leute angewöhnt, am ersten Urlaubstag als Erstes über die Strandpromenade zu laufen und nachzusehen, wie das diesjährige Ladenschild aussah.

Einige waren sehr hübsch, mit Vögeln und Blumen oder Fischen und Schmetterlingen. Wir wählten auch manchmal olympische Themen, und das Schild zur Zweihundertjahrfeier erinnerte mich an eine Szene aus *Schoolhouse Rock!*. Auf meinem Lieblingsschild waren ein Pfau und eine Eule zu sehen, Vögel, die für Jude und mich standen, denke ich. Allerdings bringe ich die Eule nicht mit Weisheit, sondern vielleicht eher mit einem altmodischen Aussehen in Verbindung.

John bekam hervorragende Noten in den naturwissenschaftlichen Fächern; in der Highschool gewann er sogar einige Wettbewerbe. Bei seinen Mitschülern war er nicht sonderlich beliebt, da er nicht sportlich war, aber er war so freundlich und ausgeglichen, dass die meisten ihn in Ruhe ließen. Schon früh lernte er, dass er, wenn er sich durch nichts erschüttern ließ, am besten unter dem Radar hersegeln und erreichen konnte, was er wollte. Wegen dieses Wesenszuges ist er wohl auch so erfolgreich in seiner Mission.

An dem Tag im Seminar, an dem er erfuhr, dass er gleichzeitig Arzt *und* Priester sein konnte, rief er mich an. Seine Stimme klang so erleichtert! „Weißt du, Mama, dass ich Priester werden wollte, das stand für mich immer fest, aber da war noch mehr, und das konnte ich einfach nicht benennen. Doch heute habe ich Pater Ignatius kennengelernt, einen Jesuitenpriester." Und dann erzählte er eine Viertelstunde ohne Punkt und Komma von diesem Jesuiten und dass er Medizin studiert hatte und als Arzt und Missionar tätig war.

John schaffte sein Vordiplom in zwei Jahren. Und nun, Schwestern, wisst ihr das Wichtigste über John.

Im letzten Sommer – natürlich wussten wir nicht, dass es der letzte war – willigte Jude ein, ein Leuchtturm-Thema für unser Schild zu nehmen. Er hatte seine Aversion dagegen endlich losgelassen, und ich erklärte ihm, ich würde einen typischen, konischen Turm wählen, nicht den spinnenbeinigen Turm, der immer noch am Bethlehem Point steht.

John studierte in seinem zweiten Jahr am Seminar, als es passierte. Ich war 56 und Jude 58. Das Leben in St. Mary lag weit hinter mir. Angie bildete noch die einzige Verbindung zu diesem Teil meines Lebens. Ihre Ferien verbrachte sie immer bei uns und unterhielt uns mit ihren Abenteuern, die sie in den entlegensten Teilen der Welt erlebte. Sie hat mir nie Gewissenbisse vermittelt, obwohl sie vielleicht ab und zu … na ja, sagen wir, Angie fiel es schwer, ihr Keuschheitsgelübde zu halten. Mehr als einmal sagte sie: „Ich führte vielleicht ein interessantes Leben in Kriegsgebieten, Mary, aber du darfst regelmäßig mit dem schönsten Mann im Staat ins Bett gehen. Lass uns doch einfach ehrlich sein – manchmal beneide ich dich glühend."

Und dann lachten wir.

Seht ihr, ich liebte Jude tatsächlich von ganzem Herzen, wie es bei Ehepartnern sein sollte, und ich schätze mich glücklich, dass ich ihn nie als selbstverständlich hinnahm. Sicher, unsere Beziehung begann als eine Art Studie in heiligem Gehorsam, aber sie entwickelte sich zu einer guten und harmonischen Ehe. Wie ein warmer, selbst gebackener Apfelkuchen im Gegensatz zu einer frittierten Apfeltasche von McDonald's.

Wie alle Ehepaare erlebten wir auch unsere Schwierigkeiten. Das Leben war nicht vollkommen. Jude behielt bis zum Schluss seine Ecken und Kanten, und ich konnte ab und zu ziemlich „nonnenhaft" werden, wie er das nannte. Du meine Güte, ich wusste ja nicht, wie schnell man die Geduld verlieren kann, wenn man mit jemandem so eng zusammenlebt! Jude fand das amüsant, und das machte mich umso wütender.

Der Abend, an dem Jude starb, der 12. Dezember, war recht mild. Wir waren gerade von einer 30-tägigen geistlichen Einkehrzeit zurückgekommen, und es war einer jener Tage im Dezember, an denen der Wind an der Küste warm ist und die Sonne golden am Himmel steht. Wir beschlossen, noch zu Fuß in die Stadt zu gehen und in einer der Bars, die zu dieser Jahreszeit noch geöffnet hatten, ein Bier zu trinken, im *The Dutch Mill*, unmittelbar an der Strandpromenade.

Also, der Name der Bar klang ziemlich harmlos, und Jude kam auch recht gut mit den rauen Sitten zurecht, was mich nicht überraschte, aber *The Dutch Mill* war so ein richtiger finsterer Biker-Schuppen. Die Leute dort kannten Jude von der Missionsstation und respektierten ihn. Niemand konnte ihm etwas vormachen, und deswegen wurde er gemocht.

In der Bar drängten sich vorwiegend Einheimische, Biker – von denen einige schon auf unserer Veranda Krabben oder Rippchen gegessen hatten (Jude hatte Spaß daran gefunden, Rippchen zu grillen) – und einige der Mädchen, die sich einen anzwitschern mussten, um die Nacht auf der Straße in ihren 10 Zentimeter hohen Absätzen zu überstehen. Wenigstens war es draußen nicht so schrecklich kalt.

Zwei Fremde kamen herein, in Anzug und Krawatte, aber ihre elegante Aufmachung wirkte eher wie eine Kostümierung und nicht wie ihre alltägliche Kleidung. Ihr Benehmen passte jedenfalls eher ins Glitzermilieu. Sie pöbelten nicht herum, sondern bestellten ein Bier und rauchten Zigaretten an der Bar.

Jude genoss sein Bier, genau wie ich, und wir plauderten mit Janet und Ron, einem netten Bikerpärchen, während mein Mann eine Zigarette nach der anderen rauchte. Mit dieser Gewohnheit konnte er einfach nicht brechen. Offen gestanden, er hat es nie ernsthaft versucht.

„Nach allem, was ich getan habe, ist dies meine geringste Sorge", sagte er immer.

Nach Johns Geburt nervte ich ihn deswegen ein wenig, aber eines Abends setzte sich Jesus zu mir und sagte: „Lass es gut sein, T–. Auf Dauer ist das nicht von Bedeutung."

Damals war mir natürlich nicht klar, dass Jude nicht lange genug leben würde, um Lungenkrebs oder ein Emphysem zu entwickeln. Trotzdem, ich war froh über diese Ermahnung. Sie ersparte uns eine Menge Streitereien. Es war *wichtig*, dass ich während dieser 27 Jahre an Judes Seite war. Ich kann das nicht anders ausdrücken.

Wir saßen also am Tisch und plauderten mit unseren etwas ungehobelten Freunden, lachten über ihre verrückten Geschichten aus den Siebzigern, als eine der Prostituierten aufstand und auf dem Weg zur Tür unbeabsichtigt gegen einen der Fremden stieß. Der Mann hieß Ted.

Blitzschnell wirbelte er herum und packte sie am Arm. Er hatte schon mindestens vier Bier intus, dazu einige Kurze. Fragt mich nicht, warum, vermutlich war es die tugendhafte Seite in mir, aber ich zähle immer mit, wie viel die Leute trinken. Für jeden in meinem Blickfeld führe ich eine Strichliste. Ist das nicht lächerlich? Aber eine gute Übung für das Kurzzeitgedächtnis.

Das Mädchen schrie auf. Ihr Name war Barbara. Ich mochte sie. Sie lebte seit etwa sieben Jahren in Ocean City. Eine Ausreißerin. Die alte Geschichte, abgesehen von der Tatsache, dass sie hochintelligent war und bei der Schulabschlussfeier eigentlich die Abschiedsrede halten sollte und fit war im Kopfrechnen, und ich meine wirklich fit.

Natürlich sprang Jude auf und versuchte, die Situation zu entschärfen, und Teds Freund Dale mischte sich auch mit ein. Leider wussten wir nicht, dass Ted gerade erst auf der Männertoilette eine Dosis PCP eingeworfen hatte.

Seine Hand fuhr in den Schaft seines Stiefels, und er zückte ein Messer. Er rammte es Jude in die Brust, und schneller, als man blinzeln konnte, zog er es wieder heraus und stieß es ihm auch noch in den Hals.

Jude sank zu Boden, und Ted floh aus der Bar.

Ich habe alles mit angesehen. Gott helfe mir, ich wünschte, ich hätte es nicht sehen müssen. Den Schock in Judes Augen, als ihm dämmerte, was mit ihm geschah. Da war jedoch keine Furcht. Wenn ich so darüber nachdenke, wirkte er anfangs fast ein wenig verärgert. Auf das viele Blut will ich nicht näher eingehen. Ich kann das immer noch kaum verkraften. Habt bitte Verständnis dafür.

Und wir, die wir alles mit angesehen hatten, die Leute, denen er in der Missionsstation geholfen hatte, sprangen auf und eilten zu ihm hin.

Ich schrie nicht und weinte auch nicht. Ich griff unter seine Schultern, während der Barkeeper die Polizei und den Krankenwagen rief (und einige Leute verschwanden blitzschnell). So wie ich ihn an jenem Tag viele Jahre zuvor am Strand gehalten hatte, als wir auf der Motorhaube von Mrs Brays altem Kombi saßen und er weinte und stöhnte, während das Leben in ihn zurückfloss wie das Blut in eingeschlafene Füße. Und so hielt ich ihn jetzt auch im Arm, während genau dieses Leben aus ihm herausfloss. Es war ihm nicht möglich zu sprechen, er griff nur nach meiner Hand und schaute in meine Augen. Ich legte meine andere Hand an seine Wange. „Halt durch, Jude. Der Notarzt ist gleich da."

Er lächelte, und einer seiner Mundwinkel hob sich kaum merklich. Mit den Lippen formte er das Wort: „Danke."

Und dann war es vorbei.

Es war vollbracht.

Er hatte zu viel Blut verloren. Die Rettungssanitäter konnten nichts mehr tun. Ich blieb bei seinem Leichnam, solange ich konnte, schlief kaum in dieser Nacht und wartete auf John, der sofort nach Hause aufgebrochen war.

Gemeinsam betraten wir am nächsten Tag das Büro des Leichenbeschauers, nachdem er die Obduktion durchgeführt hatte. Dann fuhren wir nach Locust Island zurück und folgten dem Leichenzug, der Judes Leichnam zum einzigen Beerdigungsinstitut in Abbeyville brachte. John und ich weinten und lachten während der zweistündigen Fahrt und schwelgten in Erinnerungen an meinen Ehemann und seinen Vater. Ich war ein wenig traurig darüber, dass John nicht wirklich wusste, welche Verwandlung sein Vater durchgemacht hatte, wie Gott so grundlegend an ihm gewirkt hatte und ein menschliches Leben an sich gebunden und gesagt hatte: „Es ist gut."

Im folgenden Jahr kaufte ein junges Ehepaar unser Haus und den Laden, kurz nach der letzten Saison. Der Mann hatte gerade so viel Geld geerbt, dass er ein Geschäft aufmachen konnte. Sie war Friseurin und wollte einen Salon im ersten Stock eröffnen, wo Jude seine Werkstatt gehabt hatte. Ich mochte sie. Sie turtelten liebevoll miteinander und liebten Drachen. Sie wollten kein normales Leben führen und ich sagte ihnen, die *Drachen-Hütte* zu kaufen sei ein guter Anfang.

Ich setzte mich mit den Schulschwestern von St. Mary's in Verbindung, und nach einigen Jahren trat ich in den Orden ein, legte mein Gelübde ab und kam zurück zur Schule auf Locust Island.

Nach vielen Jahren war ich nun also doch noch eine Ordensschwester geworden und an dem Platz angekommen, an dem ich immer hatte sein wollen. Fünf Jahre später wurde die Schule in ein Pflegeheim für betreutes Wohnen umgewandelt. Welche Ironie. Aber mir war klar geworden, dass ich die Insel mehr liebte als das Unterrichten, und ich blieb nur zu gern dort. Oh, als junge Frau hatte ich so viele aufregende Pläne gehabt. Ich war bereit gewesen, Jesus an die dunkelsten Orte und zu den hellsten Sonnenplätzen zu folgen.

Doch ohne Jude war es nicht mehr dasselbe. Der Ort war einfach nicht derselbe. Und Gerald und Hattie wurden im Leuchtturm von Bethlehem Point nicht mehr gebraucht.

Zum Glück sagte Jesus mir, dass ich genau an dem Platz war, wo ich sein sollte. Und nach einer Weile kehrte Angie zurück, und wir machten da weiter, wo wir aufgehört hatten. Als dann vor 10 Jahren das Haus der Brays zum Verkauf stand, kaufte ich es und schenkte es der Schule, unter der Bedingung, dass wir bis zu unserem Lebensende dort wohnen und im St. Mary's dienen könnten.

Schwester Thaddeus, die immer noch hellwach und, glaubt es oder nicht, immer noch elegant ist, war begeistert von dieser Idee.

Ich glaube, Jude hätte ihre Begeisterung geteilt.

Fest von Mariä Himmelfahrt, 2010

Ich denke, ich sollte euch erzählen, was aus Mary Margaret wurde, denn sie ließ dieses Buch versehentlich bei John in Afrika. Als er 7 Jahre später zu ihrer Beerdigung kam, händigte er mir dieses Buch aus, und jetzt setze ich mich endlich hin, um das Ende der Geschichte zu schreiben.

Also, nein – ich fand es nicht in ihrer Wäscheschublade. Aber ich war es, die um jedes Stück ihres Besitzes weinte, das wir entweder auf den Müll warfen, für die Nachwelt aufhoben oder zum Secondhandladen in Salisbury brachten.

Wie ihr an dem seht, was hier geschrieben steht, bin ich eher eine Frau der Tat als des Wortes. Ich habe Mary Francis gesagt, sie solle besser keine Memoiren von mir erwarten. Und ich bin auch kein Emporkömmling, wie Mary immer behauptet hat.

Ich vermisse sie mehr, als ich sagen kann. Sie war meine Lebensgefährtin.

Mary Margaret war in den letzten 27 Jahren ihres Lebens überaus beschäftigt. Sie holte Pater Ignatius ins Mercy House und pflegte ihn fast zwei Jahre bis zu seinem Tod. Oh, wir freuten uns, den alten Mann bei uns zu haben und zu sehen, wie groß ihre Zuneigung zueinander war. Es war, als würde die Liebe, die sie all diese Jahre in ihren Herzen gesammelt hatten, nun auf einmal über ihnen ausgegossen. Sie schob ihn im Rollstuhl hinaus zum Bethlehem Point, und dort saßen sie stundenlang und lasen.

Aus der Ferne kümmerte sie sich auch um Samkela. Sie sorgte dafür, dass er Schulgeld, Essen und Kleidung bekam. Wir anderen im Mercy House machten ihre Sache zu unserer und führten ihr Werk nach ihrem Tod fort.

Mary unterrichtete auch weiterhin Kunst und Werken hier in St. Mary's, weinte an meiner Seite an dem Tag, an dem wir Schwester Thaddeus zu Grabe trugen, und der vermutlich ungewöhnlichste Teil ihrer Geschichte ereignete sich kurz nach dem Tod ihres Vaters.

Es kribbelt mir unter den Fingern, wenn ich höre, dass Pater Joe behauptet hatte, „ein wenig Geld" zu besitzen. Der Mann stammte aus einer alten Reederfamilie, und auch wenn er auf sein Erbe verzichten musste, als er sein Armutsgelübde ablegte, erzählte er seinem Bruder von Mary Margaret. Nach seinem Tod wurde ein Fonds für sie eingerichtet. Ihr könnt euch sicher vorstellen, welche Zinsbeträge da anfielen.

Wie das Leben manchmal so spielt, ergab sich eine Gelegenheit, und die nötigen Mittel waren vorhanden … und Mary war auf einmal stolze Besitzerin eines Leuchtturms. Die Küstenwache hatte beschlossen, das Gebäude seiner Funktion zu entheben, was im Zeitalter von computergesteuerten Navigationsgeräten, mit denen die modernen Schiffe ausgerüstet sind, durchaus verständlich war. Man wollte den Turm abreißen.

Von ihrem Erbe kaufte Mary den Turm für ein paar Tausend Dollar und ließ ihn abbauen und in St. Mary wieder aufstellen. Mit dem Rest ihres Erbes baute der Orden eine neue Schule. Gegen eine kleine Gebühr führen die Mädchen heute Touristen durch den Turm, und dieses Geld trägt zum Unterhalt der Schule bei. Mary sagte, an diesem Ort sei einiges wiedergutzumachen. Mir gefällt es, dass sich das Licht immer noch dreht. Was für ein Geschenk!

Glaubt es oder nicht, während ich dies schreibe, lebt Gerald immer noch auf seinem Boot, und dienstags übernimmt er die Führung durch den Leuchtturm. Die Leute, die seine Führungen miterleben, erfahren natürlich weitaus mehr als das, wofür sie bezahlt haben.

Ich sollte jetzt wohl von Marys Tod erzählen. Wir fanden sie auf dem Betschemel in ihrem Schlafzimmer kniend, den Kopf auf den gefalteten Händen. Eine Kerze brannte vor ihrem Kruzifix. Auf ihren Gesichtszügen lag solch eine zärtliche Liebe, dass wir ihr nur ungern die Augen schlossen. Aber wir haben es trotzdem getan.

Nachdem ich dies nun gelesen habe, weiß ich, dass sie ihren liebsten Freund gesehen hat, der, wie versprochen, gekommen war, um sie abzuholen. Ihre letzte Minute auf dieser Erde verbrachte sie mit ihm. Ich wünschte, ich könnte für euch niederschreiben, wie das war, denn das wäre wahrhaftig das letzte Kapitel dieser Geschichte und ihre Krönung.

Ich vermisse sie. Ich würde ja vorschlagen, sie heilig zu sprechen, aber dann wäre sie ganz sicher für alle Ewigkeit böse auf mich. Diesen

Stein muss also ein anderer ins Rollen bringen. Doch ich habe es endlich geschafft, eine Ausstellung für sie zu organisieren. Vorwiegend sind es Zeichnungen von Jude. Auf einer ihrer Mappen stand: „Mein bester Freund und Lebensgefährte". Die Seiten darin waren alle leer. Damals höchst rätselhaft. Jetzt kann ich das natürlich einordnen.

Also, ihr Schwestern von St. Mary, die ihr uns alten Mädchen folgen werdet, ich weiß nicht, was euch diese kleine Sammlung von Geschichten und Gedanken zu sagen haben wird. Aber ich hoffe, ihr findet Frieden auf der Reise und Kraft für eure Berufung.

Und wenn ihr still am Leuchtturm sitzen möchtet, da ist eine Bank, die Pater John gestiftet hat. Unmittelbar dahinter befindet sich ein Garten mit herrlichen weißen Narzissen, die Mary dann doch noch endlich gepflanzt hat. Wenn ihr im Frühling dort hingeht, schließt eure Augen und lasst euch einhüllen von der Liebe Gottes, wie es die Kellers taten. Betet um Erneuerung und Auferstehung. Dafür ist immer der richtige Zeitpunkt.

Ehre sei dem Vater und dem Sohn und dem Heiligen Geist. Wie es war im Anfang, jetzt und immerdar und in Ewigkeit. Amen.

Schwester Angie

Dank

Voller Staunen über Gott bedanke ich mich bei:

Schwester Ellen Kehoe. Du hast das Manuskript gelesen und liebst meine Kinder wie verrückt. Pater Walt Bado, SJ, mein Hirte und geistlicher Ratgeber. Du machst mir Mut, von Schriftsteller zu Schriftstellerin. Pater Tom Farrell, ebenfalls mein Hirte. Du hast mir viele Fragen beantwortet. Schwester Iris Ann Ledden, SSND. Deine Lehrgeschichten haben mir viel Stoff geliefert.

Ami, Erin, Allen, Natalie, Katie, Jeane, Jennifer, Rachelle, ihr tollen Leute vom Verlag, Verkauf und Marketing.

Meinem Agenten Chip MacGregor.

Meiner Familie. Meinen Freunden. Meinen Mitpilgern. Meinen Lesern.

Meinen Mit-NFs: Claudia und Alana.

Vor allem: Will, Ty, Jake und Gwynnie.